許政揚 著

許政揚文存（增訂本）

中華書局

圖書在版編目(CIP)數據

許政揚文存/許政揚著. —增訂本.—北京:中華書局,2015.8
ISBN 978-7-101-10967-2

Ⅰ.許… Ⅱ.許… Ⅲ.中國文學-古典文學研究 Ⅳ.I206.2

中國版本圖書館 CIP 數據核字(2015)第 093861 號

責任編輯: 朱兆虎

許政揚文存(增訂本)

許政揚 著

*

中 華 書 局 出 版 發 行

(北京市豐臺區太平橋西里 38 號 100073)

http://www.zhbc.com.cn

E-mail:zhbc@zhbc.com.cn

北京市白帆印務有限公司印刷

*

850×1168 毫米 1/32 · 12 印張 · 12 插頁 · 270 千字

2015 年 8 月北京第 1 版 2015 年 8 月北京第 1 次印刷

印數:1-2000 册 定價:55.00 元

ISBN 978-7-101-10967-2

1961年攝於上海

1946 至 1948 年間攝於燕京大學

1946 至 1948 年間攝於頤和園

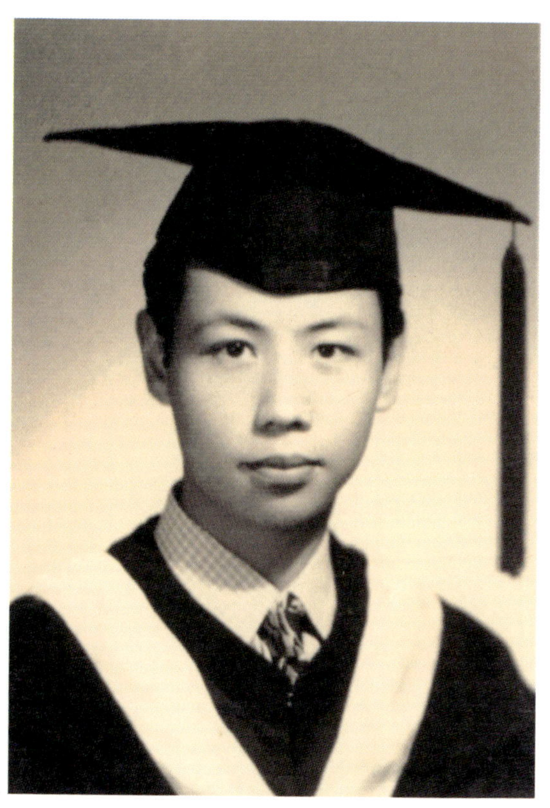

1949年燕京大學畢業照

與朱桂仙女士訂婚照（1950 年，上海）

1951 年與胞妹許政援攝於清華大學

1957 年攝於北海

1961 年全家合影於上海

1963年攝於家中書房

1963 年攝於天津水上公園

1963 年同日與華粹深先生合影於天津水上公園

1963 年許先生夫婦與長女許檀、次女許棉攝於上海

今唱崑曲者僅能唱單刀會與　　二劇。單本　元刊本　孤本元明雜劇本。與今崑曲不侔。

此劇分四折，最佳者為第四折雙調（新水令）大江東去浪千疊，駕着這小舟一葉，才離了九重龍鳳闕，又來到千丈虎狼穴。大丈夫心烈，我覷這單刀會似賽村社。（駐馬聽）依舊的水湧山疊，年少周郎何處也？不覺的灰飛煙滅。可憐黃蓋暗傷嗟。破曹的檣櫓一時絕，鏖兵的江水猶然熱。好教我情慘切，這不是水，這是二十年流不盡的英雄血！

4 詐妮子調風月。

此外玉鏡臺等皆演才子佳人事。

切膾旦　白士中，謝記兒，楊衙內

玉鏡臺　本世說新語

謝天香　開封府尹錢可與柳耆卿故事。[illegible]曲敘錄。王國維宋元戲曲史嘗引之。

救風塵　趙盼兒，宋引章，秀才安秀實，周舍。宋引章誤嫁周舍，趙盼兒救之以歸安。

杜蕊娘與韓輔臣相悅，濟南府尹石好問撮合之。

《元代戲曲綱要》手稿

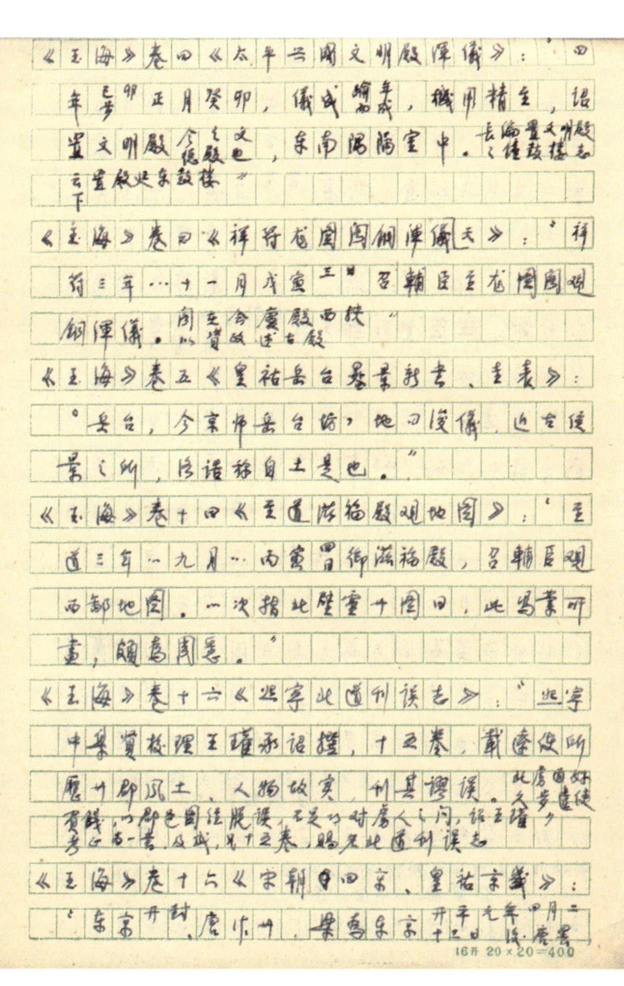
《玉海》卷四《太平兴国文明殿浑仪》："四年己卯正月癸卯，仪成……，机用精至，诏置文明殿今之文德殿也，东南隅隔室中。"

《玉海》卷四《祥符龙图阁铜浑仪》："祥符三年……十一月戊寅三日召辅臣至龙图阁观铜浑仪。阁在会庆殿西挟。"

《玉海》卷五《皇祐岳台晷景新书、圭表》："岳台，今京师岳台坊，地曰浚仪，近古候景之所，《尚书》称日土是也。"

《玉海》卷十四《至道滋福殿观地图》："至道三年……九月……丙寅，御滋福殿，召辅臣观西鄙地图。上……指此壁画十图曰，此皆某所画，……"

《玉海》卷十六《熙宁十道刊误志》："熙宁中集贤校理王瓘承诏撰，十五卷，载唐所历州郡风土、人物故实，刊其谬误。"

《玉海》卷十六《宋朝四京、皇祐京畿》："东京开封，唐汴州，梁为东京……

《宋東京宫闕坊巷考》手稿

臨宋朱惟德《江亭攬勝圖》

臨宋李東《雪江賣魚圖》

仿宋李東《雪江賣魚圖》

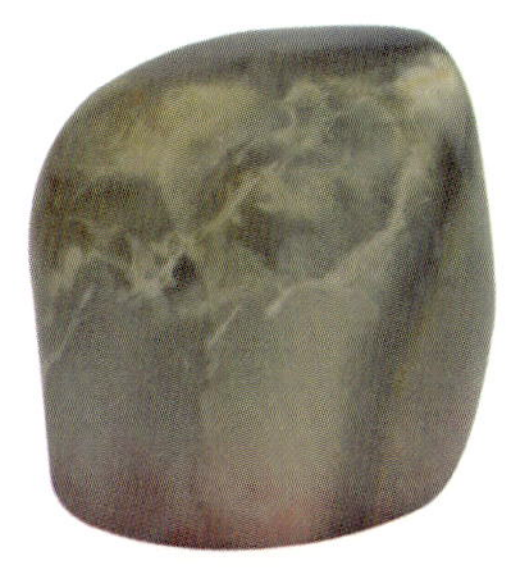

許先生自刻印章

許先生自製物件

代序

周汝昌

面對着這一束零落的劫餘殘簡，要爲它的著者政揚兄寫一篇懷念和介紹他的文字，是我此刻的現實，可心裏總覺得這不是現實，是一件難以置信的「幻境」。理一理他的這麽一些遺著，滿懷悽惜。幾番捉筆，欷歔而止。然而我畢竟是不能不寫的，不寫，又何以慰故人於泉下呢。

政揚和我是在燕京大學認識的。起先，並不相熟，我們的「不同點」很大很多。可是説也奇怪，我們以後發現，我們的「共同點」更多，更重要。那是一九四七年秋天了，我經歷了抗戰時期華北淪陷的痛苦歲月之後，重新回到了燕大時，才遇到他的；我本是「三九學號」（卽一九三九年考取的「級」次，那已然經歷了很多的小學、中學年代的失學耽誤了），所以生理年齡和「心理年齡」都比他大。他是浙江海寧人，我是河北天津人，可説是「典型的」南士和北人，彼此又都頗以「落落寡合」自負；偏偏我讀的系比他「洋氣」，是西語系，他是中文系，又是「隔行」。因此，我們在中文系的課堂上相值（我的選修課全部是中文系的），彼此「望望然」，不交一語。不過，「望望然」是用眼睛注意的，彼此又都暗暗地留下了印象。我們的另一個「共同點」是都穿長衫，都顯得比「洋學生」們有些儒雅文秀之風度。他留着「長揹頭」，增加了少年豐采。在他當時看我，恐怕是個北方的「傖父」罷？……話要簡斷，我們這樣兩個「不好接近」的人，後來却成了最要好的名符其實的同窗（住一間宿舍）和學侶。

政揚和我的友誼學誼的真正開始是我們二人同時考取了燕大中文系研究院，記得那是第一屆，録取的又只有我們兩個。我們的志願是以研究民族古典文學爲事業，可是又都喜歡外語，並且政揚比我多懂得一種——法語。他比我更喜静（我實際是頗喜動、頗愛玩、無所不好的），因此讀書治學比我要沉潛得多。住在一間屋，窗外即是未名湖，那湖光塔影，是世界聞名的，兩個「自覺有些抱負」的青年，每日品書談藝，考字徵文，愈談愈覺投契處多，不合處少。那實在是求學時代最值得追憶的令人神往的日子，人生如有清歡至樂，我想這種歡與樂才是真的，因爲它像苦茗一樣有迴味。

我那時已經對紅學做些工夫，偶然也向政揚提及。我告訴他，在南開中學時就「創造」了Redolagy這個英文新字；我説，「曹雪芹還懂法文呢！那『温都里納』就是佳例，你替我想想，法語原字是什麽？」他只思索了一下，馬上翻開了字典，指給我一個Vitrine，講給我聽，兩人十分高興。我並據以寫入《紅樓夢新證》。雖然後來有法文專家爲此撰寫專文指出了「温都里納」應該是aventrine的譯音，比我們的舊説更準確了，但是追本溯源，注意解決這種有趣味的問題的先驅者，還得算是政揚，他的貢獻並不因爲當時一下子説不準而減色。

這不過是個小例。我們二人相處的結果，是商定了一條共同治學的主題道路，即：文學既是以語言文字爲工具的，不先把其中的語言文字弄得十分之清楚，必然發生許多誤解誤説，而現實當中的這種現象是相當嚴重的，其例舉不勝舉，我們決意從考訂唐宋兩代詞語的確切意義下手——這必然也就涉及了當時的政治、經濟、文化、社會、生活……一切事物的歷史具體内容實際，由此進而了解作品的真正的時代背景、社會條件和作者心境，然後再進行内容和藝術的賞析品評；要將「三者」融爲「一體」，冶於一爐，寫出新型的學術論文著作來。

我們不是説説算了的，是實行者：政揚的論文以宋元話本劇曲爲主，我以唐宋詩詞爲主，分頭並進。我們都爲「開端」做了一些工作——儘管那距自己的設想、理想還遠得很，但我們已經安排要繼續共同走這條路。

我們研究院的學業還未完成，我先被成都的華西大學電邀前往作外文系教師去了。我離校離京時，唯有政揚送行，幫我搬行囊（爲此傷了手指頭）。臨分手，我望着他説：「咱們成都見。」

我那句話的意思是：我們還要在另外的地方再度相聚，一同沿着既定的治學方向走下去。

到了成都華西壩，我就用信札和政揚訂了計劃，合撰水滸詳簡二注。詳注規模很大，是供研究者用的，簡注則是爲一般讀者。爲了試驗，先從簡注的形式作起，同時却也給詳注做好了搜集資料的基礎工作，簡注不過是從中提煉而出的「微型示例」罷了。合作的方法是，一方由政揚提供例證資料，一方我也攢聚個人所得，兩方會齊，去其重複，略臻齊備了，由我選例、並寫出簡注的初稿，準備由政揚再加披閲，最後定稿。

這個工作很快就作完了頭兩回，共得一一八條。我曾將此事寫信告知於顧隨先生，他聽了大喜，回信説：兩回已有這麽多條，壯哉！真勇士也！——可惜，工作也就到此中斷了，原因是學校都開展思想改造的大運動，緊接着高等院校大調整，我們這研著工作根本無法進行，只好束之高閣。——其實，我已與華西大學的文學院院長説好了，要邀請政揚到中文系任教，也因調整之後華西大學被取消了，一切當然也就成了「畫餅」。本集所編收的，就是我們合作的那一點痕迹。那既然是我一手所爲，當然很不成熟，又未經政揚核訂，疏失難免，爲了存真，都不復修飾，以見我二人一時的規模意度就是了。我們所以要做這件事，是有感於當時的某些空疏寬泛、不切真際的那種以「簡明」自詡的作注釋，其間時時似是而非，甚至訛謬觸目皆是。我們想做點札札實實的事，妄欲於那種學風文風有所匡濟。

我們曾發過一個宏願，即爲所關至要的《東京夢華録》作一部詳密切實的箋注本，因爲這可以將北宋的文學家們的很多活動貫串在裏面，而不僅僅是一部歷史地理城市社會的紀録而已。已有注本，太不理想了。這個工作政揚其實作了大量的準備工作，他閲遍了宋元兩代的載籍，作出了數以萬計的卡片資料。但是我們没有來得及着手，政揚便過早地離開了我們。如今編入的這篇《清明上河圖畫的是哪座橋》是留下的唯一的一點痕迹。——這也是我們交换意見、商量既定，由政揚畫了草圖，我據以手繪細圖，寫出了考訂的文字。

這些舊夢前塵，不僅僅是我們文契的感情上的難忘之事，也是學問事業、志願心情上的極爲悵憾的損失和創傷。

政揚的精勤和博洽，常常使我驚訝，他的細密和敏鋭，更使我對之有媿。後來我作范石湖、楊誠齋兩注，凡遇疑難，無法解決，去求助於他，真是「如響斯應」。他對宋代的一切是那樣的「如數家珍」，令人心折。大的，不必舉；最似細瑣而難考的事，去問他，他也竟能對答如流。例如我注石湖詩，注到算命先生是否像小販吆喝叫賣一樣，也自家出聲招倈顧主？難住了。而這是無人可以請教的。一問政揚，他竟能列出證據，證明石湖所寫不虚，南宋江左賣卜之情況確實如此。我當時真是佩服得五體投地。舉此一端，他不難知矣。

政揚到了南開大學任教，身體逐步壞了下去。我們的通信是不會久斷的，因爲這是我們交流思想感情的唯一方式了，從來札中可以看出他扶病而書是十分吃力的。這些信札偶有殘餘，今天看來，都是很可珍惜的手迹。它們保存了我們當時的一些側影。（至於我寫給政揚的，也與一般書信不同，常常引起他的興奮和感嘆——並且時有絶句小詞雜於其間。由於「文革」，那是片紙不存了。）

一九六三年，我一到津門，其時任何老親舊友都顧不及拜訪，唯政揚處必欲一往。那是夜晚了，他在卧息，我緊挨病榻而坐，執手相看，我真不知話從何處説起，除了安慰他，勸他安心調養，竟無多少「像樣子」的内容。當時和事後，總是悵然之懷，耿耿不舒。然而，未料那一次草草晤語，便是我們的最後一面了。

「文化大革命」完全毁了政揚的心血（最主要的是他多年精力之所聚——驚人數量的網羅宋元一切圖籍的資料卡片工夫），也毁了政揚的精神生命和生理生命。這是一個很大的損失。這種損失，「大」到什麽程度？我不必做出什麽「科學估量」。我只想説，像政揚這樣的學人，在我們這一代説來，乃是難得多見的極其寶貴的人材，一旦充分發揮了他的作用，在我們的學術史上將會焕發出異樣重要的光采。可是，他却過早地離去。在他之後，我還没有看到同一學域中又有足以與之媲美的青年學人出現。我相信將來一定會有的，不過那須是多少年以後的事，又有誰能「卜」而知之呢？

爲政揚的遺集（只殘餘了這麼令人看了難過的一點）作序，理應多談他的學術。但是我荒廢太久，媿對已逝的政揚，已經是没有多大資格來談了。因此我只借徑於漫述二人的襟期交契，希望能從中略見其爲人，我所以報故人者，就是這樣子，嗚呼，良可媿也。

政揚，姓許氏，海寧硤石人，生於一九二五年，卒於一九六六年。他曾見語：選編《六朝文絜》的許槤先生，就是他的上世。自幼年喜詩，受慈母吟誦之教。有女二。其爲人嚴正不苟，論學觀人，無稍寬假，又有真才實學，遠勝常流，故亦易遭嫉毁，以直性狹中，多所不堪之書生，駕柴車於崎嶇難行之世路，謡諑交侵，病魔來襲，旋爲「四人幫」迫害以死。

壬戌清和月，一九八二年五月杪

周汝昌寫記於北京東城

目録

宋元小説戲曲語釋(一)

抄手　叉手

楊顯之《瀟湘秋夜雨》第一折："「則見他抄定攀蟾折桂手，待趨前，還褪後，我則索慌忙施禮半含羞。」無名氏《漁樵記》第一折："「一葉扁舟繫柳梢，酒開新瓮鮓開包，自從江上爲漁夫，二十年來手不抄。」末二句蓋用漁夫答范仲淹詩意，見何薳《春渚紀聞》：

關子東云：范希文嘗於江山見一漁父，意其隱者也，問姓名不對，留詩一絶而去。獨記其兩句云："「十年江上無人問，兩手今朝一度叉。」

則抄手卽叉手，宋元間常禮也。故《水滸傳》第三回云：

酒保聽得，慌忙上來看時，見魯提轄氣憤憤地。酒保抄手道："「官人要甚東西，分付買來。」

蓋謂酒保慴於魯達之威，叉手爲禮，極其恭順。又如第十一回："「只見個官人背叉着手行將出來。」第二十八回："「武松却背叉着手問道。」背叉手猶言背抄手也。叉手之制，今已難徵。顧宋元小説家常云「叉手不離方寸」，又元李翀《日聞録》曰："『文六年(按：當作『宣六年』。)趙盾北面再拜稽首注：『以頭至地曰稽首，頭至手曰拜手。』拜手，卽今叉手，謂身屈，首不至地。」則叉手必拱手齊胸，俯首及手，如後世所謂揖者矣。

葫蘆提

無名氏《賺蒯通》第四折：「想起那韓元帥，葫蘆提斬在法場。」《陳州糶米》第三折：「可不先犯了個風流罪，落的價葫蘆提罷俸錢。」葫蘆提，猶今言糊塗，亦俗語，故無定字。宋王陶《談淵》：

張鄧公士遜三入相，景祐五年與章郇公並命，已七十五歲。後二十年，西賊叛命，即寶元康定之間，構置乖方，物議罪之。方行年除正太傅致仕，以小詩白郇公云：「赭案當衙並命時，蒹葭哀休依琦枝，如今我得休官去，鴻入高冥鳳在池。」近輔成和焉。當時輕薄少年改鄧公詩云：「赭案當衙並命時，與君兩個沒操持，如今我得休官去，一任夫君鶻露蹄。」聞者無不大哂。

「鶻露蹄」即葫蘆提，所以譏其政之闒敗也。張文潛《明道雜志》：

錢文穆內相決一滯獄，蘇長公譽以爲霹靂手，錢曰：「僅免葫蘆蹄耳。」

吳曾《能改齋漫録》引此，「葫蘆蹄」作「葫蘆提」。程大昌《演繁露》引《師友談紀》，其事與《明道雜志》所載略同，然作「鶻鷺蹄」。曰：「即俳優以爲鶻突者也，鶻突者，糊塗之反也。」呂希哲《家塾記》：「糊塗，讀爲鶻突。」俞德鄰《佩韋齋輯聞》：「鶻突，不分曉貌，一作糊塗。」《能改齋漫録》亦云：「鶻突二字，當用糊塗。」按：鶻，胡骨反，見莊季裕《鷄肋編》，與糊音近。

騙馬

無名氏《黄花峪》第二折：「舞劍輪槍并騙馬。」張國賓《合汗衫》第二折：「穩柏，乘舟騙馬。」《雍熙樂府》詠西廂〔小桃紅〕詞：「騙上如龍馬。」《廣韻》三十三「線」：「騗，躍上馬，匹戰切。」不作欺盜解。程大昌《演繁露續集》：

嘗見藥肆鬻脚藥者，榜曰「騙馬丹」。歸檢字書，其音爲匹轉，且曰：「躍而上馬。」已又見唐人武懿宗將兵，遇敵而遁，人爲之語曰：「長弓度短箭，蜀馬臨階騙。」言蜀馬既已低小，而又臨階爲高，乃能躍上。始悟騙之爲義。《通典》曰：「武舉制土木馬於里閭間，教人習騙。」

孟元老《東京夢華録》叙「百戲」亦曰：

或以身下馬，以手攀鞍而復上，謂之騙馬。

又曰：

中貴人許畋押隊招呼成列，鼓聲一齊，擲身下馬，手執弓箭，攬韁子，就地如男子儀拜舞訖，復聽鼓聲，騗馬而上。

然馬致遠《任風子》第二折云：「我騙土牆騰的跳過來。」則騙者，躍也，不必盡謂馬。又王實甫《西廂記》第三本第三折：「不想跳龍門，到來學騙馬。」胡應麟《少室山房筆叢·莊嶽委談》云：

實文用之於詞者，緣張踰牆摟崔，故以騙馬對龍門，皆主跳躍之意，益見構意之工。

予考《水滸傳》第四十六回云：

這人姓時名遷……流落在此，只一地裏做些飛簷走壁、跳籬騙馬的勾當。

又第九十八回：

時遷却把飛簷走壁、跳籬騙馬的本事出來。……

由知跳籬騙馬，乃謂鷄鳴狗盗之術，亦元人成語。紅娘之言，似譏張珙學屑小所爲，甘趨下流，着意處本不在「跳躍」也。

包彈　褒彈

喬孟符《揚州夢》第三折：「從頭髻至鞋襪，覓包彈，無半掐。」賈仲名《金童玉女》：「是一朵没包彈嬌柔解語花。」包彈，俗語謂譏彈也。羅大經《鶴林玉露》：

秦朝松封大夫，陳朝石封三品。李誠之詠松云：「半依巖岫倚雲端，獨立亭亭耐歲寒；一事頗爲清節累，秦時曾作大夫官。」荆公三品云：「草没苔侵棄道周，誤恩三品意何酬，國亡今日頑無耻，似爲當年不與謀。」夫松石無知之物，一爲二朝名寵所點染，猶不免萬世之包彈；矧士大夫，其於進退辭受之際，可苟乎哉？

宋王楙以爲包彈二字，蓋於包孝肅彈劾爲言。《野客叢書》曰：

包拯爲臺官，嚴毅不恕，朝列有過，必須彈擊。故言事無瑕疵曰「没包彈」。

然義山《雜纂》「不建時宜」條下已有「筵上包彈品味」一語。《雜纂》雖未必爲玉谿所撰，要是宋以前書。

則兩字不起包拯。野客之説,明係傅會。

包彈字或作褒彈,余謂良是。《孤本元明雜劇》鄭廷玉《金鳳釵》第二折:「寫染得無褒彈。」《元曲選》張國賓《羅李郎》第三折:「青問看紫無褒彈無破綻。」蓋褒者,譽也;彈者,貶也。褒彈云者,猶臧否抑揚而已。

弟子 弟子孩兒

關漢卿《謝天香》第一折:「賣弄的有伎倆,賣弄的有艷姿,則落的臨老來呼弟子。」楊顯之《酷寒亭》第一折:「戀着那送舊迎新賢弟子。」程大昌《演繁露》卷六:

開元二年,元宗以太常禮樂之司,不應典優倡雜樂,乃更置左右教坊,以教俗樂,命左右驍衛將軍范及爲之使。又選樂工數百人,自教法曲於梨園,謂之「皇帝梨園弟子」。至今謂優女爲弟子,命伶魁爲樂營將軍者,此其始也。

按:《新唐書·禮樂志》:

玄宗既知音律,又酷愛法曲,選坐部伎子弟三百,教於梨園。聲有誤者,帝必覺而正之。號「皇帝梨園弟子」。宮女數百,亦爲「梨園弟子」,居宜春北院。

則無論男女,皆稱「弟子」矣。孟元老《東京夢華録》有「嘌唱弟子張七七」,卷六「元宵」條云:

面此樂棚,教坊鈞容直露台弟子更互雜劇。

卷七「駕登寶津樓諸軍呈百戲」條：

繼而露台弟子雜劇一段，是時弟子蕭住兒、丁都賽、薛子大、薛子小、楊總惜、崔上壽之輩，後來者不足數。

除張、蕭、楊外，其餘皆類男優之名。《武林舊事》載南宋雜劇色九十九人，唯慢星子、王雙蓮二人爲女流。東都情形，當亦不異。周密《癸辛雜識》：

學舍燕集必點妓，乃是各齋集正，自出帖子，用齋印，明書：「仰弟子某人，到何處，祗直本齋燕集。」

此所云「弟子」，乃是妓女。又《宋史·樂志》有「女弟子隊舞」。則宋世男優女伎，並得謂之「弟子」，猶有開元遺意。至元曲所謂「弟子」，大抵專指娼婦。元人雜劇中又有「弟子孩兒」一語，如無名氏《鴛鴦被》第一折：「被那巡夜的歹弟子孩兒把我拿到巡鋪里。」《酷寒亭》第一折：「我這一去，氣死那箇醜弟子孩兒。」「弟子孩兒」亦作「弟子的孩兒」，見《殺狗勸夫》第二折，猶今俚語「婊子養的」，蓋惡詈也。

魔合羅

鄭廷玉《忍字記》第三折：「有魔合羅般一雙男女。」馬致遠《任風子》第一折：「生下這魔合羅般好兒天可憐。」又孟漢卿有《張孔目智勘魔合羅》雜劇。《元典章》二十二所謂「魔合羅」，當卽此物。孟元老《東京夢華録》，吳自牧《夢粱録》，均作「磨喝樂」。《夢華録》卷八「七夕」：

七月七夕，潘樓街、東宋門外瓦子、州西梁門外瓦子、北門外、南朱雀門外街及馬行街內，皆賣磨喝樂，乃小塑土偶耳。悉以雕木彩裝欄座，或用紅紗碧籠，或飾以金珠牙翠，有一對直數千者。禁中及貴家與士庶爲時物追陪。

又云：

小兒須買新荷葉執之，蓋效顰磨喝樂。

又云：

至初六日七日晚，貴家多結彩樓於庭，謂之乞巧樓。鋪陳磨喝樂、花瓜、酒炙、筆硯、針綫，或兒童裁詩，女郎呈巧，焚香列拜，謂之乞巧。

《夢粱録》所記，與此相似，則南渡以後，尚襲汴京風俗耳。然則魔合羅，乃土塑童子，手持荷葉，蓋七夕之節物也。按：《京本通俗小説·碾玉觀音》：

又一個道：「這塊玉上尖下圓，好做一個摩候羅兒。」郡王道：「摩候羅兒只是七月七日乞巧使得，尋常間又無用處。」

則魔合羅者，不必泥塑，貴官之家，或亦以玉爲之。又宋王明清《玉照新志》：

前大理寺卿周懿文，抄扎景王府，喫蜜煎等，將摩孩羅士女孩兒等歸。

是則其狀又不盡爲小兒，雖「士女」亦并稱之曰「摩孩羅」矣。要之，魔合羅有廣狹二義：狹義之魔合羅，乃泥塑執荷葉小小兒，七夕陳以乞巧；廣義之魔合羅，則殆偶人而已。其制傳自天竺。《夢華録注》：「磨喝樂本佛經摩睺羅。」從知或曰「魔合羅」，或作「磨喝樂」，乃至「摩候羅」「摩孩羅」「摩合羅」，其名所以不一者，緣譯音無定字故也。

沒頭鵝

王實甫《西廂記》第二本第三折：「悶殺沒頭鵝，撇下陪錢貨。」周漢卿詞：「我便似沒頭鵝，熱地上蚰蜒。」凌濛初《五本解證》曰：

舊解云：「諺云：鵝寒插翅，鴨寒下水。」余謂鵝沒頭於毛中，則不鳴一聲，故以爲不敢出一語者之喻。

王驥德《西廂記古本校注》：

鵝，天鵝也。天鵝羣飛，以首一隻爲引領，謂之頭鵝。如得頭鵝，則一羣可致。《輟耕錄》載：元鷹房每歲以所養海清獲頭鵝者，賞黃金一錠。以首得之，又重三十餘斤，且以進御膳，故曰「頭」。元人亦常用此謂。劉靜修《詠海青》詩：「平燕未灑頭鵝血。」近王元美詩亦云：「奪取頭鵝任衆嗔。」沒字當無字用，今鄉語猶然。鵝羣中打去頭鵝，爲無頭之鵝也。

《輟耕録》「賞黃金一錠」下，有「頭鵝，天鵝也」一語。按：武珪《燕北雜録》記契丹達魯河釣魚云：

既中，縱繩令去。久，魚倦，即曳繩出之，謂之得頭魚。頭魚既得，遂相與出冰帳，於別帳作樂上壽。

《遼史國語解》：「頭魚宴，上歲時釣魚得頭魚，輒置酒張宴，與頭鵝宴同。」則頭鵝即首鵝，明矣。王伯良之説，爲有據也。費補之《梁溪漫志》云：

閒來先生陳公伯修（師錫）在太學，與了翁友善。一日，集宗室淄王圃中。有雁陣過，相與戲曰：「明年魁天下者，當中首雁。」伯修引弓射之，一矢中其三，了翁不中。

「首雁」者，亦「頭鵝」之意也。

鏖糟

岳伯川《鐵拐李》第四折：「一個鏖糟叫化頭，出去。」李文蔚《燕青博魚》第一折：「你哥哥更是鏖糟頭。」陶宗儀《輟耕録》云：

俗語以不潔爲鏖糟，按：《霍去病傳》「鏖皋」蘭下注：「世俗謂盡死殺人爲鏖糟。」然義雖不同，却有所出。

宋劉延世《孫公談圃》：

司馬温公之薨，當明堂大享，朝臣以致齋不及奠。肆赦畢，蘇子瞻率同輩以往，而程頤固爭，引《論語》「子於是日哭，則不歌。」子瞻曰：「明堂乃吉禮，不可謂歌則不哭也。」頤又諭司馬諸孤，不得受弔。子瞻戲曰：「頤可謂燠糟鄙俚叔孫通。」聞者笑之。

《能改齋漫録》「東坡詆程頤」條引《談圃》「鏖糟鄙俚」作「鏖糟陂裏」。按：鏖糟陂，地名，見莊季裕《鷄肋編》：

許昌至京師道中，有重阜，如馲駝之峰，故名馲駝堰；皆積沙難行，俗因呼爲馲駝嶋。又有大澤，彌生艸莽，名好艸陂，而夏秋積水沮洳泥淖，遂易爲鏖糟陂。

鏖糟陂者，言其潢污行潦，多濘不潔也。楊萬里《誠齋詩話》云：

潤州火，爇盡室廬，惟存李衛公塔、米元章菴。元章喜，題塔云：「神護衛公塔，天留米老庵。」有輕薄子於「塔」、「庵」兩字上，添注「爺」、「孃」二字，元章見之大罵。輕薄子再於「塔」、「庵」二字下添注「颯」、「糟」二字，蓋元章母嘗乳哺宮中，故云。糟字本出《漢書·霍去病傳》云：「鏖皋蘭山下。」注云：「今謂糜爛爲鏖糟。」輕薄子用「糟」黏「庵」字，蓋今讀鏖爲庵，讀糟爲子甘切。添注遂成七言兩句云：「神護衛公爺塔颯，天留米老孃庵糟。」

則鏖糟與俗書「腌臢」音義並同，顯是一語矣。

盆弔

尚仲賢《單鞭奪槊》第二折：「生拿敬德下牢囚，只待將他盆弔死。」李致遠《還牢末》第二折：「你把李孔目盆吊死了可不好。」南戲有《遭盆弔没興小申屠》一本。按：盆弔，獄持之名，《水滸傳》第二十八回述之甚詳：

他到晚把兩碗乾黃倉米飯和些臭鮝魚來，與你喫了，趁飽帶你去土牢裏去，把索子綑翻，着一牀乾藁薦把你捲了，塞住了你七竅，顛倒豎在壁邊，不消半箇更次，便結果了你性命，這箇喚做「盆弔」。

色長

關漢卿《金線池》第四折：「你取我俸銀二十兩，付與教坊司色長，着他整備鼓樂，從衙門首迎送韓解元到杜蘂娘家去。」《太平樂府》張小山〔朝天子〕詞：「教坊色長，曾侍宴丹墀上。」色長，教坊官名。《宋史・樂志》：

教坊本隸宣徽院，有使、副使、判官、都色長、色長、高班大小都知。

《東京夢華録》：

教坊色長二人，在殿上欄干邊，皆諢裹寬紫袍金帶義襴……

《續文獻通考》樂十八引《樂叶圖徵》云：

教坊家有部有色，部有部頭，色有色長。

部色名目，見於吴自牧《夢粱録》卷十二：

散樂傳學教坊十三部，唯以雜劇爲正色。舊教坊有篳篥部、大鼓部、拍板部；色有歌板色、琵琶色、方響色、笙色、龍笛色、頭管色、舞旋色、雜劇色、參軍等色。但色有色長，部有部頭。

故色長乃一色之長。《夢粱録》卷三「宰執親王南班百官入自上壽」條所稱「琵琶色長」獨彈玉琵琶，「樂伶色長」看盞，「筝色長」七寶筝獨彈，「歌板色長」唱踏歌，凡此皆是也。

骨朵　骨都

無名氏《漁樵記》第三折：「我則見那骨朵衙仗，水礶銀盆，茶褐羅傘，那五明馬上坐着的呵……」又云：「擺列着骨朵衙仗，水礶銀盆。」《宋史·儀衛志》：

凡皇城司隨駕人數，崇政殿祗應親從四指揮，共二百五十二人，執擎骨朵充禁衛。

又有「骨朵子直」、「御龍骨朵子直」。《東京夢華録》「軍頭司」，記禁中亦有御龍骨朵直。又卷六「十四日車駕幸五嶽觀」：

圍子親從官皆頂毬頭大帽，簪花，紅錦團答，戲獅子衫，金鍍天王腰帶，數重骨朵。……

《夢粱録》卷一「車駕詣景靈宫孟饗」，所記略同。陳世崇《隨隱漫録》記二十四班，中亦有「骨朵直」。按：骨朵，兵器，儀衛持之。《宋景文公筆記》：

國朝有骨朵之直，衛士之親近者。予嘗修日曆，曾究其義。關中人謂腹大者爲胍肫，上孤下都。俗因謂杖頭大者，亦爲胍肫，後訛爲骨朵。朵從平聲，然朵難得音，今爲軍額，固不可改矣。

《演繁露》卷十二：

《宋景文公筆録》謂俗以檛爲骨朵者，古無稽據，國朝既名衛士執檛扈從者爲骨朵子班，遂不可考。予按：字書簻、檛皆音竹瓜反，通作邁。邁又音徒果反。邁之發爲骨朵，正如而已爲爾，之乎爲諸之類也。然則謂檛爲骨朵，雖云不雅馴，其來久也。

宋祁《筆記》上虞李衎跋則云：

景文公議論考據精切如此，然前輩猶有一二可疑，如骨菜字。蓋檛字古作菜，嘗飾以骨，故曰骨菜。後世更文略去廾，又菜朵二聲相近，故譌爲朵耳。

然何薳《春渚紀聞》云：

元符間宗室有以妾爲妻者，因罷開府儀同三司及大宗正職事，蔡元長行詞曰：「旣上大宗之印，復捐開府之儀。」章申公謂曾子宣曰：「此乃與手持金骨之朵，身坐銀交之椅何異？」

誠如李衎所云，則雖謂之「金骨之朵」何害？予意宋祁之言是也。昔人呼骨朵者，固不特檛而已。除筆記所舉，關中人以大腹爲「胍肫」外，另有食物，亦名「骨朵」。張國寶《羅李郎》第二折有「油煠骨朵兒」。《水滸傳》第一回：

看身上時，寒粟子比餶飿兒大小。

《東京夢華録》：

都下賣鵪鶉骨飿兒……

《夢粱録》卷十六「葷素從食店」：

常熟糍糕、餶飿、瓦鈴兒、春餠……等點心。

《春渚紀聞》：

先生一日與魯直、文潛諸人會，飯旣，食骨䭔兒血羹。

「骨髓兒」、「骨髓兒」，當即食品「骨朵兒」。又人身贅腫，謂之「疙秃」，《淮南子》「親母爲其子治疙秃」是也。後世作「疙瘩」。翟灝《通俗編》：「今以皮膚小腫爲疙瘩。」而樹之瘤節，亦名「骨髓」。《太平廣記》卷二百四十八「山東人」條引《啟顔録》：「道旁樹有骨髓者，車撥傷。」又俗語謂突喙，亦曰「骨都」。元喬孟符《金錢記》第二折：

對着的都是些嘴骨都乳鶯嬌燕。

據此，則凡塊然隆起之物，昔者皆謂之骨朵矣。檛之所以稱骨朵者，其亦有取乎斯義乎？骨朵，又作古朵，見《元典章·兵部》卷二《軍器》。

巴壁　笆壁

李行道《灰闌記》第四折：「更夾着這祗候人無巴壁。」石君寶《秋胡戲妻》第三折：「更合着這子母每無笆壁。」巴壁，笆壁，一作巴臂。《京本通俗小説·錯斬崔寧》：

眼見得沒巴臂的説話了。

又作巴鼻。《水滸傳》第四十五回：

這厮倒來我面前，又説海闍黎許多事，説得箇沒巴鼻！

没巴鼻，猶言無根也。翟灝《通俗編》卷十三考之甚悉，兹摘引之：

《後山詩話》：蘇長公「有甚意頭求富貴，沒些把鼻便姦邪」。有意頭、沒把鼻，皆俗語也。《吕紫薇詩話》：盧陵女子作賦嘲吳鑄云：「大投意頭之沒，全然把鼻之無。」《草木子》文及俞作雪詞嘲賈似道云：「沒把沒鼻，霎時間做出漫天漫地。」按：把，猶言柄；鼻，猶言組；以器爲喻也。佛經記多根樹一則云：「我等沒巴鼻，只爲求他妻；今遭寒與凍，各各被他迷。」東坡詩文往往暗用佛經，後山未深考，但謂其用俗語也。鼻，毗至切。《五燈會元》大譌喆偈云：「目生二東西，南北沒把鼻。」雪峰欽偈云：「不瞥地蹉過，平生沒巴鼻。」俱叶寘韻。近人譌讀若別。高則誠《琵琶曲》：「這般說謊沒把臂。」本用寘韻，而改鼻爲臂，得非狥俗誤耶？

所引《後山詩話》蘇東坡語，又見於《鷄肋編》卷下，蓋熙寧初有士子上書逢合時宰，遂得堂除，東坡以俚語譏之也。

彩　采　啋

無名氏《抱粧盒》第二折：「太子也，但得箇屍首兒完全是大古裏彩。」張國賓《合汗衫》第三折：「我今天先認了那個孫兒大古來啋。」無名氏《看錢奴》第二折：「賣與個無子嗣的是孩兒采。」彩、啋、采同，儌幸之意，語本博奕。程大昌《搊蒲經略》：

采，本是采色之采，指其文以言也。如黑白之以色別，雉犢之以物別，皆采也。投得何色，其中程者勝，因遂名之爲采。今俗語凡事之小而幸得者，皆以采名之義，蓋起此也。此正班固所譏，謂「懸於投而不屬其人之有德」者也。

羅大經《鶴林玉露》載潘德文《贈白石道人》詩云：「世間官職似摴蒱，采到枯松亦大夫。」正是此意。

猱兒

喬夢符《兩世姻緣》第一折：「有那等滴溜的猱兒不覓錢。」賈仲名《對玉梳》第三折：「我與那普天下猱兒每可都做的主。」又無名氏《度柳翠》第三折：「你娘呵，則是倚仗着你箇弟子猱兒勢。」按：猱兒，即弟子，妓女也。《太和正音譜·詞林須知》：

妓女總稱謂之猱。猱，猿屬，貪獸也，喜食虎腦。虎見而愛之，負其背而取虱，遺其首而死，求其腦肝腸而食之。古人取喻，虎譬如少年，喜而愛其色；彼如猱也，誘而貪其財。故至子弟喪身敗業是也。

關節

關漢卿《哭存孝》第二折：「又不曾相趁着狂朋怪友，又不曾關節做九故十親。」《謝天香》第二折：「小人便關節煞，怎生勾除籍不做娼。」又無名氏《陳州糶米》第一折：「我則怕關節兒枉生受。」李上交《近事會元》：

唐穆宗長慶元年四月詔云：「文學之科，聞近日浮薄之後，扇爲朋黨，謂之關節，干擾主事。」

司馬光《涑水記聞》卷六：

京師爲之語曰：「關節不到，有閻羅包老。」

《宋史·包拯傳》亦有此語。《玉照新志》卷三：

惠洪，政和元年張天覺罷相，坐通關節竄海外。

按：《能改齋漫録》卷二：

世以下之所以通款曲於上者，曰「關節」。然唐有此語。段文昌言於文宗曰：「今歲禮部殊不公，取進士皆弟子無藝，以關節得之。」又《唐摭言》云：「造讀權要，謂之關節。」按：《漢書·佞幸傳》：「高祖有籍孺，孝惠時有閎孺，皆與上臥起，公卿皆因關說。」乃知關節蓋本於關說也。

俞德鄰《佩韋齋輯聞》亦曰：「關節，下所以通欵曲於上。」通欵曲者，即干營買囑之謂耳。

太平車

王實甫《西廂記》第四本楔子：「打算半年愁，端的是太平車約有十餘載。」《董西廂》：「欲問俺心頭悶打頦，太平車兒難載。」《水滸傳》第十六回：「着落大名府，差十輛太平車子。」又第六十一回：「你與我覓十輛太平車子，裝十輛山東貨物。」按：太平車，載貨車也，略似今之大車。《夢華録》卷三：

東京般載車，大者曰「太平」。上有箱無蓋，箱如构欄而平。板壁前出兩木，長二三尺許。駕車人在中間，兩手扶捉鞭鞍駕之。前列騾或驢二十餘，前後作兩行，或牛五七頭拽之。車兩輪與箱齊，後有兩斜木脚拖。夜，牛間懸一鐵鈴，行即有聲，使遠近來者車相避。仍於車後擊驢騾二頭，遇下峻險橋路，以鞭誂之，使倒坐縋車，令緩行也。可載數十石。官中車惟用驢差小耳。

又邵公濟《聞見後録》云：

今之民間輜車，重大椎樸，以牛挽之，日不能行三十里；少蒙雨雪，則跬步不進，故俗謂之「太平車」。或可施之無事之日，恐兵間不可用耳。

是此車滯笨，但能用諸太平之時，故民間遂目之爲太平車耳。

老子

康進之《李逵負荆》第三折：「只被你爆雷似一聲，先誂倒那呆老子。」無名氏《漁樵記》第三折：「這壁廂雖然年紀老，則是個村莊家老子。」又《陳州糶米》：「這個村老子好無禮。」《水滸傳》第四十五回：「把這婦人和老子一引到水陸堂上。」朱熹《名臣言行録》：

范仲淹守西夏，賊曰：「小范老子，胸中有數萬甲兵，不比大范老子可欺也。」

王闢之《澠水燕談》亦曰：

范文正公以龍圖閣直學士帥邠、延、涇、慶四郡，威德著聞，夷夏聳服，屬戶蕃部，率稱曰「龍圖老子」。至于元昊，亦以是呼之。

按：陸游《老學庵筆記》：

予在南鄭，見西陲俚俗謂父曰「老子」。雖年十七八，有子，亦稱「老子」。乃悟西人所謂「大范老子」、「小范老子」，蓋尊之以爲父也。

由此可知，宋世中原，固未嘗以「老子」爲尊稱也。元曲所謂「老子」，亦多有侮慢之意，略似今言「老頭子」、「老傢伙」之類。予觀吴處厚《青箱雜記》云：

又彭門卒以道（馮道）爲賣己，欲兵之，湘陰公曰：「不干此老子事。」中亦獲免。

又樂府有「康老子」曲，唐段安節《樂府雜録》：

長安富家子，名康老子，落魄不事生計，常與國樂遊處，家蕩盡。偶得一舊錦褥，波斯胡識是水蠶所織，酬之千萬。還與國樂追歡，不經年復盡。尋卒。樂人嗟惜之，遂製此曲。亦名「得至寶」。

然則謂老人爲「老子」，自唐、五代已然。

撮合山

鄭廷玉《㑳梅香》第三折：「那時節也替我撮合山粧一箇謊。」無名氏《隔江鬥智》第二折：「俺主人就着魯肅權做個撮合山媒人。」又《百花亭》第二折：「只索央及你撮合山，花博士。」撮合山，俗以稱媒人，未知所本。《京本通俗小説·西山一窟鬼》：

原來那婆子是個撮合山，專靠做媒。

《水滸傳》第二十回：

怎當這婆子撮合山的嘴攛掇。

又第二十四回：

乾娘，你既是撮合山，也與我做頭媒。

毛西河《西廂記參釋》：

撮合山，元詞稱媒人皆然，古注謂是荷包上壓口，更屬杜撰。

又陳繼儒《西廂記釋義字音》云：

撮合山，一山名敖山，自南而北；一山名返山，自北而南；誓不相合。後有一仙人和合，勸勸相連，以比今之媒人通合。

不知何所據而云然。大抵望文生義，亦難取信。

官人

高文秀《趙元遇上皇》第二折：「官人清似水，外郎白似麵。」關漢卿《謝天香》第一折：「爺爺，那官人好個冷臉子也。」又《竇娥冤》第二折：「我做官人勝別人，告狀來的要金銀。」官人，有官之人也。司馬光《涑水記聞》：

盧州曾紹齋言其鄉里數十年之間，吏治簡易，民俗富樂，不肯以嫁官人，云：恐其往他州，難相見也。

仕宦者播遷無定，故鄉民不欲以女妻之。邵伯温《聞見録》：

時晏元獻公爲相，求婚於文正，文正曰：「公之女若嫁官人，某不敢知；必求國士，無如富某者。」猶謂：若必欲求有官者，斯亦已矣；不爾，則富弼國士無雙，不可失之。張端義《貴耳集》：

御前雜劇，三官人：一曰京尹，二曰常州太守，三曰衢州太守。

王闢之《澠水燕談》：

文定公曰：「吾女不妻先生，不過爲一小官人妻；先生德高天下，幸婿李氏，榮貴莫大於此。」

《癸辛雜識別集·鄉宰小鬼》：

何小山既貴里居，有鄉宰初上來見。一覩刺字，曰：「小鬼耳。」遣吏謝之。後以佃家來訴鄰黽之擾，有狀要邑，宰判云：「作高田塍多著水，鴨踏苗頭自理會，朝中自有大官人，何必執狀問小鬼。」

又貫雲石《孝經直解·諸侯章第三》：

這一章說大官人每行的勾當。

又曰：

阿的是諸侯大官人每行孝道的勾當。

大官人、小官人，猶大官小官也。世因泛稱男子爲官人。又妻稱其夫，亦曰「官人」，今語猶以新郎爲「新官人」，蓋皆以官尊之也。考韓愈《王適墓志》已云：「一女憐之，必嫁官人，不以與凡子。」劉禹錫《插田歌》：「君看二三年，我作官人去。」則此語亦不自宋始。

分曉

關漢卿《謝天香》第一折:「這一場無分曉,不裁思。」《裴度還帶》第三折:「我辨認得分分曉曉。」無名氏《隔江鬥智》第三折:「你説的來好没分曉。」分曉,亦宋元間俗語。釋惠洪《冷齋夜話》卷七「負華嚴入嶺入大雪偈」:

遍界不曾藏,處處光皎皎,開眼失却蹤,都緣太分曉。

車若水《脚氣集》:

此看先儒之言不分曉,而又不曉事也。

又曰:

予云:只四句連續分曉,何用看上文?

《宣和遺事》卷上:

把那酒桶辨驗,見上面有「酒海花家」四字分曉。

《水滸傳》第四十回:

小人一時心慌,要趕程途,因此不曾看得分曉。

按:俞德鄰《佩韋齋輯聞》云:「鶻突,不分曉貌,一作糊塗。」則分曉必適與糊塗相反,當作「明白」解。太分曉者,太明白也。無分曉、没分曉,亦不分曉之意。

打火　燈火店

鄭廷玉《金鳳釵》第三折：「我有錢時，做甚教伊索打火房錢該二百？」張國賓《羅李郎》第三折：「恰離了招商打火店門兒，早來到物穰人稠土市子。」賈仲名《對玉梳》第三折：「早尋個燈火店安下也好。」燈火店當即打火店，音近譌轉。宋元間以旅次饔飧爲「打火」。《京本通俗小説·拗相公》：

相公，該打中火了。

又云：

衆人中火已畢。

中火，午食也。《水滸傳》第二回：

你母子二位敢未打火？叫莊客安排飯來。

又第三十七回：

三箇來到市稍盡頭，見了幾家打火小客店。

蓋宋元間制度，逆旅或不爲具飲食，投宿者必須自己辦饍。《水滸傳》第四十六回：

小二哥放三箇入來安歇，問道：「客人不會打火麽？」時遷道：「我們自理會。」小二道：「今日沒客歇，竈上有兩隻鍋乾淨，客人自用不妨。」

又第五十三回：

到五更時分，戴宗起來，叫李逵打火，做些素飯喫了，各分行李在背上，算還了房客錢，離了客店。可以爲證。炊飯必先打火，故後遂以打火爲旅中飲食之稱。

小閒　閒家　閒的

馬致遠《青衫淚》第二折：「昨日茶坊裏張小閒來説，有個浮梁茶客劉一郎，要來和孩兒喫酒。」關漢卿《救風塵》第三折：「自家張小閒的便是。平生做不的買賣，止是與歌者姐姐每叫些人，兩頭往來，傳消寄信都是我。」無名氏《貨郎担》：「只教那媒人往來，閒家擘劃。」《來生債》第二折：「我只去妓館家做閒的去。」吴自牧《夢粱録》卷十六「分茶酒店」：

更有百姓入酒肆，見富家子弟等人飲酒，近前唱喏，小心供過，使人買物命妓，謂之閒漢。

又卷十九「閒人」：

又有講古論今、吟詩和曲、圍棋撫琴、投壺打馬、撇竹寫蘭，名曰食客，此之謂閒人也。更有一等不著藝業，食於人家者，此是無成子弟，能文、知書、寫字、善音樂；今則百藝不通，專精陪侍涉富豪子弟郎君，遊宴執役，甘爲下流，及相伴外方官員財主，到都營幹。又有猥下之徒，與妓館家書寫柬帖取送之類，更專以參隨服役資生。舊有百業皆通者，如紐元子，學像生叫聲，教蟲蟻，動音樂，雜手藝，唱詞白話，打令商謎，弄水使拳，及善能取覆供過，傳言送語。又有專爲棚頭，鬥黄頭，養百蟲蟻、促織兒。又謂之閒漢。凡擎鷹、架鷂、調鵓鴿、鬥鵪鶉、鬥鷄、賭撲、落生之類。……」

元曲之「小閒」、「閒的」、「閒家」，卽《夢粱録》之「閒漢」，所謂「猥下之徒，與妓館家書寫柬帖取送」者是矣。

九百

馬致遠《岳陽樓》第二折：「他又風，我又九伯，俺大家耍一會。」無名氏《馬陵道》第二折：「我問你，你是風魔呵，是九伯？」關漢卿《魯齋郎》第二折：「纔五更天氣，你敢風魔九伯，引的我那裏去？」《水滸傳》第八十二回：「第五箇貼淨的，忙中九伯，眼目張狂。」周密《癸辛雜識》：

唐震黄震，撫州信州，俱是二千之石，皆爲九百之頭。

按：「九百」一語，宋人筆記釋之者甚多，惟葉氏《愛日齋叢鈔》爲詳，今特引之：

陳無己云：「世人以癡爲九百，謂其精神不足也。」項平甫《家説注》云：「司業言九百，草書喬字也。」朱彧《可談》云：「青州王大夫爲詞鄙俚，每投獻，當路以爲笑具。季父見其子，謝謝。其子曰：『大人九百亂道，玷瀆高明。』蓋俗謂神氣不足者爲九百，豈以一千卽足數耶？」以待釋之，不若陳朱之説通。予讀張平子《西京賦》云：「小説九百，本自虞初。」注者謂：「小説九百篇，虞初著。」又曰：「九百四十三篇，言九百，舉其大數也。」《漢志》云：「小説家者流，蓋出於稗官，街談巷語，道聽塗説者之所造也。」如淳曰：「街談巷説，其細碎之言也。」俗所云九百，或取喻細碎之爲者。俚語本於史録，固有矣，故謾記之。東坡作文字，中有一條以：「彭祖八百歲，其父哭之，以九百者尙在。」李方叔問東坡曰：「俗語以憨癡騃爲九百，豈可筆之於文字間乎？」坡曰：「子未知所據耳。張平子《西京賦》云：「乃有祕書，小說九百。」蓋稗官小說，凡九百四十三篇，皆巫醫厭祝，及里巷之所傳言，集爲是書。西漢虞初，洛陽人，以其書事漢武帝，出入騎從衣黃衣，號黃衣使者，其說亦號九百，吾言豈無據也？」方叔後讀《文選》，見其事具《文選》註，始嘆曰：「坡翁於世間書何往不精通耶？」近見雜說載此，乃知前輩考證，無所不至。

九百之爲癡，殆無疑義，至謂出於史録，則未可盡信已。

平人

鄭廷玉《後庭花》第四折：「他共李順渾家姦情密，教平人正中他拖刀計。」孟漢卿《魔合羅》第三折：「我直教平人無事罪人償。」賈仲名《對玉梳》第二折：「這效鸞凰翠屏繡幙，是陷平人虎窟狼窩。」馬縞《中華古今注》：

先設枷棒，破平人家不知其數。

蘇轍《龍川略志》卷一：

出川行乞，忽與平人齒。

莊季裕《鷄肋編》卷下：

我是密州高安縣販邵武軍客人，被你朝議在吉州權縣，將我六個平人，悉做大辟殺了，今來取命。

岳珂《桯史》卷六：

革亶坐手殺平人，論極典。

又《元典章》四十《刑部》卷二「巡檢司獄具不便」條：

泗州天長縣銅城巡檢司官吏，將平人袁虎子用獄具非法拷訊，虚招殺人。

味其意，平人乃良人，不作平常百姓解。故無名氏《馮玉蘭》第三折：「我筆下難容無義漢，劍頭偏斬不平人。」《十探子》第三折：「勑賜金牌勢劍行，王條專斬不平人。」《水滸傳》第三回亦云：「直教禪杖打開危險路，戒刀殺盡不平人。」不平人，意卽不良之人。如讀此「不平」爲「物不得其平則鳴」之「不平」，則誤矣。

瓦市

李直夫《虎頭牌》第二折：「伴着火潑男也那潑女，茶房也那酒肆，在那瓦市裏穿。」周德清〔天淨沙〕詞：「根窠生長靈芽，旗槍攙立烟花，不許馮魁串瓦。」瓦，卽瓦市。趙升《朝野類要》卷一「金鷄」：

大禮畢，車駕登樓。有司於麗正門下肆赦，卽立金鷄竿盤，令兵士捧之。在京係左右軍百戲人，今乃瓦市百戲人爲之。

張端義《貴耳集》卷下：

臨安中瓦在御街中，士大夫必游之地，天下術士皆聚焉。

元吾衍《閒居録》：

未幾以下瓦屋廉可僦，遂以一屋之費得二室焉。

中瓦、下瓦，皆瓦市名。瓦市，瓦子也，亦謂之瓦舍，妓樂所聚，爲宋元間遊冶之所。《夢粱録》卷十九：

瓦舍者，謂其來時瓦合，去時瓦解之義，易聚易散也；不知起於何時。頃者京師甚爲士庶放蕩不羈之所，亦爲子弟流連破壞之門。杭城紹興間駐蹕於此，殿巖楊和王因軍士多西北人，是以城内外創立瓦舍，招集妓樂，以爲軍卒暇日娱戲之地。今貴家子弟郎君因此蕩遊破壞，尤甚於汴都也。

《夢粱録》所載南宋時臨安瓦肆，達十七處之多，則亦可謂之盛矣。

（此系燕京大學研究院中文系研究生畢業論文殘稿）

宋元小說戲曲語釋（二）

掩映

宋張昇《離亭燕》詞：「水浸碧天何處斷，霽色冷光相射。蓼嶼荻花洲，掩映竹籬茅舍。」數語風物蕭疏，寒氣逼人，摹繪江上秋光，得其神髓。「映」字後人都取照映之義（如唐人「映門淮水緑」、「花面交相映」之類），故以若隱若現、半藏半露爲「掩映」。一帶籬舍，微見于紅蓼白荻之中，景界可算清麗了。二字宋人常用。潘閬《憶餘杭》：「長憶錢塘，不是人寰是天上：萬家掩映翠微間，處處水潺潺。」間或寫作「蔭映」。歐陽修《養魚記》：「折簷之前有隙地，方四五丈，直對非非堂。修竹環繞蔭映，未嘗植物。」一作「隱映」。范公偁《過庭録》引張昇詞，「掩」即作「隱」。王安石《江上》：「青山繚繞疑無路，忽見千帆隱映來。」梅堯臣《送方進士遊廬山》：「樹巖隱映見寺刹，層層杳杳躋雲階。」以上義釋之，也都不致扞格。有時還頗覺帖適，如末一例。

然而這決不是此語的本義。在許多場合，類似的解釋，斷難通貫。這種情況，在元曲中尤爲明顯。無名氏《争報恩》第二折：「亭子下一塊太湖石，我在這太湖石邊掩映着，看是什麼人來。」李文蔚《燕青博魚》第三折［滚繡毬］：「他若是但回身，我在這背陰中掩映。」孟漢卿《魔合羅》第二折［古水仙子］：「呀呀呀猛見了，嗨嗨嗨諕的我悠悠魂魄消，將將將紙錢來遮，把把把泥神來緊靠，慌慌慌我這裏掩映着。」鄭德輝《㑳梅香》第一折〔賺煞〕：「行過那梧桐樹兒邊金井，井闌邊把身軀兒掩映。」又關漢卿套曲〔新水令·雁兒落〕：「怕別人照見咱，掩映在酴醾架。」諸曲並寫主人公想藏匿起來，不令人見。如果竟然半藏半露、如隱如現，就不無可怪了。

原來，在古人口語中，「映」別有「遮掩」一義。《説文》：「映，隱也。」此雖不數見于後世字書，却仍常常在唐宋人筆下出現。唐李匡乂《資暇集》卷中「錢戲」條：「俗謂之攤錢，亦曰攤鋪。其錢不使迭映欺惑也。」迭映，謂復迭遮蔽。蔣防《霍小玉傳》：「生驚視之，則見一男子藏身映幔，連招盧氏。」又杜光庭《虬髯客傳》：「忽有一人，中形，赤髯而虬，乘蹇驢而來。投革囊于爐，取枕欹卧，看張梳頭。公怒甚，未決，猶刷馬。張熟視其面，一手握髮，一手映身摇示公，令勿怒。」映幔，謂以幔爲蔽；映身，謂以身屏翳手勢：皆欲勿使他人知覺。崔國輔《今別離》：「送別未能旋，相望連水口。船行欲映洲，幾度急摇手。」此謂洲渚遮斷行舟。温庭筠《楊柳枝》：「館娃宮外鄴城西，遠映征帆近拂堤。」此謂柳蔭障却帆影。陸游《初夏幽居雜賦》：「披叢采香草，映樹看珍禽。」此謂恐棲鳥見人驚起，故潛身樹後，静觀默賞。「映樹」，猶云遮以樹。諸例都可以證明「映」卽「遮」義。從知無論「掩映」、「隱映」或者「遮映」，並屬重言，止是隱蔽、遮藏之意。郭若虛《圖畫見聞志》卷二「徐熙」條引徐鉉語：「落墨爲格，雜彩副之，蹟與色不相隱映。」説明徐熙的特殊畫風，雖敷彩，並不掩没勾稿的墨迹。孟元老《東京夢華録》卷七「清明節」條描寫郊遊：「轎子卽以楊柳雜花裝簇頂上，四垂遮映。」婦女乘轎中，花柳披拂，可當下簾。又李覯《鄉思》：「人言落日是天涯，望極天涯不見家。堪恨碧山相掩映，碧山還被暮雲遮。」（《直講李先生文集》卷三十六此二字但作「阻隔」，殆後人妄改。引從吴處厚《青箱雜記》卷七載。）「掩映」與「遮」字互文，意思完全相同。歐陽修《樂哉襄陽人送劉太尉從廣赴襄陽》：「鳳林花發南山春，掩映谷口藏山門。」「掩映」亦「藏」義。王安石《次韻張子野竹林寺二首》其二：「京峴城南隱映深，兩牛鳴地得禪林。」言樹林陰翳，即唐人「禪房花木深」詩意。

至若小説中，使用「掩映」字處就更多了。《水滸》第一回：「流水有聲謂之澗，古渡源頭謂之溪，巖崖滴水謂之泉；左壁爲掩，右壁爲映；出的是雲，納的是雨。」這裏左右云云，雖不知所本；要之兩字一義，却也是十分清楚的。又，《三國演義》第一百九回：「司馬昭乃仲達之子，豈不知兵法？若見地勢掩映，必不肯追。」第一百十四回：「前面山勢掩映，倘有伏兵，急難退步。」也都是遮掩、隱蔽之意。人民文學出版社注（一九六一年版，八八六頁）云：「掩映，重重迭迭，參差交錯的意思。」似于原義未洽。

分茶

「分茶」字見於董解元《西廂記》諸宫調。卷一［仙吕宫・賞花時］云：「西洛張生多俊雅，不在古人之下。苦愛詩書，素閑琴畫。德行文章没包彈，綽有賦名詩價。選甚嘲風詠月，擘阮分茶。」元曲如石君寶《紫雲庭》：「不争這厮提起那打毬詐柳，寫字吟詩，彈琴擘阮，攧竹分茶，教我兜地皮痛，乍地心酸。」喬夢符《揚州夢》第三折［梁州第七］：「知音吕借意兒嘲風詠月，有體段當場兒攧竹分茶。」又無名氏《百花亭》第一折：「他便是風流王焕。據此生世上聰明，今時獨步。圍棋遞相，打馬投壺，撇蘭攧竹，寫字吟詩，蹴踘打諢，作畫分茶，拈花摘葉，達律知音，軟款温柔，玲瓏剔透，懷揣十大曲，袖褪《樂章集》，衣帶鶺鶉糞，靴染氣球泥：九流三教事都通，八萬四千門盡曉。端的個天下風流，無出其右。」唐宋人詩文中也屢言之。劉禹錫《代武中丞謝新茶表》：「吴主禮賢，方聞置茗；晉臣愛客，纔有分茶。」而陸游《臨安春雨初霽》：「矮紙斜行閒作草，晴窗細乳戲分茶。」最爲人所傳誦。諸家注此二字，其説不一。或謂：「『分』就是宋徽宗《大觀茶論》所謂『鑑辨』。唐代陸羽《茶經》裏《六之飲》説：『茶有九難。……二曰別。』」（人民文學出版社《宋詩選注》第二〇七頁）或謂：「把茶分等。」（中華書局《陸游選集》第九八頁）有的人則逕直説：分茶即「品茶」。（人民文學出版社《董解元西廂記》第二六頁）

三種意見雖然略有出入，但把「分」字理解爲「區別」，却是大家一致的。這自然不能説沒有道理。陸羽《茶經》所謂「嚼味嗅香」，唐庚《鬥茶記》所謂「第其品，以某爲上，某次之」，都足以説明鑑別、分等，不只是採造者的事功，同時也是「鬥試家」的風尚。不過，我的淺見則微與之異。分茶一詞的意義，既非別茶，也非品茶，而應該是：烹茶。陳與義《簡齋詩集》卷六有《與周紹祖分茶》一詩，云：「竹影滿幽窗，欲出腰髀懶。何以同歲暮？共此晴雲椀。摩挲蟄雷腹，自笑計常短。異時分憂虞，小杓勿辭滿。」詩中止于描寫冬日晴窗，對客啜茗；沒有談到鑑別色味，品第高下。周去非《嶺外代答》卷六「茶具」條：「雷州鐵工甚巧，製茶碾、湯甌、湯匱之屬，皆若鑄就。余以比之建甯所出，不能相上下也。夫建甯名茶所出，俗亦雅尚，無不善分茶者。雷州方啜萿茶，奚以茶器爲哉？」這裏所舉「分茶」的器皿，鐵碾，所以屑茶（古茶模成小餅，稱爲「茶銙」，飲用前須先研碎）；鐵甌，所以熟水；鐵匱，所以儲湯：都是烹點的用具。

又吴坰《五總志》:「學士陶穀侍兒,太尉党公(按指党進)故姬也。陶一日以雪水分茶,謂之曰:『党公解此乎?』對曰:『党公武人,每遇天寒雪作時,于錦帳中命歌兒度曲,飲羊羔酒爾,安知此樂!』」此處如將「分茶」講成「别茶」、「把茶分等」,或者「品茶」,尤感枘鑿。蘇軾《趙成伯家有麗人不肯開樽徒吟春雪美句次韻一笑》一詩自注亦云:「世言……陶穀學士買得党太尉家妓,遇雪,陶穀取雪水烹團茶。」「分茶」但作「烹茶」。《事文類聚》載此事,則作「取雪水煎茶」。辛棄疾〔上西平〕《會稽秋風亭觀雪》:「羔兒無分謾煎茶。」並用陶穀事,「分」亦作「煎」。又陸游《過湖上僧庵》詩:「奇香炷罷雲生岫,瑞茗分成乳泛杯。」分成,亦烹成、煎成之意。因此,我認爲「分茶」就是烹茶、煎茶;猶「瀹茶」之爲送茶,「點茶」之爲泡茶,都是一時的俗語。

唐宋人酷好茗事,有種種講究。烹試之前,講求泉品,要碾、要羅;烹試之際,講求湯候,要點注、要擊拂。唐常伯熊,手執茶器,口通茶名,黄衫烏帽,區分指點。陸鴻漸款客,身衣野服,隨茶具而入(《封氏聞見記》卷六「飲茶」)。宋徽宗在太清樓曲宴臣僚,也親執匙勺,躬臨爐鐺。「上命近侍取茶具,親手擊拂。少頃,白乳浮醆面,如疏星澹月。」(王明清《揮麈録餘話》卷一)至于詩人文士,無不以此相尚,極意研討,視同藝術。所以戲曲中「分茶」常和詩畫琴阮並提,以形容人物的多才多藝,陸游詩中「分茶」亦與「作草」對舉,都反映了這樣一種風氣。

攛廂

元曲中凡官司坐衙，必「喝攛廂」。張相《詩詞曲語辭彙釋》云：「攛廂，衙役么喝也。」「猶舊時吏役之排衙，分别兩廂，作么喝聲也。」並舉《竇娥冤》第二折：「今日升廳坐衙，左右，喝攛廂！（祇候么喝科）」及第四折：「今早升廳坐衙，張千，喝攛廂者！（張千做么喝科云）在衙人馬平安，擡書案。」以爲證明。則「廂」及「邊廂」之「廂」，今言旁邊。「攛廂」也者，即「在衙人馬」云云。

但是，如果「廂」是「兩廂」的話，「攛」字又當作何解呢？可見此説猶未爲瞭徹無疑。

今按：「廂」與「箱」通用。《儀禮·覲禮第十》：「記几俟于東箱。」《史記》卷一百二十八《龜策列傳》：「入于端門，見于東箱。」《晉書》卷六十五《鳩摩羅什傳》：「龍出東箱井中，于殿前蟠卧。」鄭廷玉《忍字記》（第四折［上小樓］）：「誰着你便石虎石羊周圍邊箱種着田禾。」《百回本水滸》第二十一回：「一張金漆桌子上放一個錫燈台，邊箱兩個杌子。」——這是「箱」通作「廂」。石君寶《曲江池》楔子：「張千，你可收拾琴劍書廂，伏侍大相公去走一遭。」王仲文《救孝子》第四折：「只到我家廂兒裏取一帖藥來，煎與我喫，我這兩脚登時就直了也。」《金瓶梅》第七回：「話説西門慶家中一個賣翠花的薛嫂兒，提着花廂兒，一地哩尋西門慶不着。」「也有四五只廂子金鐲銀釧。」第二十五回：「杭州織造蔡太師生辰的尺頭，並家中衣服，俱已完備，打成包裹，裝了四廂。」又第四十七回：「我家主皮廂中還有一千兩金銀，二千兩段疋，衣服之類極廣。」——這是「廂」通作「箱」。因此，「攛廂」也叫「攛箱」。元曲寫作「攛箱」的例子很多。如李致遠《還牢末》第一折：「下官府尹，今日陞廳，坐起早衙。張千，喝攛箱！」楊顯之《瀟湘雨》第二折：「不須辦幞頭袍笏，便好去么喝攛箱。」孟漢卿《魔合羅》第三折［商調集賢賓］：「則聽的鼕鼕傳擊鼓，偌偌報攛箱。」無名氏《殺狗勸夫》第四折：「祗候人那裏？與我喝攛箱者！」皆是。

攛，俗語投、抛的意思。朱凱《昊天塔》第二折［上小樓］：「我敢滴溜扑將腦袋兒攛在殿堦直下。」無名氏《馮玉蘭》（第四折）：「船攏了岸了，將跳板攛下。」《京本通俗小說·錯斬崔寧》：「將老王尸首攛入澗中。」又《水滸》第五回：「先把戒刀和包裹拴了，望下丢落去；又把禪杖也攛落去。」《警世通言·蘇知縣羅衫再合》：「便將駱纜捆做一團，如一只餛飩相似，向水面扑通的攛將下去。」攛皆投、抛之義。所以元曲的攛刺，謂投而刺之。《宋史》卷一百九十五《兵志》九：「搶手駐足舉手攛刺，以四十攛爲本等。」

那麽，「抛箱」又是什麽呢？

這是宋代的一種制度：官司設箱以受納訴狀。告狀人把狀紙投入箱中，就叫做抛箱。舊題宋陳襄《州縣提綱》卷二云：「出箱受狀，其間有作匿名、假名狀，投于箱中者。稠人雜遝，莫可辨認。兼有一人因便投不緊要數狀及代名數人者。」故作者建議：「受狀不出箱。」此書雖未必出于陳述古之手，然爲宋人撰作，則無可疑。據此，可以窺知宋時一般州縣抛箱的情況。話本《宋四公》寫宋開封尹升廳，抛箱，內中一幅狀紙乃隱名人的一首揶揄官府的小詞。這正是《州縣提綱》的作者特别指出來要加以防範的廂如用今天明白易曉的話來説，就是：抛箱。《古今小説·宋四公大鬧禁魂張》：「大尹看了越焦燥，朝殿回衙，卽時升廳，引放民户詞狀。詞狀人抛箱。」兩字正如此作。

那種現象。其實，擸㩉的真正意義，從元曲的有些情節中，也可以看得出來。無名氏《盆兒鬼》第四折：「（外扮包待制引丑張千祗候上）（張千喝科云）喏！在衙人馬平安，擡書案。（包待制云）……今日陞廳，坐起早衙。張千，喝擸㩉者！（張千云）理會的。擡放告牌出去！」這裏「報平安喏」在喝擸㩉之前，而喝擸㩉只是「擡放告牌出去」。又《爭報恩》第二折：「今日陞廳坐早衙。張千，喝擸㩉，擡放告牌出去。」都清楚地告訴我們，擸㩉就是放告投狀。

元楊瑀《山居新話》中有一則記事：「桑哥丞相當國擅權之時，同僚張左丞、董參政者，二公皆以書生自稱，凡事有不便者，多沮之。桑哥欲去之而未能。是時都省告狀擸箱，乃暗令人作一狀，投之箱中。至午收狀，當日省掾須一一讀而分揀之。中有一狀，無人名事實，但云：『老書生，小書生，二書生壞了中書省。不言不語張左丞，鋪眉搧眼董參政，也待學魏徵一般俸請。』桑哥佯爲不解其說，趣省掾再讀之不已，張起身云：『大家飛上話短長，自有傍人梧桐樹。』一笑而罷。語雖鄙俚，亦一時機變也。」桑哥專政，在元世祖至元二十四年至二十八年間，知其時尚書省亦置箱受狀。所以元曲不但寫宋事，即取材現實生活的作品如關漢卿《救風塵》第四折、楊顯之《酷寒亭》第四折中，長官陞堂視事，也都喝擸㩉，蓋元時仍用兩宋舊制。

髀殖

往歲讀元雜劇，見有髀殖一詞。如關漢卿《哭存孝》第一折「後庭花」：「你餓時節撾肉喫，渴時節喝酪水，閒時節打髀殖。」李壽卿《伍員吹簫》第一折：「他是個好漢，常在教場中和小的們打髀殖耍子。」鄭德輝《三戰呂布》第一折：「某正在本處與小廝打髀殖。」初不曉髀殖爲何物。後閱《元史》及《元朝秘史》，方知這是當時蒙古人的一種玩具。《元史》卷一《太祖本紀》：「復前行，至一山下，有馬數百，牧者唯童子數人，方擊髀石爲戲。」《元朝秘史》卷一：「太祖生時，右手握着髀石般一塊血生了。」卷三：「帖木真十一歲，于斡難河冰上打髀石時，札木合將一個麅子髀石與帖木真，帖木真却將一個銅灌的髀石回與札木合，做了安答。」（安答，蒙古語伙伴之意。《元聖武親征録》注：「按答，變物之友。」《元史》卷一二一《畏答兒傳》：「按達者，定交不易之謂也。」）史所謂髀石，即曲所謂髀殖。曰石，以形言；曰殖，以質言：其實則一。從這些記載中，大致可以看出，髀殖用獸骨製成，間或灌填金屬以取重，兒童擲擊爲戲。至其玩法，明劉侗、于奕正《帝京景物略》言之最爲詳悉。卷二「春場」條云：

是月羊始市。兒取羊後脛之膝之輪骨，曰「貝石」，置一而一擲之。置者不動，擲之不過，置者乃擲；置者若動，擲之而過，勝負以生。其骨輪四面兩端：凹曰「眞」，凸曰「詭」，勾曰「騷」，輪曰「背」，立曰「頂骨律」；其頂：歧亦曰「眞」，平亦曰「詭」。蓋眞勝詭負而騷、背間，頂平再勝，頂歧三勝也。其勝負也，以貝石。

這裏的貝石，自然也就是元代的髀石。到了明代，這種遊戲也在漢族孩子中間流行了。

《元朝秘史》有清順德李文田注文。李注卷三，於髀石也有考釋。所引凡三事：其一即《元史·太祖本紀》語，餘二條則葉隆禮《契丹國志》與楊賓《柳邊紀略》。其說曰：

《契丹國志》曰：宋眞宗時，晁迥往契丹賀生辰，言國主皆佩金玉錐，「又好以銅及石爲槌以擊兔」。然則髀石及擊兔所用，以麅鹿之骨或銅灌而成也。楊賓《柳邊紀略》曰：「寧古塔童子相戲，多剔麅麞鹿腿前骨，以錫灌其竅，名噶什合。或三或五，堆地上擊之，中者盡取所堆，不中者與堆者一枚。多者千，少者十百，各盛於囊。歲時閒暇，雖壯者亦爲之。」據楊此文，則此風不特蒙古；並可知帖木眞與札木合所以交換髀石之故。噶什哈，卽滿洲語指髀石也。

引文分見《契丹國志》卷二十三「漁臘時候」及《柳邊紀略》卷四。噶什哈爲滿洲語髀石，自無問題；若契丹人用以擊兔的獵具，是否亦卽此物，則難以判定了。

數事本史家已舉，不待饒舌。因念初讀元曲的人，或許也會像我那樣發生疑問而無從查考，且也未必人人有暇去讀李氏書，故不嫌稗販，剟錄于此，以省他人尋檢之勞。

叉手　抄手

楊顯之《瀟湘雨》第一折〔油葫蘆〕：「則見他抄定攀蟾折桂手，待趨前，還褪後，我則索慌忙施禮半含羞。」無名氏《漁樵記》第一折：「一葉扁舟系柳梢，酒開新甕鮓開包；自從江上爲漁夫，二十年來手不抄。」後一例翻用了古人的兩句成詩。宋何薳《春渚紀聞》卷七「漁父詩答范希文」條記關子東（注）語：

范希文嘗於江上見一漁父，意其隱者也，問姓名，不對，留詩一絕而去。獨記其兩句云：「十年江上無人問，兩手今朝一度叉。」

讀了這則小故事，我們才得以確知：抄手原來卽是叉手。叉手一詞，小說戲曲中俯拾卽得，舉例自可從省。這是古代的一種敬禮，漢唐已有，通行于宋元明間。故《水滸》第三回云：「酒保聽得，慌忙上來看時，見魯提轄氣憤憤地。酒保抄手道：『官人要甚東西，分付買來。』」這是寫酒保看到魯達發怒，趕緊叉手行禮，顯得十分謙恭的樣子。又第十一回：「只見個官人背叉着手行將出來。」第二十八回：「武松却背叉着手。」背叉手，亦常作背抄着手。《醒世恒言・張孝基陳留認舅》：「只得抄着手唱個喏。」而《鄭節使立功神臂弓》則說：「叉着手唱三個喏。」《京本通俗小說・錯斬崔寧》亦云：「崔寧叉着手，只應得喏。」都可以證明「抄手」和「叉手」是同語的歧寫。

叉手爲禮，究竟是怎樣一種姿勢？這也許不只是古典文學讀者的問題，同時也是歷史劇演員和創作歷史畫幅的美術工作者的問題。曾經有人把這種禮節描寫爲「兩手交叉放在胸前」（人民文學出版社《水滸》注，一九五三年版，第二九頁）。我所看到的號稱爲明杜堇作的《水滸圖》，其中李逵、燕青一幅，兩人相向而立，李逵躬身抱拳，燕青則赫然「兩手交叉放在胸前」。可見這種意見絶非無據。然而，這恐怕也只是一種由來已久的誤解。

宋人言「叉手」，常和「揖」連在一起。如孔平仲《談苑》卷四：「真宗召种放至闕，韋布長揖宰執。楊大年嘲曰：『不把一言裨萬乘，祇叉雙手揖三公。』」這表明作揖時是必須叉手的。宋代樂器中又有「叉手笛」，一名「拱辰管」。釋文瑩《玉壺清話》卷五：「樂府中有古玉管，素號叉手笛。」而叉手笛的得名，是由于吹奏時的姿勢有些像「叉手」的緣故。《宋史》卷四三八《和峴傳》：「樂器中有叉手笛者，上意欲增入雅樂，峴即令樂工調品以諧律呂。其執持之狀，如拱揖然，請目曰『拱辰管』。」這又表明叉手的方式，與「拱揖」近似。從而可以推知，宋代的叉手，決不能是「兩手交叉」着行禮。

然則叉手是否實際即作揖呢？的確，也有人採取了這樣的解釋。「叉手——行禮作揖。」（中華書局《話本選注》，一九六〇年版，第一六頁）但這又畢竟是兩種不同的敬禮，不宜混爲一談。關于此點，屠羲英《童子禮》描述得十分清楚：

凡叉手之法，以左手緊把右手大拇指，其左手小指，向右手腕，右手四指皆直，以左手大指向上，以右手掩其胸。手不可太着胸，須令稍離方寸。

又述肅揖之法云：

凡揖時，稍闊其足，則立穩。須直其膝，曲其身，低其首，眼看自己鞋頭，兩手圓拱而下。凡與尊者揖，舉手至眼而下；與長者揖，舉手至口而下：皆令過膝。與平交者揖，舉手當心，下不必過膝。然皆當手隨身起，叉於當胸。

「叉手」條下注：

《禮》稱「手容恭」。教童子叉手有法，則拜、揖之禮，方可循序而進。

王虛中《訓蒙法》所述與之略同。讀此不難明白：叉手時兩手是掩定胸前不動的，正小說所謂「叉手不離方寸」。（此亦說話家口頭語，見《京本通俗小說·錯斬崔寧》、《清平山堂話本·簡帖和尚》、《古今小說·宋四公大鬧禁魂張》及《水滸》第二十七回、二十八回等。《警世通言·萬秀娘仇報山亭兒》作「叉大拇指不離方寸」，「叉大拇指」卽叉手。）而作揖則兩手自下而上，又自上而下。屠、王都未明言行叉手禮，腰肢要不要磬折。唯元代李翀《日聞録》曾説：「拜手，卽今叉手，謂身屈，首不至地。」則叉手也可以屈身，這一點兩者初無差别。總之，揖時雖必須叉手，而叉手并不能算作揖。自然，無論《童子禮》也好，《訓蒙法》也好，都是教兒童演習禮節的課本，其間不免有刻意講論，過於瑣屑之處。大體説來，叉手便是拱手。所以古人只要兩手攏在一起，卽非行禮，也叫叉手。例如宋李邵《咏貓》詩：「吾家人雪白于霜，更有歌鞍似鬧裝；便請爐邊叉手立，從他鼠子自跳梁。」（張邦基《墨莊漫録》卷七）這裏「叉手立」，只是一種恝然泰然的姿態，并非致敬。

在古代，拜跪是最隆重的敬禮；其次則揖；至于叉手，那僅僅是極其一般的禮貌了。

三都捉事使臣

小説寫宋代東京捕吏，常稱「三都捉事使臣」。《古今小説·宋四公大鬧禁魂張》：「東京有三千個眼明手快做公的，有三都捉事使臣。」《醒世恒言·勘皮靴單證二郎神》：「却有一個三都捉事使臣，姓冉名貴，唤做冉大。」按：「使臣」爲宋時武官之稱。宋制以武階官内殿承制至三班借職爲「使臣」。紹興以後用政和新名，又分訓武郎、修武郎爲「大使臣」，從義郎以下至承信郎爲「小使臣」（《宋史》卷一六九《職官》九）。凡緝捕之事，必以使臣任之。《宋史》卷三二六《張君平傳》：「自畿至泗州，道多羣寇，君平請兩驛增置使臣，專主捕盜。」又卷一六六《職官志》六載，臨安府「分使臣十員，以緝捕在城盜賊。」吴自牧

《夢粱録》卷七「禁城九廂坊巷」條亦謂臨安「在城九廂界，各廂一員小使臣注授，任其煙火、盜賊，收解所屬。」所以，有時宋人也逕稱之爲「捉賊使臣」或「捕盜使臣」。如司馬光《涑水紀聞》卷十一有「捉賊使臣李方」。又李燾《續資治通鑑長編》卷七十四：大中祥符三年八月「增巡檢兵、捕盜使臣」。由此可見，「捉事使臣」便是緝捕武官，這不難索解。困難在於：什麽叫「三都」？

近年來有一種流行的説法：刑部、御史臺、大理寺，合稱「三都」（參看人民文學出版社《話本選》，一九五五年版第八十四頁；中華書局《話本選注》，一九六〇年版第五十四頁）。這種説法的根據是什麽，我不甚清楚；但或者也無妨提出一些疑義來。刑部古號「都官」，其屬有「都官郎中」、「都官員外郎」，也許勉强可算一「都」；然而宋御史臺，未嘗稱「都臺」，大理寺更從未聽説叫「都寺」，那末，何得有「三都」之名呢？宋時諸司，有都進奏院、都水監、都作院、都茶場，當然決不會有都大理寺、都御史臺、都刑部。此值得討論者一。宋御史臺有獄，臣僚犯法，情節嚴重者，即下臺獄。大理寺獄，宋初廢除；熙寧以後，或置或否。至於刑部，雖掌刑法，但其職任只在詳復、奏讞，從不治獄，怎麽會有緝捕官兵呢？此值得討論者二。宋代文獻記載東京「捉事使臣」，多屬開封府。王明清《揮麈三録》卷三：「有白衣隸輩，與之共載。既相欵洽，忽自云：『我開封府捉事使臣也。』」又徐夢莘《三朝北盟會編》載北宋末「開封府捉事使臣」有韓應（卷三十一）、范振（卷六十五）。却並不聞有系諸刑寺憲臺者。此值得討論者三。「三都」一詞，不只見諸小説家筆端，也往往在史籍中出現。如《宋史》卷三二九《王廣淵傳》：「柔遠三都戍卒欲應賊，不果。廣淵陽勞之，使還戍。潛遣兵間道邀襲，盡戮之。」刑部統率捕吏，已經難以設想；現在它和御史臺、大理寺竟還有戍兵，就愈益不可思議了。此值得討論者四。

我覺得此處的「都」，應該是軍隊部伍的名稱。軍旅建「都」，肇自唐代。《資治通鑑》卷二百五十四胡三省注稱：唐中世以後，「一部之軍，謂之一都」。《新唐書》卷五十《兵志》：「及僖宗幸蜀，田令孜募神策新軍爲五十四都，離爲十軍。」都者，總的意思；總若干小隊爲一大隊，是爲「都」。五季承唐之後，軍隊也常以「都」爲一單位。《五代史》卷二十二《楊師厚傳》：「置銀槍效節軍，凡數千人。」「銀槍效節軍」一稱「銀槍效節都」。陶穀《清異録》卷四《托地仙》：「槍材難得十全，魏州石屋材多可用，楊師厚時銀槍效節都，皆采于此。」故《新編五代史平話》中說：「天祐十二年，梁天雄節度使楊師厚矜誇己功，置一軍，號做『銀槍效節都』，有數千人，欲復還舊時牙兵之盛。」即本之舊史。——這是朱梁軍中的「都」。陸游《老學庵筆記》卷一：「孟蜀時，周世宗志欲取蜀，蜀卒湼面爲斧形，號『破柴都』。」——這是孟蜀軍中的「都」。又《宋史》卷二百四十《南漢劉氏世家》：「置媚川都，定其課，令入海五百尺採珠。」——這是南漢軍中的「都」。一「都」究竟有多少人？《新唐書》没有載明。《通鑑》記吕用之欲立兵威，請高駢「選募諸軍驍勇之士二萬人，號『左、右莫邪都』。」（卷二百五十四）則每都萬人。梁楊師厚「銀槍效節都」，史稱「數千人」。劉鋹「媚川都」，王辟之《澠水燕談》卷九亦謂多達八千人。大抵唐、五代之間，因時創立，並無定制，有時一都的規模可以十分龐大。

宋代的「都」則稍異。它是軍隊中一個確定的單元，不但有規定的級次，而且也有規定的員額。《武經總要》前集卷一《軍制》：「大凡百人爲都，五都爲營，五營爲軍，十軍爲廂。」又卷二《日閲法》：「國朝軍制，凡五百人爲一指揮，其別有五都，都一百人，統以一營居之。」《宋史》卷一九五《兵志》九載熙寧七年趙卨奏，也說：「今之軍制，百人爲都，五都爲營，五營爲軍，十軍爲廂。」所以宋代每都，按照規定的編制，是一百人。例如解州鹽池有巡邏兵一都。「邏卒百人，曰『護寶都』，以防盜者。」（趙彦衛《雲麓漫鈔》卷二）而廣南東路槍手的組織，也是每百人爲都，一都之下爲一指揮（《宋史》卷一九一《兵志》五）。如果按此計算，那麽「三都捉事使臣」便是三百名。不過從一些史料來看，宋代軍伍名額，常常超過定制。有時一都可以是一百二十人或一百五十人。真宗時，寇瑊破斗望之衆，獲其降卒，「因籍軍之勇悍千人，分五都，以隸禁軍。」（《宋史》卷三〇一《寇瑊傳》）每都人數定員足足增加了一倍。

北宋東京巡捕官員，初時但用禁軍。至淳化中才開始別置街卒，以防備盜賊。《續資治通鑑長編》卷三十六：「左神武大將軍權左右金吾街仗事魏丕，以新募街司卒千餘人，引對於崇政殿。上親選得五百七十人，分四營，設五都；都有員僚、隊長，一如禁兵之制。……仍令丕更募以充其數焉。」（亦見《宋史》卷二七〇《魏丕傳》）元祐元年，又有詔：凡開封「府界捕盜官吏，隸本府與都大提舉司，同管轄，而掌其賞罰。」（《宋史》卷一六六《職官》六）都大提舉司是專掌教閱、訓練軍兵的機構。（宋制凡官司權重者，職名上冠以「都大」字樣，如都大提舉坑治、都大提舉茶馬、都大提舉兵船、都大提舉馬舖器甲、都大發運、都大巡檢、都大提舉捉賊之類。）所以事實上，府界捉事使臣全是開封府的部屬。其時總數究共幾都，則不能備悉了。

金代諸總管府、節鎮兵馬司所屬巡捕盜賊官兵，也是「每百人以上立爲一都」，並置指揮使一員，以鈐轄四都之兵(《金史》卷五十七《百官》三)。

假使我的意見没有大錯誤,那麽這也就解釋了爲什麽小説中主緝捕的軍校稱爲「都頭」。都頭,就是一都之長。這一名稱也來自唐代。《通鑑》胡注所謂「其部帥,呼爲都頭」。宋時不但廂、禁軍置都頭,鄉兵中也同樣有都頭。李燾《長編》卷四十七咸平三年:「是歲始詔河北民家二丁、三丁籍一,四丁、五丁籍二,六丁、七丁籍三,八丁以上籍四爲彊壯。五百人爲指揮,置指揮使;百人爲都,置正、副都頭二人。」《涑水紀聞》卷十二:「康定元年九月丙寅,詔河北、河東强壯,陝西、京西新添弓手,皆以二十五人爲團,團置押官一員;四團爲都,置正、副都頭。」《水滸》中的英雄人物武松、朱仝、雷横,便都曾經是這種土兵、弓手的都頭。

(以上原載一九六二年四月《南開大學學報》哲學社會科學版)

彈

元曲不但以其内容和文字的豐富優美見重於後世,對於留心民間口頭文學的人,它甚至是一個古代諺語和俗語的無盡庫藏。清翟灝輯《通俗編》,便多資於此。有些舊日的俗諺,固然久已不行,但在劇作中讀到時,仍然顯得活潑警省,意趣盎然。例如無名氏《百花亭》雜劇第二折「紅綉鞋」中,正末斥雙解元、柳殿試二人云:「一個似摘了心的禽獸,一個似攧了彈的斑鳩,」這的是前人田土後人收。」「摘了心的禽獸」和「攧了彈的斑鳩」都是元代民間流行的諺語。攧與跌同。後者在關漢卿的作品裏,尤爲常用。如《金線池》第二折［三煞］：「我没福和你那鶯燕蜂蝶爲四友，甘分做跌了彈的斑鳩。」《緋衣夢》第二折［梁州］：「俺本是一對兒未成就交頸的鴛鴦，做了那嘴古楞誤事的禽獸，閃的我嘴碌都似跌了彈的斑鳩。」又《救風塵》第二折［商調集賢賓］：「一個個眼張狂似漏了網的游魚，一個個嘴盧都似跌了彈的斑鳩。」都以斑鳩跌彈。描摹失意沮喪、煩怨苦恨的情態，實在是生動之至的。

此語的大意，只須尋繹上下文義，便能通解，似已不煩贅說。然而讀古人作品，常會碰到這樣一種惱人局面：草草瀏覽過去，却也一目瞭然，如遵大路，暢通無阻；及至逐細理會起來，竟又横生荆榛。爲了便於提出問題，姑舉人民文學出版社《元人雜劇選》一書的注釋爲例。其《救風塵》第二折注（一九五七年版，第六十三頁）云：「似跌了彈的斑鳩——像中了彈的斑鳩一樣，咕嚕咕嚕直叫唤。比喻吃了虧的人，口裏直埋怨。一説：彈，是蛋之訛字。」這裏關於「跌了彈」，便舉出了兩種完全不同的意見。當然，注家兼采衆説，用意只在使讀者能多所參考，決不意味着它們全都正確。那末，作爲讀者，我們竟該何舍何從呢？

我不知他人會抱怎樣的看法，但若讓我來參加抉擇，則我想我寧選取後一説。不僅因爲，按常識推論，飛土逐肉，既經命中，則決眦洞胸，翩摧羽解，未必還能「咕嚕咕嚕」飛鳴；何况把中彈説成「跌彈」，似乎古人也鮮有其例。而就我所知，宋元人書中，卵的俗語，却一般都寫成「彈」字。如周密《齊東野語》卷十六《文莊公滑稽》謂其外祖章某，自少滑稽好奇，「後入太學爲集正，嘗置酒，揭饌單于爐亭，品目多異。其間有大雛卵者最奇，其大如瓜，切片飣飣大盤中。衆皆駭愕，不知何物。好事者窮詰之，其法乃以梟彈數十，黃白各聚一器；先以黃入羊胞，蒸熟；次復入大猪胞，以白實之，再蒸而成。」鴨蛋寫作「梟彈」。楊瑀《山居新話》則稱：其家「藏石子一塊，色青而質麄，大如鵝彈，形差匾，上天然有兜塵觀音像焉。」鵝蛋寫作「鵝彈」。又宋王鞏《聞見近録》：廣東有老嫗，江邊獲巨蚌，剖而得大珠。其珠入夜有光異，爲人所覺，遂納之官府，「今在韶州軍資庫，予嘗見之，其大如彈，狀如水晶，非蚌珠也。其中有北斗七星，隱然而見。煮之半枯矣，故郡不敢貢於朝。」這裏「其大如彈」，如果像王士禎《香祖筆記》所引那樣，只是「大如彈丸」，那也不過宋代人一般所謂「馬價珠」，未爲奇珍，豈談得到充貢？故亦當讀成「其大如蛋」，方能符合原意。此外，吴自牧《夢粱録》卷十六「葷素從食」條及周密《武林舊事》卷六「蒸作從食」條所記宋代臨安市食點心，其中亦有「鵝彈」一色。這自然是粉麪食品，宜非真正的鵝蛋，但也想必因爲制形如卵，才會有這樣的名稱。

元曲中「彈」之爲蛋，其例也不只「跌了彈的斑鳩」一語。無名氏《漁樵記》第二折：「投到你做官，直等的炕點頭，人擺尾，老鼠跌脚笑，駱駝上架兒，麻雀抱鵝彈，木伴哥生娃娃，那其間你還不得做官哩！」這是朱買臣之妻譏其終身不得貴顯，語皆甚奇。「麻雀抱鵝彈」，抱，猶孵。《方言》：「北燕、朝鮮洌水之間，謂伏鷄曰抱。」宋梅堯臣詩《鴨雛》：「春鴨日浮波，羽冷難伏卵；嘗因鷄抱時，託以鷄巢暖。」周去非《嶺外代答》卷八《胡蔓草》云：廣西産毒草，其花葉漬過之水，入口涓滴，即足致命。「人將期死，采其葉心，嚼而水吞之，面黑舌伸。家人覺之，急取抱卵不生鷄兒細研，和以麻油，抉口灌之，乃盡吐出惡物而甦，小遲不可救矣。」「抱」皆伏卵之意。一作「菢」。楊萬里《翠樾亭前鶯巢》：「啄菢雙雙子，經營寸寸茅。」明李實《蜀語》:「鷄伏卵曰菢,菢音抱。」是宋元間,此語普遍流行,已不限於朔北。雀孵鵝蛋,喻事之荒唐誕妄,子虛烏有,與「木伴哥生娃」之類一意。

明代以後,「蛋」字漸漸流行,代替了「彈」字。故李實《蜀語》云:「禽卵曰彈,彈字見於《大明會典》,『上林苑鷄、鵝、鴨彈若干。』皆用『彈』字,言卵形如彈也。俗用蛋字,非。」有趣的是:今人指「彈」爲「訛字」,而昔人却以「蛋」字爲非是。平情論之:兩字都不能算錯。因其同爲假借,實在無可軒輊。從來鄉言俗語,懸於人口,往往僅有其音,而無其字。前人借用「彈」字,後人借用「蛋」(本同蜑)字,一取形圓,一取從虫。古今習慣不同,各從其便。所以,以爲古是今非,誠然失之拘泥;而以爲今正古訛,似乎也不全確當。譬猶「桌椅」字,古人但書「卓倚」,我們却也不能說古書裏的便是錯字。

然則「跌了彈的斑鳩」,其意不過雀兒跌了蛋。蛋云跌了,便無完理,難免有覆巢之痛。嘴盧都(或碌都),本指生氣努着嘴。如無名氏《殺狗勸夫》第一折「後庭花」:「他那廂吃的醉醺醺,我這裏嘴盧都暗暗的納悶。」此則以之與禽鳥的尖喙相關合,而懊惱之情狀,愈覺可掬。——既擬人以雀,復擬雀以人。這種修辭方法的綜合應用,顯示出古代人民的無限智慧和幽默感,宜乎善於驅使俗語民諺的大雜劇家要那般偏愛了。

毬樓

小說中的「毬路」,元曲寫作「毬樓」、「虬鏤」或「求樓」。此詞多與「亮槅」連用。《古今小說·張古老種瓜娶文女》:「韋義方把舌頭舔開朱紅毬路亭槅。」故事中韋義方已從「翠竹亭」中出來,迤逦走到一座殿前,向內窺瞰。則此「亭」字應是「亮」字之譌。又元人雜劇《謝金吾》第一折:「夫役每,把那金釘朱户,虬鏤亮槅,拆不動的都打爛了罷!」《莊周夢》第三折「倘秀才」:「怎禁他狐魅精靈潑鬼頭,挨亮槅,靠毬樓,少走。」毬樓和亮槅,都連在一起。亮槅爲透光窗槅的俗稱。宋袁文《甕牖閑評》卷六:「取明槅子,人多呼爲亮槅。《夷堅志》乃云:『廊上列水盆、帨巾;堂壁皆金漆凉槅子。』又却用此『凉』字,作平聲。」蓋舊時堂宇、廳事,臨階皆作長窗。上半鏤篆空靈,以便採光。內室閑亦設之。或糊以紙,或不。其并紙不糊者,則可以延風。故亦謂之「凉槅」。今存古建築中,不以宫闕、梵宇、廨舍、民居,所在有之。毬鏤,今人有兩種解釋:「毬樓與亮槅,均門窗之屬。」見《詩詞曲語辭彙釋》卷六。此爲一説。「毬樓,乃圓篗。」見《曲諧》卷四。此爲又一説。

查元曲中「毬樓」一語,幾全關涉門窗。——只有李文蔚《燕青博魚》一劇例外。其第二折「醉夫歸」云:「他把我這個竹眼籠的毬樓磴折了四五根。」此處排場,乃楊衙內恃强指揮人從,踏毁燕青販魚竹筐。原句上有楊衙內白,云:「把這兩個竹筐子,要做什麽?左右,與我踹碎了!」其爲指魚篗,瞭無可疑。而《彙釋》却以門窗釋之:「此竹眼籠之門,形如窗者也。」恐是近於牽率的。

由此看來,曰「門窗」,曰「圓篗」,雖兩不相謀,却也各有攸當。但這裏也還遺留一個問題:窗户與竹篗,異物殊用,初不稍似,何以同號「毬樓」?惜諸家對於此點,都未分疏。因此,我想補罅苴漏,大膽出一新解,以會通之。

在俗語中，「路」有紋理的意思。凡碁枰、雙陸局所刻畫綫文，古人都謂之「路」。今江南方言，猶云「紋路」。故我以爲所謂「毬路」者，無非毬形的紋樣而已。

今以四例，闡明此説。

（一）宋代有「毬路帶」。《宋史》卷一五二《輿服志》五，列舉臣僚所服帶名，「其制有：金毬路、荔支、師蠻、海捷、寶藏……」諸目。而史書所載，又有「金毬文帶」。同書卷三四三《吴居厚傳》：「崇寧初，復尹開封，拜尚書右丞，進中書門下侍郎。以老避位，爲資政殿學士，東太一宫使。恩許仍服方團金毬文帶。」又卷三四五《劉安世傳》謂安世父航，知宿州，嘗「押伴夏使。使者多所要請，執禮不遜，且欲服毬文金帶入見，航皆折正之」。金毬文帶即金毬路帶；毬文、毬路，名雖小異，實則并無區别。

試言理由。范成大詩《次韻虞子建見咍贖帶作醮》：「臺架塵侵毬路暗，花書墨漬笏頭斑。」毬路，指毬路帶；笏頭，則毬路帶之俗呼。范鎮《東齋紀事》：「毬路金帶，俗謂之笏頭帶。非兩府文臣不得賜；武臣而得賜者，惟張耆爲樞密使、李用和以元舅、王貽永爲駙馬都尉、李昭亮亦以戚里，四人皆兼侍中，出於特恩。」（亦見宋敏求《春明退朝録》卷下）歐陽修《歸田録》卷二：「初，太宗嘗云：『玉不離石，犀不離角，可貴者惟金也。』乃創爲金銙之制，以賜學士以上。今俗謂毬路爲笏頭，御仙花爲荔枝，皆失其本號。」其實，笏頭一稱，也絶非全無道理可言。宋時諸帶，類皆方銙。——當時所謂「排方」，獨毬路帶不同：一圍九銙，四方五團。而笏之兩端，適上圓而下方，故俗以擬之。這便是毬路帶所以又號笏頭的由來。

但是，根據記載，笏頭帶，也就是金毬文帶。王得臣《麈史》卷上《禮儀》：「國朝祖宗創造金毬文帶，亦名笏頭帶，以賜兩府。」洪邁《容齋四筆》卷十二「仕宦捷疾」條亦云：「執政官、宰執方團毬文帶，俗謂之笏頭帶者是也。」這樣一來，縱使宋人并未明言金毬路帶即金毬文帶，我們也終於輾轉地理解到了這一點。毬路帶在宋代章服中，居於極品，非宰執樞密，不得服用。寇準謫營道，係爲相時所得笏頭金帶，人諷其逾禮（王君玉《國老談苑》卷二）。宋祁以端明殿學士守成都，擅繫此帶，爲言者所糾，幾至獲譴（高晦叟《珍席故談》卷下）。——其「貴重」乃如此。及南宋末年，「名爵猥濫」，下至閹寺，亦服毬路，則全非舊典了（陳世崇《隨隱漫録》卷三）。所以吴居厚退閑，仍許服此，當時視爲殊榮，後世引作故事。而劉航力争，不容外國人使束以進見，或許在封建時代，也正有着「保全國體」的重大意義。但對於我們，緊要的却是，以毬路帶亦稱毬文帶，可以推知毬路二字，其意義就是毬文。

宋制，毬路帶佩魚，號爲「重金」（孔平仲《談苑》卷五）。元豐中，王君貺獲賜重金，其謝表有云：「國朝故事，惟二府刻毬路之花；文武近班，通一例號遇仙之樣。」（釋文瑩《玉壺清話》卷六）「遇仙」乃金荔支帶的正稱，已見上引。而「刻毬路之花」一語，恰足以證明毬路爲金銙上刻鏤的花紋。

（二）宋元之間又有毬路錦。元費著《蜀錦譜》載「真紅雪花毬露錦」，爲細色上品。毬露，猶毬路。宋邵伯温《河南邵氏聞見録》卷八言元豐初王拱辰出判北京，「特賜笏頭露金帶」。路，亦作露，可證。此錦織造工致，宋時常以裝褙歷代書畫名迹。周密《齊東野語》卷六「紹興御府書畫式」謂：御府臨書六朝羲、獻、唐人法帖，並雜詩賦等，皆「用毬路錦、衲錦、柿紅龜背錦、紫百花龍錦、皂綾褾等」。陶宗儀《輟耕録》卷二十二追記宋代書畫褾袖，亦著「毬路」、「柿紅龜背」諸名色。龜背錦，織作龜背圖案；毬路，則織成毬形圖案。

（三）不但帶有毬路，錦有毬路，連鷄卵也有毬路。宋龐元英《文昌雜録》稱：唐代歲時節物，「寒食則有假花鷄、毬鏤鷄子、子推蒸餅、餳粥」。清明前一日食毬鏤鷄子，徐堅《初學記》卷第四《寒食》第五作「鏤鷄子」，此俗不始於唐。梁宗懍《荆楚歲時記》已云：「寒食挑菜、鬥鷄、鏤鷄子、鬥鷄子。」注引《玉燭寶典》：「古之豪家，食稱畫卵。今代猶染藍茜雜色，仍加雕鏤，遞相餉遺，或置盤俎。管子曰：『雕卵熟斲之，所以發積藏，散萬物。』」可知鏤鷄子者，固以鷄卵染色雕繪爲之。其所刻雕，常作毬文，故宋人謂爲「毬鏤鷄子」。

（四）在建築上，毬路也不僅施於門窗。張邦基《墨莊漫録》卷五載一異聞，據云：四明司户王操粹昭，奉郡檄往普陀山觀音洞禱雨。「粹昭既致州郡之命，因密禱願有所睹。須臾，見欄楯數尺，皆碧玉也，有刻鏤之紋爲毬路，如世間宫殿所造者。」是則除毬路亮槅外，尚有毬路欄檻。而毬路之爲雕鏤的花紋，也較然明白。

所以嚴格地説來，毬樓自毬樓，亮槅自亮槅，原非一物，應加別白。首先，凡一切亮槅，不必爲毬樓。喬孟符《揚州夢》雜劇第一折「混江龍」云：「接前所，通後閣，馬蹄階砌；近雕欄，穿玉户，龜背毬樓。」毬樓者，毬文亮槅；龜背者，龜文亮槅。兩者在宋李誡《營造法式》卷三十二中，並有精圖，可供參證。又周祁《名義考》卷三謂青瑣，「即今門之有亮牖者，刻鏤爲連瑣文也。」則青瑣者，又瑣文之亮槅。

其次，凡一切毬樓，也不必爲亮槅。如所舉例，無論帶飾錦文，畫卵雕欄，但作毬樣花紋的，都叫毬路。自然，竹籠之類上的圓孔篾紋，也不容例外。元曲所謂「竹眼籠的毬樓」，應即指此。

摘

「摘離」一詞，亦元曲中所常見。其義則爲「離開」。馬致遠《青衫淚》第三折［梅花酒］裴興奴語：「我子待便摘離，把頭面收拾，倒過行李。」言急欲離却劉一郎舟，從白樂天私奔。武漢臣《玉壺春》第四折［得勝令］：「準備了佳期，合歡帶，常拴繫；得遂了於飛，同心結，莫摘離。」言當如帶結，常繫毋離。鄭德輝《倩女離魂》第三折［么篇］張倩女晝夢王生：「空疑惑了大一會，恰分明這搭裏；俺淘寫相思，敍問寒温，訴説真實。他緊摘離，我猛跳起，早難尋難覓。只見這冷清清半竿殘日。」言夢中匆匆離去，醒來轉更凄切。無名氏《雪窗夢》第一折卜兒曰：「如今有個販茶客人，姓李，多有金銀財物，看上俺這孩兒。昨日先送了些錢物與我，要和月蓮住。只是不得摘離張秀才。」言無計使月蓮脱開張均卿。凡此，語意都極明晰，不須更舉多例。

使人惑然不解的是「摘」字——離就離罷，何又云「摘」？字書：摘，「拓果樹實也」。「發也」。「動也」。「手取也」。……無一能合，則此果何説？

嘗檢照一些金、元人文字，試加比類，揣摩久之，稍若有悟：此「摘」之爲言，猶離；緣是俗語，故字書不載。《金史》卷四十五《刑志》：「泰和二年，御史臺奏：『監察御史史肅言，《大定條理》：自二十年十一月四日以前，奴娶良人女爲妻者，並準已娶爲定；若夫亡，拘放從其主。離夫摘賣者，令本主收贖，依舊與夫同聚。放良、從良者，即聽贖換；如未贖換間，與夫所生男女并聽爲良。而《泰和新格》復以夫亡服除準良人例，離夫摘賣及放夫爲良者，并聽爲良。若未出離再配與奴；或雜奸所生男女，并許爲良。如此不同，皆編格官妄爲增減，以致隨處訴訟紛擾，是涉違枉。』」摘賣，猶離賣，指受財離異，即常談所謂「賣休」。《元典章》十四《吏部》卷之六「典史」條：「本部議得：隨路職官，非奉朝省明文，不得擅自離職；如有摘勾，或因公被差，止有獨員者，上司不知，若有委用他處公事，只合回申所屬官司，別行差遣。」摘勾，謂離職他幹。「勾」者，「勾當」之省，宋元間稱辦事或職務，亦作「幹當」。同書十四《吏部》卷之八「差委」條：「差使留除長官：至元二十一年八月，御史臺據監察御史呈：『竊聞四海百姓，宅生於刺史，懸命於縣令；親民之官，民命之所由寄也。如近年以來，差往山場伐木，監造船只者有之；他州收買物料，監造軍器者有之；更或遠方押軍，跨海運糧，州縣正官爲之一空。動是經年，不得還職。署事之日常少，出外之日常多。是以民間無所愬苦，而府縣日以不治，此其由也。莫若今後必合摘官勾當事務，存留長官，常守其職。』」摘官，亦猶離任。元曲中除「摘離」外，尚有「摘厭」字樣。馬致遠《任風子》第一折「混江龍」：「客喧席上，酒到跟前；何曾摘厭，并不推言。」何曾摘厭，如云何曾厭離。後兩句分頂前兩句：一言客盡歡而不去，一言酒雖多而不辭。以上諸例，「摘」皆訓「離」。

「摘」既與「離」同訓，故兩字得分用。如石君寶《風月紫雲庭》第二折「紅芍藥」：「兀的那般惡緣惡業鎮相隨，好教人難摘難離。」故兩字得倒用。如李好古《張生煮海》第二折「牧羊關」：「猛地裏難迴避，可教人怎離摘？」王仲文《救孝子》楔子［仙吕賞花時］：「可正是目下農忙難離摘，我也曾幾度徘徊無剷劃。」此正猶分離之可作離分，别離之可作離别。

今代研究古典戲曲者，常目元曲中習用的詞語爲「方言」。此易引起誤會：一若元代曲家，都用個别地區的土話作劇；而現存元雜劇百數十種，隱然成爲方言文學的淵數了。揆諸實際，元曲中的方言成分，初亦無多，認真點檢起來，意恐十不一二。且如這個「摘」字，見於元曲，見於《元曲章》又見於《金史》，總該是金、元時代河北一帶的方言了吧？而實亦不然。宋楊萬里《和湯叔度雪》詩：「更覺梅枝殊摘索，只警蓬鬢却羈單。」又《五月十六夜病中無聊起來步月》：「舊健肯饒梅摘索，新羸翻羡竹平安。」摘索，猶離索。誠齋，吉州吉水人，決不會用幽燕地區的方言來寫作。湯叔度，名灝，池陽人。兩人不同里。楊與之酬答，亦必不用江西鄉音。然後知「摘」之一詞，在宋、金、元間，實南北通行，既非元曲專用，也不屬某地獨有；固猶元曲中其他許多語詞，亦未許以古代方言視之。

一笏　一錠

宋元間計算金銀的單位，常見者爲兩和錠，有時則曰若干「笏」。宋代的例子，如孟元老《東京夢華録》卷七「池苑内縱人關撲游戲」條：「池苑内，除酒家藝人占外，多以綵幕繳絡，鋪設珍玉、奇玩、匹帛、動使、茶酒器物關撲。有以一笏撲三十笏者。」謝采伯《密齋筆記》卷五：「高疏寮四世祖閱，初爲太學直學。蜀人雷姓者，嘗受《易》於高，每同出入。至一銀鋪，因與其家厚善，鋪家感其意，問曰：『尊官豈無所須?』雷曰:『無他,欲得公鍛銀鼎,當以白金百笏爲謝。』」宋江休復《江鄰幾雜志》:「永叔云,令孤挨著書數年乃成,託宋公序投獻李夷庚,庚問何人作序,訊知其人,使送銀二笏。」元代的例子,如劉郁《西使記》:「已而,兀魯兀乃算灘出降。——算灘,猶國王也。——其父領兵别據山城,令其子取之,七日而陷。金玉寶物甚多,一帶有直銀千笏者。」郭畀《客杭日記》:「初十日,陰,早,見鄭鵬南廉訪。見柯以善。到省中盛親家見借鈔一笏。」鈔不當云「笏」,意謂其數同銀一笏。話本小説中亦有之。如《古今小説·張舜美燈宵得麗女》:「二人復訪大慈庵,贈尼師金一笏。」《警世通言·皂角林大王假形》:「我與你一笏銀,好看承他到奉符縣。」他例尚多,臚列無益,今但舉此,以概其餘。

一笏究爲幾許?向無人言。近方有釋者,乃謂一笏即一鎰:「古代使用黄金單位稱爲鎰,一鎰二十四兩,因鑄成笏形,故一鎰又稱一笏。」(見作家出版社《警世通言·俞伯牙摔琴謝知音》注。一九五六年版,第十二頁。)我以宋人所記驗之,覺似不確。

張邦基《墨莊漫録》卷一:「崇寧中,初興書畫學,米元章方爲太常博士,奉詔以黄庭小楷作《千文》以獻。繼以所藏法書、名畫來上,賜白金十八笏。是時禁中萃前代筆迹,號『宣和御覽』。宸翰序之,詔丞相蔡京跋尾;芾亦被旨預觀。已而,出知無爲軍,復召爲書學博士,便殿賜對,詢逮移晷。因上其友仁《楚山清曉圖》。既退,賜御書畫扇各二,遂除春官外郎,人以爲榮。十八笏,蓋戲之耳。」爲什麽是「戲之」呢?却没有解釋。此事張知甫《可書》亦載之,而小有同異。云:「米元章作吏部郎中,徽宗召至便殿,令書屏風四扇。後數日,遣中使押賜銀十八笏。元章對中使言曰:『且告奏知:知臣莫若君,臣自知甚明。』如此者再四。中使歸奏。上大笑。蓋十八笏，九百兩也。」按「九百」，宋、元人俗語謂痴呆。陳師道《後山詩話》：「昔之黠者，滑稽以玩世，曰：彭祖八百歲而死，其婦哭之慟，其鄰里共解之曰：『人生八十不可得，而翁八百矣，尚何尤？』婦謝曰：『汝輩自不諭爾：八百死矣，九百猶在也。』」——世以痴爲『九百』，謂其精神不足也。」（詳見「九百」條）米芾行事，多詭故不情。史稱其「所爲譎異，時有可傳笑者」。甚且呼醜石爲兄，具衣冠拜之。世以是有「米顛」之目。賜十八笏，正嘲其痴顛。

既十八笏乃九百兩，則一笏之數，豈非明爲五十兩？

至此，我們不禁恍然：所謂「笏」者，不外乎「錠」之別稱罷了。「錠」字，過去的學者都認爲起於元代。如錢大昕《十駕齋養新録》卷十九「錠」條：「古人稱金銀曰『鋌』，今用『錠』字。按《廣韵》：『錠』有兩音：一丁定切，豆有足曰錠，無足曰鐙；一徒徑切，錫屬。俱與銀鋌義不協。元時行鈔法，以一貫爲定；後移其名於銀，又加金旁。」錢氏此録，向推名著；而本條所説，殊不爲確論。曾見宋趙希鵠《洞天清禄集·古今石刻辯》云：「太宗朝搜訪古人墨迹，令王著銓次，用棗木板摹刻十卷於秘閣，故時有銀錠紋。」丁特起《靖康紀聞》：「今來賞勞諸軍，議定合用金一百萬錠，銀五百萬錠，緞千衣，絹數不限。」又《金史》卷三十八《禮志》十一，謂西夏國使來聘，除賜衣、幣外，「舊又賜貂裘二，無則使者代以銀三錠，副代以帛六十匹，後削之。」是「錠」字，宋、金已通用，不自元始。宋代銀錠規格，史所不詳。唯趙彦衛《雲麓漫鈔》卷二記建寧府松溪縣瑞金場采銀，散銀每五十三兩爲一包，公府與坑户，三七分之。「它日，又煉銀每五十兩爲一錠，三兩作火耗。」則宋時銀一錠，爲五十兩。此在後世，大體不變。陶宗儀《輟耕録》卷第三十「銀錠字號」條：「銀錠上字號：揚州元寶，乃至元十三年，大兵平宋，回至揚州，丞相伯顏號令搜檢將士行李，所得撒花銀子，銷鑄作錠，每重五十兩，歸朝獻納。世祖大會皇子、王孫、駙馬、國戚，從而頒賜，或用貨賣，所以民間有此錠也。後朝廷亦自鑄，至元十四年者，重四十九兩；十五年，重四十八兩。」可知元世銀錠，亦以五十兩爲準。——其後雖加鐫損，剋落一二兩，大率仍充一錠行用，則猶錢緡之有長短陌了。

錢氏又謂元制鈔一貫爲一定，此亦未可信據。「定」，本「錠」之省文。《金史》卷一二一《鄯陽傳》：「(紇石烈)執中揚言曰：『大漢軍反矣！殺一人者，賞銀一定！』」《元史》卷九十四《食貨志》「歲課」條：「金場之『在雲南者，至元十四年，諸路總納金一百五五定。』」又：「延祐三年，李允直包羅山縣銀場課銀三定。」「定」字皆指金、銀錠，且亦金時已有。「定」與「錠」通，故銀得稱「定」，鈔亦得稱「錠」。「鈔」「錠」字，不但史傳，元曲中亦常見。如無名氏《殺狗勸夫》第二折柳隆卿、胡子轉白：「呀，哥哥靴靿裏有五錠鈔哩！」秦簡夫《東堂老》第一折〔一半兒〕：「多半月，少十朝，我將這五百錠做一半賒來一半交。」五百錠鈔，乃揚州奴所索房價。元代鈔法，據史志所載：其以絲爲本者，曰「交鈔」；以銀爲本者，曰「銀鈔」。銀鈔一錠，所值幾何？也並非全然無從究悉。《元史》卷九十七《食貨志》五《茶法》：「至元二年，江西、湖廣兩行省以添印茶由事咨中書省，云：『本司歲辦額課二十八萬九千二百餘錠，除門攤批驗鈔外，數內茶引一百萬張，每引十二兩五錢，共爲鈔二十五萬錠。』以是計之，銀鈔一錠，猶銀一錠，亦五十兩。(所以郭天錫《日記》所謂「鈔一笏」，實際就是「鈔一錠」。)一貫，則一千文。其鈔值：中統鈔「兩貫同白銀一兩」，至元鈔「一貫文當中統鈔五貫」(《元史》卷九十三《食貨志》一「鈔法」)。而銀與鈔之兑換率，至元十九年規定：「課銀每定：入庫價鈔一百二兩五錢，出庫價鈔一百三兩。白銀每兩：入庫價鈔一兩九錢五分，出庫價鈔二兩。花銀每兩：入庫價鈔二兩，出庫價鈔二兩五錢。」又至元二十四年規定：「每花銀一兩：入庫官價至元寶鈔二貫，出庫二貫五分。白銀各依上買賣。課(銀)一定：官價寶鈔二定，發賣寶鈔一百二十貫五百文。」(見《元典章》二十《户部》卷之六「整治鈔法」、「行用金元鈔法」兩條)折合的比例大體是，每銀一定(五十兩)，准鈔二定(一百兩)：每鈔一兩，准鈔一貫。故武漢臣《老生兒》雜劇(楔子)中有一段科諢：劉從善令張郎予引孫二百兩鈔。婆子不許，但教給一百兩，「(正末云)依着你，則與他一百兩罷。(張郎云)是。——將一百兩鈔來。他又不識數兒，我落下他二十貫……。引孫，你那窮弟子孩兒，一世也不能勾長俊的！與你噇膿搗血，將去！……(引孫做接鈔出門科，云)謝了伯父、伯娘、姐姐、姐夫。出的這門來，我那伯伯與我二百兩鈔，那伯娘當住，則與我一百兩鈔，着我那姐夫張郎與我。他從來有些掐尖落鈔，我數一數……六十兩、七十兩、八十兩。則八十兩鈔！我再回去，與伯父説咱。(做見正末科)(卜兒云)你敢不要麽？若不要，便拿來還我罷。(引孫云)我要問伯父：與引孫多少鈔來？(正末云)與你一百兩鈔。(引孫云)這裏則八十兩。(正末云)張郎，我着你與引孫一百兩鈔，你怎生則與他八十兩？那二十兩使了你的？(張郎云)父親，是一百兩。(引孫云)姐夫，兀的鈔，你數！(張郎云)將來我數，……七十兩、八十兩，(做袖裏摔科，云)兀的不是鈔！是你掉下二十兩了。」張郎掐落鈔二十貫，乃二十兩，正是一貫准一兩。這自然只是始頒時的官價。後既行之稍久，漸物價愈重，而鈔愈輕。至大二年，改造銀鈔，「每鈔一兩，准至元鈔五貫，白銀一兩。」是至元鈔一貫，甫銀二錢。——又那得爲一定？

弄清楚這些事實，對於我們閱讀元曲，自也不無助益。如鄭廷玉《看錢奴》第二折：周榮祖夫婦迫於凍餒，鬻其子於富户賈仁，立文書既畢，「（賈仁云）與他一貫鈔。（陳德甫云）他這等一個孩兒，怎麽與他一貫鈔？忒少。（賈仁云）一貫鈔上面有許多的「寶」字，你休看的輕了。你便不打緊，我便是挑一條筋哩；倒是挑我一條筋也熬了，要打發出一貫鈔，更覺艱難！你則與他去，他是個讀書的人，他有個要不要也不見的。（陳德甫云）我便依着你，且拿與他去。（做出見科，云）秀才，你休謊，安排茶飯哩。這個是員外打發你的一貫鈔。（旦兒云）我幾盆水洗的孩兒偌大，可怎生與我一貫鈔！便買個泥娃娃兒也買不的！」一貫鈔所值無幾，所以旦兒的抗議，不能算誇大。作者的用意，正欲寫出此輩吸血鬼之窮形極相，可鄙可恨。如把一貫當作一定，則守財奴出手五十兩，似乎也還大方了！豈不甚誤？

總之，應該把錢大昕的意見顛倒過來：是鈔錠名從銀錠而來，而絶不是銀錠名因鈔錠而得。

但有一點自是千真萬確的：在元代以前，一般通用「鋌」字。一鋌五十兩，也可以從文獻中得到證明。《宣和録》：靖康元年十二月三日，金人索犒軍金百萬鋌，銀千萬鋌。「十五日，開封府等處鎔金銀，共四千爐，每鋌各五十兩。」《金史》卷四十八《食貨志》三「錢幣」條亦云：「舊例，銀每鋌五十兩。」想見銀鋌之有定重，歷代相承，所從來甚遠。故古人簿録金銀，常只標舉鋌數：苟知鋌數，即知兩數。唐武德中，薛收上書諫獵，太宗覽而嘉之，賜黄金四十鋌（《舊唐書》卷七十三《薛收傳》）。四十鋌，乃二千兩。

五代時，桑維翰爲相，厭薄賈緯，後緯作桑維翰傳，言桑殁後，「有白金八千鋌」。翰林學士徐台符非之，以爲厚誣，賈不得已，改爲「數十鋌」（《舊五代史》卷一三一《賈緯傳》）。八千鋌，達四十萬兩；蓋極言其貪墨。北宋末，汴京既陷，金人遣官檢視庫藏，除珍寶、緞匹外，得金三百萬鋌，銀八百萬鋌（李心傳《建炎以來系年要録》卷一）。經過政、宣以來長時期的驚人消耗，至喪亂之餘，窮途末路，尚儲有如許金銀，則宋代統治階級之苛取厚藏，亦於以概見了。——舉凡此等歷史記録，都可按五十兩一鋌的標準，而推算出其實數。

以上所述，可以歸納成一句話：一笏即一錠，也就是一鋌。

也還不妨進一步追問：何以一鋌（或一錠）又稱爲一笏呢？這恐怕與銀鋌的形制相關。古人「銀鋌」，往往也寫做「銀梃」。如龔明之《中吴紀聞》卷五《張子韶與周焕卿簡》：「有信州劉益秀才，在此多時，告以公未葬母，及未嫁妹，許以二百千足助公。今付去半，則銀三梃，錢二十五千足。」這不啻明白説銀鋌是銀鑄的小梃了。又，楊瑀《山居新話》謂史弼「以三指背，可懸五十兩銀定七片。」是爲銀錠又爲片形。或可推想：古代銀鋌，不皆範成近世元寶樣；大概只作長條、修直扁平。人以其彷彿短梃，故謂之「銀梃」，而從金旁，作「鋌」字；又以其彷彿手板，遂亦目爲「銀笏」，並以一鋌爲一笏。此雖臆説，或與事實相去不遠。

注：本條乃數年前筆記，曾掇其結論，寫入《古今小説》注中（人民文學出版社一九五八年版，第三六五頁）。近見報導：陝西長安縣發現唐代丁課銀錠，上有鐫記云：「天寶十三載丁課銀匹錠五十

兩。」則「錠」字，唐代早已通行。其規制：「長三十釐米，寬八釐米，厚零點五釐米。」（一九六四年六月二十四日《人民日報》）則又隱然與我的假設吻合。特附識於此，備讀者參考。

（以上原載一九七九年一月《南開大學學報》哲學社會科學版）

宋元小説戲曲語釋（三）

蟲蟻

今開封地區方言，謂禽鳥爲「蟲蟻」。此詞亦見於宋元戲曲、話本中。董解元《西廂記諸宮調》卷一［攪箏琶］：「蟲蟻兒裏多情的鶯兒第一，偏稱縷金衣。」謂鶯爲「蟲蟻」。《古今小説·宋四公大鬧禁魂張》：「王秀除下頭巾來，只道是蟲蟻屎，入去茶坊裏揩抹了。」「蟲蟻屎」，指雀屎。明代作品，如同書《沈小官一鳥害七命》：「偶然打從御用監禽鳥房門前經過，那沈昱心中是愛蟲蟻的，意欲進去一看。」篇中且屢稱畫眉鳥爲「蟲蟻」。又《金瓶梅》第二十四回：「你是城頭上雀兒，好耐驚耐怕的蟲蟻！」《西遊記》第三十二回：「原來行者在他耳根後，句句兒聽着哩；忍不住飛將起來，又琢弄他一琢弄。又摇身一變，變作個啄木蟲兒。……這蟲鷺不大不小的，上秤稱，只有二三兩重，紅銅嘴，黑鐵脚，刷刷的一翅飛下來。」是謂啄木鳥爲「蟲鷺」。宋元人雜書中，則如《西湖老人繁勝録》記臨安霍山行祠社會，有「賽諸般花蟲蟻」一火，列舉其名：「鵓黄百舌、白鵓子、白金翅、白畫眉、白青菜、白角全眉、白青頭、蘆花角全、蘆花畫眉、鵓黄相思、紫鷯、綉眼、金肚細甕、秦吉了、倒掛兒、留春鶯。」都是鳥雀。又吴自牧《夢粱録》卷十三「諸色雜賣」條、周密《武林舊事》卷六「小經紀」條，均載「蟲蟻籠」，《舊事》又著「蟲蟻食」，此或鳥籠與鳥食。

「蟲蟻」一詞，近時注家大抵即釋作「飛禽」。間嘗探討：古今方言，變異者多。以飛禽爲「蟲蟻」，亦不必蟲蟻即飛禽。以此，我貿然提出過如下的意見：古人所謂「蟲蟻」，應該是動物的一種泛稱，並引孟元老《東京夢華録》卷五「劉百禽弄蟲蟻」條爲證（見一九五三年六月二日《光明日報》拙著《評新出水滸的注解》）。而語甚潤略，未足取信。今試稍加申論，權當補充。

蟲蟻，吴承恩《西遊記》作「蟲鷺」，已見上引。鷺，水鳥，鷗、鳧之屬。乍一看來，似頗切合。顧唐宋以來，詩文小説，凡用此詞，一律作「蟻」，無或別異。則知「鷺」字爲杜撰。或以禽鳥非蟲非蟻，不應便稱「蟲蟻」。殊不知，鳥類，古人正也是稱之爲「蟲」的。《詩·小毖》：「肇允彼桃蟲，拚飛維鳥。」毛傳：「桃蟲，鷦也。鳥之始小終大者。」《書·益稷》：「華蟲作繪。」孔注：「鷩冕七章華蟲爲首，華蟲鷩雉也。」華蟲，「雉也」。又《莊子·逍遥遊》述《齊諧》之説云：鵬之徙於南冥，搏扶搖而上九萬里。「蜩與學鳩笑之曰：『我決起而飛，搶榆枋，時則不至，而控於地而已矣，奚以之九萬里而南爲？』適莽蒼者，三飡而反，腹猶果然；適百者，宿舂糧；適千里者，三月聚糧。之二蟲，又何知？」王注：「二蟲，謂蜩、鳩。」是鳩亦稱「蟲」。張衡《西京賦》：「百卉具零，剛蟲搏摯。」注：「鷹類也。」辛棄疾「哨遍」（秋水觀）：「嗟大小相形，鳩鵬自樂；之二蟲，又何知？」全用《莊子》語，而與原意稍異，以「二蟲」爲鳩、鵬。蓋宋時習俗，猶號一切禽類爲「蟲」。黄庭堅《春遊》詩：「春蟲勸人歸，今我誠是客。」春蟲，史容注：「謂杜鵑。」范成大《兩蟲》：「鷓鴣憂兄行不得，杜宇勸客不如歸；天涯羈思難繪畫，惟有兩蟲相發揮。」言鳥聲催喚，助人旅愁。又以鷓鴣、杜宇爲「兩蟲」。洪邁《夷堅丙志》卷十八「張風子」條載，紹興中，有張風子者，賣相自給，與人言談，悠繆莽眇，都不可曉。止於鄱陽客邸，「養一鷄、一畫眉。冬之夜，熾炭滿爐，自坐牀上，而置二蟲於兩旁。火將燼，必言曰：『向火已暖，可睡矣。』」「二蟲」，又謂鷄及畫眉。所以，禽鳥之號「蟲蟻」，也無足多怪。《西遊記》以啄木鳥爲「啄木蟲兒」，正說明呼鳥作「蟲」，至明未改。

蟲，按其通常意義，是指昆蟲。蟻子蚍蜉，乃昆蟲之尤小者。故「蟲蟻」一詞，當然也應包括一般蟲豸在內。杜甫《縛鷄行》：「小奴縛鷄向市賣，鷄被縛急相喧爭。家中厭鷄食蟲蟻，不知鷄賣還遭烹。」鷄食「蟲蟻」，蓋蚯蚓、蚱蜢之屬。姜夔《烏夜啼》：「老烏棲棲飛且號，晨來枝上啄楮桃。啄桃已空楮葉死，猶啄枯枝覓蟲蟻。」烏覓之「蟲蟻」，蓋螬、蠐之屬。《董西廂》卷四〔山麻皆〕：「淅零零地雨打芭蕉葉，急煎煎的促織兒聲相接。做得個蟲蟻兒天生的劣，特故把人僝僽，更深後越切。」〔整金冠令〕：「促織兒外面鬥聲相聒，小卽小天生的口不曾合，是世間蟲蟻兒裏的活撮，叨叨的絮得人怎過？」又〔三台〕：「隔窗促織兒泣新晴，小卽小叫得暢嗶。輒向空階那畔，叨叨地俏没休歇，做個蟲蟻兒没些兒慈悲，聒得人耳疼耳熱。」又指促織爲「蟲蟻」。這都是昆蟲得稱「蟲蟻」的顯證。

但「蟲」之一稱，其實也還不限於昆蟲和鳥雀，卽獸類，古人又何嘗不目爲「蟲」？試舉其例。《淮南子》：「狡蟲死，顯民生。」注云：「蟲，獸也。」沈括《夢溪筆談》卷三：「《莊子》：『程生馬。』嘗觀《文子》注：『秦人謂豹曰程。』予至延州，至今謂虎豹爲『程』，蓋言『蟲』也。方言如此，抑亦舊俗也。」按：「青寧生程，程生馬。」見《莊子·至樂》篇。王氏集解：「成云：程，赤蟲名。」故謂虎豹爲「程」，實卽目之爲「蟲」。「程」、「蟲」，一聲之轉，沈氏所釋至確。張耒《明道雜志》：「《莊子》論萬物出入於機，有『程生馬，馬生人』，而沈存中《筆談》乃謂行關中，聞人云『此中有程』，遂以爲生馬之程，而不知秦聲謂蟲爲程，蟲卽虎也。豈莊子之謂歟？生馬生人之論，古今未見道者，未可遽解也。」又《景德傳燈録》卷二十二：「或問廣州義寧龍境倫禪師：如何是龍境家風？師曰：蟲狼虎豹。」《西遊記》第三十八回：「那各神卽着本處陰兵，刮一陣聚獸陰風，捉了些野鷄山雉、角鹿肥獐、狐獾狢兔、虎豹狼蟲；共有百千餘只，獻與行者。」蟲皆與狼、虎、豹並舉，自亦指獸。故虎，昔人每謂之「大蟲」。唐任瓌懼内，杜正倫譏之。瓌答云：「婦當怕者三：初娶之時，端居若菩薩，豈有人不怕菩薩耶？既長生男女，如養兒大蟲，豈有人不怕大蟲耶？年老面皺，如鳩盤荼鬼，豈有人不怕鬼耶？」（《太平廣記》卷二百四十八）又唐五經詼諧，嘗謂不肖子弟有三變，「第一變爲蝗蟲，謂鬻莊而食也；第二變爲蠹魚，謂鬻書而食也；第三變爲大蟲，謂賣奴婢而食也。」（孫光憲《北夢瑣言》卷三）元和中，有郎吏數人於省中縱酒，各言平生愛尚及憎怕者。工部員外周愿獨云：「愛宣州觀察使，怕大蟲。」（王讜《唐語林》卷六）後人以爲大堪與錢昆愛螯蟹、怕通判作對。（陳善《捫蝨新話》卷一）五代時，桂州兒童聚戲，常呼：「大蟲來！」及李瓊拔桂，人遂謂瓊爲「李老虎」。（吴任臣《十國春秋》卷七十二）宋元豐間，官制更新，諫議大夫改太中大夫，每出，「前呵曰：『大中來！』」都人駭避曰：「大蟲來！」（周煇《清波雜志》卷六）釋景岑（卽湖南長沙招賢大師）諸方目謂「岑大蟲」（《景德傳燈録》卷十），言其勢猛。宋人目棋枰爲「木野狐」，茶籠爲「草大蟲」，言其能惑人，能傷人（見朱彧《萍洲可談》卷二。元懷《拊掌録》亦云）。宋名將畢再遇，有戰馬，號「黑大蟲」（陳世隆《北軒筆記》）。張威每戰，不携他兵器，但持一木棓，號「紫大蟲」（《宋史》卷四百三本傳）。此等例子，固不一而足。又

《莊子·應帝王》："且鳥高飛，以避矰弋之害；鼷鼠深穴乎神丘之下，以避熏鑿之患；而曾二蟲之何知？"《埤雅》："鼠，穴蟲之總名也。"是鼠亦謂之"蟲"。由是推之，凡走獸之屬，亦概得以"蟲蟻"稱之了。《景德傳燈録》卷二十二《漳州保福院清豁禪師》："未幾，謂門人曰：『吾滅後，將遺骸施諸蟲螘，勿置墳塔。』言訖，潛入湖頭山，坐磐石，儼然長往。弟子戒因入山尋見，稟遺命，延留七日，竟無蟲螘之所侵食。"此"蟲螘"，指山中食人猛獸，必是豺狼虎豹之類。黄庭堅詩《戲贈彦深》："君不見猛虎即人猒麋鹿，人還寢皮食其肉；濡需終與豕俱焦，飫肥擇甘果非福。蟲蟻無知不足驚，横目之民萬物靈；請食熊蹯楚千乘，立死山壁漢公卿。"彦深，李源字。家徒壁立，而讀書不輟。妻子守貧，葱秧葵甲，早韭晚菘，皆能甘之。故山谷稱美，以爲猒飫肥鮮，不足爲福。濡需，偷安須臾之意；此謂豕虱，本《莊子·徐無鬼》。"蟲蟻"承上文，合虎、虱而言。——唐、宋人之稱獸爲"蟲蟻"，如此。明田藝蘅《留青日札》："内監蟲蟻房，虎、豹、犀、象，各有職秩。"——明代人之稱獸爲"蟲蟻"，又如此。所以，《水滸》第六十一回寫燕青："更且一身本事，無人比得：拿着一張川弩，只用三枝短箭，郊外落生，並不放空，箭到物落；晚間入城，少殺也有百十個蟲蟻。"此言射獵，豈有不取狐兔，只逐雉雁之理？這裏所謂"蟲蟻"，其意也爲兼概飛走兩者無疑。

最後，水生動物，同樣可稱"蟲蟻"。元尚仲賢《柳毅傳書》第三折，宴間，洞庭君感柳毅遞書之力，欲以龍女三娘妻之，柳毅力辭。錢塘君勃然，欲與厮併。柳毅嘲哨之，云："你在洪波中，揚鬐鼓鬛，掀風作浪，儘由得你；今日身被衣冠，酒筵之上，却使不得你那蟲蟻性兒！"蛟龍，向號水族之長。難道水族也算作「蟲」麼？曰：然。對於古人，舉凡魚、蝦、蚌、蛤，蛤蟆、鼃鼈，皆莫非「蟲」。孫綽《遊天台山賦》：「靈虬吐注，陰蟲承瀉。」注：「陰蟲，蝦蟆也。」洪駒父詩「人言懷土蟲，棄丢俄復在」注「蟲」曰：「蝦蟆也。」此謂蝦蟆爲「蟲」。江休復《嘉祐雜志》：「范希文戍邊，行水邊，甚樂之。從者輒云：『此水不好，裏面有蟲（聲如陳，秦聲）。』謂之『蟲』，乃是魚也。答云：『不妨，我亦食此蟲也。』」此又謂魚爲「蟲」。文中所謂「邊」，是指陝右，當時號爲「西邊」。鄰幾，陳留人，但知秦中方言如此。觀《夢粱録》卷十八記錢唐物産，其「蟲魚之品」，所載列者，盡是鯉鯽鰍鰻、蟹蝦龜鼈、蚌蜆蛤螺之類。則以鱗介爲「蟲」，雖江南亦然。

所有一切古昔目爲「蟲」的，不論飛禽走獸，昆蟲鱗介，無不可稱「蟲蟻」，具如上述。「蟲」字古義，本可作爲動物的總稱。《大戴禮》卷十三：「有羽之蟲三百六十，而鳳凰爲之長；有毛之蟲三百六十，而麒麟爲之長；有甲之蟲三百六十，而神龜爲之長；有鱗之蟲三百六十，而蛟龍爲之長；倮之蟲三百六十，而聖人爲之長。」《月令》疏：「鱗、羽、蠃、毛、介，謂之五蟲。」故「蟲蟻」以稱一切動物，實在是有遠古遺意的。

（此條據手稿整理）

香毬

《大宋宣和遺事》元集：

（政和二年）夏，四月，召蔡京入内苑賜宴；輔臣親王，皆得與席……日午，謁者引宰執以下入。女童四百，靴袍玉帶，列排場下，肅然無敢謦欬者。宮人珠籠、巾玉、束帶、秉扇、拂、壺、巾、劍、鉞，持香毬，擁御座以次立，亦無敢離行失次者。

《大宋宣和遺事》亨集：

宣和五年七月初一日，昧爽，文武百官聚集於宮省，等候天子設朝。須臾香毬撥轉，簾捲扇開，但見：明堂坐天子，月朔朝諸侯；淨鞭三下響，文武兩邊齊。

《老學庵筆記》卷一：

京師承平時，宗室戚里歲時入禁中，婦女上犢車皆用二小鬟持香毬在旁，而袖中又自持兩小香毬。車馳過，香煙如雲，數里不絶，塵土皆香。

《老學庵筆記》卷九：

一日（楊）戩（中貴）獨寢堂中。有盜入其室，忽見牀上乃一蝦蟆，大可一牀，兩目如金，光彩射人。盜爲之驚仆，而蝦蟆已復變爲人，乃戩也。起坐握劍問曰：「汝爲何人？」盜以實對。戩擲一銀香毬與之曰：「念汝迫貧，以此賜汝。切勿爲人言所見也。」盜不敢受，拜而出。後以他事繫開封獄，自道如此。

《揮麈後録·餘話》卷一：

祐陵癸巳歲，蔡元長自錢唐趣召再相召，特錫燕于太清樓，極承平一時之盛。元長作記以進云：

「政和二年三月，……日午，謁者引（何）執中以下入。女童樂四百，靴袍玉帶，列排場肅然無敢謦咳者。宮人珠籠、巾玉、束帶、秉扇、拂、壺、巾、劍、鉞，持香毬，擁御床以次立，亦無敢離行失次。（《蔡元長作太清樓特燕記》）

《事物紀原》卷八「香毬」條：

《西京雜記》：長安巧工丁緩者，作臥褥香爐，一名被中香爐。本出防風，其法後絶。至緩更爲之，爲機環轉運而爐體常平。今香毬是也。

《通俗編》卷三十一「俳優」條：

香毬。《留青日札》：今鍍金香爐如渾天儀，其中三層關棙，輕重適均，圓轉不已，置之被中而火不覆滅，卽《西京雜記》言巧手丁緩所作者也。又有以奇香異屑製之者，亦名香毬，乃舞人摶弄以爲劇者。故白樂天詩：「柘枝隨晝鼓，調笑從香毬。」又云：「香毬趁拍迴環匼，花盞抛巡取次飛。」〔按〕今輥燈之製，又從此倣。

《都城紀勝》：「四司六局」條：

香藥局，專掌藥楪、香毬、火箱、香餅、聽候、索唤諸般奇香，及醒酒湯藥之類。

《西湖老人繁勝録》：

數萬人隨駕，一一恭謹低聲，止有快行數隊脫膊，各有執把：或執黄羅傘，或執青羅傘，或托金香毬，或執黄羅傘，或執馬靴，或執七寶劍，或執押衣刀，或執弓箭，或執金壘，或背弓箭，或金洗嗽之類。

《夢粱録》卷十九「四司六局筵會假賃」條：

香藥局，掌管龍涎、沈腦、清和、清福異香、香壘、香爐、香毬、裝香簇燼細灰，効事聽候换香，酒後索喚異品醒酒湯藥餅兒。

《夢粱録》卷二十「嫁娶」條：

至迎親日，男家刻定時辰，預令行郎，各以執色如花瓶、花燭、香毬、沙羅洗漱，妝合、照臺、裙箱、衣匣、百結、青涼傘、交椅，授事街司等人，及顧借官私妓女乘馬，及和倩樂官鼓吹，引迎花檐子或檐子藤轎，前往女家，迎娶新人。

《武林舊事》卷一「四孟駕出」條：

香毬二人。（宋刻作「香毬二」，連文大字，無「人」字。）

《武林舊事》卷九「高宗幸張府節次略」條：

進奉盤合：汝窰：酒瓶一對、洗一、香爐一、香合一、香毬一、盞四雙、盂子二、出香一對、大匜一、小匜一。

主張

《三朝北盟彙編》卷一四三：

傅慶，衛州窯戶也，有勇力，善戰，屢立功。岳飛寵惜之，以爲前軍統制。慶恃其才，視飛爲平交，嘗曰：「岳丈所主張此一軍者，皆我出戰有功之力。」

《輟耕録》卷十「御史五常」條：

周景遠先生，馳名能文。爲南臺御史時，分治過浙省，每日與朋友往復。其書吏不樂，似有舉刺之意，大書壁上曰：「御史某日訪某人，某日某人來訪。御史忽見之，呼謂曰：「我嘗又訪某人，汝乃失記何也？」第補書之。因復謂曰：「人之所以讀書爲士君子者，正欲爲五常主張也。使我今日謝絶故舊，是爲御史而無一常；寧不爲御史，不可滅人理。」吏赧服而退。

《能改齋漫録》卷十「饒德操自號倚松道人」條：

政和間，林靈素主張道教，建議以僧爲德士，使加冠巾。其意以釋氏爲出其下耳。

《齊東野語》卷三《紹熙内禪》：

侂胄慨然曰：「某世受國恩，記在肺腑，願得效力。」於是往見慈福宫提舉張宗尹，曰：「事勢如此，我輩死無日矣。」宗尹曰：「今當如何！」遂告以内禪事，且云：「須得太皇主張方可。」宗尹遂許爲奏知。

《隨隱漫録》卷一：

西山眞先生點先君集中警句，如「……千古留芳惟好句，一時得意總黴塵」。「……苦吟雲水驛，荒寒天正霜」。「夜深吟苦未成章」。「閉門不管庭前月，分付梅花自主張。」

《西塘集耆舊續聞》卷八：

唐人以格律自拘，唯白居易敢易其音於語中，如「照地騏（音佶）驎袍」，「雪擺胡（音鶻）騰衫」，「欄干三百六十（音諶）橋」。晏殊嘗評之曰：「詩人乘俊語，當如此用字。」故晏公與鄭俠詩云：「春風不是長來客，主張（去聲）繁華能幾時？」

《河南邵氏聞見前録二》卷二十：

熙寧十年夏，康節先生感微疾，氣日益耗，神日益明，笑謂司馬公曰：「某欲觀化一巡如何？」温公曰：「先生未應至此。」康節先生曰：「死生常事耳。」張横渠先生喜論命，來問疾，因曰：「先生論命否？當推之。」康節先生曰：「若天命則知之，世俗所謂命，則不知也。」横渠曰：「先生知天命矣，某尚何言。」程伊川曰：「先生至此，它人無以爲力，願自主張。」康節先生曰：「平生學道，豈不知此？然亦無可主張。」時康節卧正寢，諸公議後事於外。有欲葬近洛城者，康節先生已知，呼伯温入曰：「諸公欲以近城地葬我，不可。當從伊川先塋耳。」

《侯鯖録》卷四：

熙寧中，鄭俠上書，事作下獄，悉治平時所往還厚善者，晏幾道叔原皆在數中。俠家搜得叔原與俠詩云：「小白長紅又滿枝，築毬場外獨支頤。春風自是人間客，主張繁華得幾時？」裕陵稱之，卽令釋去。

《獨醒雜志》卷四：

鄭介夫既下吏獄，官得介夫所厚者往還詩文，悉以奏聞。上見晏叔原所贈絶句，亦從而釋之。神宗愛惜人才，不忍終棄如此。晏詩有云：「小白長紅又滿枝，築毬場外獨支頤。春風自是人間客，主掌繁華得幾時？」

《黄山谷詩集・外集》卷五《戲贈彦深》：

「世傳寒士有食藉，一生當飯百甕葅。冥冥主張審如此，附郭小圃宜勤鉏」。

《黄山谷詩集・外集》卷十二《次韻晁元忠西歸十首》：

開田望食麥，春隴無秀色。深耕不償勤，牛耳徒濕濕。豐凶誰主張？坐令愁煎迫。」

《都城紀勝》「瓦舍衆伎」條：

雜劇中，末泥爲長，每四人或五人爲一場。先做尋常熟事一段，名曰豔段；次做正雜劇，通名爲兩段。末泥色主張，引戲色分付，副淨色發喬，副末色打諢。又或添一人裝孤。

《齊東野語》卷三「紹熙内禪」條：

汝愚遂袖出所擬指揮以進曰：「皇帝以疾未能執喪，曾有御筆自欲退閑，皇子嘉王可即皇帝位，尊皇帝爲太上皇帝，皇后爲太上皇后。」憲聖覽訖曰：「甚好。」汝愚等再拜奏曰：「凡事全望太皇、太后主張。」憲聖首肯。」

《文文山詩註》卷二：

乃知苗亦主張，不過實使二略分晛，予語言趨向，而後爲之處。使一時應酬不當，被害原野，誰復知之？痛哉，痛哉！

《宋會要稿》卷二一七七八：

（淳熙）二年五月七日詔：「民間採捕蝦蟇，殺害生命，訪聞多是臨安府緝捕使臣所管火下買販，及主張百姓出賣，令本府日下先次出榜曉諭，三日外别差人收捉，赴府懲治，如捉獲火下貨賣，即將所管使臣一例坐罪。」

常賣

《投轄録》「沈元用」條：

沈元用未赴殿試時，忽觀賣故物擔上有舊書一小帙，問取視之，乃曆書也。沈以十餘錢買之以歸，且試觀之終篇。未幾，廷對策問曆數。元用素未始經，意殊惘然。因追思小書所記以對，不復遺忘。策成，與大問悉契，自謂神助，喜不自勝。已而唱名，果擢第一，殆豈偶然哉！

《可書》：

宣和間，睦州布衣朱夢説上書，極言堂時之失有三太：入仕之源太濁，不急之務太繁，宦寺之職太盛。夢説又言當時搢紳之士競於取媚權豪，易古器，鬻圖畫；得一眞玩，減價求售，爭妍乞憐。服儒者衣冠，爲侯門常賣。

《北牕炙輠》卷下：

嘗有數相識閒會話，有一相識言：舊有人於常買家。以錢三十得一子石（子石卽石卵也），漫用壓紙。有人見其石，欲得之，遽酬錢數千。其人見其著價高，心疑之，未與。後遂增到二十緡。其人見其著價愈高，其心益疑，以爲寶也，遂不與。然持此石屢年，無他異，人亦無顧者。但見所知，則摩挲其石曰：「此嘗有人酬二萬錢矣。」如是又屢年，其親知謂其人曰：「公持厥石久矣，雖有疇昔之價，然卒無他異；爲公計，不如一剖之，恐其中或有異。就如其價，不過失二十緡，而生平之疑以決，豈不快哉！」其人然其說，遂破之，乃有一魚躍出，其中泓然清流也。人皆異其事，但不知其人欲得此石將何爲。時何子楚在座曰：「是必有用也。」

《中吳紀聞》卷第六「朱氏盛衰」條：

朱沖微時，以常賣爲業，後其家稍温，易爲藥肆，生理日益進。

《志雅堂雜鈔》卷上：

番作癸鼎，元張稱孫家物。杭之常賣駔沈大整者和菴得之，以爲奇貨。既而董瓚者，所謂頑石董，酬以重價，以大銅器數件共準二十五定得之。既而歸之喬仲山運副，聞將轉之顯官云。

《志雅堂雜鈔》卷上：

嘉興華亭市中有小常賣鋪，適有一物如桶而無底，非木非竹，非鐵非石，既不知其名，亦不知何用。如此者凡數年，過者無一睨之。一日，忽有海船老商見之，駭愕，有喜色，撫弄不已。扣其所値，其人亦黠駔，意謂老商必有所用，漫索其値三百緡。商喜償以三之二。遂取錢付之。駔因扣曰：「某寶不識爲何物；今已成貢，勢無悔理，幸以告我。」商曰：「此至寶也。其名曰海井。尋常航海，必須載淡水以自隨。今但以大器滿貯海水，置此井，於中汲之，皆甘泉也。平生聞其名於番賈，而未嘗遇；今幸得之。」唐埜翁云。

《雲麓漫鈔》卷七：

朱勔之父朱沖者，吳中常賣人。方言以微細物博易於鄉市中自唱，曰常賣。

《三朝北盟彙編》卷二〇八：

（畢）良史，字少董，蔡州人，略知書傳，喜字學，粗得晉人筆法。少遊京師，以買賣古器書畫之屬出入貴人之門，當時謂之畢償賣。

《山谷外集詩註》卷十五《答王道濟寺丞觀許道寧水山圖》詩下註：

按：《外集》十二卷又載一篇云：「往逢醉許在長安，蠻溪大硯磨松煙。……蚤師李成最得意，十襲自藏人已知。貴人取去棄牆角，流落幾姓知今誰？大梁畫肆閱水墨，四圖宛然當物色。自言早過許史門，常賣一聲儻然得。」

《醒世恒言》卷十四《鬧樊樓多情周勝仙》：

原來開封府有一個常賣董貴，當日綰着一個籃兒，出城門外去，只見一個婆子在門前叫常賣，把着一件物事遞與董貴。是甚的？是一朵珠子結成的梔子花。那一夜朱眞歸家，失下這朵珠花。婆子私下撿得在手，不理會得直幾錢，要賣一兩貫錢作私房。董貴道：「要幾錢？」婆子道：「胡亂。」董貴道：「還你兩貫。」婆子道：「好。」董貴還了錢，逕將來使臣房裏，見了觀察說道恁地。

《冷齋夜話》卷二「古樂府前輩多用其句」條：

予嘗館州南客邸，見所謂嘗賣者破篋中有詩編寫本，多漫滅，皆晉簡文時名公卿，而詩語工，甚有古意。樂府曰：「繡幕圍香風，耳節朱絲桐；不知理何事，淺立經營中。獲惜加窮袴，隄防託守宮，今日牛羊上邱壠，當時近前面發紅。」云云。前輩多全用其句……

《蘆浦筆記》卷六：

嘉泰壬戌，予道經姑蘇，於常賣翁得故紙一幅，陳黦破碎，上有印文，方四寸餘，朱色未落，云「六合大同」之印。按：《鄴侯傳》，唐肅宗在靈武徵天下兵所鑄。頃嘗收拓本，漢甎上刻此篆文，本朝丞相李昉書其下，謂家藏是印文而失之，蓋乾德乙丑歲也。

角妓

《西塘集耆舊續聞》卷四：

許下士夫云：章子厚當軸，喜駡士人，常對衆云：「今時士，如人家婢子，纔出外求食，箇箇要作行首。」張天覺在旁云：「如商英者，莫做得一箇角妓否？」章笑。久之遂遷職。

《輟耕録》卷十五「妓妾守節」條：

汪憐憐，湖州角妓也。

《螢雪叢説》卷一「試畫工形容詩題」條：

徽宗政和中，建設畫學，用太學法補試四方畫工，以古人詩句命題。……夫以畫學之取人，取其意思超拔者爲上，亦猶科舉之取士，取其文才角出者爲優。二者之試，雖下筆有所不同，而於得失之際，只較智與不智而已。

《醉翁談録》丙集卷之二：

耆卿一日經由豐條(疑應作「樂」)樓前。樓在城中繁華之地，設法賣酒，羣妓分番。忽聞樓上有呼「柳七官人」之聲，仰視之，乃甲(疑應作「角」)妓張師師。

《醉翁談録》丁集卷一「諸妓期遇保唐寺」條：

諸妓舉止，與諸州府飲妓大不侔矣。然其羞匙筯之態，勤參請之儀，或未能盡去也。北里之角妓，則對公卿與舉子，其自如也；俟其升朝，始爲參禮。(《北里志》此條無「角」字)

《醉翁談録》庚集卷一「判娼妓爲妻」條：

鄂州張貢士，與一角妓情好日久，後挈而之家，得金與妓父李參軍，未償所欲。一日，訟于府庭。

《醉翁談録》壬集卷二「崔木因妓得家室」條：

一日，王上舍勉仲，邀崔木遊春出郊，特呼角妓張賽賽侑樽。酒已數行，崔木酣醉。王上舍謂賽賽曰：「崔上舍，今之望人也，爾乃京城之角妓也，以望人而遇角妓，可謂一時之佳遇。適今之時，正屬仲春，日暖風和，花紅柳緑，景物如此，豈可無一詞以歌詠乎？爾可請崔上舍賦一詞，於席前歌之，庶不負今日之景也。」

《夢粱録》卷十「點檢所酒庫」條：

其諸庫皆有官名角妓，就庫設法賣酒。此郡風流才子欲買一笑，則徑往庫内點花牌，惟意所擇；但恐酒家人隱庇推托，須是親識妓面，及少微利啗之可也。

《夢粱録》卷二十「妓樂」條：

朝廷御宴，是歌板色承應。如府第富戶，多於邪街等處，擇其能謳妓女，顧倩祗應。或官府公筵及三學齋會、縉紳同年會、鄉會，皆官差諸妓角妓祗直。自景定以來，請酒庫設法賣酒，官妓及私名妓女數内，揀擇上中甲者，委有娉婷秀媚，桃臉櫻唇，玉指纖纖，秋波滴溜，歌喉宛轉，道得字眞韻正，令人側耳聽之不厭。

《西湖遊覽志餘》卷十六：

《香奩豔語》：甲妓朱觀奴者，居鹽橋，頗通文義。嘗欲搆室，而募緣於人，求題詞於瞿宗吉。

《五劇箋疑》：

傻角。徐文長云：「輕慧貌。」宋人謂風流蘊藉爲角，故有角妓之名也。今中州齊魯之間以詈騃者曰傻瓜，乃傻角之遺音也。直是罵詞，絶無風流蘊藉之意。徐解非是。聞諸彼中縉紳云。

《青樓集》「連枝秀」條：

姓孫氏，京師角妓。

《青樓集》「汪憐」條：

湖州角妓，美姿容，善雜劇，涅古伯經歷甚屬意焉。

《青樓集》「一分兒」條：

姓王氏，京師角妓也，歌舞絶倫，聰慧無比。

《大宋宣和遺事》亨集：

徽宗遂問周秀道：「這對門誰氏之家？簾兒下佳人姓甚名誰？」周秀聞言，「上覆官人：問這佳人，説着後話長。這箇佳人，名冠天下，乃是東京角妓，姓李，小名師師。」

《北里志》「鄭舉舉」條：

曲内妓之頭角者爲都知，分管諸妓，俾追召匀齊。舉舉、絳眞皆都知也。

《宋史》四三六卷《陳亮傳》：

至是，當淳熙五年，孝宗卽位蓋十七年矣。亮更名同，詣闕上書曰「……夫人心之不可惰，兵威之不可廢，故雖成、康太平，猶有所謂四征不庭、張皇六師者，此李沆所以深不願眞宗皇帝之與遼和親也。況南北角立之時，而廢兵以惰人心，使之安於忘君父之大讎，而置中國於度外，徒以便妄庸之人，則執事者之失策亦甚矣。」

《宋史》四八一卷《南漢劉氏世家》：

開寶初，鋹又舉兵侵道州，刺史王繼勳上言：鋹爲政昏暴，民被其毒，請討之。太祖難其事，令江南李煜遣使以書諭鋹使稱臣，歸湖南舊地。鋹不從。煜又遣其給事中龔愼儀遺書曰：「……夫稱帝稱王，角立傑出，今古之常事也。」

《能改齋漫録》卷十七「阮閎休善爲長短句」條：

龍舒人阮閎，字閎休，能爲長短句，見稱於世。政和間，官於宜春，官妓有趙佛奴，籍中之錚錚也，嘗爲洞仙歌贈之云。

（以上四條手稿，僅係考釋資料之臚列，未及成文。考慮到它所具有的資料價值，故照録於此。我們只作了點校整理的工作，其他一仍其舊。）

《水滸傳》簡註

許政揚　周汝昌合著

幾條凡例

一　我們是《水滸傳》的尊重與愛好者，讀過幾遍，對語言、名物方面，略曾留意。凡有所得，信手札記，積成此册，想或許對同好們不無一些便利，斗膽問世，聊爲將來更精詳的註本作個開路先鋒。取名叫《水滸傳簡註》。

二　把要註的説明白就是我們的目的達到了，並不求美備——是爲「簡」：

甲　一説就明白了的，不必證，也就不加例證。

乙　《水滸傳》本身有例子可供參對説明的，儘先利用，不事捨近求遠。

丙　需要加證，用以取信於讀者的，在註釋正文後便酌引一些例證。取材以切近當時的材料爲主，凡正史、别史，宋、元人的詩文、筆記、語録、話本、詞曲等皆在采選之列。「註」是爲了一般讀者，只有「證」必較專門些，因此設想的對象擴及到研究工作者。一般讀者儘可只看「註」，而不必管那些「證」。

丁　我們的「證」既不是「求溯考源」的學術考訂，更不是「網羅宏富」的材料匯聚。只取二三條上下文關係清楚明白，足以説明問題的，就够了。

三　底本以人民文學出版社新版《水滸》爲準。但拿七十回舊本（如金聖歎批本）對看的，仍可以把「第一回」了解爲「楔子」，「第二回」了解爲「第一回」，……依此類推下去，並無多大問題。

四　凡要註的，先録出原句（着重要註的詞語以黑體標明），次是註釋正文，再次則是例證（以小字示之）。次序以原句在原書中出現先後爲準，各排以號碼，以便檢引。

五　今天要註釋六百年前的方言俗語——牽扯着當時種種典章制度、風俗習慣、穿着飲食、器用什物……一言以蔽之，牽扯着當時種種政治、經濟、文化、社會生活。這一廣泛複襍的工作，斷非「一手一足之烈」所能辦到。我們二人放做一處，雖然已是「四手四足」，但其力量之微薄也就不難想見。希望讀者指正疵誤，俾得改正。

六　我們以普通讀者的身份來作簡註，不是「學者」或「專家」。我們不搬弄「文字學」、「訓詁學」、「音韻學」或「語言學」什麼的，因爲不敢超出普通一般的注釋範圍亂講。專家幸勿以「專門學問」而「繩之」。

七　盡力以求合乎古人「知之爲知之，不知爲不知」的老實態度。

八　可能時，在我們貧乏的語言知識範圍内嘗試與現在的口語作些結合，以求例證，並略見語義存亡演變的情形。

第一回

〔一〕車書萬里舊江山

「車」指車軌，「書」指文字，這兩件事在古代各地頗不一致。「車書」連用，暗指封建時代帝王的定制統一，因而隱喻「天下大一統」的意思。

《中庸》：「今天下車同軌，書同文。」《隋書·煬帝紀》：「漢有天下，車書混一。」杜甫《題桃樹》詩：「寡妻羣盜非今日，天下車書正一家。」

〔二〕都來十五帝

「都來」本義是「總共」，但實際語氣不在注重多，而是要説少，有「一總算來不過纔這麼些」的意思。本文是説：「一共不過十五朝皇帝罷了，却播亂了五十年之久！」簡作「都」，繁作「大都來」，義同。

蘇軾詞〔減字木蘭花〕：「年紀都來十一二。」歐陽修詞〔青玉案〕：「一年春事都來幾？」万俟雅言詞〔安平樂慢〕：「念芳菲都來幾日，不堪風雨疏狂。」

〔三〕向甲馬營中生下太祖武德皇帝來

「向」，有「從」和「在」的意義，與現在話「朝某方向」的用法不同。本回例：「向那班部叢中，有一大臣，越班啓奏」，「向那松樹背後，奔雷也似吼一聲，撲地跳出一隻吊睛白額錦毛大蟲來」可証，如果仍照現在的用法去了解，便不可通。因此，「一日，騎驢下山，向那華陰道中正行之間」，絶不是「朝着華陰大道而行」，只是「在華陰道上正行」。

甲馬營，亦寫作「夾馬營」，杜氏生宋太祖趙匡胤的地方，在河南洛陽東關火燒街。後來在此建了應天寺（一名應天禪院，後又改名發祥寺）。

《宋史·太祖本紀》：「母杜氏，後唐天成二年（公元九二七）生於洛陽夾馬營。」《孫公談圃》上：「藝祖生西京夾馬營。」《識小録》卷二：「夾馬營在河南府東。」元劇《陳摶高卧》：「自家趙玄朗是也，祖居洛陽夾馬營人氏。」《筆録》：「夾馬營，夾亦作甲。」

〔四〕紅光滿天，異香經宿不散

這種封建社會對皇帝降生的傳説附會，當時很盛，夾馬營後來因此被呼爲「香孩兒營」。

《宋史·太祖本紀》：「赤光繞室，異香經宿不散。」本文似全取於此。元劇《陳摶高卧》：趙大舍白：「某生時異香三月不絕，人皆呼爲『香孩兒』。」

〔五〕打四百座軍州都姓趙

「軍」、「州」，都是宋時的政治區劃名稱。全國設十八「路」，下領許多府、州、軍、監等。一共有三十九軍。不可把「軍」直接了解爲「軍隊」。第四十一回回目《宋江智取無爲軍》，第五十二回目《柴進失陷高唐州》，皆是同樣句法。「軍州」合爲一詞，泛指地方，不必了解爲「軍」和「州」。

《捫蝨新語》：「文公一日復白大顛曰：『弟子軍州事多。』」

〔六〕九朝八帝班頭

「九朝」：太祖、太宗、真宗、仁宗、英宗、神宗、哲宗、徽宗、欽宗，是爲北宋。「八帝」：高宗、孝宗、光宗、寧宗、理宗、度宗、恭帝、端宗，是爲南宋。

「班頭」，也作班首，就是領班人，在一排站班的人裡的頭一個。因此泛指一切爲頭、出色、領袖的人物。

《元典章》：「敘班立，先再拜，班首前跪，上香，舞蹈，叩頭，三呼萬歲。」《隨隱漫録》：「班首出班，俛伏致詞。」《金瓶梅》：「就是打老婆的班頭，坑婦女的領袖。」《緑牡丹》：「一個是淫婦班頭。」

〔七〕如今東京柴世宗讓位與趙檢點登基

趙匡胤在作皇帝前乃是後周世宗（本名柴榮，後周太祖郭威的養子）時的「都點檢」官（點檢、檢點，常被互倒），全銜是「檢校太傅殿前都點檢」。

《宋史·太祖本紀》：「世宗在道，閱四方文書，得韋囊，中有木三尺餘，題云『點檢作天子』，異之。時張永德爲點檢，世宗不豫；還京師，拜太祖（按：卽指趙匡胤）檢校太傅殿前都點檢以代。」

〔八〕以手加額

古人表示慶幸的一種動作姿式，所以又有「額手稱慶」的話。

《宋史·司馬光傳》：「帝崩，（光）赴闕臨；衛士望見，皆以手加額，曰：『此司馬相公也！』」

〔九〕攧下驢來

「攧」，本來就是「顛仆」、「顛踣」的「顛」字，也寫作「蹎」。相當於現在「跌」、「踤」等字義。也可以作他動詞用。

《脚氣集》：「成者自成，攧者自攧。」《輟耕録》：「有子三歲，愛惜甚至。妻常抱負，偶失手攧損其頭。」《京本通俗小說·錯斬崔寧》：「只見王老員外和女兒，一步一攧，走回家來。」《水滸傳》第六回：「翻筋斗攧那厮下糞窨去。」

〔一〇〕**自庚申年間受禪開基即位在位一十七年**

「禪」，讀如「善」，讓位的意思。宋太祖從公元九六〇年到九七五年在位，實是十六年。

〔一一〕**朝廷出給黄榜，召人醫治**

從唐高宗以來，皇帝的詔敕用黄麻紙寫，叫「黄敕」；後來用黄紙謄抄傳佈，叫「謄黄」。皇帝出的告示，也用黄紙，叫「黄榜」。

《元史·世祖紀》：「遣吕文焕齎黄榜安諭中外軍民，俾安堵如故。」

〔一二〕**端的是玉帝差遣紫微宫中兩座星辰下來輔佐這朝天子**

「端的」，作副詞，是「真個」、「確實」的意思。作詰問副詞，是「到底」、「究竟」的意思。作名詞，是「實情」、「真象」、「真實性」、「實現性」等意思。

《方言藻》「端的」條：「端，猶云定也，今云定如何也。」李綱詞〔念奴嬌〕：「端的清圓如璧。」元劇《金錢記》：「端的濃如春色酒如油。」是副詞。宋无詩：「端的屬誰家？」是詰問副詞。柳永詞〔徵部樂〕：「細説此中端的。」元劇《漢宫秋》：「不想皇帝親幸，問出端的。」晏幾道詞〔六公令〕：「還是南雲雁少，錦字無端的。」蔡伸詞〔醉落魄〕：「後期總使無端的，月下風前，應也解相憶。」皆名詞。

〔一三〕**在位四十二年改了九個年號**

宋仁宗在位，從公元一〇二三年到一〇六三年，實在位四十一年。九個年號：天聖、明道、景祐、寶元、康定、慶曆、皇祐、至和、嘉祐。

〔一四〕自明道元年至皇祐三年這九年亦是豐富謂之二登

這該是公元一〇三二到一〇五一，實是十九年，不是九年。

〔一五〕自皇祐四年至嘉祐二年這九年田禾大熟謂之三登

這該是公元一〇五二到一〇五七，實是六年，也不是九年。

〔一六〕自江南直至兩京

「兩京」：西京洛陽，東京開封。但洛陽當時叫河南府，參看〔三〕條引証。

〔一七〕天下各州各府雪片也似申奏將來

「將」，略似現在「了」字用法，如第二回：「拿條棒滚將入來。」可以譯成「拿條棒滚了進來」。

蘇軾《花影》詩：「重重叠叠上瑶臺，幾度呼童掃不開；剛被太陽收拾去，却教明月送將來。」李邴詞〔洞仙歌〕：「帶將歸去。」《京本通俗小説·西山一窟鬼》：「走將一個人入來。」

〔一八〕開封府主包待制親將惠民和濟局方自出俸資合藥

「將」，動詞，相當於現在的「拿」、「持」、「攜帶」等意思。第一回：「將鐵鎚打開大鎖」，「將來打一照時」，是拿義。第二回：「高俅領了王都尉鈞旨，將着兩般玉玩器，懷中揣着書呈，逕投端王宫中來。」是攜帶義。

歐陽修詞〔玉樓春〕：「淚粉偷將紅袖印。」拿義。張元幹詞〔踏莎行〕：「將愁不去將人去。」帶義。

「惠民和濟局」，該寫作「惠民和劑局」，又作「和劑惠民局」；分局叫「太平惠民局」，是宋元時代的官設製藥售藥局。「和劑」，或「合劑」、「合藥」，猶如現在説「配藥」。除了給宫廷配暑藥、臘藥，以備宣賜外，另以賤價由分局賣藥，官家擔任大部費用，所以叫「惠民」。但實際弊端百出，得便宜的還是官僚豪門，小民實際上没有分毫得惠。和劑局方，原則上是官家精選精校——專家們研究過的上好經驗良方（實際也不無錯誤）。到後來相沿稱好藥方還有「局方」的説法。

《癸辛雜識》别集上：「和劑惠民藥局。當時製藥，有官監造，有官監門。又有官藥，藥成，分之内外，凡七局出售，則又各有監官，皆以選人經任者爲之，謂之京局官，皆爲異時朝士之儲，悉屬之太府寺。其藥價比之時值，損三之一。每歲縻户部緡錢數十萬，朝廷舉以賞之。祖宗初制，可謂仁矣！然弊出百端，往往爲諸吏藥生盜竊，至以樟腦易片腦，台附易川附，囊橐爲姦，朝廷莫之知，亦不能革也。凡一劑成，則又皆爲朝士及有力者所得，所謂『惠民』者，元未嘗分毫及民也！」《東京夢華録》：「熟藥惠民南局，在横街之南；熟藥惠民西局，在金梁橋西大街近北巷口。」（北宋）《夢粱録》：「惠民利（當作「和」）劑局在太府寺内之右，製藥以給惠民局；合暑臘藥以備宣賜。」又：「太平惠民局置五局以藏熟藥，價貨以惠民也：南局在三省前；西局衆安橋北；北局西坊南，（按又云：『市西坊南和劑惠民藥局』，可見「太平惠民局」亦籠統稱爲和劑惠民局。）南外局浙江亭；北外二局以北郭税務兼領惠民藥局收贖。」（南宋。）《元典章》：「合用藥餌，隨時於惠民局關領外，且不必重支破官錢。」可見其制元時尚存。《癸辛雜識别集》上：「若夫和劑局方，乃當時精集諸家名方，凡經幾名醫之手，至提領以從官，内臣參校，可謂精矣；然其間差舛者亦似不少。」

〔一九〕都向待漏院中聚會

「待漏院」，百官待朝的地方，始於唐憲宗時代。

《事物紀原》引《國史補》：「唐元和中置待漏院於朝門外，令百官以避風霜。」可見在此之前待朝乃在露天中。宋時東京待漏院在「左掖門内」，見《輟耕録》。左掖門是開封故宫正面三門中的東偏一門。《揮麈三録》：「紹興初梁仲謨汝嘉尹臨安，五鼓往待漏院，從官皆在焉。」

〔二〇〕嘉祐三年三月三日五更三點天子駕坐紫宸殿

「紫宸殿」，後唐朝以後，是皇帝早朝的地方。大概北宋時平常日子在垂拱殿（一説文德殿）上朝，正朔和特殊日期才到紫宸殿；本文因爲説明是三月三日上巳節，所以該在紫宸殿。

《唐六典》：「大明宫北曰紫宸門，其内紫宸殿。」《唐會要》：「龍朔三年四月始御紫宸殿聽政。」《楓窗小牘》：「（正中門）乾元門内正南門曰大慶。……正南門内正殿曰大慶。……大慶殿北有紫宸殿，視朝之前殿也；西有垂拱殿，常日視朝之所也。」《東京夢華録》：「宣祐門外西去紫宸殿（正朔受朝於此），次日文德殿（常朝所御）。」

〔二一〕天子看時乃是參知政事范仲淹拜罷起居奏道

「起居」，臣子見皇帝的禮數，按品級分爲「常起居」、「大起居」。起居，本是動静生活狀況的意思，轉爲問候安好的意思，又轉爲禮數。

《五代史·李琪傳》：「明宗詔羣臣五日一隨宰相入見内殿，謂之起居。」《宋史·禮志》：「後唐明宗始詔羣臣每五日一隨宰相入見，謂之起居，宋因其制。」《續文獻通考·王禮考》：「宋孝宗乾道二年九月詔定四參日，分起居班次，時閤門奏垂拱殿四參：皇帝坐，先讀奏目，知閤以下次行門以上，逐班並常起居。……次樞密學士待制樞密都承旨以下，知閤並祗應武功大夫以下，通班常起居。次親王次馬步軍都指揮使次使相次馬步軍員僚以上，逐班並常起居。次殿中侍御史入側宜大起居訖，歸侍立位。」《新編五代梁史平話》上：「……正在推算，忽太宗到來，詵得袁天綱疾忙起來，起居聖駕。」則又是以「起居」作「動詞」用的例子。

〔二二〕一面命在京宮觀寺院修設好事禳災

「好事」，本指一切救濟人的慈善事，而請僧道設壇誦經唸咒，目的在超度亡魂，或「普濟衆生」，也是「好事」之一，因此好事轉爲「佛事」等儀式的專名詞。

《元史·順帝紀》：「孛羅帖木兒請誅狎臣……，沙汰宦官，減省錢糧，禁止西番僧人好事。」

〔二三〕修設三千六百分羅天大醮

「醮」，就是請道士設壇唸經祈禱上帝的「好事」。「羅天」，可能指「大羅天」，是道教觀念裡最高的一層天，裹面的諸神仙當然也就是神通最廣大的。分，就是「份兒」。

《貴耳集》：「徽考寶籙宮設醮。」《元始經》：「三界之上，眇眇大羅。」《酉陽雜俎》：「三界外曰四人境；四人天外曰三清；三清上曰大羅。」

〔二四〕上了鋪馬

「鋪」，是驛站，或叫作郵亭，古時傳遞文書等物換人換馬的地方。「鋪馬」，指驛站供給、按程遞換的乘馬。

《元史·兵志》：「凡站：陸則以馬、以牛或以驢或以車。……其給驛傳璽書，謂之鋪馬。」

〔二五〕執事人等獻茶就進齋供

「就」，是「就地」、「乘時」之意，本回「就京禁院」、「就金殿上焚起御香」等句都是例子。不可直接了解爲現代口語裡的「即」、「便」的意思。

《元史·順帝紀》：「置月祭各影堂香於大明殿，遇行禮時令省臣就殿迎香祭之。」

〔二六〕這代祖師雖在山頂其實道行非常

「其實」，只相當於現在話的「實在」、「確實」，與「雖然」没有必要的呼應關係。如第二回：「王進告道：小人怎敢？其實患病未痊。」

〔二七〕貧道等時常亦難得見

「時常」，等於現在的「常時」、「平時」，不可作「往往」、「每每」了解。

〔二八〕怎生教人請得下來

「怎生」，就是「怎麼」、「怎樣」，「生」是語助詞，如「好生」的「生」就是同樣的例子。此詞慢說則說「作麼生」，急說則說成「争」。（「争」下又有重複加「生」的例子。）

張先詞〔迎春樂〕：「怎生得伊來——今夜裡，銀蟾滿？」（《朱子全書》：「不知瞑目以後，又作么生？」俗解爲「作什么」，誤。司馬光詞〔西江月〕：「相見争如不見？」歐陽炯詞〔更漏子〕：「争生嗔得伊？」）

〔二九〕似此怎生奈何

「奈何」，有「處理」、「對付」的意思，是動詞（這已是後來的用法。「奈何」本身就是動詞「奈」加

「何」,「何」就是「怎生」;「奈何」既變爲一個整體動詞,所以上面又可以加「怎生」;不然便是重複或不通了)。又進一步有「懲治」、「傷害」等含義,如第二回:「爲因新任一個高太尉,……懷挾舊讎,要奈何王進。」這離「奈何」本義已遠。

〔三〇〕只除是太尉辦一點志誠心

「辦」,有「具備(下)」、「準備(好)」的意思。「志誠」,合爲形容詞,猶云誠心敬意;重言則說成「志志誠誠」。另外,志誠有時也就是「老誠」、「誠實」等意思。

元劇《梧桐雨》:「各辦着志誠心。」《趙禮讓肥》:「你還是辦着一個耐心兒,三口親身告。」過去北方「雜耍場」裡的藝人在唱曲前照例交代客套:「你們小哥倆兒把絲絃調動起來,諸君賞下耳音,學徒就志志誠誠的,侍候這一段……」京本通俗小說有「志誠張主管」的節目。

〔三一〕既然恁地

「恁地」,是「如此」、「這樣」的意思。把平聲的「您」念作去聲,就得出這個字的正確發音來。古時把這個音記作「寧」,記作「能」,都一樣。現在天津話裡發音略似「儂」的去聲(成都話同),河北南部讀作 nen,也是去聲。

《道山清話》:「他們取了富貴,做了好官,不枉了恁地。」《嬾真子》:「山濤見王衍,曰:『何物老嫗,生寧馨兒!』寧作去聲,馨音亨,今南人尚言之,猶言恁地也。」《方言藻》:「恁,方言此也。」李彌遜詞〔永遇樂〕:「知淵明,清流臨賦,得似恁麼?」柳永詞〔婆羅門令〕:「昨宵裡恁和衣睡,今宵裡又恁和衣睡。」周邦彥詞〔滿路花〕:「更當恁地時節。」(向子諲詞〔少年遊〕:「章水能長湘水遠——流不盡,兩相思。」方岳詞〔喜遷鶯〕:「怎乾坤許大,英雄能少？」吴文英詞〔三姝媚〕：「春夢人間須斷——但怪有當年，夢緣能短！」

〔三二〕降降地燒着御香

「降降地」，是「濃濃地」、「稠稠地」的意思。本字該寫作「糨」，就是所謂「漿糊」（天津叫「糨子」）。無論液體，氣體，還是可數的個體，都可用「糨」形容，如：「糨粥」、「糨烟」、「人糨起來了」、「糨糨糊糊一碗麵」。

〔三三〕只顧志誠上去

《水滸》中的「只顧」，十有九個都是現在話的「只管（不必顧慮）」，而不是「只顧得這個，却忘了別的」的「只顧」。

〔三四〕約莫走過數個山頭

「約莫」，大概估計的意思。也寫作「約摸」。可以作動詞用，如：「你約摸着有多少？」可以作名詞用，如：「你心裡也該有個大約摸兒！」讀如「約母兒」。

《樂府指迷》：「約莫大寬易。」《新方言》《釋言》：「約畧大數曰約莫。」《朱子全書》：「只約摸恁地説。」

〔三五〕尚兀自倦怠

「尚兀自」，有時省作「兀自」。「兀」是發語詞，没有實義可講。「自」就是「猶自」、「尚自」的「自」。因此「兀自」也就是「猶且」、「尚在不住地」的意思。

元劇《隔江鬥智》：「提起來尚兀自肝腸碎。」《京本通俗小説・碾玉觀音》：「你兀自拜謝！你記得不記得？」現代説：「你還拜謝呢！」

〔三六〕卻教下官受這般苦

「卻」，是「反而」、「倒」的意思。這一義最普通，不用注；但「卻」字用法極多，若一概都了解爲「反倒」，就錯了，甚至講不下去。參看下文有關「卻（却）」字的各條。

〔三七〕撲地跳出一隻弔睛白額錦毛大蟲來

「大蟲」，猶言「老虎」。

《唐語林》：「愛宣州觀察，怕大蟲。」《傳燈録》：「百丈問希運：『見大蟲麽？』運便作虎聲。」元劇《昊天塔》：「可便是困煞南山老大蟲。」《黑旋風》：「拳打的南山猛虎難藏隱。」可證。

〔三八〕捉對兒廝打

「廝」，該讀入聲，是「相」字的音轉，如今河南人就還有這種説法。

《仇池筆記》：「余退而嘆曰：到處被相公廝壞。」《道山清話》：「人言一個陝西人，一個福建子，怎生廝合得著？」莊綽《鷄肋編》：「浙西諺曰：蘇杭兩浙，春寒秋熱，對面廝啜，背地廝説。」元劇《澠池會》：「他將我廝小覷，忒欺負。」《合汗衫》：「這官人好和那張孝友孩兒廝似也！」《鶴林玉露》：「白樂天詩云：『爲問長安月，誰教不相離？』『相』字下自注云：『思移切。』乃知今俗作廝者非也。」《老學庵筆記》：「世多言白樂天用相字多從俗語作思必切，如『爲問長安月，如何不相離』是也。然北人大概以相字作入聲，至今猶然，不獨樂天。老杜云：『恰似春風相欺得，夜來吹折數枝花。』亦從入聲讀，乃不失律。俗謂南人入京師效北語，過相藍，輒讀其膀曰：『大廝國寺』，傳以爲笑。」所謂京師北語，正今河南。相藍，指大相國寺。

〔三九〕渾身却如重風麻木兩腿一似鬥敗公鷄

「却如」的「却」，是「恰」，不再是「却教」的「却」了（參看〔三六〕條）。「恰如」和「一似」作對仗，有「簡直」、「完全」的語意。第二回：「飛也似取路歸來，却好五更天氣。」第四回：「從西廊下搶出來，却好迎着智深。」第三回：「却纔精的，怕府裡要裹餛飩；肥的臊子何用？」都是「却」、「恰」通用之例。

晏殊詞〔踏莎行〕：「一場愁夢酒醒時，斜陽却照深深院。」就是「正照」、「恰照」。歐陽修詞〔蝶戀花〕：「和露采蓮愁一晌，看花却是啼妝樣。」蘇軾〔南鄉子〕：「墮淚羊公却姓楊。」都是「却」作「恰」用，毛滂〔生查子〕：「勝裡紅偏小，恰有爾多香。」又「恰」作「卻」用。

〔四〇〕往後便倒在盤陀石旁

「盤陀」，廣大而匾平的石頭，簡言則作「磐」，也寫作「槃」。

范成大《茸山道中感懷》詩：「倦拂盤陀蒼石坐。」

〔四一〕却早不見了

「早」就是「已」。有時「早已」連用，意思一樣。

歐陽修詞〔蝶戀花〕：「早是傷春，那更春醪困。」就是「已然」、「何況」的呼應例。

〔四二〕寒粟子比餶飿兒大小

「寒栗子」，就是皮膚因寒冷等原因收縮以致毛孔處微顯凸起的地方，天津話叫作「鷄皮疙瘩」。

蘇軾詩：「凍合玉樓寒起粟。」

「餶飿兒」，讀如「骨朵兒」，有時也就寫作「骨朵兒」或「餶餜兒」。是宋元時代一種麵作的圓形小點心。大概種類很多，形制也不一定完全相似；有的可能有餡。北京的「糖葫蘆」，天津叫「糖堆兒」，而津南滄、鹽等地帶叫「糖個堆兒」，實際就是説的「糖骨朵兒」，可見又不一定限於麵製的糕點類了。

《夢粱録》：「油煠蝦魚剗子，常熟糍糕，餶飿，瓦鈴子，春餅……等點心。」《武林舊事》：「市食有鵪鶉餶餜兒麵果。」又據《東京夢華録》所載，有「鵪鶉餶飿兒」、「細料餶飿兒」。元雜劇《羅李郎》則提到「油煠骨朵兒」。《正字通》：「《夢粱録》有餶飿菜，讀如『鶻突』，雜衆味爲之，猶《名物考》『骨董羹』之類。」《通雅·飲食》：「餫飩，本『渾沌』之轉，近時又名『鶻突』，《釋稗》曰：『鶻者渾之入，突者暾之入，皆聲轉。』」若然，今日之餛飩亦是餶飿兒一類。其實，餶飿一名，即從其形狀得名，凡是渾淪成塊當中肥圓的形物，都可以叫「骨朵」。譬如花蕾，叫「花骨朵兒」；儀衛鹵簿裏有「金骨朵」，即是「撾」，俗名「金瓜」者是。《宋景文公筆記》：「關中人以大腹爲『胍肫』。」樹的瘤瘿叫「榾柮」，又作「骨朏」。人身上的「粟」狀物叫「疙禿」（俗作「疙（瘩）瘩（疸）」）、「吃提」。把嘴噘起叫「咕嘟着嘴」。都是音同義同，寫法不一。又多按實物性質加偏傍，「餶飿」的食字邊亦然。由此可知餶飿的作法，大體上是摶麵爲塊，不過加「衆味」——即「餡兒」——或炸或煮，各有巧妙而已。

〔四三〕叵耐無禮

「叵」，讀如「頗」，音是「不可」二字的合音，形是「可」字的反寫。義意也就是「不可」。「叵耐」，「不可耐」，轉爲「可恨」的意思。叵，也寫作「尀」，耐，也用「奈」代替。

《續釋常談》引《國史異纂》：「李德昭爲内史，婁師德爲納言，相隨入朝。婁肥行緩，李怒曰：『叵耐殺田舍翁！』」《花史》：「王彦章葺園亭，疊牆種花，急欲苔蘚，少助野意；而經年不生。顧子弟曰：『叵耐這緑拗兒！』」元劇《梧桐雨》：「叵柰楊國忠這厮好生無禮！」《京本通俗小説・碾玉觀音》：「却不尀耐！教人提這漢。」《梁谿漫志》：「叵字乃不可二字合，其義亦然。」《珩璜新編》：「《新唐書》好用叵字，魏、晉間已用之。」並引《魏志》、《晉書》爲證。按：《後漢書・吕布傳》已有「大耳兒最叵信」語，則此語來源又不止魏、晉，或當更古。

〔四四〕整頓身上詔赦並衣服巾幘却待再要上山去正欲移步

「却待」，就是「恰待」（參看〔三九〕條），有時也就寫作「恰待」；所以下句説「正」欲移步。在此句分段，非。第三回：「李吉也却待回身，史進早到。」第六回：「那漢撚着朴刀來鬥和尚，恰待向前，肚裡尋思道：這和尚聲音好熟。」可證。

〔四五〕這早晚想是去了

「早晚」，是「時候」、「光景」的意思。早晚，俗常急呼説成「纂兒」或「咱」，如「這纂兒」就是「這時光」，「多咱」就是「甚麽時候」。在更早的時代，「早晚」本身也用爲問語，就是「何時」。

元劇《酷寒亭》：「這早晚才來。」《紅梨花》：「這早晚，多早晚也。」

《洛陽伽藍記》：「步兵校尉李澄問曰：『太尉府前甎浮圖，形制甚古，猶未崩毁，未知早晚造？』逸曰：『晉義熙十二年劉裕伐姚泓軍人所作。』」《顔氏家訓》：「當有甲設讌席請乙爲賓，而且於公庭見乙之子，問之曰：『尊侯早晚顧宅？』乙子稱其父『已往』，時以爲笑。」李白詩：「不知楊伯起，早晚向關西？」牛希濟詞〔生查子〕：「兩朵隔牆花，早晚成連理？」普通多忽略忘其是問語。

〔四六〕這小的如何盡知此事

「小的」，也寫作「小底」，在本句可能有雙重意義：一、年幼的人；二、百姓，賤役。年老的則叫作「老底」，年長的叫作「大底」。

《默記》：「王介甫家：小底不如大底；謝師宰家：大底不如小底。」元劇《後庭花》：「正末（包拯）云：『這小廝是箇啞子。張千，你怎生尋了箇啞子來？』張千云：『這便是李順家裡住的，小的怎生知道他是啞子？』正末云：『那小的，你雖然啞，你心裏須明白。』」張千口中的「小的」即賤役（百姓同）對官長的自稱。正末問「倈兒（即小孩）」說「那小的」即指「幼小的人」。

〔四七〕争些兒送了性命

「争」，就是「差」；「争些兒」就是「差點兒」，與「險些兒」同。亦作「争些個」、「争些子」。

《老學庵筆記》：「宋煇直龍圖，便除待制，太超躐；欲且與脩撰，與待制只争一等。」《青箱雜記》：「算簞瓢金玉，所争多少？」辛棄疾詞〔昭君怨〕：「風景不争多——奈愁何？」「不争多」即「不差多少」或「差不多」。元劇《還牢末》：「争些兒李孔目被他殘害。」《古今小說・陳從善》：「如春争些個做了失鄉之鬼。」《朱子全書》：「殆者，是争些子底意思。」劉克莊詞〔滿江紅〕：「争些子，吾其衽髮。」

〔四八〕爲頭上至半山裹

「爲頭」，乃是「首先」、「第一步」等意思。與「作首領（的）」一義，同源異用。本書第二十四回：「王說：『老身爲頭是做媒，又會做牙婆，也會抱腰……。』」「爲頭」與「又」作呼應；所以本句下文也是：「又行不過一個山嘴……。」

〔四九〕他是額外之人

「額」，似指户口額數；「額外之人」，指不在户籍的人，卽出家人。

〔五〇〕我直如此有眼不識真師

「直」，是「怎麽就」、「竟會」、「居然」的語氣。第二回：「端王笑道：『姐夫直如此掛心！』」又，「史進喝道：『好大膽！直來太歲頭上動土！』」又：「他們直恁義氣！」都是例子。

〔五一〕真人道衆並提點執事人等請太尉遊山

「提點」，宋朝的閒官，當時叫「祠禄官」，全名該是「提點宫觀」，宫觀專指道士廟。年老罷休的官往往給個名義去管宫觀，没事作，淨喫俸禄。提點是三流的（上面有宫觀使，提舉等，都在京祠），京城以外的宫觀内設置的祠禄官。到明朝，還有「神樂觀提點」的名義，而且逕直變成道士的職位了。

《宋史·職官志》十「六年，詔：『横行狄諮、宋球既領皇城司，罷提點醴泉觀。』」又：「大抵祠館之設，均爲佚老優賢，而有内外之别。京祠以前宰相、見任使相充使，次充提舉；餘則爲提點，爲主管，皆隨官之高下，處以外祠。」

〔五二〕一遭都是搗椒紅泥牆

「椒」，花椒（不是胡椒），一種香料，古時和在泥裡塗牆用，這是考究的辦法。「遭」字參看第二回第〔五三〕條。

《漢書·車千秋傳》注：「以椒和泥塗壁，取其温而芳也。」

〔五三〕正面兩扇朱紅槅子

「槅子」就是亮槅，俗常亦叫作槅扇門。除了説明是窗槅子（如「落地堂窗」）以外，凡説槅子，亮槅，本身就是門扇的整體，不單指「槅子」部分。其所以叫亮槅，是因爲通光線的原故。本書第四回：「（衆人）慌忙都退入藏殿裡去，便把亮槅關了。智深……一拳一脚打開亮槅。」下又云：「傷壞了藏殿上朱紅槅子。」

《古今小説·楊思温》：「只見關着閤門，門上有牌面寫道『韓國夫人影堂』；婆子推開槅子，三人入閤子看時……。」又《月明和尚》：「那間禪房關着門，一派是大槅窗子。」又：「開了槅子門，放紅蓮進去。」元劇《謝金吾》：「夫役每，把那金釘朱户，虬鏤亮槅，拆不動的都打爛了罷！」

〔五四〕我讀一鑑之書

「鑑」，就是監（二字通用），指國子監，古時的國家學校。唐宋時的太學，隸屬於國子監，所以太學生出身的就是曾讀「一鑑之書」的學者們。而秀才便自誇爲「讀半鑑書」的。

元劇《東堂老》：「俺們都是讀半鑑書的秀才。」又：「這兩箇人你休看得他輕，可都是讀半鑑書的。」

〔五五〕把你都追了度牒

「度牒」，官家發給僧尼道士的執照，上面註明名字、年齡、相貌等項；凡是有度牒的，就豁免了納稅、服役的義務。度，是度人入道的意思。發度牒要收一筆費用，可見封建時代名義上宗教自由，實際不然。信的是「仙」是「佛」，而「度」他們入道的却還是「人」，而且是統治者。出家的身份也要用錢買，封建政治的搜括，也未嘗放過這些人。「追了度牒」是說追還度牒。

《唐會要》：「天寶六載，制僧尼道士令祠部給牒。」《唐書・食貨志》：「安禄山反，楊國忠遣御史崔衆至太原納錢度僧尼道士，旬日得百萬緡。」《癸辛雜識》：「有日本僧定心者，今楊氏庵中尚藏日本度牒。」《水滸傳》第三十一回：「孫二娘說：『二年前，有個頭陀打從這裡過，喫我放翻了，把來做了幾日饅頭餡。却留得他一個鐵界箍，一身衣服……一本度牒……。』」又：「今晚要逃難，只除非把頭髮剪了，做個行者，須遮得額上金印。又且得這本度牒做護身符，年甲貌相，又和叔叔相等，却不是前世前緣！叔叔便應了他的名字，前路去誰敢來盤問？」第四回：「首座呈將度牒上法座前請長老賜法名。長老拿着空頭度牒而說偈曰……長老賜名已罷，把度牒轉將下來，書記僧填寫了度牒，付與魯智深收受。」

〔五六〕你等阻當我却怎地數百年前已註定我姓字在此遇洪而開分明是教我開看却何妨

這幾句話似乎該標點爲：「你等阻當我却怎地？數百年前已註定我姓字在此！『遇洪而開』，分明是教我開看！却何妨？」這裡「却」都是「又」的語氣。參看第二回〔三六〕條。

〔五七〕我想這個魔王都只在石碣底下

說明「這個」，可見意中只指一個魔王，「都」字不表多數，而是「只不過」的意思，參看〔二〕條。

〔五八〕恐有利害傷犯於人不當穩便

「利害」，單指禍害，「真人又三回五次禀道：恐有不好」可証。「利害」不指「利」，只指「害」。這種例子很多，如「我的小兄弟」、「這一狗男女」、「有個好歹」、「萬丈深淺」、「褒貶的一文不值」等話，都是一種情形，我們可以叫作「雙舉單注」的詞兒。穩便，是「妥當」、「方便」的意思。不當，在此就是「不」、「不算」的意思；另外也有「不以爲」的含意。

《夢粱録》：「皆濟楚閣兒，穩便坐席。」《東京夢華録》：「各垂簾幙，命妓歌笑，各得穩便。」《京本通俗小説・志誠張主管》：「卽時邀入酒店裡一個穩便閣兒坐下。」都是方便義。《邵氏聞見後録》：「若不誅確於徐邸，豈得穩便？」是妥當義。元劇《曲江池》：「則俺母親有些利害，不當穩便。」《殺狗勸夫》：「我今日不當十分醉。」就是「不算十分醉」。《水滸傳》第二回：「小官人若是不當村時。」就是「不以爲村野」。

〔五九〕石板底下却是一個萬丈深淺地穴

「却」，「原來」的語氣。第二回：「這柳世權却和東京城裡金梁橋下開生藥鋪的董將仕是親戚。」「算命道我今年有大財，却在這裡！」都是例。「却原來」也連用，如第二回：「俺道是甚麽高殿帥，却原來正是東京幫閒的圓社高二！」

元高德基《平江紀事録》：「嘉定州……夜晚之間閉門之後有人叩門，主人問曰：『誰儂？』外面答曰：『我儂。』主人不知何人，開門視之，認其人矣，乃曰：『卻是你儂！』」卽「原來是你呀！」

〔六〇〕走了的卻是甚麽妖魔

「卻」，「到底」、「真個」的語氣。

〔六一〕若還放他出世必惱下方生靈

「若還」，就是「如若」，「還」字絲毫無有「再」或「也」的語氣。「還」字也單用。

辛棄疾詞〔賀新郎〕：「啼鳥還知如許恨，料不啼清淚長啼血。」《京本通俗小說・西山一窟鬼》：「若還真個有道人時，可知好哩！」

「惱」，「薅惱」的省語，就是「擾」、「害」。第二回：「必然要惱人。」下文卽接云「必要來薅惱村坊」，可證。

〔六二〕（英宗）在位四年傳位與太子神宗神宗在位一十八年

「在位四年」：公元一〇六四——一〇六七；「在位一十八年」：一〇六八——一〇八五。

〔六三〕今日開書演義又說着些甚麽

「演義」，演說史蹟，譬喻義理，以懲世勸人的意思。後來演說的不限定爲史實，往往似乎荒誕不經，既不合道理，更無諫勸的作用，因此「演義」反而有了「出奇」、「想不到」、「荒唐」等含義，譬如說：「這件事太演義了！」也寫作「衍義」。又有作「衍繹」的，如明周游有《開闢衍繹》，已不盡合原旨了。

潘岳《西征賦》：「靈壅川以止鬭，晋演義以獻說。」李善注：「《國語》曰：靈王二十二年，穀、洛二水鬭，欲毁王宫。王欲壅之。太子晉諫曰：『不可。晉聞古之長人，不隳山，不防川；今吾執政實有所辟，而禍夫二川之神！』」又引《小雅》：「演，廣遠也。」就是「引伸」、「發揮」的意思。「演義」二字，此初見，合乎後來用法，可證後人卽取潘語。《夢粱録》：「談經者，謂演說佛書。……講史書者（《武林舊事》卽曰「演史」），謂講說《通鑑》、漢、唐歷代書史文傳，興廢争戰之事，有戴書生，周進士，……又有王六大夫，元係御前供話，爲幕士請給講諸史俱通，於咸淳年間，敷演《復華篇》及中興名將傳，聽者紛紛，蓋講得字真不俗，記問淵源甚廣耳。」可見「演」卽演説，「敷演」亦卽講説之義。

〔六四〕蓼兒洼内聚蛟龍

「洼」，亦寫作「窪」，低下聚水的地方，亦卽淀、泊之類。例如今河北東到天津海口，西起省中部一帶，在北宋時還都是淺水地帶，淺不能舟，深不能涉，成爲天然國防線，當時叫「塘濼（卽泊字）」（參看《宋史·河渠志》五）。後來逐漸乾涸，成爲多數淀、泊（靠海邊的）、䴚（當地讀作「講」）、沽之類；甚至變爲平地。而當地人管郊原曠野猶叫「洼」，如「大開洼」、「大野洼」。

第二回

〔一〕東京開封府汴梁宣武軍便有一箇浮浪破落户子弟

「浮浪」，是不務正業、幫閒混飯的意思。浮浪人是不在「良民」之數的。

《宋史》卷一百七十七《食貨志》上五：「司馬光復奏：『下户元不充役，今例使出錢。舊日所差皆土著良民，今皆浮浪之人應募。』」

「破落户」，本義當然指「破落了的富户」，但這些富户破落的同時必有「敗家子弟」出現，因此「破落户」轉爲一般地痞流氓的名子，却不必再與門第出身有關。第三回魯提轄喝鄭屠道：「咄！你是個破落户！若只和俺硬到底，洒家便饒了你！你如今對俺討饒，洒家偏不饒你！」由此可証：一、「破落户」不一定是「破落了的門户（即門閥）」，更不一定「破落」。二、破落户該是「硬骨頭」，講究「打死不出聲」的，天津舊日稱這類人爲「雜霸地」的「混混兒」。

《咸淳臨安志》：「紹興二十三年，上謂大臣曰：『近今臨安府收捕破落户，編置外州，本爲民間除害；乃今爲人訴其恐赫取錢，令有司子細根治，務得其實。』先是行在號破落户者巧於通衢竊取人物，故有是命。」《紅樓夢》裡賈母初次介紹鳳姐於黛玉：「他是我們這裡一個有名的潑皮破落户兒！」高鶚本妄改爲「潑辣貨」，蓋因不懂此詞含義也。

「子弟」，本義是小輩數的人，没有惡義。但後來説「子弟」，多非好話，裏面就包含了「浮浪」的成分。而且，子弟也用以專稱嫖客與妓女，元劇裡例子最多。

〔二〕相撲頑耍

「相撲」，就是古時的「角觝」，現在的「摔角」、「摜交」，也叫「争交」。

《東京夢華録》：「軍頭司每旬休按閲内等子、相撲手、劍棒手格鬭。」《夢粱録》：「角觝者，相撲之異名也；又謂之争交。」《武林舊事》：「角觝社」下注：「相撲。」《繁勝録》：「有勾欄一十三座。常是兩座勾欄，專説史書。……常是御前雜劇。……弟子散樂，作場相撲，……」《水滸傳》第七十三回：「相撲世間無對手，争交天下我爲魁。」清朝尚有「善撲營」。

〔三〕只在東京城裏城外幫閑因幫了一個生鐵王員外兒子使錢

「幫閑」，自己不營生理，交上個有錢的，低三下四地騙喫的意思。如今尚有「幫喫幫喝」

的話。

元劇《殺狗勸夫》正末孫二罵柳隆卿胡子轉（元劇裡的典型幫閒者）：「你兩個幫閒的賊子，好生無禮！」柳上場詩云：「不做營生則(只)調嘴，拐騙東西若流水。」

「使錢」，現在說「花錢」；有時有「揮霍」的含義。

元劇《殺狗勸夫》柳隆卿云：「俺兩個落得吃他的酒，使他的錢。」

（四）每日三瓦兩舍風花雪月

「瓦舍」，宋時一種混合伎藝的演出場所，略類乎現代市場中的娛樂場所，也叫「瓦子」、「瓦子勾欄」、「瓦市」、「瓦肆」，簡稱「瓦」。（但絕不等於「妓院」。到明朝才有人把「瓦子」專稱妓院地方。不可不辨。）

《夢粱録》卷十九：「瓦舍者，謂其來時瓦合，去時瓦解之義，易聚易散也。不知起於何時。頃者京師甚爲士庶放蕩不羈之所，亦爲子弟流連破壞之門。杭城紹興間駐蹕於此，殿巖楊和王因軍士多西北人，是以城内外剏立瓦舍，招集妓樂，以爲軍卒暇日娛戲之地。今貴家子弟郎君因此蕩游破壞，尤甚於汴都也。其杭之瓦舍，城内外合計有十七處。」可見初時僅爲臨時性質，本供軍人娛樂用；後來有錢的人們也去游蕩，足證規模逐漸盛大。《東京夢華録》卷五「京瓦伎藝」條及《繁勝録》記載瓦舍中曲藝雜技，無所不包，甚爲詳盡，可參看，不備引。《繁勝録》即録有專説史書、御前雜劇、弟子散樂、相撲、説經、小説、覆射、踢瓶、各種傀儡、背商謎、教飛禽、影戲、唱賺之類。《東京夢華録》卷二「東角樓街巷」條：「街南桑家瓦子，近北則中瓦，次裏瓦。其中大小勾欄五十餘座，內：中瓦子、蓮花棚、牡丹棚、裏瓦子、夜叉棚、象棚最大，可容數千人。……瓦中多有貨藥、賣卦、喝故衣、探搏、飲食、剃剪、紙畫、令曲之類。終日居此，不覺抵暮。」《貴耳集》：「臨安中瓦，在御街中，士大夫必游之地，天下術士皆聚焉。凡挾術者，易得厚獲而來，數十年間，向之術行者，皆多不驗，惟後進者，術皆奇中。」可見瓦子内又分爲若干勾欄（即棚），内中商賈、術士皆有之，因此亦有「瓦市」之名。趙升《朝野類要》：「大禮畢，車駕登樓，有司於麗正門下肆赦，即立鷄竿盤，令兵士捧之——在京係左右軍百戲人，今乃瓦市百戲人爲之。」元劇《虎頭牌》：「伴着火潑男也那潑女，茶房也那酒肆，在那瓦市裡穿。」《武林舊事》「瓦子勾欄」條記瓦子二十三座。別有「歌館」條：「平康諸坊，如上下抱劍營、漆器牆、沙皮巷、清河坊、融和坊、新街、太平坊、巾子巷、獅子巷、後市街、薦橋，皆羣花所聚之地。外此諸處茶肆，清樂茶坊、八仙茶坊、……及金波橋等兩河以至瓦市，各有等差，莫不靚妝迎門，争妍賣笑，朝歌暮絃，摇蕩心目。」可見南宋時，妓院另有聚處。瓦市中雖有妓女，居最次等，人亦未嘗以瓦市爲妓院專名。至明朝馮夢龍《古今小説·月明和尚度柳翠》云：「原來南渡時臨安府最盛：只這通和坊這條街，金波橋下，有座花月樓；又東去爲熙春樓、南瓦子；又南去爲抱劍營、漆器橋、沙皮巷、融和坊；其西爲太平坊、巾子巷、獅子巷：這幾個去處都是瓦子。」是明人始誤以「瓦子」二字專稱妓院所在地矣。元吾衍《閒居録》：「未幾以下瓦屋廉可僦，遂以一室之費，得二室焉。」按《夢粱録》：「衆安橋南羊棚樓前名下瓦子，舊呼北瓦子。」《武林舊事》「北瓦」下注：衆安橋，亦名下瓦。」可見瓦子區域内亦有居民户。

〔五〕府尹把高俅斷了二十脊杖

宋時凡發配的罪犯都是在脊背上先用竹杖施刑；犯小過只挨打（而不迭配）的則並在臀部上施杖，叫臀杖。發配的里程和年限多少不同，則脊杖數隨之多少不等。二十脊杖，是脊杖最重的刑例。

《事物紀原》:「《宋朝會要》曰:建隆四年三月,張昭請加役流脊杖二十,配役三年,流三千里,脊杖十九;二千五百里,脊杖十八;二千里,脊杖十七。並役一年徒三年,脊杖二十;二年半,十八;二年,十七;一年半,十五;一年,十三。杖一百,臀杖二十;九十,十八;八十,十七;七十,十五;六十,十三。笞五十杖,二十;四十,十九;三十,十八;二十,十七。舊據獄官令用杖,受杖者皆背、臀、腿分受;殿庭決者皆背受,至是始折杖。又徒流者皆背受,笞杖者皆臀受也。」

〔六〕投奔一箇開賭坊的閒漢柳大郎名喚柳世權他平生專好惜客養閒人招納四方干隔澇漢子

「閒漢」、「閒人」、「惜客」、「干隔澇漢子」,四者都是指幫閒之類的人,實質上看不出有多大區別。閒漢、閒人,比較好懂;惜客略同「懶漢」,也就是「好喫懶做」不務生産的人。「干隔澇」,可能是「甘國老」三字的別寫,「甘國老」,没有自性,事事隨人的意思,在藥材裏甘草一味最無自性,放在什麽性質的藥味一起,便變成什麽性質,因此綽號「甘國老」;同樣,凡是人没有自性, 冷熱隨人的, 便叫「甘國老」,這也正是幫閒人的特點。

《夢粱録》卷十六:「更有百姓入酒肆,見富家子弟等人飲酒,近前唱喏,小心供過,使人買物命妓,謂之閒漢。」卷十九又云:「閒人本食客人,孟嘗君門下有三千人,皆客矣。姑以今時府第宅舍言之:食客者有訓導蒙童子弟者,謂之館客;又有講古論今、吟詩和曲、圍棊撫琴、投壺打馬、撇竹寫蘭,名曰食客。此之謂閒人也。更有一等不著業藝,食於人家者——此是無成子弟,能文、知書、寫字、善音樂——今則百藝不通,專精陪侍,涉富豪子弟郎君游宴執役,甘爲下流;及相伴外方官員財主,到都營幹。又有猥下之徒,與妓館家書寫柬帖取送之類,更專以參隨服役資生。舊有百業皆通者,如紐元子,學像生叫聲,教蟲蟻,動音樂,雜手藝,唱詞白話,打令商謎，弄水使拳，及善能取覆供過，傳言送語。又有專爲棚頭，鬬黄頭，養百蟲蟻，促織兒。又謂之閒漢，凡擎鷹、架鷂、調鵓鴿、鬬鵪鶉、鬬鷄、賭撲、落生之類……。」則幫閒之分類，大致已備，據所敍則以幫閒文人爲閒人，而諸般服役雜事耍樂爲閒漢。

李實《蜀語》：「疥瘡曰乾瘑疕。」注云：「瘑疕音果老，土音作格澇。」人或據此以爲「干隔澇」正即「乾格澇」。按：今驗之蜀地方言，此不誣，唯濕疥即謂之「疥」或「膿泡瘡」，無他稱。「乾格澇」亦名「乾瘡」（即乾疥只結痂不流膿水者）。然「乾瘡漢」則實無此語。曾説與當地人聽，認爲没聽説過，只覺好笑。此種譬喻殆亦不可想像：蓋招閒漢者正取其遊手好閒，工脩飾，能技藝，相從宴樂粉飾場面爲事，安有專取生瘡漢骯髒人之理？且原文「惜客」、「閒人」、「干格澇漢子」，三名連舉，前二者即明係一種，足證第三者亦即閒漢之一名，三者即一，亦不應「惜客」、「閒人」之外忽又别入一新類型曰「乾瘡漢子」也。其説殆不可通。

辛棄疾詞〔千年調〕（題「蔗菴小閣名曰卮言，作此詞以嘲之」）：「卮酒向人時，和氣先傾倒，最要然然可可，萬事稱好；滑稽坐上，更對鴟夷笑。寒與熱，總隨人，甘國老！少年使酒，出口人嫌拗；此個和合道理，近日方曉。學人言語，未會十分巧；看他們，得人憐，秦吉了！」此一詞説明「甘國老」之特點，最爲生動。《本草》：「甘草一名國老，此草最爲衆藥之主，經方少有不用者，猶如香中有沈香也；調和衆藥有功，故有國老之號。」此當然就其好的一面言之；若其壞的一面，即「冷熱隨人，無可不可」，如辛詞所寫也。國老，本是退休的卿大夫們的稱號，《禮》：「有虞氏養國老於上庠。」也與「閣老」相混。《唐國史補》：「兩省（按：即中書省與門下省）相呼爲閣老。」《唐書・楊綰傳》：「中書舍人久次者爲閣老。」杜甫有《贈嚴閣老》詩。俗常稱三國吴喬玄爲「喬閣老」。「格澇」似即「閣老」之記音。

〔七〕後來哲宗天子因拜南郊感得風調雨順

「拜南郊」，是皇帝祭天的禮節，每年冬至日在圜丘舉行，因圜丘在京城之南郊，故叫「南郊大祀」。現在北京的外城(卽南郊)天壇圜丘，還是這種遺迹(祭地則在北郊)。

《毛詩·周頌·昊天有成命》疏：「《昊天有成命》者，郊祀天地之樂歌也，謂於南郊祀所感之天神，於北郊祀神州之地祇也。」

〔八〕這柳世權却和東京城裏金梁橋下開生藥鋪的董將仕是親戚

「金梁橋」，汴梁的橋名。

《東京夢華録》：「西去曰浚儀橋，次曰興國寺橋，次曰太師府橋，次曰金梁橋，……」

「生藥」，就是藥材，相對於製成的「丸散膏丹」——熟藥——而言。如今請中醫開方後，按方到藥店去抓的藥，就是「生藥」。若像北京有名同仁堂等，都是生熟藥並售的藥店了。

《武林舊事》「作坊」條有「熟藥圓(卽丸)散」、「生藥飲片」。飲片就是切好薄片備人抓去熬「湯藥」、「煎劑」的生藥。

「將仕」，指「將仕郎」，宋時最低級(從九品)的文散官；「董將仕」，猶如「張解元」、「文待詔」，不是人名字。宋時凡店鋪掌櫃的，多叫「將仕」，亦猶如「茶博士」、「酒待詔」。

《警世通言·白娘子永鎮雷峰塔》：「見一個生藥鋪，正是李將仕兄弟的店。」下文稱兄爲「老將仕」，弟爲「小將仕」。又有典當庫主人「周將仕」可證。

〔九〕收拾些人事盤纏賫發高俅回東京投奔董將仕家過活

「人事」，也叫「人情」，就指餽送的禮品等物。

韓愈文：「並令臣領受人事物等，承命震悚，再欣再躍！」杜甫詩：「粔籹作人情。」

「盤纏」，一般地説，多了解爲「旅費」，本句卽是此義。但「盤纏」的本義，就是日用必需的意思，不一定是旅費，《水滸傳》裏兩種意義都有例。第三回金翠蓮自述：「父親自小教得奴家些小曲兒，來這酒樓上趕座子，每日但得些錢來，將大半還他，留些少女父們盤纏。」這裡卽是日用義。到後來魯提轄説：「洒家與你些盤纏，明日便回東京去何如？」纔可以了解爲旅費。俗常也説作「盤費」，又作「盤川」。

方回詩：「三日盤纏無一錢。」是日用義。元劇《合汗衫》邦老云：「孩兒是徐州安山縣人氏，姓陳名虎，出來做買賣，染了一場凍天行的症候，把盤纏都使用的無了，少下店主人家房宿飯錢。」可以了解爲旅費，但亦未嘗不可了解爲日用。

「賫」，讀作「資」。一面是「持」、「携帶」義，一面是「送」、「給」義。賫發猶如俗常説「打發」。又如本回：「受東人使令，賫送兩般玉玩器來進獻大王。」似乎都可説是兼有「持」、「送」二義。

〔一〇〕我轉薦足下與小蘇學士處

小蘇學士，實指蘇軾，卽蘇東坡。普通説的「三蘇」，「老蘇」是蘇洵，「大蘇」是蘇軾，「小蘇」是蘇轍。此處「小」只對「老」而言。

《揮麈後録》卷七，第百四六條專記高俅與東坡關係，可儘先參看。清王士禎《居易録》：「稗官小説，不盡鑿空，必有所本，如施耐庵《水滸傳》微獨三十六人姓名見於龔聖予贊，而首篇敍高俅出身，與《揮麈後録》所載一一脗合。俅本東坡先生小史，工筆札，坡出帥中山，留以予曹子宣，辭之，以屬王晉卿。晉卿一日遣俅送篦刀子於端王邸，值王在園中蹴鞠，俅睥睨之。王呼來前，詢曰：『汝亦解此耶？』曰：『能之。』令對蹴，大喜；呼隸云：『往傳語都尉，謝篦刀之貺，並送人皆輟留矣。』踰月，王登大寶，眷渥日厚，不次遷拜，數年間擁節至使相。父敦復，復爲節度使；兄伸，亦登八座；子侄皆爲郎。傳所云『小蘇學士』，卽東坡而稍變其文耳。都尉，卽詵也。」（按：《茶香室三鈔》亦引此事，不備録。）

〔一一〕自此高俅遭際在王都尉府中出入如同家人一般

「遭際」，本義是「遭遇」，因而有夤緣凑巧，命運順利，受某人賞識，因而得志得意等意思。「遭際」下面也可以接連所遭際的人，如本回「高俅自此遭際端王」，是其例。

《容齋隨筆》：「紹興二十九年，予仲兄始入西省；至隆興三年，伯兄繼之；乾道三年，予又繼之。比之前賢，實爲遭際。」元劇費唐臣《貶黄州》：「下官蘇軾，居翰苑數年，頗爲遭際。」《古今小説・史弘肇》：「兄弟兩人再廝見，又都遭際劉太尉，兩人爲左右牙將。」《京本通俗小説・錯斬崔寧》：「今日遭際御前，却不怕你去説。」

〔一二〕道端王乃是神宗天子第十一子哲宗皇帝御弟見掌東駕排號九大王

「見」，現在寫作「現」，「見」、「現」原來只有一個「見」字，兩個唸法。

《漢書・王莽傳》「倉無見穀」注：「謂見在也。」就是「現在」。又《王嘉傳》：「是時外戚貲千萬者少，故少府水衡見錢多也。」就是「現錢」。《宋史・職官志》：「以宰相見任使相充使。」就是「現任」。

「掌東駕」，未詳。

按：《宋史·徽宗紀》一：「（神宗）紹聖三年以平江、鎮江軍節度使封端王，出就傳。五年加司空。」以後即到神宗死，端王繼位。司空並沒有「東駕」的別稱。而神宗既無太子，「東駕」又不能指「東宮」。或許古時王侯「居列東第」（府第在帝城之東，見《史記·司馬相如傳》），「掌東駕」可能即指此，然終覺牽强，竢考。

〔一三〕這浮浪子弟門風幫閒之事無一般不曉

「門風」，指某一階級、某一家庭的特殊行逕、作風，與「家風」、「門第」有時同，有時不同。引申爲某一行業、某一宗教、集團（有時亦可指某一人）的行逕作風。

《捫蝨新語》：「文公一日復白大顛曰：『弟子軍州事多，佛法省要處乞師一句。』顛良久。文公未會。時三平爲侍者，乃敲禪牀三聲。顛云：『作麽（怎么）？』平云：『先以定動，然後智拔。』公乃禮謝三平云：『和尚門風高峻；弟子於侍者邊得個入處……』。」《齊東野語》：「韓忠武王以元樞就第，絶口不言兵，自號『清涼居士』……。明日王餉以羊羔且手書詞以遺之——〔臨江仙〕云：『冬日青山瀟灑静，春來山暖花濃，少年衰老與花同。世間名利客，富貴與貧窮。榮華不是長生藥，清閒不是死門風。勸君識取主人公，單方只一味，盡在不言中。』……」（按此詞亦載費衮《梁溪漫志》卷八，詞句略異。）《古今小説·金玉奴》：「却説金玉奴只恨自己門風不好，要掙個出頭。」此則門第、家風之意。

〔一四〕踢毬打彈

「打彈」，宋、元時一種遊戲，也叫「捶丸」，常和踢毬並舉。

元劇《百花亭》：「折莫是捶丸、氣球、圍棊、雙陸、釘鉸、續麻、拆白、道字……」《武林舊事》「雜色伎藝人」條：「打彈：俞麻線（二人）、揚寶、姚四、白腸吴四、蠻王；林四九娘（女流）。」其詳細制度可看元人《丸經》（《知不足齋叢書》本)。

〔一五〕猛見書案上一對兒羊脂玉碾成的鎮紙獅子

「碾」,就是治玉的方法,包括雕琢磨治一切步驟。行業叫「碾玉作」,工人叫「碾玉待詔」。

《武林舊事》:「……並令棊童下棊,及令內侍投壺,賭賽利物則劇。官家進水晶提壺——連索兒,可盛白酒二斗,白玉雙蓮杯盤,碾玉香脱兒一套六個……」《輟耕録》「書畫褾軸」條:「軸:出等白玉碾龍簪頂(或碾花)。」《京本通俗小説・碾玉觀音》:「就叫崔寧下手,不過兩個月,碾成了這個玉觀音。」《夢粱録》:「其他工役之人或名爲作分者,如碾玉作,鑽捲作,篦刀作……」《碾玉觀音》:「去府庫裡尋出一塊透明的羊脂美玉來,即時叫將門下碾玉待詔道:『這塊玉堪碾作甚麽?』」

〔一六〕寫了一封書信却使高俅送去

「却」,就是「就」的意思。第十一回:「兄長放心,且暫宿一宵,五更卻請起來同往。」

〔一七〕殿下在庭心裏和小黄門踢氣毬

「黄門」,就是太監,俗名「老公」。「小黄門」是剛補入的,再陞一步纔成「黄門」。

《輟耕録》:「世有男子雖娶婦而終身無嗣育者,謂之天閹,世俗則謂之黄門。」宦官稱爲「黄門」,早自漢始,因後漢黄門令、中黄門諸官皆係宦官充任。《輟耕録》所引俗語又係更進一步之引申義。《事物紀原》:「《宋朝會要》曰:國初黄門初補止曰小黄門,經恩遷即爲黄門。」

「氣毬」,古時毬戲,把六片端尖腹闊的皮縫爲圓球,當中貯著空氣(最初是裝上輕質的毛,所以又叫毛毬,毛丸),或以足「踢」,又叫「蹴」,叫「蹋」;或以手或杖「打」,又叫「筑」,叫「擊」。以足踢的很像現在的足球，也立竹或木爲球門，分兩班比賽，但球不許落地。

《演繁露》：「揚子曰：『捖革爲鞠，亦各有法。』革，皮也，捖革爲鞠，卽後世皮毬之斜作片瓣而縫合之，故唐人借『皮』爲喻而爲詩以誚皮日休曰：『六片尖皮砌作毬，火中爆了水中揉；一包閑氣如尋在，惹踢招拳猝未休！』其謂砌皮包氣，卽今之氣毬也矣。」《太平御覽》引《三蒼解詁》：「鞠，毛丸，可蹋戲。」《漢書·霍去病傳》注：「鞠，以皮爲之，實以毛，蹴蹋而戲。」《唐音癸籤》：「唐變古蹴踘戲爲蹴球，其法：植修竹高數丈，絡網於上，爲門以度毬，球工分左右朋，以角勝負。」《宋史·禮志》：「打毬：本軍中戲；太宗命有司詳定其儀：三月會鞠大明殿，有司除地豎木爲毬門，左右分朋，親王、近臣及節度、觀察、防禦團練諸使等悉預兩朋，帝親率擊毬。」王建《宮詞》：「殿前不打背身毬。」韋莊《鄜州寒食》詩：「隔街聞筑氣毬聲。」《山樵暇語》（亦見《齊東野語》）：「蹴踘謎云：瞻之在前，忽焉在後；樂然後笑，人不厭其笑。」「樂」諧「落」音。本回寫高俅「這氣球一似鰾膠黏在身上的」，皆可證蹋毬以落地爲敗輸。

〔一八〕見端王頭戴軟紗唐巾

「唐巾」，一種初是帝王，後來是士大夫常戴的頭巾，略如不帶脚（翅）的幞頭。

《宣和遺事》：「繫一條紅呂公條，頭戴唐巾。」元劇《盆兒鬼》：「按唐巾將這角帶頻挪。」《新元史·輿服志》：「唐巾制如幞頭而橢其角，兩角上曲作雲頭。」（參看《續通志》：「鳳翅幞頭，式如唐巾，兩角上曲作雲頭，兩旁覆以兩金鳳翅。」）

〔一九〕把繡龍袍前襟拽扎揣在絛兒邊

「拽扎」，把衣服的邊沿部分（如衣襟、褲腿）斂在一起而揣入腰帶、腿帶之類的地方。也轉爲胡亂塞入的意思。拽，讀如「掖」，可以單用，例如説：「把大衣裳（即長袍）掖起來。」扎，也寫作「扱」。元劇《昊天塔》：「輕輕的將衣服來拽扎。」《趙氏孤兒》：「按獅蠻（帶名）拽扎起錦征袍。」《連環記》：「將一箇悶弓兒拽扎在我心頭。」《古今小説·禁魂張》：「下面熟白絹裩拽扎着。」《蜀語》：「斂衣裳曰扱。」注：「扱音扎。」

〔二〇〕**都遞與堂候官收了去**

「堂候官」，本是唐宋時中書省裏掌案牘庶務的官，這裏轉爲親王府裡性質相似的人員的名稱。省稱「堂吏」，也寫作「堂後官」。

《歸潛志》：「省吏：前朝（按：指宋。）止用胥吏，號堂候官。」《事物紀原》「堂後官」條：「《宋朝會要》曰：堂吏自唐至五代率從京百司抽補。開寶六年五月七日以武德縣尉姜宣義等充堂後官……太平興國九年五月以將作監丞李元吉爲堂後官，京官任堂吏自此始也；十二月以王渾綦佩爲贊善充職，朝官之任堂吏自此始也。神宗元豐五年行官制，除堂後官之名……。」

〔二一〕**你這來會踢氣毬**

「來」，就是「倈」，元劇裡管扮童子的叫「倈兒」，故亦可用以稱呼年青人。（本句是問語，該加問號，亞東書局舊標點本此處不誤。）

按：玄孫的兒子名爲「來孫」，但據《集韻》，亦寫作「倈孫」，足證二字可通。焦循《劇説》：「末、旦、淨、丑之外，又有孤、倈兒……等目。倈兒不言以何色扮之，惟《貨郎旦》之李春郎，前稱『倈兒』，後稱『小末』，則前以小末扮倈兒。蓋倈兒者扮爲兒童狀也，春郎前幼，當扮爲兒童，故稱倈兒；後已作官，則稱小末耳。」

按：此語來源當甚古，疑老萊子一名實非人名，乃即因其彩衣效兒童戲，故稱之「老倈子」，即「老小孩」也。至今鄉中爲男孩起乳名猶常有「小俫子」出現。

〔一二二〕高俅叉手跪覆道

「叉手」，古時一種敬禮姿式：兩手拱抱於當胸處，屈身俯首至兩手，這也就是「拜」的本義，所以最早也叫「拜手」，又叫「拱手」。（有人以爲叉手是「兩手十指交叉」的意思，實在並不正確。）

《後漢書・馬援傳》：「豈有知其無成，而但萎腇咋舌叉手從族乎？」李翀《日聞録》「文六年（按當作宣六年）趙盾北面再拜稽首」注：「以頭至地曰稽首，頭至手曰拜手。」拜手，卽今叉手，謂身屈，首不至地。《增韻》：「俗呼拱手曰叉手。」《宋史・和峴傳》：「樂器中有『叉手笛』者，上意欲增入雅樂，峴卽令樂工調品以諧律吕。其執持之狀，如拱揖然，請目曰拱辰管。」拱手，卽兩手一内一外拱抱，俗謂「抱拳」者是，可證「十指交叉」之説不確。《水滸傳》第二十七回：「看着武松叉手不離方寸。」《京本通俗小説・錯斬崔寧》：「那後生叉手不離方寸。」此語爲小説中常見，可證拱手乃手在當胸處（方寸指心）。《水滸》第二十六回：「那四家鄰舍叉手拱立，盡道：『都頭但説，我衆人一聽尊命。』」又可證叉手時必拱立，卽略屈身以示恭敬也。《全唐詩話》：「温庭筠才思艷麗，工於小賦；每入試，押官韻作賦，凡八叉手而八韻成，時號温八叉。」《鐵圍山叢談》：「范仲温，字元實，嘗預貴人家會，有侍兒喜歌少游長短句，坐中略不顧及；酒酣懽洽，始問：『此郎何人？』仲温遽起叉手而對曰：『某乃「山抹微雲」女婿也。』聞者爲之絶倒。」

〔一二三〕這是齊雲社名爲天下圓

「齊雲社」，宋朝毬社名。參看〔三七〕條「圓社」注。

《武林舊事》（卷三「社會」）：「二月八日爲桐川張王生辰，震山行宮朝拜極盛，百戲競集：如緋緑社（雜劇），齊雲社（蹴毬），遏雲社（唱賺），……」《事林廣記》戊集卷二「圓社摸場」條起四句云：「四海齊雲社，當場蹴氣毬；作家偏着所，圓社最風流。」

〔二四〕解膝下場

「膝」，是「蔽膝」的省語，「蔽膝（絜）」是相當於現在「圍裙」式的東西，穿在衣服前襟之上，蓋住膝腿部分，也叫「縪（韠）」、「褘」或「韍」，又名「大巾」、「佩巾」。

《方言》：「蔽膝，江淮之間謂之褘；自關東西謂之蔽膝。」《箋疏》引《釋名》：「韠，蔽也，所以蔽膝前也；婦人蔽膝亦如之。」宋濂《送王子充序》：「古之蔽膝，所以被於裳衣之上，覆前者也。錢繹《方言箋疏》又云：「蔽膝又有大巾之稱，叔然以褘爲佩巾，蓋亦謂佩之於前，可以蔽膝；蒙之於首，可以覆頭。」《釋名·釋衣服》：「韍，韠也；韠，蔽膝也，所以蔽膝前也。」

〔二五〕那身分模樣

「身分」，猶如現在説某演員的「身段」體態好；不是「資格」、「社會地位」的意思。

楊无咎詞〔探春令〕：「搦兒身分，側兒鞋子，捻兒年紀。」「搦兒身分」即「腰身細如一搦」的意思。

〔二六〕先教樞密院與你入名只是做隨駕遷轉的人

這裡「只是」，不是「止此而已」的語氣，相反，却是「只要」、「只許」，在此句即不許做低於隨駕遷轉的人員。如本回下文「王進既勝，史進便道：『我枉自經了許多師家，原來不直半分！師父，没奈何，只得請教！』」上面雖有「没奈何」三字（這三字實是指王進，替王進設身處地，推辭不得），却不可把「只得」了解爲「不得不」，而是「只要請教」的意思，換言之，「你無論如何也得教我」的意思。

因此，「只」也就同時有「總」的意思，上句法也可了解爲「總得請教」。如本回史進問李吉：「往常時你只是擔些野味來我莊上賣，我又不曾虧了你，如何一向不將來賣與我？」這裡也等於說：「往常你總是擔些野味來賣」的意思，都不是「止此而已」的語氣。

「樞密院」，官署名，宋時與「中書省」對立爲「兩府」，樞密掌武，中書掌文，所以樞密院是兵權最高機關，設有樞密使，有時以宰相兼職。

〔二七〕直擡舉高俅做到殿帥府太尉職事

「殿帥府」，指「殿前司」，乃是皇帝禁衛衙門，執掌殿前班值，步、馬軍諸指揮的名籍及一切訓練等政，與「侍衛馬軍司」、「侍衛步軍司」合稱「三衙」。

詳見《通考·職官考》。

「太尉」，宋朝武官最高階的名稱，位在節度使以上。按：殿前司最高首領爲「都指揮使」，「太尉」只是一種泛稱，此處卽指都指揮使，第一回說「殿前太尉洪信」可證，高俅與洪信之職位相同，實皆爲「殿前司都指揮使」；第十二回說楊志要補「殿司府」制使職役，下云「殿帥府」，亦可證。

〔二八〕所有一應合屬公吏

「合」是「該」，「屬」是「管」，「合屬」就是該管的人員。

〔二九〕衙將都軍監軍馬步人等

「衙將」，就是「牙將」，副將的意思。下文就說「衆多牙將……」。

《五代史・康懷英傳》：「事朱瑾爲牙將。」牙、衙二字自來通用，《南部新書》：「軍前大旗謂之牙旗，軍中聽令，必至牙旗之下，與府朝無異。近俗尚武，通呼公府爲牙門，字譌變，轉爲衙門。」

「都軍」，當指「都校」，統兵的官。

《舊五代史・安審琦傳》：「奏審琦爲牙兵都校，……改龍武右廂都校。」牙兵，即「衙兵」，皇帝禁衛軍也。（龍武軍亦即禁軍。）

「監軍」，本名「監軍使（或事）」，略等於現在的參謀，自唐時，以宦官充任。

「馬、步人等」，指馬軍、步軍等人員，參看〔二七〕條。

〔三〇〕開報花名

「花」，名色繁多的意思。人名字一人一樣，五光十色，所以叫「花名」，如今還有「花名册」的話。（同樣，户口舊時也叫「花户」。）

〔三一〕於内只欠一名八十萬禁軍教頭王進

「禁軍」，宋皇帝的衛兵叫「禁軍」，專守京城（另外有各州的官兵叫「廂軍」，各地的民兵叫「鄉兵」），在唐代也叫「衙兵」。

《唐書・兵志》：「夫所謂天子禁軍者，南北衙兵也：南衙，諸衛兵是也；北衙者，禁軍也。」

〔三二〕牌頭與教頭王進説道

「教頭」，猶如後來的「教練官」之類，專教武藝的。

「牌頭」，軍人的美稱；也稱「牌軍」、「排軍」、「排長」。「牌軍」又稱「牌子」，所以嚴格説來，「牌頭」是「牌子頭」之省。簡稱則只稱一個「牌」。

本回下文：「只恐門前兩個牌軍……。」《京本通俗小説·碾玉觀音》：「却是郡王府中一個排軍，從小伏侍郡王。」又：「蓋緣是粗人，只教他做排軍。」《古今小説·沈小霞》：「昨日爲盤纏缺少，要去見那年伯，是李牌頭同去的。」下文又云：「老店主道：小娘子休得急性，那排長與你丈夫前日無怨，往日無仇……」排長卽指上文牌頭。元劇《馮玉梅》：「牌子，着些力氣打！」《元典章》：「聖旨到日宣諭諸路出軍萬户、千户、百户、牌子頭：今後須要正身當役，無令駈口頂替僱覓，如違治罪。」《元朝秘史》：「立千百户、牌子頭。」本回下文又云：「等到五更，天色未明，王進叫起李牌。」《輟耕録》：「暨陽之南門橋軍人張旺者，人咸稱之曰張牌。」

〔三三〕**高殿帥焦躁那裏肯信**

「焦躁」，就是「惱怒」，不是「心焦煩躁」。上文説「高殿帥大怒喝道……」可證。

本回王四自思道：「若回去莊上説脱了回書，大郎必然焦躁，定是趕我出來。」第三回：「魯達焦躁，把那看看的人一推一交罵道……。」又：「魯達焦躁，便把碟兒盞兒都丢在樓板上……。」

〔三四〕**拜了四拜躬身唱個喏**

「唱喏」，就是叉手拜時口中同時呼「喏」的聲音，古時的一種禮數。（有人把「喏」了解爲「諾」，是答應聲音，不對。）

第七回魯智深報罷歷史，「衆潑皮喏了連聲，拜謝了去。」是敬禮，不是答應。元劇《燕青博魚》：「（正末做見科，云:)哥哥，喏！(唱)我這裡便暴雷也似喏罷抬頭覷。」最爲明白。《老學庵筆記》:「按古所謂揖，但擧手而已；今所謂喏，乃始於江左諸王。方其時，惟王氏子弟爲之；故支道林入東，見王子猷兄弟還，人問諸王何如，答曰:『見一羣白項烏，但聞啞啞聲。』即今喏也。故曰唱喏。」所謂「啞啞」聲，與「喏」音相近，故知唱喏時口中即發「喏」聲。《玉篇》:「喏，敬聲也。」《蜀語》:「作揖曰唱喏。」注:「古者揖必稱呼之，故曰:唱喏。」似誤，喏非稱呼，但有其聲而已。《古今小說·錯斬崔寧》:「崔寧叉着手只應得喏。」大概不出聲爲揖，爲叉手；出聲即爲喏。

〔三五〕你那廝便是都軍教頭王昇的兒子

「廝」，本是一種對「賤役」的稱呼，一說劈柴養馬的人叫「廝」。一般相當於「奴才」、「賤人」，罵人的話。上面可以加任何形容字。

元劇《竹葉舟》:「待我們這禿廝要子。」《殺狗勸夫》:「他罵道孫二窮廝煞是村，便待要趕出門。」

〔三六〕明日却和你理會

「却」，就是「再」。第三回:「哥哥息怒，明日却理會。」第四回:「快去睡了，明日却說。」又:「洒家別處喫得，却來和你說話！」都是同樣的例。「却再」也連用，如第四回:「且請恩人到家過幾日，却再商議。」

杜甫《春日梓州登樓》詩:「身無却少壯，跡有但羈棲。」歐陽修詞〔減字木蘭花〕:「一老應無却少人。」黃庭堅詞〔減字木蘭花〕:「聞早回程却再圓。」(「聞早」即「趁早」、「及早」)

〔三七〕却原來正是東京幫閑的圓社高二

「圓社」，就是踢毬社（見〔一一三〕條下引《事林廣記》。踢毬也叫「踢圓」）。但此處「圓社」已轉爲「踢圓人」的意思，猶如「行院」本是妓院，而妓女也就叫「行院」（元曲例甚多）。

陳元龍《格致鏡原》卷六十引《事物紺珠》：「球會曰員（圓）社。」《金瓶梅》：「見三個穿青衣黃板鞭者，謂之『圓社』……因説道：你們且外邊候候，待俺們吃過酒踢三跳。于是向桌上……打發衆圓社吃了，整理氣毬伺候。西門慶吃了一回酒，出來外面院子裡，先踢了一跑；次教桂姐上來與兩個圓社踢。……亦有〔朝天子〕一詞，單表這踢圓的始末：『在家也閑，到處括涎，生理全不幹，氣毬兒不離在身邊……』」可見圓社亦係幫閒人之一種。（王國維《宋元戲曲史》第四章引《事林廣記·唱賺》，有「圓社市語」，可參考。）

〔三八〕只有延安府老种經略相公鎮守邊庭

「老种經略相公」，指种諤（种，不是「種」字簡寫，讀作「蟲」），徽宗時作鄜延路經略安撫副使，是抵抗西夏等外族侵略的有名邊疆大將。

《宋史·卷三百三十五》《种諤傳》：「諤字子正，以父（世衡）任累官左藏庫副使。……遷東上閤門使、文州刺史、知涇州，徙鄜延副總管。上言：『夏主秉常爲其母所囚，可急因本路官擣其巢穴。』遂入對，大言曰：『夏國無人，秉常孺子，臣往持其臂以來耳。』帝壯之，決意西討，以爲經略安撫副使，諸將悉聽節制。」

〔三九〕許下酸棗門外嶽廟裏香願

「酸棗門」，汴梁舊京城北面的一個城門，也叫「景龍門」。

汴梁城有兩重：舊京城與外城，城門名字往往相同，外城城門上加「新」字爲別；舊城門則有時加「舊」字，有時省，故知此處指舊酸棗門。

《東京夢華録》(卷二):「直至舊酸棗門。」又卷六)「十二月於酸棗門上」下注:「二名景龍。」又「東都外城」條:「北城一邊,其門有四:從東曰陳橋門,次曰封丘門,次曰新酸棗門,次曰衛州門。」又「舊京城」條:「北壁其門有三:從東曰舊封丘門,次曰景龍門,次曰金水門。」可證。景龍門即舊酸棗門,與新酸棗門直對。

〔四〇〕明日早要去燒炷頭香

「燒頭香」,也叫「燒頭爐香」。「爐」不是香爐,也就是「炷」,香一束叫一炷、一爐。

《東京夢華録》:「至二十四夜五更争燒頭爐香,有在廟止宿夜半起以争先者。」《圖書集成》(《神異典》)引《異聞總録》(辛幼安説韓元英事):「急遣一親信僕持香往岱嶽祈謝,謂曰:聖帝唯享頭爐香,每將旦啟廟時,廟令謁奠者是也,能隨其後,神必歆答,若遲後頃刻則飈馭登山,雖復控請已不聞,汝當先一日賂廟吏入宿,伺曉而禱。……」元劇《降桑椹》:「我趕頭香起得早了些。」

〔四一〕就要三牲獻劉李王

「三牲」,指牛、羊、豕三樣,作祭品用。但一般説「三牲」,有時只指「祭品」,不一定是三樣,亦且不一定是牛、羊、豕之任一樣,譬如可以是雞、是魚,所以下文亦有「……去嶽廟裏和張牌買箇三牲煮熟……」,注意「箇」字。

「劉李王」,未詳爲何神。

〔四二〕先喫了晚飯叫了安置望廟中去了

「安置」,就是「安歇」、「安寢」。古禮,晨昏定省;到晚上,也要到尊長面前請安問好,也叫作

「安置」。

《鶴林玉露》:「陸象山家,每晨興,家長率衆子弟,聚揖於廳;婦女道萬福於堂。暮安置,亦如之。」

〔四三〕又裝兩個料袋袱駝拴在馬上的

「袱駝」,兩個方竹筐兒,一道過梁兒連起,搭在牲口背上盛東西的,也寫作「負他」,「他子」,「馱子」。

《東京夢華録》:「又有馳騾驢馱子,或皮或竹爲之,如方匾竹簍,兩搭背上,斛㪷則用布袋馳之。」《方言》:「騾驢駝駝載物謂之負他。」《蜀語》:「凡驢騾所負物曰他子。」注:「他音惰。」

〔四四〕王進自去備了馬

「備」,也寫作「鞴」、「鞁」。這話現在還没變。

《元朝秘史》:「將備的鞍子脱落在地。」又:「鞴着馬鞍在他身上。」杜甫詩:「我曾鞴馬聽晨鷄。」元劇《東堂老》「下次小的每,鞁馬!」

〔四五〕將料袋袱駝搭上把索子拴縛牢了

「把」,相當於現在的「拿」、「用」。如第三回魯達叫鄭屠切肉,先叫「用荷葉包了」,二次也叫「把荷葉包了」,可證。凡《水滸傳》裏的「把」,十九是這個用法。現在「把」下面總是直接那個被加以行動的受事的人或物,而古時這一用法却較少。

《癸辛雜識》續下:「豈可輕易把與人耶?」

〔四六〕乘勢出了西華門

「西華門」，本是宋「大内」的西門，明清故宫猶沿此名。此處似泛指汴京西門。

《東京夢華録》：「（大内）次，南向小角門正對文德殿，殿前東西大街，東出東華門，西出西華門。」《輟耕録》（記宋宫殿）：「宫西門曰西華，與東華直。」

〔四七〕且説兩個牌軍買了福物煮熟

凡祭祀用的酒肉，都叫「福物」，撤下來以後分享，古人以爲可以帶來福氣。

《抱朴子·道意》：「雖不屠宰，每供福食，無有限劑。」《梵天廬叢録》：「宋陶穀《清異録》戴周太祖靈前看果皆雕香爲之，形色如生。又明都穆《聽雨紀談》謂今士庶之家凡有喪者其靈座前皆設看果，或土或木，任意爲之，而飾以色。此事荒誕不可解。《周禮注疏》曰：『諸臣自祭家廟，祭訖，致胙肉於王，謂之致福。致福者凡祭祀主人受福若與王受福焉，故云致福。』又曰：『以宗廟之肉賜同姓之國，同福禄也。凡受祭肉者，受鬼神之祐助，故以脤膰賜之。』今人稱牲物曰福禮，分胙曰散福，本此。」（按：魯迅先生著名小説《祝福》，「福」字即此義。可參看周遐壽《魯迅的故家》内與此有關諸掌故。）

〔四八〕天可憐見慚愧了我子母兩箇

「慚愧」，猶言「僥倖」，俗語所謂「便宜」的意思，所以原文即等於「便宜了我們母子二人」，與現在「内慚」、「抱愧」的用法不一樣。第一回：「慚愧，驚殺下官。」第三十六回：「慚愧，…… 今日天送這三頭行貨來與我。」可證。

〔四九〕正没理會處

「理會」，本有「了解」、「睬問」等意思，本句是「辦法」、「處理」的代詞，猶言「没法可想」。

〔五〇〕遮莫去那裏陪箇小心

「遮莫」，是「一任」、「儘教」、「饒你怎樣」、「滿打着」等意思，也寫作「折莫」。今語有「奈不你怎麽樣」的話，卽是同義語，或音轉。

岑參詩：「別君只有相思夢，遮莫千山與萬山。」元劇《賺蒯通》：「遮莫他烏騅能突數重圍，怎當的烏江那日無船渡！」羅大經《鶴林玉露》：「詩家用遮莫字，蓋今俗語所謂儘教者是也。故杜陵詩云：『已拚野鶴如雙鬢，遮莫鄰鷄下五更。』言鬢如野鶴——已拚老矣；儘教鄰鷄下五更——日月逾邁，不復惜也。而有用爲禁止之辭者，誤矣。」徐渭《南詞敍録》：「遮莫，儘教也。亦曰折莫。」李調元《方言藻》：「郭頒《古墓斑狐記》：『遮莫千思萬慮，其能爲害乎？』遮莫，猶云儘教也。」

〔五一〕一週遭都是土牆

「週遭」，就是「週圍」、「週匝」，也說作「轉遭兒」。「遭」本身也就有「週」的意思。

劉禹錫詩：「山圍故國週遭在。」陳世隆《北軒筆記》：「腰間一遭碧色者，雌。」

〔五二〕前不巴村後不巴店

「巴」，盼望的意思，「眼巴巴」卽是同一意義。「前不巴村，後不巴（着）店」是成語。

《客座贅語》：「巴，象形字，蛇也。巴水曲折，三迴像之。今人之盱衡望遠曰巴，不足而營之曰巴。」元劇《劉弘嫁婢》：「巴的到那贖時節，要那料鈔教他贖將去。」《桃花女》：「争奈天色已晚，又遇風雨，前不巴村，後不着店，怎生是好？」（三十五回亦有「前不巴村，後不着店」的話。）

〔五三〕身穿直縫寬衫

「寬衫」，就是穿在最外面的長袍，具有普通禮服的性質。大約古人衣著，必有內衣、短襖之類，若逢會客、宴席、行禮等局面，卽外加寬衫。參考現在戲台上的「褶子」。也叫「寬袍」(唐宋時只有軍服是「窄衫」)。「褶子」不管文武、老幼、男女、貴賤，皆可穿。如武生，開打時短裝結束，必要時(如行禮等)卽加穿褶子。「青衣」亦是褶子的一種。《釋名·釋衣服》：「褶，覆上之言也。」《急就篇》注：「褶，謂重衣之最在上者也。其形若袍，短身而廣袖。」此卽寬衫，也就是「寬袖衫」。《夢粱録》：「駕輅衛士，裹溙圓頂蓋耳帽子，著黄生色寬衫、青襯衫、青襪頭褲，青履，繫錦繩。」《東京夢華録》：「武官皆頂雙卷脚幞頭，紫上大搭，天鵝結帶寬衫。」又：「教坊樂部……皆裹長脚幞頭，隨逐部服紫、緋、緑三色寬衫，黄義襴。」《京本通俗小説·錯斬崔寧》：「却見一個後生，頭帶萬字頭巾，身穿直縫寬衫。」

元曲語釋研究參考書目

按：收錄在這裏的是許政揚先生當年講授「元曲語釋」時我作的筆記。雖分爲四個部分，實際上包括兩個內容，即評介有關的二十四種參考書爲我啓蒙、提供八個元曲語辭的釋例爲我示範。所有這些，整理後，重新抄錄在筆記本上，都經許先生審閱過。這個筆記本，保存了整整二十個春秋，在許先生過早地仙逝之後，就成了他留給我的珍貴遺物。

六一年考上研究生的時候，我的導師本是華粹深先生。而華師和許先生乃忘年交。是受華先生之託，許先生才爲我開這門課的。但很快我就感到這對許先生的身體來説是多麼沉重的負擔。當時，他正患嚴重的肝病，臥床已有數載。給我講課時，也只能坐臥在床上。望着他那浮腫的臉龐，我眞不知道他能堅持多久。但是一當步入正題，憔悴的目光立卽顯出異彩，思路是那樣縝密，語言是那樣富于機趣，旁徵博引有如歷數家珍，侃侃而談眞是滿腹珠璣，在小小的一張卡片之上，在寥寥的幾條提綱之間，竟如無垠的知識空間，任其恣意游衍。我坐在對面也隨之神往，以至忘記折磨着他的病，以至停下記錄的筆。直到師母下班回來，勸他休息，他才又回到病魔的糾纏之中，頹喪了下來。此後，隔週一次，從六二年四月一直進行到八月，雖因其病情變化，時有間斷，但只要略有好轉，他都極力把課補上，在我的筆記本上就有「七月三十一日」、「八月一日」接連兩天講課的記錄。爲我的啓蒙，許先生是傾注了心血的。也正是這種諄諄的教誨，眷眷的期望，激勵着我，整理筆記、補充材料，認眞讀了幾本書。短短的四五個月，成了學生時代最有收穫也是最值得回憶的黄金時刻。這無疑是許先生所賦予。

筆記總是受着筆記人的水平的局限，何况許先生講授的是我當時尚無知、而且直到今天也沒有入門的學問，因而筆記也不免魯魚亥豕之訛，這是愧對許先生的。這份筆記，雖極珍視之，却不敢祕藏之。多年來常有我輩學人借閲，俱認爲有用，故再作整理和補充，奉獻于讀者面前，爲的是光大許先生之學，也是我對許先生的一點菲薄的紀念。

後學黄　克謹誌於一九八二年四月

我下面要講的，不是元曲中某一詞滙的具體解釋，而是碰到了難解的詞義，有哪些求解之路可尋。這要先從訓詁學説起。

訓詁學要從一個詞的源，講到詞的義，也就是語義的價值。對此，古來已有很多的建樹，象《爾雅注》（晉郭璞）、《釋名》（漢劉熙）、《方言》（漢揚雄）、《廣雅》（魏張揖），都是這方面的專著。郭璞在《爾雅序》中便言其學「興以中古，隆以漢世」。不過，他們的研究範圍很窄，只局限在解釋經史。宋元開始，口語進入文學；而這些詞滙的解釋，在經傳釋詞上是無跡可尋的，所以民間文學詞滙的研究就成了訓詁學的新部門。

世謂元曲語滙爲「方言俗語」，這種提法是很不恰當的。方言者，一個地區的語言；俗語者，「頭習語，與書面語言相對而言，二者都帶有很大的地區、階層的局限性。然而，元曲的語滙并不如此。一方面，它并不局限于某一地區。這些語滙或流行于大都（北京地區）或流行于杭州，都帶有普遍性。雜劇的作者，籍貫盡有南北之分，但曲文用語并無區別，比如「唱喏」、「叉手」，北京是這麽説，四川也是這麽講。所以，把元曲語滙稱之爲「方言」，純爲想當然的附會。另一方面，這些語滙又不是俗語，因爲并不存在着與之對立的書面語言。如「玉兔鶻」系腰帶，「盆吊」系禁卒置犯人于死地之法，或口頭，或文字，説法上都是一樣的，只是看似俗語罷了。

因此，元曲不是方言俗語的文學，元曲所習用的詞滙也并不爲元曲家所專用，元曲作家是使用全民語言進行藝術創作的。

所謂「方言」這種不科學的提法是怎麽來的呢？一般認爲，這是明人探討元曲習用語滙意義時所附加的名目。撇開不科學的提法，他們的研究還是有借鑑意義的。

元曲詞滙大都具有鮮明的時代色彩，因此，在考據其解時，首先要注意的是不能隔斷歷史。比如「官人」，今通行本《水滸》注云：「宋時對男人的專稱。」其實在唐朝，甚至更早的六朝、漢時就有了，并且明確解釋爲官員，并非指一般的男人。又如「臊子」（見《水滸》第三回「魯智深拳打鎮關西」），即是肉末，《南史》中已有記載。這就不是今天的含義了。當然也有至今還有生命的詞滙，如「合酪」（壓麵），今天北京人還吃呢。但是，又不能全用今天的詞義去想當然地套，如「蟲蟻」，今天開封還這樣説，是鳥的專稱；而在宋元時代是泛指小動物，甚至促織也是叫蟲蟻的。這些事例都説明元曲語滙是内容十分豐富的研究項目，不能等閑視之。

一般説來，元曲使用的是當時的口語，和經史傳釋關係不大。元曲語滙，作爲元代人民生活的生動用語，涉及的社會生活面是相當廣的，對于當時風俗習慣，建築風格、典章制度等方面的了解，都足供參考之用。下面分四個方面介紹一些研究元曲語滙方面的參攷書，最後再舉幾個例子，看看這方面的學問怎樣做更好。

第一部分　所謂的「方言俗語」

對於元曲中一些特殊的、時間局限性較强的詞滙的解釋，可以通過下列工具書進行探索。

〔一〕《匡謬正俗》

唐顔師古撰。師古名籀，以字行，雍州（當時的京兆長安）萬年人。據説「貞觀中，與國子祭酒孔穎達同定《五經正義》。師古更承其叔父游秦之業，注《漢書》一百卷，當時稱爲班氏功臣」，學識可謂博大也。他有感于「世俗之言多謬誤，質諸經史匡而正之，謂之《匡謬正俗》」（宋時又名楷謬、糾謬，蓋因避宋太祖趙匡胤之名諱也）。這是一部未竟之作，是他的兒子將其所成「分爲八卷，勒成一部」的。前四卷，凡五十五條，皆論諸經訓詁音釋；後四卷凡一百二十七條，皆論諸書字義、字音，及俗語相承之異。前者對研究元曲詞滙用途不大，後者提到不少的俗語，考據極爲精密，關係是相當密切的。比如，稱呼公差的「上下」，乃「父母」之謂也；「草馬」，即供食用的牝馬之謂也；上值（當差）所以稱之爲番，始自輪換之故也（後稱押番爲小官吏卽爲此意）。

試録「番」之解：

〔番〕或問曰：今之宿衛人及于官曹上直皆呼爲番，音翻，于義何取？答曰：案陳思王《表》云：「宿業之人，番休遞上。」此言以番次而歸休，以番次而遞上。字本爲幡，文案從省，故作「番」耳。

版本有三：《雅雨堂叢書》本，是最早的版本；《藝海珠塵》本，是上本的復刻本；《小學彙函》本，亦爲《雅雨堂叢書》本之復刻本，比《藝海珠塵》本好在有精密的校勘。

（今自圖書館，只借得并不甚佳的《藝海珠塵》本，在第七函中，第一册卽是。又借到商務印書館《國學小叢書》本，由秦選之校注，據云：「余所據本，爲盧雅雨氏原刻，蓋繼宋人雕板之後首先翻印者，亦卽孫星衍氏岱南閣本所出，并足珍貴。」）

〔二〕《釋常談》

共三卷，作者已不可考，前雖有序，亦不註作者姓名。從内容看寫作于北宋，宋人龔頤正著有《續釋常談》，可作旁證，可見該書在當時是很有影響的。其序云：「陪佳客之談諧，與儒士之言論，理涉隱諭，不究津涯，幾至面牆，真可痛惜。遂幾採古經之秘義，掇前史之奥詞，僅以成編，隨目注解，總得二百事，名曰《釋常談》。」書中解釋常用的成語、俗語，自言二百事，其實只有一百二十六條。清人往往嗤之，認爲是很荒謬的書。其實不然。如：「右軍」條云：「鵝謂之右軍。《晉書》王羲之爲右將軍，善書。時山陰道士獻鵝求字經，右軍得鵝欣然爲字。入會稽，孤姆有一鵝，善鳴，右軍求之未得，遂命駕與親知同詣觀之，姆不察其意，遂烹鵝以待右軍，右軍知，歎惜彌日。」大概就因爲王與鵝的關係如此密切，而戲以名之。

再如書中「見事遲謂之穰侯」（見范睢逃秦的故事），「患目者謂之小冠子夏」，其溯原法亦與上相似。「傾蓋」條云：「卸帽謂之傾蓋。《家語》曰：孔子之郯，遇程子于途，傾蓋（車子歪向一側）而語終日，甚悦。顧謂子路曰：取束帛以贈先生傾蓋駐車者也。」清人多不齒之，孰不知其確爲宋人所常用之語，又常有史料可證，成了當時的俏皮話。

版本：《百川學海》本，計一百二十六條；而《唐宋叢書》本，比之爲少。内容多趣，如：「丈人謂之泰山」、「多語謂之喋喋」、「舅謂之渭陽」、「外甥謂之宅相」、「女婿謂之王潤」、「將錢買官謂之銅臭，今以富者亦曰銅臭也」、「士流會音樂謂之周郎」、「喪妻謂鼓盆」、「馬謂之大宛」、「接待賓客謂之開東閣」、「不見機而守舊規者謂之膠柱鼓瑟」、「堅心報怨謂之雪東門之耻」、「毀除文契謂之折券」、「媒人謂之伐柯」、「休官謂之掛冠」、「能持生致富貴者謂之陶朱公」、「不伏跪拜謂之強項」、「女子醜陋謂之無鹽」、「罪犯深者謂之擢髮之罪」（典出范睢須賈故事）、「凡欲求事，先施功力，謂之掃門」。其中「人肚大謂之便便之腹」一條是這樣寫的：「後漢邊孝先肚大，以教授爲業，弟子嘲之曰：邊孝先，腹便便，懶讀書，但晝眠。孝先聞而答之曰：邊爲姓，孝先字，腹便便，五經笥，但晝眠，思經義。夢與周公言論，寐與孔子通禮。弟子嘲師，出何典記？」

〔三〕《續釋常談》

宋龔頤正（一名養正、熙正）作。內容很少，也很簡單。不分卷，共三十二條。過去人認爲它在考證上是不錯的，考證的都是常言俗語。不過，對原詞不作確切的解説，只是舉出出處而已，這是不及《釋常談》的。如「下官」條云：「《通典》曰：宋孝武帝多積忌諸國，史人於本國者不得稱臣而稱下官。事在《孝武帝紀》中也。一説者云：稱臣者通稱，爲梁武帝時改爲下官。」

「相門有相」條云：「按《南史》王詢（應是訓之誤）召見文德殿，上目送之，謂朱異曰：『可謂相門有相。』」

「將門有將」條云：「《王鎮惡傳》：宋武帝曰：『鎮惡，王猛孫，所謂將門有將。』」

「客氣」條云：「《左傳·定公八年》：陽虎曰：『盡客氣也。』《南史》：宋尚書左丞荀亦松奏顔延之，啟云：『高自北擬，客氣虛張。』」

（四）《方言藻》

清初李調元（雨村）作。分上下兩卷（上卷五十條，下卷五十八條），都是解釋俗語來源字義的。前有序，云：「方言不可以言文，而文非方言則又不能曲折以盡意，故不知方言者不可言文也。予少讀唐宋人詩，間有一二字索解不得者，執義理以求之則愈固而不通，及沉潛而翫其意，反復而熟其詞，又若必得此一二字而後快，且欲稍更易焉而不能者，其足以發欲言之聲，而字難解之情，蓋莫妙于此，此所謂自然流露于吐屬之外者乎？夫乃知善爲文者，無不可達之意，無不可盡之言也。」可以看出作者對所謂「方言」之重視，強調其重要性。至于「方言」二字，他作了這樣的解釋：「方者，鄙俗之謂，方言而適于文之用，則謂之藻也。」于是「摘而彙之」編爲《方言藻》。其目的則在于「使人知昔人詞章，雜之里巷鄙俚之言，亦未嘗無所本也」。

如上卷「遮莫」（即元曲中「折莫」）條云：「郭頒《古墓班狐記》：遮莫千試萬慮，其能爲害乎。杜子美詩：遮莫鄰雞下五更。遮莫，猶言儘教也。」

「不道」條云：「李義山詩：不道劉盧是古親。不道猶云不消、不料、不意。」

「取次」條云：「皮襲美詩：等閑遇事成歌詠，取次衝筵隱姓名。取次，猶造次。次者，舍止之所也；取者，僅足之辭也。」取次就是馬馬虎虎，剛剛能够的意思。

又下卷「儘教」條云：「柳永《卜算子》詞：儘無言，誰會高意。周密《探春》詞：儘教寬盡春衫。儘，猶任也。」

「看取」條云：「岑嘉州詩：別君能幾日，看取鬢成絲。白香山詩：聽取新翻楊柳枝。取，語助也。」

「鎮」（即元曲所見「鎮」字）條云：「鎮，作常字看，今人詩多有用。鎮日，疑其無出處。李義山詩已有『蠟花常遞淚，箏柱鎮移心』之句。」鎮與常同義。鎮日，即常日，整天。」

見于《函海》第十一函。

〔五〕《通俗編》

清乾隆間翟灝（號大川，浙江仁和人）編。大川很有學問，讀書多，涉獵面廣。其《通俗編》，專收方言、俗語、成語，分門別類三十八項，全部内容五千多條，而在每一條中又往往包括很多條，對每條都有詞義，來源、演變等語源方面的探討，旁引博徵，經、史、別集、小説、戲曲、筆記，幾無不采，是在研究宋元語滙方面十分重要的一部書。

版本：《函海》中有二十六卷本，不全，排列也非原貌，内容少得多，不可取。另有《無不宜齋》刻本，共分四十卷，在過去是頗難搞到的本子。

查《通俗編》，借得三十八卷本，始自天文、地理，終至故事，識餘。（商務印書館即據此本排印。）前有周天庭之序，云：「語有見于經傳，學士、大夫所不習，而蕘僮竈妾口常及之（者），若中古以還，載籍極博，抑又繁不勝舉矣。蓋方言流注，或變而移其初，而人情尤忽于所近也。」序中這樣介紹此書：「往來南北十許年，五方風土靡所不涉，車塵問未嘗一日廢書，墜文軼事，殫見恰聞。溢其餘能，以及乎此。宜其積累宏富，考據精詳，而條貫罔不備也。」

現擇其短小者爲例，可觀其體制之一斑。

卷一《天文》「談天」條：「《史記·孟子荀卿傳》：騶衍觀陰陽消息而作十萬餘言，載其禨祥度制，推而遠之，至天地未生，窈冥而不可考而原也。騶奭亦頗採騶衍之术以紀文，故齊人頌曰：『談天衍，雕龍奭。』〔按〕俗于閒暇羣居，高談閎辨，槩云談天，原本于此。」

卷二《地理》「悲田」條：「《釋典》以供父母田爲恩田，供佛爲敬田，施貧窮爲悲田。後世謂養濟院曰悲田院，取此。」

卷四《倫常》「就親」條：「《公羊傳注》：今就婿爲綴婿。〔按〕俗謂出贅外家曰就婿，卽斯言也。」

卷五《仕進》「相公」條：「王粲《羽獵賦》：相公乃乘輕軒，駕四駱。又，粲《從軍行》：相公征關右，赫怒震天威。《日知錄》：前代拜相者，必封公，故稱之曰相公。《復齋漫錄》：韓子華兄弟皆爲宰相，其家呼子華三相公，呼持國五相公。〔按〕今凡衣冠中人皆僭稱相公，或亦綴以行次，曰大相公、二相公，甚無謂也。《道山清話》：嶺南人見逐客，不問官高卑，皆呼爲相公。想是見相公常來也。豈因是一方之俗而遂漸行于各方歟？」

又同卷「員外」條：「《舊唐書·李嶠傳》：爲吏部時，志欲曲行私惠，奏置員外官數千人。《通鑑》：中宗神龍二年，大置員外官，自京師及諸州凡二千餘人，宦官超遷七品以上員外官者又將千人。〔按〕時所云員外者，謂在正員之外，大率依權納賄所爲，與部曹不同，故有財勢之徒皆得假借其稱。」

卷八《武功》「首級」條：「《漢書·衛青傳》：斬三千七百級。師古注：本以斬敵一首拜爵一級，故以一首爲一級。」

卷九《儀節》「稽首頓首」條：「《周禮·太祝》辨九擽，一曰䭫首，二曰頓首。注：擽音拜，䭫音啟，本又作稽。稽首，拜頭至地也；頓首，拜頭叩地也。疏云：稽首，拜中最重，臣拜君之拜；頓首，平敵自相拜之拜，二種拜俱頭至地，但稽首至地多時，頓首至地則舉，故以頭叩地言之。」

卷十《品目》「村氣」條：「《隋唐嘉話》：薛萬徹尚丹陽公主，太宗嘗謂人曰：『薛駙馬有村氣。』《續演繁露》：古無村名，今之村即古之鄙也。凡地在國中、邑中，則名之爲都。都，美也，言其人物衣制皆雅麗也。凡言美曰都，『子都』、『都人士』、『車騎甚都』是也。及在郊外，則名之曰鄙，言其樸質無文也。隋世乃有村名。唐令：在田野者爲村，别置村正一人。則村之爲義著也。故世之鄙陋者，人因以村目之。」

卷十二《行事》「勾當」條：「《北史序傳》：事無大小，士彥一委仲舉推尋勾當。《唐書·第五琦傳》：拜監察御史勾當江淮和庸。《歸田錄》：曹彬既平江南，回詣閤門，入見牓子稱：奉勑勾當公事回。其不伐如此。《却掃編》：舊制：諸路監司屬官曰勾當公事。建炎初，避上嫌名，易爲幹辦。〔按〕勾當乃幹事之謂，今直以事爲勾當。據《元典章》延祐三年均賦役詔有云：只交百姓當差，勾當也成就不得。蓋其時已如是矣。」

卷十四《境遇》「平白地」條：「《演繁露》：太白《越女詞》：『相看月未墮，白地斷肝腸。』此東坡長短句所取，以爲平白地爲伊腸斷也。〔按〕白猶言空；今俗以僥倖營求而空費心力曰白白兒，同此。」

卷十七《言笑》「僝僽」條：「《玉篇》：僝僽，惡罵也。劉克莊詩：『僝僽書生屋角花。』」

卷十八《稱謂》「官人」條：「《韓昌黎集·王適墓志》：一女憐之，必嫁官人，不以與凡子。杜甫《逢唐興劉主簿》詩：『劍外官人冷。』〔按〕唐時惟有官者方得稱官人，宋乃不然，若周密《武林舊事》所載：金四官人以棋著，李大官人以書會著，陳三官人以演史著，喬七官人以説藥著，鄧四官人以唱賺著，戴官人以捕蛇著。吴自牧《夢粱錄》又有徐官人幞頭鋪、崔官人扇面鋪、張官人文籍鋪、傅官人刷牙鋪。當時殆無不官人者矣。」

卷二十二《婦女》「妮子」條："《五代史·晉家人傳》：耶律德光遺書李太后曰：『吾有梳頭妮子，竊一藥囊，以奔於晉，今皆在否？』王通叟詞有『十三妮子綠窗中』之句。今山左目婢曰小妮子。」

又同卷《婦女》「粧么」條："見關漢卿《玉鏡臺》劇。猶今人所謂粧腔。」

又同卷「私窠子」條："《容齋俗考》：雞雛所乳曰窠，即科也。《晏子春秋》：殺科雛者不出三月。蓋言官妓出科，私妓不出科，如乳雛也。」（偶讀明謝肇淛《五雜俎》，卷八《人部四》載："今時娼妓布滿天下，又有不隸于官，家居而賣奸者，謂之土妓，俗謂之私窩子。」含義似更確切。）

卷三十一《俳優》「砌末」條："元雜劇，凡出場所應有持設零雜，統謂砌末，如《東堂老》、《桃花女》以銀子爲砌末，《兩世姻緣》以鏡畫爲砌末，《灰欄記》以衣服爲砌末，《楊氏勸夫》以狗兒爲砌末，《度柳翠》以月兒爲砌末。今都下戲園猶有『開砌末』之語。」

又同卷「撮弄」條："《武林舊事》：撮弄曰雲機社。《供奉志》載：撮弄雜藝十九人，有『渾身手』等號。〔按〕撮弄亦名手技，即俚俗所謂做戲法也。《夢粱錄》：雜手技，有弄斗、打硬、藏人、藏劍、喫針等事。《墨客揮犀》：夏英公見伶人雜手伎，有號藏擫者，賦詩云：舞拂跳珠復吐丸，遮藏巧技百千般，主公端坐無由見，却被旁人冷眼看。」

又同卷「相聲」條："《瑯嬛記》：絳樹一聲能歌兩曲，二人細聽，各聞一曲，一字不亂。〔按〕今有相聲伎，以一人作十餘人捷辨，而音不少雜，亦其類也。」

卷三十三《語辭》「大抵」條：「《史記·酷吏傳》：大抵盡詆以不道。《索隱》曰：大抵(此字，今本《史記》已作氐)，猶大都也。《漢書·食貨志》作大氐。注曰：氐，讀抵。抵，歸也。大歸，猶言大凡也。」

又同卷「耐可」條：「李白詩：耐可乘明月。又，耐可乘流直上天。〔按〕耐，音略讀如能，亦俗言『寧可』之轉。」

又同卷「生」條：「李白詩：借問別來太瘦生。歐陽修詩：爲問青州作么生。〔按〕生，語辭，即今云『怎生』之生。《禪宗語錄》：凡問辭悉助以生。」

卷三十四《狀貌》「咍咍」條：「喜笑貌。皇甫湜《吉林刺史廳記》：昔民嗷嗷，今民咍咍。皎然詩：老仙咍咍不我答。」

卷二十六《器用》「趙老送燈台，一去便不來」條：「《歸田錄》鄙語云云，不知是何等語，雖士大夫亦往往道之。天聖中，有尚書郎趙世長爲西京留臺御史，有輕薄子送以詩云：『此回眞是送燈臺。』世長深惡之，其後竟卒于留臺也。〔按〕元楊文奎曲作『趙杲送曾哀』，蓋音之譌。」(曲見《兒女團圓》雜劇第二折。)

並有解釋成語、熟語，注明其出處的資料，如：

卷五《仕進》「十年窗下無人問，一舉成名天下知」條：「《歸潛志》昔語云云，今進士不得入仕，則一舉成名天下知，十年窗下無人問。」

又，「一舉首登龍虎榜，十年身到鳳凰池」條：「張唐卿登科題寺壁詩，見《夢溪筆談》，或言劉昌言上呂蒙正。」這一類，大多不作詞語解釋，只是標明其出處而已。

此外也集有很多寶貴的戲曲史料，主要收在三十一卷《俳優》之中，如：

「戲文」條：「胡應麟《莊岳委談》優伶戲文，自優孟抵掌孫叔敖，實始濫觴；漢宦者傅脂粉侍中，亦後世裝旦之漸。《樂府雜錄》：開元中黄幡綽、張野狐善弄參軍，即後世付淨矣。又范傳康、上官唐卿、呂敬遷三人，弄假婦人，即裝旦矣。至後唐莊宗，自傅粉墨，稱『李天下』。而盛其搬演，大率與近世同；特所演多是雜劇，非如近日戲文也。雜戲自唐、宋、金、元，迄明，皆有之。唐所謂優伶雜劇，粧服套數，觀蘇中郎、踏搖娘二事可見。宋雜劇亦然。元世曲調大興，凡諸雜劇，皆名曲寓焉。教坊名妓多習之，清歌妙舞，悉隸是中，一變而贍縟，遂爲戲文。《西廂》，戲文之祖也。《西廂》雖出金董解元，然猶絃唱小説之類。至元王（實甫）、關（漢卿）所撰，乃可登場搬演。高（則誠）氏又一變而爲南曲。嗣是作者迭興，古昔所謂雜劇、院本，幾于盡廢。沈德符《顧曲雜言》：元曲總只四折，自北有《西廂》、南有《拜月》，雜劇變爲戲文；以至《琵琶》，遂演爲四十餘折，幾十倍于雜劇矣。」

「南戲」條：祝允明《猥談》：「南戲出于宣和之後，南渡之際，謂之温州雜劇。予見舊牒有趙閎夫榜禁，頗著名目，如《趙貞女》、《蔡二郎》等，亦不甚多。以後日增，今遂遍滿四方，輾轉改益，蓋已略無音律腔調，愚人蠢工，狥意更變妄名，如餘姚腔、海鹽腔、弋陽腔、崑山腔之類，趁逐悠揚，杜撰百端，眞胡説耳。葉子奇《草木子》：戲文始于《王魁》，永嘉人作之。識者曰：若見永嘉人作相，宋當亡。及宋將亡，乃永嘉陳宜中作相。其後元朝南戲尚盛行，及當亂，北院本特盛，南戲遂絶。」《莊岳委談》：「今《王魁》本不傳，而傳《琵琶》，《琵琶》亦永嘉人作，遂爲今南曲首。然葉當國初著書，而云南戲絶，豈《琵琶》尚未行世耶。」〔按〕南戲肇始，實在北戲之先，而《王魁》不傳，胡氏乃以王、關《西廂》爲戲文祖耳。今戲曲合用南北腔調，又始于杭人沈和甫，見鍾氏《點鬼簿》。（注：《點鬼簿》即《録鬼簿》。沈和甫名下有「以南北詞調合腔，自和甫始」之説。）

其它如「生旦浄末」、「班」、「賓白」、「海鹽腔」、「陶真」、「洗書」、「傀儡」、「葉子」等，皆專有解條。不再逐一録之。

在第三十七卷《故事》類中又記述了很多戲曲本事，以及歷史故事、傳紀、小説的來源，如「程嬰匿趙孤」、「王昭君」、「出塞琵琶」、「蔡中郎傳奇」、「吕蒙正居破窑」、「雷轟薦福碑」、「拗相公」、「水滸傳」、「三十六天罡」、「高俅出身」等。後人研究考證多引于此，可見翟灝讀書之豐富；搞宋元之後俗語者，幾無能跳出他的圈子的。

〔六〕《恒言録》

（清）錢大昕編。錢大昕，江蘇嘉定人，字曉徵，一字辛楣，號竹汀，清乾隆甲戌（一七四四年）進士，曾任少詹事。這是專門考據俗語和成語的一部書。作者是大學者，語言學家，學問博精，故本書之考證也十分精到。該書又有烏程張鑑和揚州阮常生爲之補注，使其内容更加詳實。

《恒言録》常見的是《文選樓叢書》本，共六卷（商務印書館一九五八年印有單行本），集有許多關于宋元詞滙的材料，如：卷四《仕宦類》「脚色」條：「《宋史·選舉志》：局官等人各置脚色。周必大《奉詔録》：偶檢永寧脚色，見其方是秉義郎。又奏議先令吏房取見本人脚色。所云脚色者，猶今之履歷也。

鑑案：《朝野類要》：初入仕，必具鄉貫三代名銜，謂之脚色。」「脚色」一詞，後來成爲戲劇人物的專稱，這是因爲戲劇中每個人物都有一定的身世，也就是履歷的緣故。至于「角色」，則是訛傳。

卷六《成語》類「無麪餺飥」條：「巧媳婦做不得無麪餺飥，宋時俚語也。陳后山詩：巧手莫爲無麪餅。陸放翁《請機老疏》：諸方到處，只解抱不哭孩兒；好漢出來，須會托無麪餺飥。周益公《與劉文潛劄子》：其實令撰無麪餺飥。常生案：《龍川集·陳同甫答朱文公書》有此語。」

〔七〕《直語補證》

（清）梁同書（號元穎）著。原名《直言類録》，分甲乙丙丁戊等五卷，體制與《通俗編》略同。及成，見《通俗編》，嘆其妙，便只選該書所不詳和未及者，約四百餘條合成一集。由此可見，古人著書乃言人所未言者，是爲了對知識的切實負責，解決實際問題，非他。

《直語補證》見《昭代叢書》本和梁氏《頻羅庵遺集》本（不易見）。如：「兜不得下頦」條，解作「俗謂人喜過甚者，見《齊東野語》。頦，本音孩。今俗説下巴。」武漢臣《玉壺春》雜劇第三折〔四煞〕曲：「便休想歡喜的手帕兒兜着下頦。」

「鞴馬」條：「杜詩『我曹鞴馬聽晨雞』，作鼓鞴之鞴。《説文》『犕』字注，引『犕牛乘馬』。《玉篇》亦云：犕，服也。革旁與牛旁，當是古通用耳。《南渡録》作『備馬』，非。又，《説文》『鞁』字注：『車駕具也。』徐鍇《繫傳》：『猶今人言鞁馬也，平義反。』」

又如：「待有路可上，再高人也行」，注明見龔霖（唐）詩。「逢人不説人間事，便是人間無事人」，注明見杜荀鶴詩。「自己情雖切，他人未肯忙」，注明見裴説詩。等等。這些詩句，後來幾成民諺，書中都一一指明出處。

今借得《梁氏叢書·頻羅庵遺集》，《直語補證》在卷十四。擇數則如下：

「上頭」條：「女子加笄，俗云上頭。本不見所出，然《南史·華寶傳》：父戍長安，臨別謂寶曰『須我還，當爲汝上頭』云云，是言丈夫冠禮也。冠與笄等重，則上頭二字義通可知。《通俗編》泛引樂府《香奩》詩，及附引《南史》，以爲上頭不獨女子語，既褎誤矣。」

「奴才」條：「《通俗編》所引各條皆未確。唯五代姚洪罵董璋：『爾爲李七郎奴，掃馬糞，得一臠殘炙，感恩無盡。今天子付以茅土，結黨反噬。爾本奴才，既（《舊五代史·姚洪傳》作則）無恥，吾忠義之士，不忍爲也。』云云。是今罵奴僕爲奴才之證。」

「蒙古兒」條：「市井以爲銀之隱語。豈知蒙古二字原作銀解。予習國語（當指滿語）始知之。蓋彼時與金國號爲對耳。其讀蒙作去聲，則口音之訛。」

〔八〕《鄉言解頤》（頤者，下巴頦之謂也。）

（清）瓮齋老人，道光二十九年（一八四九年）編。共分天、地、人、物等四部，共五卷（物分爲二），收集了俗語、方言、隱語、説教語，有些詞的解釋很個別，如將「好漢逢好漢，星星惜星星」劃歸「天」部，其實星字乃「惺」之誤。又如「瞽者口，無梁斗」釋義爲不足信也，元雜劇即有「無梁桶，枉了提」

之句。

（按：此書許先生在京偶見，據云内中還有戲劇材料，言其有進善本書室的價值。）

〔九〕《蜀語》

（明）李實撰。不分卷，專門記當時四川話的。比如將「無」稱爲「秏」，讀作毛。説到這兒，許先生講了一個笑話。曾慥《高齋漫録》記載，錢穆父（勰）請蘇東坡吃「皛飯」，端上來的竟是白蘿蔔、白鹽和白飯。蘇軾則還以「毳」飯，原來一無所有的空席，即蘿蔔也「毛」，鹽也「毛」，飯也「毛」了。估計是在宋之後，「毛」作「無」解才只限于四川一地方言的，因爲在《後漢書》中便有「飢者毛食」即無食的記載，可見那時「毛」的説法仍很普遍。

後來翻見《新方言》這部書，也印証了許先生的説法。其第一卷「釋詞」中便有一條專門解釋「毛」的。「毛，無也。《後漢書·馮衍傳》：『飢者毛食。』注云：『衍集：毛字作無。』《漢書·高惠高后文功臣表》曰：『靡有孑遺，秏也。』（顔）師古云：『今俗語謂無爲秏，音毛，今湖南、閩、廣皆謂無爲毛。』」由此可見，毛訓爲無，在當時並非一地之方言，使用還是很廣泛的。

除此而外的一些詞滙，亦大都爲京、杭所通用，如稱男人爲「漢」，年長者爲「老漢」，年少者爲「漢子」，這樣説法在《輟耕録》、《西湖游覽志餘》都有，而它們所使用的則是杭州方言。又把「疥瘡」叫「干瘍瘮」，土音爲「干格澇」。其實《水滸傳》第二回，第一段「招納四方干格澇漢子」就有這樣的説法。又「作揖」叫「唱喏」，「漉米器」叫「笊籬」（《杜陽雜編》記載「同昌公主鏤金爲笊籬」；陝西一帶至今對這種器具延襲這種叫法。)稱人爲「你每」、「我每」(「每」不能解作「們」)。由此可見:一、所謂「蜀語」并非四川一地的方言,而是具有相當大的普遍性;二、所謂元曲詞滙也不是一地的方言,而是全民用語。

〔一〇〕《**續方言**》

(清)杭世駿編。世駿號大宗,籍貫浙江仁和縣,乾隆時人。書倣揚雄的《方言》,分上下兩卷。《萬有文庫》、《藝海珠塵》、《杭大宗七種叢書》諸本俱存。程際盛作《續方言補證》。今借得《藝海珠塵》本。以斑窺豹,如卷上,「江南謂吃爲喋。《集韻》,去涉切,音痠。」「冀州人謂懦弱爲孱。《史記·陳餘列傳》集解引孟康語。」

第二部分　市語　隱語

所謂市語、隱語,卽行話、術語、江湖切語、黑話之謂也。

〔一〕《**太和正音譜**》

作者朱權,是明太祖朱元璋第十六子,別號臞仙、涵虚子、丹邱先生,封寧獻王。

這部書原是曲譜,講曲式、曲律的,但曲譜前的論述涉及面很廣,也就有多種用途。比如第一部分,題爲「予今新定府體一十五家,及對式名目」所謂「府體」卽「樂府體式」的簡稱。樂府卽戲曲,體式卽流派。其中提到「丹丘體,豪放不羈。」「黃冠體,神游廣漠,寄情太虛,有飡霞服日之思,名曰『道情』。」「江東體,端謹嚴密。」「俳優體,詭喻婬虐,卽『婬詞』。」一共歸納了十五體。

又講「對式」。所謂「對式」卽句法，如：「合璧對，兩句對者是。」「鼎足對，三句對者是，俗呼爲『三鎗』。」「鸞鳳和鳴對，首尾相對，如〔叨叨令〕所對者是也。」此外還有「疊字」、「疊句」等，總共歸納九法。

第二部分列「古今羣英樂府格勢」。所謂「格勢」卽指作家的風格。提到的元代曲家一百八十七人。他是這樣形容這些曲家的「格勢」的，如：

馬東籬之詞，如朝陽鳴鳳。其詞典雅清麗，可與《靈光》《景福》而相頡頏。有振鬣長鳴、萬馬齊瘖之意；又若神鳳飛鳴于九霄，豈可與凡鳥共語哉？宜列羣英之上。

關漢卿之詞，如瓊筵醉客。觀詞語，乃可上可下之才，蓋所以取者，初爲雜劇之始，故卓以前列。

以下又列一百五十人，以「其詞勢非筆舌可能擬」爲由，只録姓名不加評介，又列國朝（明初）曲家一十六人。

朱權提出的所謂「雜劇十二科」是根據主題將雜劇分爲十二類。一曰神仙道化，二曰隱居樂道（又曰林泉丘壑），三曰披袍秉笏（卽君臣雜劇），四曰忠臣烈士，五曰孝義廉潔，六曰叱奸罵讒，七曰逐臣孤子，八曰鏺刀趕棒，九曰風花雪月，十曰悲歡離合，十一曰烟花粉黛（卽花旦雜劇），十二曰神頭鬼面。（後附録趙子昂關于雜劇演出中所謂「行家生活」、「戾家把戲」的説法，爲時人論曲所常引用。）

「羣英所編雜劇」部分，是從有元一代到明初的雜劇總目，也是《録鬼簿》之外最重要的元雜劇全目。可以與其他目録對照、參證。全目分四部分，計「元五百三十五本」、「國朝三十三本」、「古今無名雜劇一百一十本」、「娼夫不入羣英四人，共十一本」。總共録了六百八十九本劇目。

又列「知音善歌者三十六人（娼夫不取）」。

下面是「音律宫調」，五音、六律、六吕、六宫、十一調。

最後是「詞林須知」，與「知音善歌者三十六人」，都是論述關于唱曲的聲樂理論問題，近人論歌大底引此二篇作據。

其中附録的一部分元曲常用語，是我們在研究元曲語匯時的重要參考。如：

孤：當場粧官者。

狚：當場之妓曰「狚」。「狚」，猿之雌也，名曰「猵狚」，其性好淫。俗呼「旦」，非也；

猱：妓女總稱，謂之「猱」。「猱」，猿屬，貪獸也，喜食虎肝腦。虎見而愛之，負其背而取虱，遺其首即死，求其肝腦腸而食之。古人取喻，虎如少年，喜而愛其色，彼如猿也，誘而貪其財，故至子弟喪身敗業是也。

鬼門道：构欄中戲房出入之所，謂之「鬼門道」。鬼者，言其所扮者，皆是已往昔人，故出入謂之「鬼門道」也。愚俗無知，因置鼓于門，訛唤爲「鼓門道」，于理無宜。亦曰「古門道」，非也。東坡詩：「搬演古今事，出入鬼門道」，正謂此也。（可見此稱宋時已有。）

此書原來只有《涵芬樓秘笈》本，是頗難得的。現在版本很多了。容易看到的是經過校勘整理的《中國古典戲曲論著集成》本。

〔二〕《南詞敍録》

(明)徐渭著。徐渭字文長、文清，浙江山陰人，生於一五二一年，卒於一五九三年。他作的雜劇《四聲猿》(一折《狂鼓吏》、二折《玉禪師》、三折《雌木蘭》、四折《女狀元》)，對明代中葉以後的雜劇曾産生很大影響。

此前，對於北雜劇、院本和散曲都有專門的論著(如《録鬼簿》、《輟耕録》以及其他專門的選本)，而關於南戲却没有專門的紀載，所以《南詞敍録》成爲最早的一部關於南戲的概論性的著作，也是宋、元、明、清四代專論南戲的唯一著作，正如作者序云：「北雜劇有《點鬼簿》，院本有《樂府雜録》(非指唐代段安節所著，當爲陶宗儀《輟耕録》所載「院本名目」)，曲選有《太平樂府》，記載詳矣。惟南戲無人選集，亦無表其名目者，予嘗惜之。……遂録諸戲文名，附以鄙見。」其内容包括南戲的歷史發展、沿革變化、風格特色，以及作家作品的評論等多方面，也有一些常用術語、方言的考釋，如「生」、「旦」、「解」、「貼」、「丑」、「淨」、「末」等「曲中常用方言字義」，共十五條。如：

題目：開場下白詩四句，以總一故事之大綱。今人内房念誦以應付末，非也。

賓白：唱爲主，白爲賓，故曰賓白，言其明白易曉也。

開場：宋人凡勾欄未出，一老者先出，誇說大意，以求賞，謂之「開呵」。今戲文首一出，謂之「開場」，亦遺意也。

此外還有關於市語、方言的解釋，共五十三條(當然，有些不一定是方言，如「員外」、「下官」，便屬於俗語了)。解釋一般都很簡略，而且也不一定精確、可靠，但是它代表了當時人們對這些詞匯的理解。比如「包彈」這個詞，解云：「包拯爲中丞，善彈劾，故世謂物有可議者曰『包彈』。」宋王楙的《野客叢書》也這樣解釋。《董西廂》的眉批上也是這樣的説法。其實，這是錯誤的。李商隱《義山雜纂》中就有「筵上包彈品味」條。（此書雖不見得真是李商隱所作，但是北宋蘇子瞻既有《後纂》之作，那麽這部書著於北宋以前是可以肯定的。）包拯是北宋的官，以他的故實作爲前代用語的考源，顯然出自後人的牽强附會，並非真實的出處。下面再看幾個例子。

九百：風魔也。宋人云：「九百尚在，六十猶癡。」（例見《賺蒯通》雜劇）

行首：妓女之貴稱。居班行之首也。（例見《金綫池》雜劇）

裝么：猶做模樣也。古云「作態」。（例見套曲《高祖還鄉》）

不虚脾：虚情也。五臟爲脾最虚。（例見《救風塵》雜劇一折〔元和令〕）

恁：你每二字，合平爲恁。（例見《漢宫秋》二折〔鬥蝦蟆〕）

傻角：上温假切，下急了切。癡人也，吳謂「獃子」。（例見《西廂記》一本三折紅娘白：「世上有這等傻角。」）

頂老：伎之諢名。

波查：猶言口舌。北音凡語畢必以「波」、「查」助詞，故云。

俑俏：美俊也。（元曲中一般寫「俑」作「波」。如《青衫淚》第二折第三支〔滚綉毬〕曲中淨夾白：「小子金銀又多，又波俏。」再如《舉案齊眉》第三折馬舍念詩：「我兩個有錢有鈔，天生來又波又俏。」）

喬才：狙詐也，狡獪也。

入馬：進步也。倡家語。（所謂「進步」，即指「勾搭上了」。「馬」乃妓女之隱稱。這種解釋被納入《水滸》注。）

〔三〕《江湖切要》

何人何時所編皆不得而知。可能是明代的書，因爲翟灝的《通俗編》曾有引用。現存卓亭子的删定本，題名《新刻江湖切要》，卷首有「光緒十年銀杏山館」的題字，可見其爲清末的增訂本。內容專講江湖黑話、隱語，是分類編排的。所依據的原本今藏北京圖書館，可能是孤本。（按：許先生所見爲藍印本。）如：

矬：矮。

官：孤。（後人說「孤」來自「稱孤道寡」，是杜撰。其實，孤者就是「官人」的黑話。）

搓合山：媒人。

剪拂：拜。

本書後面附有「金陵六院市語」，爲風月游作，內中講的就是妓院中的黑話，如：聽者又稱六老，即眼睛；爪老即手等等。

第三部分　蒙古語　女真語

這種外來語在元曲中用得並不多，一般用在特殊場合，如劇中人是少數民族或外國籍，又如丑角的科諢等。使用外來語，可以取得喜劇效果。但有人凴此就認爲這表明劇作者「對元統治者的蔑視」，却也有些牽强。元曲中使用外來語好似現在在劇中某些場合説句方言一樣。

〔一〕《華夷譯語》

（明初）火源潔編。書前有洪武二十二年翰林學士奉議大夫兼左春坊左贊善劉三吾的序，提到作者爲官翰林侍講，「乃朔漠之族，生於華夏，通中國四書，咸明其意，受命以華文譯胡語」。所録雖不十分完備，但比此前的《蒙古譯語》詳細得多了。（按：《蒙古譯語》，佚名，把蒙語按音譯出，再按義分類，但譯音似是而非，並不精確，也過於簡略，故用途不大。）

《華夷譯語》見《涵芬樓秘笈》第四集，分二册：上册，按漢義注蒙音，分「天文」、「地理」、「時令」、「花木」、「鳥獸」、「宫室」、「器用」、「衣服」、「飲食」、「珍寶」、「人物」、「人事」、「聲色」、「數目」、「身體」、「方隅」、「通門」等十七門。如關漢卿的雜劇《鄧夫人苦痛哭存孝》頭折，李存信云：「米罕整斤吞，抹鄰不會騎，弩門並速門，弓箭怎的射？撒因塔剌孫，見了搶着吃，喝的莎塔八，跌倒就是睡。若説我姓名，家將不能記，一對忽剌孩，都是狗養的。」便集中使用了一些蒙古語。其中：米罕是肉；抹鄰是馬；弩門是弓；速門是箭；撒因答剌孫是好酒；莎塔八是醉；忽剌孩是賊，則一目了然矣！

又如「牙不牙不」，即「跑了」（「牙不」是行的意思）；「帖里温」，即「頭」；「哈剌」，即「殺」等。這些都可以從該書中得到解釋。

〔二〕《女真譯語》

張福成編。這是民國初年大庫歸檔管理處的印本。元曲中引用女真話處更少，只是李直夫的雜劇《便宜行事虎頭牌》第二折〔大拜門〕曲末句「可便是大拜門撒敦家的筵安」。其中「撒敦」，《女真譯語》解作「親戚」。（「大拜門」是金人的禮節。查《東京夢華録》提及「婿往參婦家，謂之拜門」。可見大拜門者，即莊重的親戚交往之禮也。）（按：其實「撒敦」在這裏解作「親家」似更確切。關漢卿《詐妮子調風月》雜劇四折〔新水令〕曲：「雙撒敦是部尚書，女婿是世襲千户。」亦可爲證。）

〔三〕《遼金元三史國語解》

清乾隆四十六年敕撰，故書題前冠「欽定」字樣。全書四十六卷，其中《欽定遼史語解》十卷、《欽定金史語解》十二卷、《欽定元史語解》二十四卷。每書分君名、宫衛、部族、地理、職官、人名、名物等七門，唯《金史》部分少「宫衛」門，多「姓氏」門，又將「名物」門附於「人名」門下，故爲六門。

今借得光緒戊寅（四年，一八七八年）江蘇書局刊本。全書無序，只在每卷下一律作如下小注：「按：遼（或金或元）以索倫語（或滿洲語或蒙古語）爲本語，解内但釋解義，概不複注索倫語（或滿洲語或蒙古語）。其中姓氏、地名、官名（金史部分無此項）、人名無解義者，俱以（元史部分多《蒙古源流考》一書）今地名、《八旗姓氏通譜》、官名改字面訂之。」可見這是一部以索倫語正《遼史》、以滿洲語正《金史》、以蒙古語正《元史》的工具書。每詞一一注明詞義、字音，足資參考。如《元史語解》卷二十一人名門「達喇蘇」條，先在蒙古文字下注音「達喇蘇、阿阿烏」，兹後釋義「酒也」，並注明「卷一百三十二作塔兒沙」。(查《元史》卷一百三十二《拔都兒傳》中只在「與兄兀作兒不罕及馬塔兒沙帥衆來歸」句中見「塔兒沙」,但應與「馬」連讀,爲人名。或以「酒」字爲名耶?)再如同書卷二十四「名物」門「哈達克」條,先於蒙古文下注音「哈達克、阿阿克」,玆後釋義「奉佛吉祥制帛也」,並注明「卷一百二作哈的。」(所謂「哈達克」,似即今藏民作爲獻物的哈達是也。)

第四部分　名物制度

〔一〕《古今注》

(晉)崔豹著。清人將此書與他書對照,發現多雷同處,便懷疑本書不是原本,而爲後人改訂或僞托編纂而成。其實,不也可以説後人所著是從此書抄來的麽?姑存疑。

全書分上、中、下三卷,上卷包括輿服(三十四條)、都邑(十三條),中卷包括音樂(十八條)、鳥獸(二十二條)、魚蟲(二十八條),下卷包括草木(三十九條)、雜注(十一條)、問答解釋(十二條)等八部一百七十七條。

該書解釋古代名物,材料比較豐富,常爲後人引用,如:輿服部解「五明扇」,是虞舜時爲了廣開視聽,求賢以爲輔而作。秦漢時公孫士大夫都可以用,後來才爲皇帝所專用。(原文:「五明扇,舜所作也,既受堯禪,廣開視聽,求賢人以自輔,故作五明扇焉。秦漢公卿士大夫皆得用之,魏晉非乘輿不得用。」)

都邑部解「构欄」，漢成帝時以槐樹作扶老鈎欄。即欄杆之意。（原文：「构欄，漢成帝顧成廟有三玉鼎、二真金罏，槐樹悉爲扶老构欄，畫飛雲龍角於其上也。」）（按：近讀《事物異名録》，「扶老」乃「杖」之異名也。略云：《筆叢》——指明胡應麟《少室山房筆叢》：淵明辭「策扶老以流憩」，扶老，籐名，以爲杖也。）

在討論馬致遠《漢宫秋》雜劇時，曾有過「紫台行」的争論，徐朔方認爲這是指匈奴，顯然是錯誤的。在此書中也可以得到較爲合理的解釋。

《古今注·都邑部》「紫塞」條云：「秦築長城土色皆紫，漢塞亦然，故稱紫塞焉。」可知「紫」之來歷，是疆土之象徵。何以稱「台」呢？另見該書「台門」條：城門皆築土，爲之累土，曰台，故亦謂之台門也。」將這兩條聯系起來看，紫台或即朝廷之喻也。如謂之牽强附會且看曲辭：「紫台行都是俺手裏的衆公侯。」將「紫台行」解作「朝廷裏」，不是正合曲意嗎？

今有景明本（即影印明代刻本）《古今逸史》。又見《漢魏叢書》本。

〔二〕《**中華古今註**》

後唐太學博士馬縞集（新舊《五代史》皆有作者之傳）。這是一部模仿《古今註》的書，其序云：「昔崔豹《古今注》博識雖廣，迨有闕文，洎（及）乎黄初莫之聞見，今添其註，以釋其義，目之爲《中華古今註》。」但該書十之八九與《蘇氏演義》相同，大部分抄自前人，並非獨創。

分上中下三卷，上卷分帝王、宫闕、都邑、羽儀、冕服、州縣、儀仗、軍器等部，注凡六十六（實七十三)條，中卷皇后、冠帶、士庶、衣裳、文籍、書契、草木、答問、釋義等部，注凡四十四(實四十三)條，下卷古今音樂、鳥獸、魚蟲、龜鼈等部，凡八十條。實際共有一九六條。如：

卷上「唱」條：「上所以促行徒也，上鼓爲行節也。」

卷中「幞頭」條：「本名上巾，亦名折上巾。但以二尺皂羅後裹髮，蓋庶人之常服。沿至後周武帝，裁爲四脚，名曰幞頭。以至唐侍中馬周更以羅代絹，又令重系前後以象二儀，兩邊各爲三撮，取法三才，百姓及士庶爲常服。」

「汗衫」(如張酷貧——即張國賓雜劇《相國寺公孫合汗衫》)條：「蓋三代之襯衣也。《禮》(《禮記》)曰『中單』。漢高祖與楚交戰，歸帳中汗透，遂改名汗衫。至今亦有中單，但不緶(即辮)而不開。」

卷下「扶老」：「禿鶖也，狀如鶴而大，大者高八尺，善與人鬪，好咬蛇。」(與《古今注》「拘攔」條中之「扶老」解迥異。或另是一說。)

今存《百川學海》本(翻刻宋本)。《古今逸史》本亦收。

〔三〕《封氏聞見記》

唐朝散大夫檢校尚書吏部郎中兼御史中丞封演撰。作者在天寶年間做過太學生，而作御史中丞是德宗貞元年間的事情。

關於本書的記載，有人説是五卷，有人説是兩卷，可是今天見到的却是十卷本，顯然是經後人改編過的。其中列目一百零一條，但對照原書，發現不少佚文，這就提高了它的文獻價值。全書前六卷記掌故、名物、制度；七、八兩卷是一些自然常識；九、十兩卷則爲唐之當世人的軼事（對於歷史研究很有價值）。該書考證頗詳，如卷五之「巾幞」（即「幞頭」）條：

近古用幅巾，周武帝裁出脚，（向）後幞髮，故俗謂之幞頭，至尊、皇太子、諸王及仗内供奉以羅爲之，其脚稍長；士庶多以絁（紗）漫而脚稍短，幞頭之下，别施巾，象古冠下之幘也。巾子制，頂皆方平，仗内即頭小而圓銳，謂之内樣。開元中，燕公張説，當朝文伯，冠服以儒者自處。玄宗嫌其異己，賜内樣巾子，長脚羅幞頭。燕公服之入謝，玄宗大悦，因此令内外官僚百姓並依此服。自後巾子雖時有高下，幞頭羅有厚薄，大體不變焉。近日長安尉程李家好高巾，不曾改换。御史陸長源性滑稽，在鄴中，忽裹蟬翼羅幞尖巾子，或譏之，長源曰：「若有才，雖以蜘蛛羅網一牛角，有何不可？若無才，雖以卓琰子（美玉）裹簸箕，亦將何用？」先時，吏部尚書劉晏裹頭至慢，每裹，但擎前後脚撅兩翅之，都不抽挽，或曰：「尚書何不抽兩翅？」晏曰：「兩邊通耶？」時人多哂之。兵部尚書嚴武，裹頭至緊，將裹，先以幞巾曳于盤水之上，然後裹之，名爲水裹。撅兩翅皆有襵數，流俗多效焉。

又如卷六之「打毬」條：

古之蹵鞠也。《漢書·藝文志》：《蹵鞠》二十五篇。顔注云：「鞠以韋爲之，實以物，蹵蹋（之以）爲戲（也）。蹵鞠，（陳）力之事，故附于兵法（焉）。蹵音子六反，鞠音鉅六反。」近俗聲訛蹋踘爲毬，字亦從而變焉，非古也。太宗常御安福門，謂侍臣曰：「聞西蕃人好爲打毬，比亦令習，曾一度觀之。昨昇仙樓有羣蕃街里打毬，欲令朕見；此蕃疑朕愛此，騁爲之。以此思量，帝王舉動，豈宜容易？

朕已焚此毬以自誡！」景雲中，吐蕃遣使迎金城公主，中宗于梨園亭子賜觀打毬，吐蕃贊咄奏言：「臣部曲有善毬者，請與漢敵。」上令仗內試之，決數都，吐蕃皆勝。時元宗爲臨淄王，中宗又令與嗣虢王（邕）、駙馬楊愼交武延秀等四人敵吐蕃十人，元宗東西驅突，風廻電激，所向無前，吐蕃功不獲施。其都滿，贊咄尤此僕射也。中宗甚悅，賜强明絹斷百段，學士沈佺期、武平一等皆獻詩。開元天寶中，元宗數御樓觀打毬爲事，能者左縈右拂，盘旋宛轉，殊可觀。然，馬或奔逸，時致傷斃。永泰中蘇門山人劉鋼于鄴下上書于刑部尚書薛公云：「打毬一則損人，二則損馬。爲樂之方甚衆，何必乘茲至危，以邀晷刻之懽邪！」薛公悅其言，書鋼之言置于坐右，命掌記陸長源爲贊美之。然打毬乃軍、州常戲，綵畫木毬，高一二丈，妓女登榻，毬轉而行，縈廻去來，無不如意，古蹵鞠之遺事也。

此書板本很多，如《學海類編》本、《雅雨堂叢書》本、《學津討原》本等。今有《封氏聞見記校證》——一九三三年哈佛燕京社版，該書以《雅雨堂叢書》爲底本。

〔四〕《蘇氏演義》

（唐）蘇鶚纂。鶚字德祥，唐僖宗光啟年間進士，著有《杜陽雜編》。書中對典章、名物多所考證，但與馬縞《中華古今注》不少相同，至于以誰爲祖則難辨。全書分爲上下兩卷。

其中有關於風俗的記載。如無名氏之《桃花女破法嫁周公》雜劇第三折正旦（桃花女）云：「且慢者。今日是星日馬當直，我過的這門限去，正湯着他脊背，可不被這馬跑也跑殺，踢也踢殺，那裏取我的這性命來？石小大哥，與我取馬鞍一副，搭在這門限上波！」這裏的搭馬鞍是何意呢？在《蘇氏演義》卷上可以找到答案。

婚姻之禮，坐女于馬鞍之側。或謂此北人尚乘鞍馬之義。夫鞍者，安也，欲其安穩同載者也。《酉陽雜俎》云：「今士大夫家婚禮，新婦乘馬鞍，悉北朝之餘風也，今娶婦家，新人入門跨馬鞍，此蓋其始也。（宋孟元老之《東京夢華錄》卷五「娶婦」條，亦有「……一人捧鏡倒行，引新人跨鞍，驀草及秤上過」之習俗記載。）

又如解「醋大」一詞：

醋大者，一云鄭州東有醋溝，多士流所居，因謂之醋大；一云作此措字，言其舉指之疎，謂之措大，此二說恐未當。醋大者，或有抬肩、拱臂、攢眉、蹙目以爲姿態，如人食酸醋之貌，故謂之醋大。大者，廣也，長也，篆文穴字，象人之形。

又如釋「奴僕」條：

俗呼奴爲邦，今人以奴爲家人也。凡「邦」「家」二字多相連而用。時人欲諱家人之名，但呼爲邦而已，蓋取用於下字者也。又云，僕者皆奴僕也，但《論語》云：「邦君樹塞門。」樹，猶屏（作動詞用）也。不言君但言邦，此皆委曲避就之意也。今人奴拜多不全其禮，邦字從半拜，因以此呼之。《說文》曰：「奴者，古人罪人也；婢者，卑也。奴者徒也，徒役卑賤之義。古之伩字從人邊，作女。《周禮》云：「男女入奸（應作「于」，下同。）罪隸，女子入奸舂稾。」蓋謂此也。

又如釋「龍鐘」（今作鍾）：

龍鐘者，不昌熾，不翹舉貌，如藍鬖（長髮貌）、拉搭、解縱之類。

現存《函海》本，《藝海珠塵》本。而以後者爲優。

〔五〕《資暇集》

（唐）李匡乂纂。匡乂號濟翁（宋刻本皆用此），乃宗室貴族李勉之孫，唐昭宗時任宗正少卿。全書分爲三卷，上卷證誤、中篇談源、下篇本物。

有序，見宋晁公武《郡齋讀書志》（《郡齋讀書志》和宋陳振孫的《書録解題》都是考證版本内容的重要古籍），言其鑒于市俗談話常有出入，乃實證之，並考其源。（查《郡齋讀書志》卷三下載《資暇》三卷唐李匡乂濟翁撰，序稱：「世俗之談，類多訛誤，雖有見聞，嘿不敢證，故著此書。上篇證誤，中篇談原，下篇本物，以資休暇云。」）

其中也有錯誤、穿鑿附會之處，如「薛陶紙」之「陶」便爲「濤」之誤。薛濤原爲唐代四川一名妓。卷下釋「薛陶箋」云：「松花牋，代以爲薛陶牋，誤也。松花牋其來舊矣，元和初薛陶尚斯色，而好制小詩，惜其幅，末不欲長，乃命匠人狹小之；蜀中才子既以爲便，後減諸牋亦如是，特名曰薛陶箋。今蜀紙有小樣者，皆是也，非獨松花一色。」

又釋「龍種」爲「龍所踐之地」，更爲笑談。該詞實爲老態舉止不靈之形容詞耳。其原文在卷下，「亟有孔文子之徒下問龍踵之義，且未知所自，輒以愚見，鍾卽涔爾，涔與鍾并，蹄足所踐處，則龍之致雨，上下所踐之鍾，固淋滴濺澱矣，義當止此，餘俟該通。」

不過，借之所見也可覷當時之時尚，如釋「措大」：「代稱。士説爲醋大，言其峭醋而冠四人之首。一説衣冠儼然，黎庶望之，有不可犯之色，犯必有驗，比於醋而更驗，故謂之焉。或云往有士人，貧居新鄭之郊，以驢負醋，巡邑而賣，復落魄不調，邑人指其醋馱而號之；新鄭多衣冠所居，因總被斯號。亦云：鄭有醋溝，士説名家其州溝之東尤多甲族，以甲乙敍之，故曰醋大。愚以爲四説皆非也，醋宜作措，止言其能舉措大事而已。」其言「四人」者，系指士、農、工、商也。其實所列五説皆不如《蘇氏演義》解「醋大」，形容文人之酸味更爲風趣得當。

再擇三例記之：

今見他人稍惑橈未決，則戲云「方寸亂矣」。此不獨誤也，何失言甚歟？按《蜀志》：「潁川人徐庶，從昭烈王率兵南行，被曹公追，破而庶母爲其所虜。庶將辭昭烈以詣曹公，乃自指心曰：『本欲與將軍共圖王霸之業，以此方寸地耳；今母爲彼獲，方寸亂矣，無益於事。』遂棄蜀入魏。」苟事不相類，其可輕用耶？若撰節行，倡娃傳（似指《李娃傳》），引用雖非正文，其爲此事，則云善矣。（卷上「方寸亂」條）

俗佈（疑爲怖）嬰兒曰「麻胡來」，不知其源者以爲多髯之神而驗刺者。非也。隋將軍麻祜，性酷虐，煬帝令開汴河，威稜既盛至，稚童望風而畏，互相恐嚇曰：「麻祜來！」稚童語不正，轉祜爲胡。（卷下「非麻」條）

近者，繩牀皆短其倚衡，曰「折背樣」，言高不及背之半，倚必將仰脊不遑縱。亦由中貴人𢘊意也，蓋防其至尊賜坐，雖居私第不敢傲逸其體，常習恭敬之儀。士人家不窮其意，往往取樣而制，不亦乖乎？「繩」當作「承」字，言輕齋可隨人來去。（卷下，「承床」條）（此處之「床」，乃椅之謂也。）

〔六〕《事物紀原》

宋高承纂。高承，開封人，宋神宗元封年間人。《事物紀原》是宋代講名物的非常重要的一部類書，凡器物、名物、制度、游戲、草木、禽獸之名各考其源，以類書的結構，分門別類爲十卷五十五部，共一千八百四十一條。但今傳本已非原書之樣。《書録解題》言其書只有二百一十七條。而另見此書分二十卷，增加了數百條，疑爲後人增添改編過了。現流傳的是明正統簡敬刻本，前有簡敬的序文，言此書乃國子祭酒胡頤庵所傳。是否改編與胡有關呢？很難説。明成化年間又經過了李果的校訂，書中的〔按〕、〔果按〕，似即斯人。

書中部分考證並不確切，而總觀之，仍是十分淵博的，所作考證亦有很高參考價值。

如卷一「夫人縣君」條，指出「夫人縣君」的封號起源於漢武帝，封其娣（太后微時——未發跡之時在金王孫家所生之女）爲修成君。修成爲漢時一縣名。夫人爲縣君自伊始。又如考「悲田院」：《唐會要》開元五年宰相宋顥、蘇頲曾上書，建議專養病人、貧人的悲田院，應責專人主持。「悲田院」一語出於佛經，本由僧尼主管。可見唐時已有專官的設置。開元二十二年始分設各廟中。宋時「悲田院」沿唐制，亦置於廟中，又稱「福田院」，亦名「卑田院」。

卷九有關戲曲的資料，「角觝」、「優人」、「傀儡」、「百戲」、「引戲」等，所作考證極爲可貴。如「合笙」條引《唐書·武平一傳》，唐中宗時，在一次宴會上有胡人襪子何懿唱「合笙」，武平一認爲不合體而上書非議之。今人稱之爲「唱題目」。又如「戲場」條：隋煬帝大業二年，在端門外開闢大戲場。

今見《惜陰軒叢書》本。

後來模仿此書的著作很多，如：

明代羅頎之《物源》，分十八門二百三十九條，其中錯誤很多。

崇禎進士傅岩之《事物考》，分八卷，增加了些明代的事物。

明徐矩之《古今事物原始》編得很亂，連日、月、星、辰也作考源。

劉侗《名物考》，很簡單。

〔七〕《古今事物考》

（明）王三聘編撰，也是模仿《事物紀原》編制起來的，共分八卷，許多直採高承書，但增加了一些確切屬于明代的事物，如卷六「網巾」條，古代無此裝束，故古人書物從不繪此，只是周朝改異夷風而制，在頭髮之上，外裹方巾而成。傳明太祖出行，在道觀中見道士結網巾，善之，而訂爲俗制。元曲中「網巾」字樣，皆爲明代演出本所加。至於話本《快嘴李翠蓮》中有關「網巾」的記述，更證明話本産生非于宋代。

〔八〕《名義考》

(明)周祁編。作者生平不詳,只知道是蘄州人(韓世忠便封爲蘄王)。正文前有劉儒龍和袁昌祁的序,推知本書成于萬曆以前。序稱作者幼年便廣讀經文,曾任民部郎(民部可能即户部,而郎者不知爲士郎,或即部郎。)

全書十二卷,分成天、地、人、物四部,天、地各兩卷,人、物各四卷,皆考證名義。對每一名稱皆廣征文獻,加以解釋,有很大的參考價值。特别是記載了很多俗語,對閲讀元曲很有幫助,如卷五「冈(音古)表」條解娼妓爲表子,冈老是客人。這與《説文通訓定聲》稱「妓女謂游戲爲冈老」便科學、準確多了。

又如卷五「佤拉姑」條解佤者,歪,不正也。俗謂不正當的女人爲佤拉姑。(即「歪剌骨」。)而宋之《俗考》(作者爲《夷堅志》的作者洪邁)以及《儂雅》(南方方言的訓詁書,汪价編)也對此詞有過解釋,但是解釋得最爲詳細的却是沈德符的《顧曲雜言》,言及:牛偏體各部都有用,只兩角之間一肉塊是廢物,臭之異常,稱作「歪拉骨」。用以喻壞女人。又問及熟悉京師暗語者,説明宣德年間有一瓦剌國,被中國屢次征討,國内貧困,便常把其女人賣給邊境之漢人,價廉只幾百錢。其女貌極醜,故以之駡女人。比之數説,當以《名義考》更合理,無牽强附會之嫌。

通行本是《湖北先正遺書》本。

第五部分 元曲詞辭釋例

〔一〕騙馬

見雜劇《黄花峪》(「谷」亦音「峪」)「舞劍掄槍并騙馬」(第二折〔梁州〕),《合汗衫》「穩拍拍乘舟騙馬」(第二折〔越調門鵪鶉〕),《西廂記》「不想去跳龍門、學騙馬」(三本三折紅娘唱〔得勝令〕)。許先生讀文是「不想跳龍門,倒來學騙馬」)等。

《廣韻》卷四,三十三線部:「騗,躍上馬。」宋程大昌《演繁露續》中記載:曾見菜舖中賣治脚藥,名爲「騙馬丹」。又見唐代武懿宗領兵臨陣脱逃,時人笑之曰:「長弓度短箭,蜀馬臨階騙。」《通典》記:考武舉時,做土木馬,以習騙。《東京夢華録·百戲》:「或以身下馬,手拍鞍而上,謂之騙馬。」(原文:「……以手攀鞍而復上,謂之騗馬。」)又云:「中貴人(太監)許畋押隊招呼成列,鼓聲,一齊擲身上馬,一手執弓箭,攬韁子,就地爲男子儀拜舞,山呼訖,復聽鼓聲,騗馬而上。」可見,直至宋時口語中還留有此詞。不過後來「騙」已不局限于躍馬了,如《任風子》第二折〔滚綉毬〕「我騙土牆騰的跳過來」,便延用了「跳躍」之意。

至于《西廂記》之用,胡應麟《少室山房筆叢》(亦是有名的考據書)認爲:由于張生翻牆摟崔,故用騙馬、跳龍門,表示躍跳之意,可見王實甫擇詞之精。不過許先生認爲這種説法也不盡完善。《水滸傳》四十六回,説時遷「只做飛簷走壁、跳籬騙馬」的勾當,九十八回又有「把飛簷走壁騙馬的手段使了一遍」的話語。看來「騙馬」指的是雞鳴狗盜之事,小偷的勾當。這樣紅娘所説的「騙馬」便有了另外一重意義,解作偷偷摸摸、甘居下流,才更爲妥貼。(許先生順便提及《水滸傳》定型年代問題,他不贊成在明代,而認爲在元末明初即已成熟。)

〔二〕鏖糟

見雜劇《鐵拐李》第四折〔醉東風〕之夾白："（岳旦開門云）一個鏖糟叫化頭，出去！"

明初陶氏《輟耕録》："俗語以不潔爲鏖糟。"引《漢書·霍去病傳》"鏖皋蘭"之注："世俗謂盡死殺人爲鏖糟。"含義雖然不同，但這詞早已有之却是事實。宋《孫公談圃》言司馬光死時正值天子明堂大禮，故臣子不能去光府弔唁；禮畢，蘇東坡率友人前往，程頤伊川認爲不該去，"子于是日哭則不歌"；蘇東坡則認爲明堂乃吉禮，和哭後不歌無關，並譏之爲"鏖糟鄙俚叔孫通"（叔孫通乃爲漢高祖制禮之人）。可見，此詞乃瑣碎、淺薄、鄙俚之意。吴曾《能改齋漫録》中也記載了這件軼事，寫成"鏖糟陂裏"。這是一個地名，張綽《積累篇》上說：在許昌到東京的路上有一大澤，是一望無際的密草，極適放牧，故稱之爲"好草陂裏"；然至交秋，積水成漿，人們惡之，便將"好草"換爲"鏖糟"，言其髒爛也。楊萬里《誠齋詩話》提及潤州失火，房屋燒盡，只李葉公之塔和米元章之草庵幸存。米喜之，曰："神護葉公塔，天留米老庵。"時人譏之曰："神護葉公爺塔，天留米老娘庵。"米聞之大怒，詈駡之。時人更諷之，將"颯"加于"塔"之後，"糟"加于"庵"之後，"塔颯"言人之萎縮，"庵糟"即"鏖糟"——因今人讀"鏖"爲"庵"，而"庵"爲"子甘切"，可見至宋時，"鏖糟"即"庵糟"，即元曲中之"腌臢"也。

〔三〕太平車

《董西廂》"欲問俺心頭悶打頦，太平車兒來載。"《西廂記》第四本第一折〔寄生草〕："試著那司天台打算半年愁，端的是太平車約有十餘載。"《水滸傳》第十五回中梁中書道："着落大名府差十輛太平車子，……」第六十一回「李固……討了十輛太平車子，唤了十箇脚夫……。」這裏的「太平車」就是民間裝貨用的一種最大的畜力車。《東京夢華録》卷三「般載雜賣」條云：「東京般載車，大者曰太平，上有箱無蓋，箱如构欄而平，板壁前出兩木，長二三尺許，駕車人在中間兩手扶捉鞭綏駕之；前列騾或驢二十餘，前後作兩行，或牛五七頭拽之；車兩輪與箱齊，後有兩斜木脚拖。夜，中間懸一鐵鈴，行即有聲，使遠來者車相避。仍于車後繫騾驢二頭，遇下峻險橋路以鞭誠之，使倒坐縋車令緩行也。可載數十石。」介紹頗爲詳細。（由是推知《水滸》第六十一回「討了十輛太平車子，唤了十個脚夫，四五十拽車頭口」之「頭口」是牛而非騾驢。）

爲什麽以「太平車」打比方？又取其何意呢？邵公濟《聞見後録》述及，「民間載貨車重大而簡陋，以牛拖之，一日只行三四里，稍遇雨雪，寸步難行，故民間戲稱之爲太平車。」正因爲它有大而裝物多的特點，故俗話中用以比喻多，便道「太平車也裝不下」。

〔四〕**老子**

《李逵負荆》第三折〔醋葫蘆〕之〔么篇〕：「只被你爆雷似的一聲先諕倒那呆老子，怕不知名號。」《陳州糶米》第一折「（小衙内云）拏過那老子來。」《漁樵記》第三折「（劉二公上云）來了也。這不琅鼓兒響的是那老子，我出去問他一聲。」《水滸傳》四十五回：「把這婦人和老子引到水陸堂上。」

這裏的「老子」，顯然不是指父親或尊長，而是一般地對老人的俗稱，猶如老頭兒、老東西、老傢伙。（如《陳州糶米》小衙内駡張𢢽古：「這老匹夫無禮，將紫金鎚來打那老匹夫！」又如《漁樵記》劉二公問張懺古說：「老的也，城裏有什麼新事？」這裏的「老匹夫」、「老的」均與上述「老子」同義。）此詞究竟始于何時呢？朱熹的《名臣言行録》上說：范仲淹防守西夏（當時稱北爲遼，稱甘肅等地爲西夏），西夏人言：「小范老子，胸中有數萬甲兵。」王闢之《澠（音繩，而不音敏）水燕（閑也）談》記載：范爲官龍圖閣值學士，守四郡，威望極高，夷人佩服而畏懼，稱之爲「龍圖老子」，連其主元昊（宋賜姓趙）也這樣稱呼。而陸游《老學庵筆記》則記：「余在南鄭時，見西邊俗稱父親爲老子，年雖十七、八，凡有子即有此稱。」既然作異說來記，其「西邊」當與「中原」相對而言。足見西夏人稱范爲「老子」，實爲父親之意；而中原稱「老子」却是對老人的辱稱。吴處厚《青箱雜記》載：五代時，彭門桌以爲馮道出賣了自己，欲殺之。或勸之曰：「不干此老子事。」故馮獲釋。《新五代史·馮道傳》：「（耶律德光）誚之（馮道）曰：『爾是何等老子？』對曰：『無才無德癡頑老子。』德光喜，以爲太傅。」此處「老子」卽老家伙，都是蔑稱。樂府中亦有〈康老子〉之曲，據（唐）段安節《樂府雜録》考，康老子乃長安一富家，落魄不事生計，家有巨財，只和樂公交好，以致家財蕩盡。後獲一寶，得之千萬，仍與樂公相處，不久又光，乃潦倒而死。樂工故作〈康老子〉曲以念。這「老子」是俗謂，也不是什麼敬稱。可見「老子」之含意，遠自唐五代便作爲蔑稱了，而作「父」講倒不是普遍的。

〔五〕官人

《謝天香》第一折謝天香白：「那官人好個冷臉子也！」《竇娥冤》第二折楚州太守詩云：「我做官人勝別人，告狀來的要金銀。」皆指居官之人，乃是此詞之本意。

司馬光《涑水紀聞》："盧州（盧音驢）一帶，幾十年間，吏治簡易，民俗富樂，生女亦不肯以嫁官人，恐其往他州，難相見矣。當時制度，作官不得在本鄉。邵伯温《聞見録》稱晏殊爲相時，曾求婚于范仲淹（文正）之子，范云："「公之女果欲嫁官人，余不敢知（我就没什麽話説了）；必求國士（人才），無如富弼。」而富弼當時尚未爲官。又，張端義《貴耳集》記："帝前演雜劇三官人，一曰京尹，二曰常州太守，三曰衢州太守。可見宋時已如此稱謂。而遠在唐時也已這樣應用。韓愈《王适墓志》言："「一女憐之，必欲嫁官人，不以予凡子。」可見官人與凡子平民相對。劉禹錫《插秧歌》："「君看二三年，我做官人去。」直至後世，「官人」才轉爲對男人、對丈夫的尊稱，以至新郎即稱「新官人」。

〔六〕分曉

《謝天香》一折："「這一場無分曉，不裁思。」《隔江鬥智》三折："「説得來好没分曉。」「分曉」乃宋元俗話，著作中亦常見。

（宋）釋惠洪《冷齋夜話》七卷，記一篇「雪」的偈語："「遍界不曾藏，處處光皎皎。開眼失却見，都緣太分曉。」《宣和遺事》（今存二卷本，還有四卷本。雖非宋之話本，而材料多由宋書所出）卷上有言："「把那酒洞辨驗，見上有『酒海花家』四字分曉。」俞德林《佩韋齋輯聞》釋「鶻（音胡）突，不分曉貌。」而「鶻突」一作「糊塗」，故「分曉」即不糊塗、清楚、明白之意。偈語中「太分曉」即「太明亮」、「太刺眼」了。而劇曲中的「没分曉」、「無分曉」顯然即「糊塗」之意。（宋）車若水《脚氣集》："「讀先儒之言，至四句，連續分曉，何用看上文。」其中之「分曉」亦爲此意。

〔七〕燈火店

賈仲名《對玉梳》三折：「找個燈火店安下也好。」所謂「燈火店」即客店，不過是叫別了而已。又，張國賓《羅李郎》三折：「却離了招商打火店門兒，便來到物穰人稠的土市子。」（土市子乃東京地名，見《東京夢華録》卷二「潘樓東街巷」：潘樓東去十字街謂之土市子，又謂之竹竿市，乃東京最繁華之地。）

後者把「燈火店」叫成「打火店」，推知「燈」乃「打」字之轉聲。宋元間旅客途中用飯稱之爲「打火」（今名之爲「打間」，不知何所起）。《京本通俗小説・拗相公》：「相公該打中火了。」《水滸傳》第三回：「你的母子敢未打火？叫莊客預備飯來。」又第三十七回：「三個人來到市梢盡頭，見到幾家打火客店。」何謂之「打火」？宋元習俗，客店只是住宿并不備食，只是備些食具供旅客自己去做。《水滸傳》第四十六回，「店小哥放進三個人進來安息，問道：『客人不曾打火麼？』時遷道：『我們自己理會。』小二道：『今日没客人，竈上有兩支鍋乾净，客人自用不妨。』」第五十三回：「五更起來，戴宗來叫李逵打火做些熟飯吃，以後算完了房客錢去了。」打火本是開火，是做飯的準備，而後延意替代了作飯。打火店就是帶飯的客店。而「燈」呢，顯然是「打」的音訛了。

〔八〕平人

《後庭花》四折〔伴讀書〕：「他共李順渾家奸情密，叫平人正中拖刀計。」《魔合羅》三折〔浪裏來煞〕：「我直叫平人無事罪人償。」

馬縞《中華古今注》記一惡人「設枷棒，破平人家不知其數。」蘇轍《龍川略志》卷一：「出山行乞，勿與平人齒。」前者將平人與罪人對立起來，此處又將之與乞丐對立起來，含義還是相同的。莊綽《鷄肋篇》卷下記：鬼向官索怨，言該官「吉州做官時將我六平人惡作大辟殺了，今來取命。」顯然平民即無辜之人。《元典章》刑部卷一：「將平民袁虎子，以獄具非法拷訊，虛招殺人。」所以「平人」（或「平民」）就是好人、良人、無辜人之意。

《馮玉蘭》三折：「我筆下難容無義漢，劍頭偏斬不平人。」《十探子》三折：「王條專斬不平人。」《水滸傳》三回，魯智深稱：「直教禪仗打開危險路，戒刀殺盡不平人。」這裏的「不平」也不是「不平則鳴」的「不平」；「不平人」即是壞人、不良人之意。

評新出《水滸》的註解

去年十月，人民文學出版社出版了一部《水滸》。這一部《水滸》，主要是根據流行的七十回本，經過詳細的校訂，然後排印的。凡是被金聖歎從其地主階級的反動立場來删削改動了的地方，已經一一補正；他有意歪曲原作誣衊書中人物的那些所謂批評，也已完全汰除了。關于這一些，我不想談。在這裡我想提出來的，是這部書中新加的一些註解。

編者在這部《水滸》中，附加了一些注解，這是極其必要的。我國歷史上有許多作家，由于他們善于向人民學習，因此他們的作品中的語言，往往非常豐富。施耐庵就是這些作家中的一個。他的《水滸》，完全是用當時人民大衆口頭的活的語言寫成的，所以能那樣豐富，那樣活潑和優美。然而因爲時代離開我們已將近六百年，許多當時通行的方言俗語，現在我們已經很難理解了。于是本來也是我們學習的對象之一的優美的語言，有時却反而變爲造成這一鉅著和我們之間的隔閡的一個原因了。爲了消除這種隔閡，注解是一項必不可少的工作。所以人民文學出版社在這方面的努力，是非常有價值的。

這次編者所加的注解，一共不過一百餘條，從數量上來看，自然會覺得太少。然而不好大喜功地單純追求數量，也正是對人民負責精神的一種表現。編者在卷首「關于本書的版本」一文中最後説：

「很顯然，作的太少，需要注的，遠不止此。但是爲了慎重，暫時只好這樣。我們不能把認爲還未十分明確的東西拿出來。」這種慎重的態度，也可以從那些注解的文字中得到證明。從注解中，我們可以看得出，作注解的人曾經搜集過許多具體的材料，比較分析，然後再予以解釋的。因爲大部分的注解，都是前人記録具在，十分可靠的。如：「乾隔澇」、「棧」見于李實《蜀語》，「遮莫」見于羅大經《鶴林玉露》等書，「搗子」見于《金瓶梅》，「胡盧提」見于李廌《師友談記》、張耒《明道雜志》等書，「頂老」、「行首」、「入跂」見于徐渭《南詞敍録》，「無掇」見于翟灝《通俗編》等書，「鮑老」見于陳師道《後山詩話》、孟元老《東京夢華録》等書，「家生的」見于《漢書》顔師古註及陶宗儀《輟耕録》等書，「鬧蛾兒」見于周密《武林舊事》等書。……諸如此類，各書記載都很清楚，注者的解釋也都確切不移。然而因爲《水滸》語言的豐富和複雜，牽涉到的方面的廣泛，注解中自然難免也有疏忽的地方，如第七回的「樊樓」就是一例。

第七回的注解中説：「樊樓，就是酒樓，當時東京（今開封）的方言。」把「樊樓」也當作「方言」，這大概是注者誤解了《古今小説》卷十一《趙伯昇茶肆遇仁宗》中「見座酒樓，好不高峻！乃是有名的樊樓」這一句而所致。實際上，「樊樓」乃東京一座酒樓的名稱，猶之乎目下的鴻運樓、杏花樓之類，並非什麽「方言」。《夢華録》卷二有「白礬樓」，然而没有解釋。《宣和遺事》卷下云：「樊樓乃豐樂樓之異名。」至于「豐樂樓」，《夢華録》卷二却有記載：「白礬樓，後改爲豐樂樓。」由此可見，「樊樓」就是「白礬樓」。白礬樓是東京最有名最豪華的一座酒樓，《夢華録》中描寫得很詳細，我不再贅引。然而這裡發生了一個問題，就是：爲什麽有的書上寫作「白礬樓」或「礬樓」，有的書上寫作「樊樓」呢？這一點吴曾《能改齋漫録》中說得很清楚：

「京師東華門外景明坊有酒樓，人謂之『礬樓』。或者以爲樓主之姓，非也。本商賈鬻礬於此，後爲酒家，本名『白礬樓』。」

根據這段記載，我們可以知道這酒樓的本名叫「白礬樓」，後來人們爲了叫起來方便，省去「白」字；由此又引起一些人的誤解，以爲酒樓的老闆姓「樊」，于是便訛爲「樊樓」了。所以「樊樓」是一座酒樓的名字，並非方言。

又如第六十一回注：「蟲蟻：就是飛禽。」似也與原義略有出入。《古今小說》第二十六卷《沈小官一鳥害七命》中稱畫眉鳥爲「蟲蟻」，下文又有云：「偶然打從御用監禽鳥房門前經過，那沈昱心中是愛蟲蟻的，意欲進去一看。」又第三十六卷《宋四公大鬧禁魂張》：「不知甚蟲蟻，屙在我頭巾上。」這二處的「蟲蟻」，都指飛禽，則飛禽的確可以稱爲「蟲蟻」了。但飛禽可以稱爲「蟲蟻」，不等于「蟲蟻」就是飛禽。《夢華録》卷五有「弄蟲蟻」，《夢粱録》卷十九、二十有「教蟲蟻」，其他地方及同性質的書中，關于蟲蟻的記載還很多，因爲没有解釋，所以不能一下子看出這兩個字究竟是指什麼。唯《武林舊事》卷六所舉諸色伎藝人中有「教飛禽蟲蟻」共三人：「趙十一郎，趙十七郎，猢猻王。」「趙十七郎」當卽西湖老人《繁勝録》中的「教飛禽趙十七郎」，他是一個專門教飛禽表演的藝人。「猢猻王」不知是何等樣人，但從他的藝名看來，無疑是個耍猴戲的〔一〕，則似乎猢猻也可以稱爲「蟲蟻」了。至于「趙十一郎」，别的書中也不見記載，僅《武林舊事》卷七有「并宣押趙喜等教舞水族」一語，如果趙十一郎卽趙喜，那末他又是一個專門舞弄水族的藝人了。這就無怪乎《武林舊事》有些地方又稱「教飛禽蟲蟻」爲「教水族飛禽」〔二〕了。「水族」可以稱「蟲蟻」，另外還有一個有力的證據，《東京夢華録》卷五有「劉百禽弄蟲蟻」，卷六也有同樣的記載。「劉百禽」這一名字，非常清楚地告訴我們：「弄蟲蟻」就是「弄百禽」。這裡必須注意：「弄百禽」並非教弄各種飛禽的意思。陶宗儀《輟耕録》第二十二卷有一段敍述禽戲，節録如左：

「余在杭州日，嘗見一弄百禽者，蓄龜七枚，大小凡七等。置龜几上，擊鼓以使之，則第一等大者先至几心伏定，第二等者從而登其背，直至第七等小者登第六等之背，乃竪身直伸其尾向上，宛如小塔狀，謂之『烏龜疊塔』。又見蓄蝦蟆九枚，先置一小墩於席中，其最大者乃踞坐之，餘八小者左右對列，大者做一聲，衆亦作一聲，大者作數聲，衆亦作數聲，既而小者一一至大者前，點手作聲如作禮狀而退，謂之『蝦蟆說法』。至松江見一全眞道士寓太古菴，一日取二鰍魚，一黃色一黑色，大小相侔者，用藥塗利刃，各斷其腰，互換接綴，首尾異色，投放水中，浮游如故。……」

這裡「弄百禽者」所弄，三種都是水族。水族之可以稱爲「蟲蟻」，在我看來似乎也毫無問題。所以「蟲蟻」不一定是「飛禽」，凡一切小動物，包括飛禽走獸、鱗介等，都可以稱爲「蟲蟻」。

第二十回注：「行院：就是妓院，有時又作妓女解，例如第二十五回：『兩個唱的行院驚得走不動。』」把「行院」解作妓院，是歷來人的誤解。《古今小説·禁魂張》中竊賊宋四公對他徒弟趙正說：「你是浙右人，不知東京事，行院少有認得你的，你去投奔阿誰？」後來宋四公給侯興的信中又說：「這漢與行院無情，……我喫他三次無禮，可千萬勸除此人，免爲我們行院後患。」此處所謂「行院」，分明是做賊的人中的一種組織，不是妓院。馬致遠《任風子》雜劇：「你親曾見，做屠户的這些衏衏。」音釋：「衏音杭，衏音院。」所以「衏衏」即是「行院」。然則不光竊賊們有行院，屠户也有行院了。那麽行院究竟是什麽呢？《古今小説》注中道：「行院，猶云本行也。」一點不錯，車若水《脚氣集》引劉漫塘的話，説：

「向在金陵，親見小民有行院之説。且如有賣炊餅者自别處來，未有其地與資，而一城賣餅諸家，便與借市，某送炊具，某貸麪料，百需皆裕，謂之『護引行院』，無一毫忌心，此等風俗可愛。」

可見行院乃是同業的一種組織，各行都有，藝人自然也有。走江湖的藝人，到一個地方演出，就有當地的「行院」，幫助他們安排演出或居住的地方和用具，這是可以從《脚氣集》的記載推想得到的。凡伎藝人等所謂的「行院」，主要是這個意思。至于注解中把「行院」分爲兩種意義，指出「有時又作妓女解」，這種分析却是非常精密和細緻的。用團體會社的名稱來稱團體會社中的人，是元明之間常見的一種語言習慣。舉例來説，譬如《水滸》第二回中稱高俅爲「圓社高二」。當時方言，稱踢毬爲「踢圓」〔三〕，「圓社」就是毬社〔四〕。但這裡「圓社高二」的「圓社」，却是踢毬人的意思，與《金瓶梅》第十五回「見三個穿青衣黄板鞭者，謂之圓社」、「打發衆圓社吃了」、「次教桂姐上來與兩個圓社踢」諸語中的所謂「圓社」相同，行院中人物之稱爲「行院」，也是同樣的道理。所以注解中的這種意義上的分析是非常精當，而且完全必要的。

但也有不必要區别，而强作分别的，如三十四回的「紅頭子」。注解中説：「這裡是『草寇』之類的意思；下文『點撥紅頭子殺人』，是『嘍囉』之類的意思。」這種區别，却是多餘的。宋元間凡緑林中人，習慣都裹紅巾。周密《齊東野語》卷十二有一則敍述宋代雜劇，非常有趣：

「一日內宴，伶人衣紫而幞頭忽脱，乃紅巾也。或驚問：『賊裹紅巾，何爲官亦如此？』傍一人答云：『如今做官的，都是如此。』……」

諷刺封建官僚，可謂痛快淋漓，而「賊裹紅巾」這句話，正可以證明當時的强盜都戴紅巾的情形。這就是爲什麼宋元小説如《京本通俗小説》、《水滸》等凡寫强盜總是戴「乾紅凹面巾」〔五〕，而元曲中寫强盜也都戴「茜紅巾」〔六〕了。這是當時緑林人物的裝束，首領如此，嘍囉也如此。所以，「紅頭子」卽是「强盜」，不必强分爲「草寇」和「嘍囉」兩義。

孤老，第四回注中説：「就是妓女或幫閒所倚靠的人。」這樣解釋，我覺得也不很妥當。簡單地説來，「孤老」就是「官人」，江湖上的切口管「官人」叫「孤老」。翟灝《通俗編》引《江湖切要》：「官曰孤老。」官，從唐以來——也許更早些——俗語都稱爲「官人」。劉禹錫詩：「君看兩三年，我作官人去。」韓愈《王适墓志》：「一女憐之，必嫁官人，不以與凡子。」又張端義《貴耳集》：「御前雜劇三官人：一曰京尹，二曰常州太守，三曰衢州太守。……」「三官人」就是三個官。但後來官人又漸作爲一般男人的尊稱，雖然不做官的人，也可以稱爲官人了。如《水滸》中的「西門大官人」、「柴大官人」等是，而妻子對丈夫一般也稱爲「官人」。這和不做宰相的人也可稱「相公」是同樣的情形。宋元之間，兩義並存。所以「孤老」在當時也應該有兩種意思：一是「官」。所以元曲中扮官的脚色叫「裝孤」。元曲的所謂「孤」，前人不得其解，往往望文生義，亂加猜測，其實只是江湖上的一句切口。另一意思卽是普通的所謂「官人」，如《水滸》此處的「孤老」就是。其實我們只要把這裡「我女兒常對他孤老說提轄大恩」和下文「這個便是我兒的官人趙員外」兩句對照一下，也就不難看出「孤老」就是「官人」了。凡妓女、幫閒人等都喜用江湖上切語，所以他們常叫他們的靠山爲「孤老」，但却並不能就此説「孤老」即是「妓女或幫閒所倚靠的人」的名稱。

屬于江湖上切語的，還有第六十七回的「塔墩」。《通俗編》引《江湖切要》云：「坐曰打墩。」「打」與「塔」聲音相近，所以「塔墩」即「打墩」。此處「那漢子手起一拳，打個塔墩」，「打個塔墩」就是打得跌坐在地上的意思，南方土話叫「坐臀樁」。注解中云：「猶言摔了一交」，似尚嫌太泛。

此外還有幾條，我覺得也不無可以商榷之處。但因恐文字太長，所以不再逐一論列了。整理和研究中國古典文學中的語言，原是一項繁重的工作。尤其是方言俗語，很難找到現成的材料。在這種情況下，新出《水滸》中的一百餘條注解，實在值得我們格外的重視。這也就是我所以要寫這篇小文章的原因。上面只是我個人的一點意見，提出來供編者和讀者參考。自分讀書有限，不敢便以爲一定正確。最後，我熱誠地希望：在這部書再版或者百二十回本印行的時候，我們能看到更詳盡更精確的注解。

〔一〕藝人往往以所業爲名，如《武林舊事》所載撮弄雜藝有「渾身手」，傀儡有「盧金線」、「張金線」，角觝有「曹鐵拳」等。

〔二〕見卷三「西湖遊幸」條。

〔三〕見《金瓶梅》第十五回。

〔四〕陳元龍《格致鏡原》引《事物紺珠》：「球會曰圓社。」

〔五〕《京本通俗小説》，如《錯斬崔寧》一篇中描寫静山大王。至於《水滸》本書中，則第二回寫陳達，第五回寫周通，此等例子，到處都有，多不勝舉。

〔六〕如高文秀《黑旋風》中描寫李逵，無名氏《争報恩》中描寫梁山泊好漢。

（載一九五三年六月三日《光明日報》）

論睢景臣〔一〕的《高祖還鄉》〔哨遍〕

《太平樂府》卷九選録睢景臣的一個套數：〔哨遍〕《高祖還鄉》。這個套數，曾經得到鍾嗣成的推重，被譽爲「製作新奇」〔二〕。凡是讀過睢景臣原作的人，再來對照這一評語，就一定會感覺到：評語包含的實際意義，要比其單從字面上給與人的一般的印象，精深得多，透闢得多。

睢景臣在元曲家中是一個作品較少的作者。《録鬼簿》説他曾寫有《楚大夫屈原投江》等三個雜劇，《揚州府志》著録《睢景臣詞》一卷〔三〕。然而即使這一點作品也只剩下一個目録了。我們現在所能看到的他的全部著作，已經不能多於零星散見在各書中的有限幾首散曲。儘管如此，睢景臣作爲一個優秀的元曲作家的名字，却無疑是令人難於遺忘的。他的《高祖還鄉》，不僅壓倒了當時文人們的所有擷取同一題目寫成的套曲〔四〕，而且就令放在全部元曲中間，它也是一篇能充分而且具體地標示出作爲一種新興的詩體的元散曲在藝術上思想上所曾達到的高度的作品。無論從認識意義上來看，或從美學價值上來看，這個套數都遠非另外一些吟風嘲月的散曲家的作品所能比擬。

《高祖還鄉》向來被認爲是一個描寫歷史事件的作品，這無非因爲劉邦是一個古代的統治者，關於他還鄉的事跡，也能够在史籍中找到一點根據。歷史記載，劉邦在做皇帝以後的第十二年十月，確曾因鎮壓淮南王英布的反叛凱旋，回到他的老家沛縣。他在沛宫置酒招待了「父老子弟」。酒酣耳熱，他自己擊筑，歌「大風起兮雲飛揚」云云，教沛中兒童一百二十人一齊習唱。後來又聲明永遠豁免沛地居民的賦役。一共停留了十餘天，沛縣「父兄」再三挽留不住，全城出去送行。臨行又張飲了三日……〔五〕。一句話，作品所描寫的事件是見於信史的。但是，縱然歷史上有關於漢高祖還鄉的記述，縱然作者在寫作這一作品時也無可置疑地在一定程度上接受過歷史記録的提示，我們仍然無法把睢景臣的這個套數，和一般真正建立在歷史題材上的作品相提並論。

必須説明，使我們採取這樣的看法的原因，不在乎其中的故事和歷史記録之間有着一些出入。以歷史爲題材的文學作品，並不等於歷史著作，作者有權應用自己的生動而豐富的想像來補充歷史材料的不足。文學的真實，並不排斥想像。文學必須真實，那就是説，必須和歷史發展的客觀規律，和社會歷史現象的本質相一致。對於一個文學家，重要的是怎樣來發掘和把握歷史事件的實質，它的根本的決定的方面。他決不能只以描寫「事實」——消極地記録一些表面的偶然的現象爲滿足。固然，歷史文獻裏並没有提到沛中居民對於劉邦的憎恨，但是如果我們從封建社會中統治者和被壓迫、被剥削的人民在階級關係上是對立的這一觀點來看，則當時有這樣的人物出現，完全不是不可能的。在階級矛盾制約之下的一個古代統治者和人民會見的場面中，人民胸中會爆發出强烈的仇恨，這是非常自然的事情。明確一點説，人民對於統治者懷有深刻的仇恨，這在階級社會中是更其典型的現象，這種現象比起統治階級經常所粉飾的什麽「與民同樂」、「君愛民親」等等來是更能真實地反映封建社會階級矛盾的實質的。因此，我們斷然不能因爲這裏所描寫的主角對漢高祖的那種敵對的態度，和歷史記載中劉邦與「父老子弟」之間的融洽情况不符，就聲言作品的内容已經違反了真實的歷史。

然而《高祖還鄉》這一套數，我們却很難直截了當地把它當作一個單純是描寫歷史人物故事的作品來看待。誠如我們上面所指出，故事是有着一些史料上的根據的。但是，每一讀者閱讀這個作品時，都會不自禁地產生這樣一種感想，就是：作品所描述的與其説是一個漢代的故事，倒毋寧説是一個元代的故事更爲恰當。只要看，如果我們從作品的標題中和曲子的最後一行，抹掉「漢高祖」的字樣的話，我們就會馬上失去了全部足以辨别這裏所描寫的究竟是不是一個漢代的故事的根據了。這是什麽道理呢？這是因爲作者在故事中的人名以及這一事件的原委上，雖然借用了一點歷史的因由，然而在作品的某些重要的方面，却更多地直接採用了當時現實生活中的新鮮的事物的緣故。

這對於幫助我們理解這個作品的思想構思來説，無疑是有極其重要的意義。從作品的總的精神來看，它事實上是面對着作者的自己的時代的。作者所描寫的對象，主要是現實的生活，而不是歷史。正惟如此，所以在作品中展示出來的農村，一望而知是一個元代的農村，所刻劃的統治者，也儼然是元代統治者的面貌。

【哨遍】一開始描寫了劉邦回鄉的消息到達農村中時的情形：

社長排門告示：但有的差使無推故。這差使不尋俗。一壁廂納草也根，一邊又要差夫索應付。又言是車駕，都説是鑾輿，今日還鄉故。……

這裏的農村，在主要的特點上，表示出一個元代農村的情景。元代的統治階級爲了貫澈對於廣大農民羣衆的統治，在全國農村中建立了稱爲「社」的一種組織，把所有的農民，都編制在「社」中。元世祖至元七年下令縣邑所屬村疃，凡五十家立一社，擇年高曉農事者一人爲社長。增至五百家者，則别設社長一員。不及五十家者，與附近村分合爲一社。其合爲社者，仍於酌中村内選立社長〔六〕。社長是統治階級的耳目和鷹犬，元代的統治階級通過村社，通過社長，來加强統治，監督耕種，搾取賦税，吮吸人民的膏血〔七〕。「排門告示」也卽所謂「排門粉壁告示」〔八〕。這是元代農村中出告示的一種特殊方法，其法於村坊及各家門首立一「粉壁」，如有告令，則書於其上。而科斂之時，也用同樣方法通告〔九〕。由此可知，曲中所描寫的「社長排門告示」，分攤差法，確是元代統治階級剥削農民的實際步驟。

對於同時代的讀者，這作品一起頭展開在他們面前的，並非一個古代的鄉村，而是他們舉目就能看到的，乃至日夕生活於其中的那個現實環境。那個慣於爲虎作倀的社長，那種誅求無饜的勒索，一切對於他們是那樣清楚，那樣熟悉。而這種熟悉的感覺，當他們繼續再往下念的時候，將會有增無已。

作者在刻劃了一些趨炎附勢的準備「接駕」的有趣的醜態之後，接着就開始描寫劉邦的到來：

【耍孩兒】瞎王留引定火喬男女，胡踢蹬〔一〇〕吹笛擂鼓。見一颩〔一一〕人馬到莊門。匹頭裏幾面旗舒：一面旗白胡闌套住箇迎霜兎，一面旗紅曲連打着箇畢月烏，一面旗鷄學舞，一面旗狗生雙翅，一面旗蛇纏胡蘆。

【五煞】紅漆了叉，銀錚了斧。甜瓜苦瓜黃金鍍。明晃晃馬鐙鎗尖上挑，白雪雪鵝毛扇上鋪。這幾個喬人物，拿着些不曾見的器仗，穿着些大作怪衣服。

【四】轅條上都是馬，套頂上不見驢。黃羅傘柄天生曲。車前八箇天曹判，車後若干遞送夫。更幾箇多嬌女，一般穿着，一樣粧梳。

這裏從一雙陌生的眼睛中，如畫地描述了一大隊頗爲鋪張的所謂「儀仗」。所有這許多器仗，都不是沒有根據的。值得我們特別注意的是，它們所依據的完全是元代當時的鹵簿制度。如果我們能够把元代的儀仗，和這裏所描寫的隊伍作一比較的話，我們將會發現後者之於前者，是完全符合的。

我們知道，元朝的設置拱衛儀仗，開始於中統元年九月。到至元八年，又造內外儀仗。英宗碩德八剌卽位，制定鹵簿，大駕三千二百人，法駕二千五百人〔一二〕。意思說，每一次蒙古統治者出行，都須要組織成一個數千人的儀衛隊，來替他裝場面。曲子中：「見一颩人馬到莊門」，寫出了這種排場。

儀仗的前行是一幫「胡踢蹬吹笛擂鼓」的人物。這是指馬鼓隊和金鼓隊。元代儀仗中有馬鼓隊。所謂馬鼓，鞶勒、後勒、當胸，都綴以紅纓拂，銅鈴、杏葉鉸具，金塗釦，上插雉尾。馬上負一四足小木架，架上放華鼓一面。一人前引。凡「行幸」之時，負鼓於馬以先馳，與纛並行〔一三〕。金鼓隊也在外仗的頭上，隊中有鼓、鉦、角各二十四人〔一四〕。所以這裏有「吹笛擂鼓」的形容。

在描寫那些繼之而來的「浩浩蕩蕩」的旗仗的時候，作者巧妙地通過人物的觀感的折光，來給統治階級目爲神聖不可褻瀆的儀仗以一個毀滅性的嘲弄。雖然幾百年以後的今天，我們確乎已經不大容易弄清楚這裏所寫的究竟是些什麽古怪玩意兒了，但是那些同時代的讀者，那些曾經親眼看見過他們的統治者出來的場面的人們（説詳下），當他們閲讀這一作品的時候，對於作者筆下的一切，却自然是「會心不遠」的。

迎頭兩面旗上畫着：「白胡闌套住箇迎霜兔」、「紅曲連打着畢月烏」。「胡闌」猶言「環」，「曲連」猶言「圈」，這叫做「切脚語」〔一五〕。白環套一兔，這是二十八宿旗中的「房宿旗」。元代「外仗」「二十八宿後隊」中，在氐、危兩宿旗後，有「房宿旗」，與「虚宿旗」左右並列，旗後各有執弓者五人隨從。「外仗」中的「房宿旗」，上「繪四星，下繪兔」〔一六〕。

「畢月烏」也是傳説中的二十八宿之一〔一七〕。元代「外仗」中，「畢宿旗」在「二十八宿前隊」鬼、觜兩宿旗之後。「柳宿旗」居右，「畢宿旗」居左，旗後各有五個執盾的人相從。「外仗」中的「畢宿旗」上的圖像是：「上繪八星，下繪烏。」〔一八〕

「房宿旗」、「畢宿旗」之後，緊跟着的三面旗：「鷄學舞」是「鳳旗」，「蛇纏胡蘆」是「黄龍負圖旗」，「狗生雙翅」是「飛黄旗」。「飛黄旗，赤質，赤火焰脚，形如馬，色黄，有兩翼。」〔一九〕一頭插翅的黄色怪馬，在我們這個天真而直率的人物看來，不過比田塍上奔馳着的野狗多長兩個翅膀而已。——這三面旗都排在外仗的「諸衛馬前隊」中。

打旗之外，又有人執仗。前列叉、斧，後列「甜瓜苦瓜黄金鍍」就是所謂「卧瓜」與「立瓜」。「卧瓜，制形如瓜，塗以黄金，卧置朱漆棒首。」「立瓜，制形如瓜，塗以黄金，立置朱漆棒首。」槍尖上挑馬鐙，俗呼「朝天蹬」，當時則稱爲「蹬仗」。其制爲「朱漆棒首，標以金塗馬蹬」〔二〇〕。此外還有鵝毛鋪的羽扇，大概指「雉扇」。——這一些也同樣是元代鹵簿中實有的東西。

儀仗一隊隊過去，最後乘輿到來了。

「轅條」和「套頂」都是元代車輅上的裝備。轅條是車前的平衡木〔二一〕，套頂是車上的靷革〔二二〕。「黄羅傘柄天生曲」指「曲蓋」。元代儀仗中的曲蓋，制作和華蓋相仿。緋瀝水，繡瑞草，曲柄，上施金浮屠。據傳説，這種曲柄傘是吕尚所創始的〔二三〕。

在元代「崇天鹵簿」中，又有「導駕官」隊伍，以御史大夫、御史中丞、侍御史、翰林學士、中書侍郎、黄門侍郎等組成，這裏所謂車前的「天曹判」，大概就是指他們。另外又有「殿中導從隊」，執香案、交椅、水盆、唾盂、净巾等物隨從，這無疑就是車後的「若干遞送夫」了。

末了，曲中還有「幾箇多嬌女」，在元代的儀仗中没有記載。照例，皇帝出行，身旁帶着嬪御，這應該是極其偶然的了。然而，事實告訴我們，元代皇帝每年「行幸」，除了扈從的官員軍士之外，是經常有妃嬪隨行的〔二四〕。

上面這些事實，可以充分説明，作者在這個作品中的一切描寫，完全是根據元代的制度，亦即作者生活着的當時的制度，而並不以歷史的情況爲準則。故事雖在外表上懸掛着一個歷史的幌子，而骨子裏整個的精神，則是直接面向活生生的現實的。代替漢代的沛都，作者描繪了一個當時的農村；在劉邦的名義下，作者刻劃了一個元代統治者出行的場面。不瞭解這一點，就會對於這一作品的現實的門争意義估計不足。

作品通過一個人物的觀感，寫出了劉邦回到沛中時的情形。古代皇帝每一次出來，都要擺列他的一套所謂「儀仗」。這些「儀仗」，貌似文物，實寓武備。作用據說有兩種：「一以明制度，示威等；一以慎出入，遠危害。」〔二五〕説穿了，就是防衛和嚇人。統治者一方面害怕人民，一方面又企圖利用這些古怪的旗幟武器，造成一種威嚴、神秘的氣象，使人們畏懼他，尊敬他。然而那些生長在農村中的人們的心地是樸素的，他們對於這些裝神弄鬼的東西，不用説，非常陌生。在一個毫無所知的人的面前，統治階級的一切爲了嚇唬老百姓而採取的僞裝、排場，於是便全部失去效用了。當讀者看到統治階級化了許多心血，根據那些其實是非常平凡的事物，裝點起來的「仙禽神獸」，都被還原爲鷄、狗、雀、蛇的時候，當讀者看到統治者的一切莊嚴、神聖的僞裝都被拆穿，而顯示出其可笑、荒唐的原形的時候，都會情不自禁地感覺一陣痛快。這種「還神奇爲臭腐」的諷刺手法，是辛辣的，是意味深長的。

然而作者的無情的揭露，並没有停止在這裏。他接下去把他的作品中的主角寫成一個曾經和劉邦一起生活過、有過密切的交往的人。他熟悉劉邦的身世和爲人。但是這個曾經屢次得到他濟助的劉邦，一旦做了皇帝之後，便立刻背棄了他們，向他們這樣那樣地壓榨和逞威，把他們踩在脚底下。當這時候，他的憤怒是無法抑制的。他以無比的憎恨，揭露了劉邦過去的面目：游惰貪杯，到處勒借，甚至偷竊。統治者——他無非是一個無賴，作者通過他的人物，向人們這樣宣告。

這一宣告是有力量的。因爲對於一切腐朽的階級來説，揭露其廬山真面，也就是對於他們的一種入骨的諷刺。作者用筆尖輕輕地挑開了封建帝王的面幕，讓大家仔細認一認他們的醜惡的嘴臉，人們在一瞥之後，立刻就看清了平時騎在他們頭上的「神聖」「威嚴」的人物究竟是怎樣一個闒茸的脚色，於是一陣滑稽之感便鑽進他們的心裏去，使他們發笑。在他們的笑聲中，封建皇帝的崇高的寶座便倒塌下來了。他開始從高不可攀的位置上摔下來，結結實實地跌在地上。他的美麗的華衮被褫去了，他的全部卑劣平庸的本質被赤裸裸地暴露出來。封建統治階級的虛僞「人格」，頓時全部破産。

毫無疑問，這種尖鋭的暴露，是對封建統治階級的一種潑辣的叛逆精神的表現。

每一讀者都可以很清楚地感覺到：作品中對於漢高祖的憎恨是非常强烈的，對於一切儀仗等等的挖苦是非常刻薄的。然而事實上，這裏所挖苦的，正是元代統治者的儀仗，這裏的那種强烈的憎恨，也同樣是向元代的統治者投擲出去的。作品中所描寫的那種對劉邦的深刻的痛恨，事實上正體現着作者反抗元代統治的情緒。而他這種反抗情緒的堅決猛烈，也完全可以從人物憤激的心情中來得到説明。

任何時代的封建統治階級，都不容許人民反對自己。他們經常用各種血腥的手段來鎮壓人民的反抗。在封建反動勢力殘酷地統治着的社會中，文學家爲了堅持他們的鬥争，爲了矇蔽敵人的眼睛，使他們的抨擊剥削壓迫制度的作品能够存在，就不得不採取各式各樣曲折迂迴的鬥争方式。雖然從歷史上看來，元代的異族統治者似乎還没有完全學會使用大興文字獄的方法，來加强對於知識分子的壓迫和統治，但是任何時代的統治剥削階級，都幾乎會本能地懂得封閉自由言論的必要性。這些階級的反人民的本質規定他們必須這樣做。所以元代的法律上也凶狠地寫着：

「諸亂言犯上者，處死，仍沒其家。」

「諸妄撰詞曲誣人以犯上惡言者，處死。」（《元史·刑法志》三「大惡」）

「諸亂制詞曲爲譏議者，流。」（《文史·刑法志》四「禁令」）

這就是籠罩在元曲家頭上的嚴密的封建文網。誰要是敢對當時的黑暗統治表示一點不滿，誰就會得到兇惡的鎮壓：充軍，以至殺頭。他們的生命和安全遭受着嚴重的威脅。處在這樣惡劣的條件下的睢景臣，惟一的辦法，只有讓自己的作品披上一件歷史外衣。聲東擊西，把敵人引導到古代去。這樣，他以歷史故事做烟幕，向元代的統治階級射出了狠狠的一箭。

漢高祖還鄉的故事，在元代是一個相當流行的題材。稍前，雜劇中有白樸的《高祖歸莊》〔二六〕，張國賓的《高祖還鄉》〔二七〕。在睢景臣作這一哨遍的當時，揚州的曲家們也正紛紛熱烈地在編寫《高祖還鄉》的套數。這一題材之所以會那樣流行，決不是一個偶然的現象。依照我個人的看法，它是和元朝統治者每年往回於上都大都之間的事實聯繫着的。上都卽開平，是元世祖忽必烈早年未做皇帝時駐居之地。中統元年，忽必烈卽在此處自立爲帝。其後建都燕京（大都），開平府「以闕庭所在，加號上都，歲一幸焉。」〔二八〕從此，元代歷朝的皇帝照例每年於春天去上都，秋末還大都。元代的人民，每年總可以看到一次統治者的往還。由於這一事實的刺激，使漢高祖還鄉的故事，在元曲中風行起來，這在我看來是可以理解的。自然，所有以高祖還鄉故事爲題材的作品，在作者對待歷史，對待生活的態度上，決不會完全相同。因此，這些作品所具有的意義，也各不一致。但無論如何，其中只有睢景臣的這一套數能够禁受得起時間的嚴峻的考驗，現在却早已由事實證明了。

在這裏，我們必須反對一種褊狹的看法，即那種企圖指睢景臣筆下的漢高祖爲影射元代某一個個別統治者的傾向。一定要説這裏的漢高祖就是某宗某帝，是没有多大意義的。元代有没有嚴格相同於這裏所描寫的劉邦那樣的皇帝，對於這個作品來説，問題並不重要。因爲就作品所揭露的剥削、虚僞、欺詐、無賴、作威作福等可鄙的本質而論，幾乎所有的統治者都是同樣的。在元代那樣的封建社會中，一個作者能够把帝王的醜惡本質暴露出來，並對之表示深刻的憎恨和鄙視，這種行爲的本身就意味着一種勇猛、大膽的反抗。

這種反抗，這種對於統治階級的憎恨和鄙視，在睢景臣的作品中，是通過了具體的人物、人物的具體思想感情表現出來的。睢景臣在這裏卓越地攝取了一個古代統治者和人民會見的鏡頭，一個剥削壓迫階級的首領和被壓迫被剥削者會見的鏡頭。當雙方正式覿面的一刹那，封建社會的深刻的矛盾，便以最鮮明、直接的形式表現了出來。在激烈的矛盾和衝突之中，人物的精神面貌，便得到了充分的全面的展開。作者用全力刻劃了他對劉邦的憎惡、憤恨和鄙夷。正是通過這一出色的形象，表現出了作者自己對於元代統治階級的完全對立的態度。

也有人舉出作品中的一些個別的字句和情節，來給睢景臣筆下的這一人物劃定成份。曲文中説：「春採了桑，冬借了俺粟，零支了米麥無重數。換田契强秤了麻三秤，還酒債偷量了豆幾斛。」能有「幾斛」糧食借給別人，這難道還不是一個闊人麽？於是就得出了結論：睢景臣在這裏塑造了一個富豪、一個地主的形象。

顯然，要爲這一人物劃階級，還可以找到其他的根據：「曾在俺莊東住，也曾與我喂牛切草，拽垻扶鉏。」〔二九〕看，甚至他還是一個僱傭着長工的莊主呢。但是，當我們研究分析一個文學作品中的人物形象的時候，我們究竟是首先應該深入到人物的豐富的精神世界中去全面地把握包含在這一形象裏面的廣闊的社會生活内容呢，還是應該讓自己的眼光局限在一些個别的情節上，從而摭拾一些個别的孤立起來的情節和字句，來替人物訂製劃分階級成份的標簽呢？我們到底還是應該當作一個整體地去考察人物的全部品質、思想和行爲，看他在一定的具體的歷史條件下客觀上究竟反映了怎樣的社會力量和怎樣的社會鬥争呢，抑或可以滿足於檢驗人物的出身和貧富，簡單地根據出身和家私來鑑定人物形象的階級性質呢？

馬克思主義的歷史唯物論教導我們，要研究和分析一個問題，必須把握事實的總和，必須從問題的歷史聯繫方面去考察。不把握事實的總和，及不從問題的基本歷史聯繫來考察，就會將問題的實質迷失在枝枝節節的現象之中。研究和分析一個文學作品，同樣也應該遵循這一原則。所以對於文學作品中人物性格的考察和分析，也必須注意這一性格的總的根本的精神，也必須從性格中所反映出來的具體的歷史社會内容去着眼。

當我們閲讀《高祖還鄉》的時候，這一人物首先給與我們的印象是：他非常純樸，並且很坦率。他對統治階級的一切虛僞的儀制，一無所知。他好奇地凝望着他們，並且給自己作出種種天真的解釋。儘管在客觀上他一針見血地道破了這些儀仗的真相，但這並非他的本意。在他，則確乎是深深地在困惑着的。當他憤怒起來的時候，他是梗直的、直率的。他毫不顧忌地揭發一個封建皇帝的猥瑣的真面目。他絲毫不因爲對方是一個皇帝而略有恐懼、忌憚。這種樸實、天真、坦直、倔强、勇敢的精神，正是古代勞動人民的最優秀的品質。不言而喻，這些品質在朽腐的剥削壓迫階級中人的身上，是不容易找到的。

這裏有一點特別值得我們注意：作品中突出了這一人物對於統治階級的憎恨和蔑視。這種感情，在整個作品中，不獨非常鮮明，非常强烈，並且成爲一個基調貫串着全篇。而這種憎恨和蔑視的主要集中之點，則在統治者的劉邦的身上：

【三】那大漢下的車，衆人施禮數。那大漢覷得人如無物。衆鄉老屈脚舒腰拜，那大漢那身着手扶。猛可裏抬頭覷，覷多時認得，險氣破我胸脯。

【二】你須身姓劉，您妻須姓呂。把你兩家根脚從頭數：你本身做亭長躭幾盞酒，你丈人教村學讀幾卷書。曾在俺莊東住，也曾與我喂牛切草，拽埧扶鉏。

「根脚」就是根抵，身世，履歷〔三〇〕。當他發見眼前耀武揚威，作威作福，强迫他們跪拜迎接的傢伙，不是別人，就是過去村中曾與他「喂牛切草，拽埧扶鉏」的那個酒徒劉季的時候，他立刻發怒起來。在憤恨之中他揭發了劉邦的「根脚」：他過去平庸的歷史和鄙劣的行徑。特別當他想到劉邦就是那樣一個不務正業的無賴漢的時候，屈辱的感覺格外使他暴怒：

【尾】少我的錢差發內旋撥還，欠我的粟稅糧中私准除。只道劉三誰肯把你揪捽住？白甚麽改了姓，更了名，喚做漢高祖！

以前的撒賴訛借，現在變成了名目堂皇的賦稅；以前的流氓，現在竟然連名姓都不許人叫了。在那嚴正的抗議之中，包含着深深的蔑視和憎恨。

這種蔑視和憎恨，也並不只限於對劉邦一個人。他同樣嫌惡痛恨那些統治者的爪牙，卑鄙的獻媚者，並用一切能够找得到的詞彙來詛咒他們：

王鄉老執定瓦臺盤，趙忙郎抱着酒葫蘆。新刷來的頭巾，恰糨來的紬衫，暢好是粧么大戶！

「忙郎」有些地方也寫做「芒郎」、「萌兒」或「芒兒」。宋元間俗語，稱牧童爲「芒兒」〔三一〕。王鄉老和趙忙郎，是鄉間個別刻意趨奉巴結的人，他們聽到了皇帝將要到來的消息後，就馬上穿戴起來，捧着酒具食器，準備逢迎一番。我們的主角在看到他們這種熱亂情形時，不由從心裏鄙夷他們：「暢好是粧么大户！」「粧么」，徐渭《南詞敘録》云：「猶做模樣也，古云作態。」這是多麽尖鋭的一種譏諷！

瞎王留引定火喬男女，胡踢蹬吹笛擂鼓。……這幾個喬人物，拿着些不曾見的器仗，穿着些大作怪衣服。……

這裏的王留，自然也是一個村人〔三二〕。然而他竟然昧心充當統治者的爪牙，給他們帶路。由於痛恨，咒他眼「瞎」。「男女」是人的賤稱，奴僕對主人往往自稱「男女」。駡人則有「狗男女」、「喬男女」。「喬」的意思是：滑稽，矯飾，虛僞。同樣，也是一個詛咒的字眼〔三三〕。從這裏「瞎王留」、「喬男女」、「喬人物」等刻毒的咒罵中，我們也可以清楚地感覺到一種對統治階級中人的深惡痛絶的感情。氣質上的純樸、真率、耿介，以及那種對於統治階級的毫不掩飾的憎恨和嫌惡的思想感情，構成了這一人物的全部明晰而富於色彩的精神面貌。應該説，在這一人物的性格中，作者已經集中地表現了被壓迫階級中人的精神氣質上的一些重要的方面了。

這一人物的思想和感情，不獨與統治階級中人全然異致，而且也是根本和他們的要求不相適應的。統治階級要求大家擁護他們，這裏所有的却是嫌惡和憎恨；統治階級要求人們像敬仰神一樣地遵敬崇拜統治者，而這裏所有的却是露骨的鄙夷和仇恨！從一個站在統治階級立場上的人看來，這難道還不是「大逆不道」嗎？這難道還不是對封建秩序的一種嚴重的否定嗎？在元代那樣的封建社會中，這種對統治階級的强烈的反抗意志，是不可能理解爲不與農民從事鬥争的歷史經驗血肉相連的。

從表面上來看，我們的主角之所以那樣憎恨劉邦，誠然好像只是爲了個人的恩怨和意氣。他們過去那麽熟悉，可是劉邦却並不顧念故交，「覷得人如無物」，差點兒「氣破」了他「胸脯」，於是乎他破口大罵。然而，這樣的瞭解顯然是表面的，是並没有抓住問題的實質的。我們知道，一切現實主義藝術中的人物形象，都是包含着一定的歷史社會內容的。他們都「代表了一定的階級和傾向，因而也代表了當時一定的思想。他們行動的動機不是從瑣碎的個人慾望裏，而是從那把他們浮在上面的歷史潮流裏汲取來的。」〔三四〕因此，把《高祖還鄉》中的這一人物的行爲理解成不過出於個人的恩怨、意氣，實際上也就是貶低了睢景臣所創造的藝術形象的典型意義，因而自然也就看不見表現在這個作品中的飽滿的現實主義精神。

歷史告訴我們：元代政治的黑暗和殘暴是驚心動魄的。廣大的人民墮入了非常悲慘的境地。以蒙古統治者爲首的元代統治階級，向勞動人民進行了無休無止的搜括。課税，科差，形形式式的急征暴斂，都加到農民的頭上。蒙古貴族和他們的色目幫凶，到處横行，任意侵佔民田。僧侶和漢族地主，也勾結官方，參加了這一掠奪，「濫官污吏」的貪酷暴虐，斡脱官錢的無情盤剥，這一切迫使廣大農村中的勞動羣衆陷於貧困、破産和死亡。當他們實在無法生存下去的時候，就只有起來鬥争。從那元初到元末一刻也没有中斷過的武裝鬥争中，表現出中國古代勞動人民的光榮的戰鬥傳統。

作者睢景臣的生平，已不能詳。但我們尚能知道他活在鐵穆耳統治的大德時代〔三五〕。號稱爲「幾於至元」的「大德之治」，究竟是怎樣一個「太平盛世」呢？只要看一看下面這個數字，就可以知道那些貪污狠毒的官吏們在怎樣搜括和蹂躪人民了。光是大德七年一年中，因爲貪濫過甚而不得不加以黜免的官吏就有一萬八千四百七十三人，查獲的贓銀共計四萬五千八百六十五錠，被發現的寃獄達五千一百七十六起〔三六〕。在這樣腐敗黑暗的政治下，全國各地普遍發生災荒：水災、旱災、蟲災、蝗災、火災、河決、地震、山崩，以及風雹霖雨之災，連續不斷。即以作者故鄉揚州一地而論，大德元年至六年之間，無一年不在天災襲擊之下。或大旱，或蝗災，或旱蝗兼之。大德九年揚州大水，又釀成嚴重饑荒〔三七〕。總之，一片天災人禍，民不聊生。所以連過去封建時代的歷史家也不得不承認「大德」時代「饑毀薦臻，

民之流移失業，亦已多矣。」〔三八〕

蒙古統治階級的長時期的瘋狂掠奪和壓迫、「權豪勢要」的專橫欺詐、官吏的貪暴淫虐，在元代農民的心頭積聚起來無窮無盡的憎惡、怨毒和仇恨。他們詛咒，他們抗議，他們深深地唾棄這羣「吃倉廒的鼠耗，咂膿血的蒼蠅」（借用雜劇《陳州糶米》中語）。所有這個歷史時期中的農民的這一些思想感情，都集中地强烈地反映在睢景臣所創造的藝術形象裏。

我們不能輕視這種對統治壓迫階級的憎恨、抗議和蔑視的力量。正是這種思想、這種感情，推動着當時的農民，起來和壓在他們頭上的黑暗統治作誓死的鬥争。在鐵穆耳朝，在這個蒙古帝國的全盛時期，人民的武裝反抗，雖然暫時還只限於個別地區，但是最後大規模的農民起義，無疑早已在醖釀着了。因爲蘊蓄在全體勞動人民心中的那種仇恨和怨毒，最後必然會引導到農民起義的總爆發，必然會匯合成一股洪流，衝倒這一空前的蒙古大帝國。由此可見，《高祖還鄉》中的這一人物性格，實質上反映着元代農民的鬥争精神，反映着他們的力量。從這一性格中，我們可以清楚地感覺到元代農民鬥争的强壯的歷史脈搏。

當這樣來估計我們的作者所創造的人物的意義的時候，我們同時也不會忘記：元代是一個蒙古入主中國，漢族人民遭受着空前野蠻的壓迫和歧視的時代。在這個歷史時期中，階級壓迫和民族壓迫扭結成一條索子，勒緊着人民的頸項。因此，在元代，階級鬥争的旗幟和民族鬥争的旗幟，始終是一致的。當我們瞭解了這一點，當我們瞭解了所謂元代的統治者，實卽蒙古征服者的時候，我們自然也就不難想到，對于一個封建帝王的仇恨和反抗，在當時，實在也就是對於異族統治者的仇恨和反抗了。由此可以明白，《高祖還鄉》之所以被認爲是一篇具有深刻人民性的作品，不僅由於它反映了被剥削的勞苦大衆的反抗精神，而且首先也正是因爲它和元代全體漢族人民反對蒙古統治的戰鬥意志密切地聯繫着的緣故。

《高祖還鄉》就是這樣在當時社會中的尖鋭的矛盾——階級矛盾和種族矛盾的基礎上産生的。作者睢景臣，和其他的許多優秀的元曲作家一樣，由於他在當時也是處在被壓迫的地位，在一定程度上和當時的廣大勞動羣衆有着一些共通的利害觀點，由於他能深入生活、正視生活，所以他能够正確地發掘現實中的本質矛盾，認識壓迫者和被壓迫者的關係，正確地把握人民在當時歷史條件下的思想感情、生活感受，從而把這種矛盾關係，這種人民的典型歷史經驗真實地反映出來。

作者在人物形象的創造上的高度技巧，自然也表現在另外一些方面。譬如，當作者在展開這一人物的性格的時候，他能够自始至終緊緊地掌握住人物的具體生活條件，心理特徵，和語言特色等等。《高祖還鄉》中所使用的語言是粗獷的，質樸的，明快的。這是農村中人的口語所特具的風格。作者除了强調被壓迫、被剥削羣衆性格中的素樸、直率、正直等特徵之外，正如我們上面所已經提到，他還掌握了他們由於文化教育上和經濟上一樣受到剥奪而來的見聞狹隘的特點。他們對於那些儀衛器仗，完全莫名其妙。胡適在《元人的曲子》一文中，抓住了這一方面，來對這個作品進行歪曲：

> 下面這一篇（按：指〔哨遍〕《高祖還鄉》），是一篇很妙的滑稽文學。《太平樂府》裏，這一類的套數

很不少，如卷九杜善夫的《莊家不識勾欄》，馬致遠的《借馬》，都是滑稽的文學，在中國文學中別開一生面。〔三九〕

給《高祖還鄉》以「滑稽文學」的惡謚，無視它和《莊家不識勾欄》之間的思想差別，實質上是惡毒地抹煞了這一作品的崇高的思想價值。睢景臣的套數和杜善夫的套數，在描寫「莊家」對於他們所不常見的事物的陌生心理這一方面，中間雖然存在着相似之點，但是在根本的精神上，二者却是全然異趣的。一個文學作品的是否具有很高的價值，不僅要看作者描寫什麽，而更重要的是要看他採取怎樣的態度來描寫。重要的問題不在描寫，而在乎這種描寫帶有什麽傾向。杜善夫的套數，對於反映北宋以來適應城市商業經濟的發展而形成的勾欄藝術的繁榮的意義，毫無問題是不容忽視的。但作者在對待農民的態度上，却表現出一種頑固而深刻的階級偏見。作者在描寫農民不認識勾欄的情形時，竭力宣傳、誇張農民的「愚昧無知」，對之作獵奇式的欣賞，把農民由於被殘酷剥削而造成的知識的貧乏，當作逗笑取樂的材料，並且用全副精神來醜化農民的形象：

則被一胞尿爆的我沒奈何，剛捱剛忍更看些兒箇，枉被這驢頹笑殺我！

在對農民的天真淳樸的性格的惡意歪曲中，不自覺地流露出一種優越感，一種頗帶一點市儈氣的沾沾自喜。這樣，就完全袒示出了市民意識中的落後的一面。作品的意義於是就被大大地削弱了。

《高祖還鄉》中也描寫「莊家」們對於統治階級中的事物的生疏。但在這裏，作者是從他們的真率、樸素出發，而不是從他們的「愚笨」出發。作者的愛憎是非常明顯的。這裏他把被壓迫被剥削的人民當作主要的正面的人物來描寫。作者以一種熱情的，幾乎是歌頌讚賞的心情，刻劃了他的心胸和氣概。在《高祖還鄉》中，洋溢着一種磅礴的正義感情。在《高祖還鄉》中，我們看見了封建時代人民正直的面影，聽到了他們的嚴正的抗議的聲音。人民的形象，被適如其分地描寫得非常天真，可愛。這種把被壓迫羣衆的精神上道德上的美積極地加以肯定的精神，是表現在許多偉大的中國古典作家身上的一種極其可貴的品質。

對於整個統治壓迫階級，他的態度便完全不同了。他嫌惡，他痛恨，他給與他們以無情的尖鋭的嘲笑和諷刺。這種諷刺的巨大力量，特别强烈地表現在統治者的虛僞面貌和被壓迫人民的純樸的性格的鮮明的對照之中。在這樣一個樸素而嚴正的人物的面前，統治者的行藏，于是乎越發令人覺得醜惡不堪了。

在階級對立的社會中，揭示被壓迫人民的精神上，品質上的無比的優越性，教導他們怎樣蔑視和仇恨統治階級，這也就是從精神上武裝了他們，鼓舞了他們鬥争的勇氣和信心。

優秀的古典文學作品，總是在現實的激烈的鬥争中産生的。而這些作品之所以成功，所以今天能進入偉大的文學遺産的寶庫，除了它們真實地反映了這些鬥争之外，也還因爲它們經常站在同情被壓迫者的立場上，反對那些朽腐的、反動的、罪惡的壓迫者剥削者的緣故。這樣，我們就完全可以解釋爲什麽《高祖還鄉》這一作品，能够這樣經久地被古今讀者所傳誦了。

任何時代的任何作家和作品，其生命之是否能久長，要看他扎植在人民中的根基的深淺來決定。

這一真理，我們在雎景臣這個篇幅雖小而流傳久遠的作品的具體例子上，再一次地獲得了證明。

〔一〕諸本都作「睢景臣」，惟天一閣本《録鬼簿》作『睢舜臣』，今從衆。

〔二〕鍾嗣成《録鬼簿》下《方今才人》篇「睢景臣」條：「維揚諸公，俱作《高祖還鄉》套數，公哨遍制作新奇，諸公者皆出其下。」

〔三〕《嘉慶揚州府志》卷六十二《藝文》，《集部・别集類》。

〔四〕參看注〔二〕。

〔五〕並見《史記・高祖本紀》、《漢書・高祖紀》。

〔六〕《元史・食貨志》一《農桑》，《元典章・户部》九「勸農立社事理」條。

〔七〕社長雖説爲勸農而設，然而實際上治安、差科等等，他都兼管。參看《元典章・户部》九「至元新格」條及「社長不管餘事」條。

〔八〕《元典章・聖政》二「明政刑」：「追獲賊人段丑厮等妄造妖言，煽惑人衆。已將同情及聞知不首之人，並行處斬，妻子籍没，首捉事人，各與官賞訖。其使排門粉壁曉諭：告捕者有賞，不告者有刑。仍令社長、里正、主首、各處官司、廉訪司常加體察，毋致愚民冒觸刑憲。」同書《刑部》三「禁約作歹賊人」條：「……爲頭兒做歹的、一同商量來的、理會的、不首告的人都一般處死斷没者，於内悔過自首，免罪更與賞者，不干礙的人首告呵，量加官職更與賞者，這般各家排門立粉壁，明白的省會禁約呵，怎生奏呵，那般者麽道。聖旨了也，欽此。」

〔九〕同上書《聖政》二「均賦役」：「諸科差税，皆司縣正官監視人吏置局科攤，務要均平，不致偏重。據科差定數目，依例出給花名印押由帖，仍于村坊各置粉壁，使民通知。……」

〔一〇〕元秦簡夫《東堂老》第二折「什麽風雪酷寒亭，我則理會得閒騎寶馬閒踢蹬哩！」「閒踢蹬」即信馬閒行。所以「胡踢蹬」就是人馬亂闖。

〔一一〕「颩」字字書不載，或以爲是「彪」字的形誤，其實並非。《元曲選・謝金蓮詩酒紅梨花》第四折音釋：「颩音磋。」周密《癸辛雜識》別集下「一颩」條云：「虜中謂一聚馬爲颩，或三百疋，或五百疋。」可見「一颩」就是一大隊的意思，原係北地的方言。

〔一二〕《元史・世祖本紀》一、《英宗本紀》一。

〔一三〕見《元史・輿服志》二「儀仗」。

〔一四〕同上「外仗」。

〔一五〕宋洪邁《容齋三筆》：「世人語言有以切脚而稱者，亦間見之于書史中。如以蓬爲『勃籠』，鐸爲『突落』，叵爲『不可』，團爲『突欒』，鉦爲『丁寧』，頂爲『滴顁』，角爲『矻落』，蒲爲『勃盧』，精爲『即零』，螳爲『突郎』，諸爲『之乎』，旁爲『步廊』，茨爲『蒺藜』，圈爲『屈欒』，錮爲『骨露』，窠爲『窟駝』是也。」這裏的「屈欒」也即「紅曲連」的「曲連」。容齋所舉例子，習見于宋元人著作中。例如，宋張端義《貴耳集》卷中：「楊青不知何許人，自云從軍遇異人，來隱南華山中，縛茅爲葶籠，飲食寢處其間，又當虎狼蛇虺出没之地，雖三更亦歸，風雨不渝。」「縛茅爲葶籠」就是「縛茅爲『篷』」。元雜劇《陳州糶米》第二折：「敢着他收了蒲藍罷了斗。」「蒲藍」就是「盤」，等等。

〔一六〕元代儀仗中，「内仗」和「外仗」的二十八宿旗彼此不同。譬如「房宿旗」：「内仗」中是：「青質，赤火焰脚。畫神人，烏巾、白中單、碧袍、黑襴、朱蔽膝、黄帶、黄裙、朱舄、左手仗劍。」而「外仗」則僅「繪四星，下繪兔」。又如「畢宿旗」，「内仗」是：「青質，赤火焰脚，繪神人作鬼形，朱棍，持黑杖，乘赤馬行于火中。」但「外仗」則「上繪八星，下繪烏」。曲中的描寫，因係皇帝出行時所見，故都爲「外仗」。

〔一七〕宋俞琰《席上腐談》卷上：「二十八宿有房日兔，畢月烏。丹書云：『烏月兔』蓋謂日月之交也。……」

〔一八〕參見注〔一六〕。

〔一九〕見《元史·輿服志》「儀仗」。

〔二〇〕並見《元史·輿服志》「儀仗」。

〔二一〕元楊允孚《灤京雜詠》：「翎赤王侯部落多，香風簇簇錦盤陀；燕姬翠袖顏如玉，自按轅條駕駱駝。」自注：「轅條，車前横木，按之則輕重前後適均。」

〔二二〕《新元史·輿服志》「象輅」條：「輅馬、誕馬皆黄色，鞍轡、鞦勒、鞻拂、套頂，並金粧黄韋。」其餘「金輅」、「革輅」、「木輅」諸條，「頂」字都作「項」。《元史·輿服志》「輿輅」條，「套頂」一律寫成「套項」。

〔二三〕見崔豹《古今注》。

〔二四〕元楊允孚《灤京雜詠》，記述扈從去上京時一路情況，其中有云：「夜宿氈房月滿衣，晨餐乳粥椀生肥；憑君莫笑穹廬矮，男是公侯女是妃。」看這首詩中末一句的描寫，可以知道元代皇帝每年來去上都，是常常帶着嬪妃的。

〔二五〕見《宋史·儀衛志》。

〔二六〕曹楝亭本《録鬼簿》作《泗上亭長》，此據天一閣本。

〔二七〕曹本《録鬼簿》作《漢高祖衣錦還鄉》，此據天一閣本。《太和正音譜》「張國賓」作「張酷貧」。

〔二八〕見《元史·地理志》。

〔二九〕「垻」也是一種農具。一作「壩」，馬致遠《漢宮秋》雜劇第一折：「誰問你一犁兩壩做生涯？」「壩」又與「犁」對舉。宋邵博《聞見後録》卷二十：「東坡發怒曰：『何處把上曳得一劉正言來，知得許多典故！』『把』字下注云：『把，去聲，農夫乘以事田之具。』」今或寫作「粸」。

〔三〇〕《元典章·吏部》卷五「解由體式」條：「本官根脚，原係是何出身？」注：「謂承襲、承繼、廕敍、吏員、儒業、軍功等。」

同書《吏部》卷三「投下設首領官」條：「……哈剌帖木兒根脚，係屬俺的廣平路的人，後頭江陵府按察司裏做奏差，年月滿了也。」又《刑部》十一「女直作賊刺字」條：「賊人張不花狀招，年二十五歲，根脚：女直人氏。招伏通犯竊盜二次。」可見「根脚」包括家世、出身、里貫、資歷、民族等等。

〔三一〕《清平山堂話本·陳巡檢梅嶺失妻記》：「架上麻衣，昨日芒郎留下當；酒市大字，鄉中學究醉時書。」《古今小説》第二十卷《陳從善梅嶺失渾家》、第三十六卷《宋四公大鬧禁魂張》略同。又莊綽《鷄肋編》卷下：「韓世忠輕薄儒士，常目之爲『子曰』。主上聞之，因登封問曰：『聞卿呼文士爲「子曰」，是否？』世忠應曰：『臣今已改。』上喜，以爲其能崇儒。乃曰：『今呼爲「萌兒」矣』。上爲之一笑。」「萌兒」也就是「芒郎」、「忙郎」。或作「芒兒」，當時俗語稱牧童爲「芒兒」。宋王闢之《澠水燕談》卷十：「胡秘監旦，學冠一時，而輕躁喜況人。其在西掖也，嘗草江仲甫陞使額告詞云：『歸馬華山之陽，朕雖無愧；放牛桃林之野，汝實有功。』蓋江小字芒兒，俚語以牧童爲芒兒。」

〔三二〕趙顯宏《滿庭芳》曲：「賽社處王留宰猪，勸農回牛表牽驢。」范子安《竹葉舟》第四折：「看王留撇會科，聽沙三嘲會歌。」牛表、沙三、王留都是元代農村中最常用的人名。

〔三三〕元李壽卿《伍員吹簫》第三折，伍子胥罵鱄諸：「元來是怕媳婦的喬人，嚇良民的潑皮！」宋葉夢得《避暑録話》卷四：「紹聖初，修天津橋，以右司員外郎賈種民董役，種民以朝服坐道旁，持撾親指揮工役，見者多非笑。一日橋成，尚未通行，(丁)仙現適至，素識。種民卽訶止之曰『吾橋上，未有敢過者。能行一善諢，當使先衆人。』仙現應聲云：『好橋！好橋！』卽上馬急趨過。種民以爲非諢，使人亟追之，已不及。久，方悟其譏己也。」丁仙現是當時一個著名的雜劇藝人。「橋」音諧「喬」，賈種民穿着朝服監工，裝腔作勢，所以丁仙現罵他虛僞做作。

〔三四〕《馬克思、恩格斯、列寧、斯大林論文藝》第十二頁，人民文學出版社出版。

〔三五〕曹本《録鬼簿》：「睢景臣，景臣後字景賢，大德七年，公自維揚來杭州，余與之識。」

〔三六〕見《元史·成宗本紀》四。

〔三七〕同上。

〔三八〕《元史·食貨志》一「農桑」。

〔三九〕《胡適文存三集》第一〇三四頁。

（原載《南開大學學報》人文科學版一九五五年第一期）

關於《高祖還鄉》

《論睢景臣的〈高祖還鄉〉哨遍》是我學習元曲時所寫的一篇劄記。劄記的主要内容限於對作品的藝術構思提供一點個人的理解，附帶也談到了前些時曾經出現過的那種替睢景臣筆下的人物劃階級的做法，並表示一點自己的異議，由於我在學習馬克思列寧主義的美學理論和古典文學方面，都還只剛剛起步，所以其中的意見多半是不成熟的，爲了響應領導上關於開展科學討論的號召，我鼓起勇氣把它發表了。

南大學報的編輯部最近收到一位讀者吴先生的來稿，稿中許多論點都是和我分歧的；有的地方吴先生雖然自己説明只是補充我的意見，或者轉述我的意見而表示贊同，但實際上即使這些部分，我們之間也還是有着很大的差别的。學報編輯部將原稿轉給我，並要我把自己的感想寫出來。

這裏我仍然想從作品的構思談起。我覺得，任何歷史題材的文學作品，只要它的確是一個現實主義的作品的話，它的構思總是作者生活着的那個時代的社會歷史現實所提出的。因此，盡管題材所屬的時代距離文學家採取這一題材從事創作的年月十分遥遠，但作品却仍和當時的現實生活保持着密切的聯繫。它在政治上依舊是面向現實的。當然，各個作品和現實生活之間聯繫的方式和深度，可以彼此不同。《高祖還鄉》這一作品，我認爲在這方面也有着自己的特點。按照我個人的一點理解，《高祖還鄉》雖然表面上是描寫一個發生在漢代的故事，而實際上則是對於元代的社會制度、社會矛盾、生活習慣，元代人民對統治階級的仇恨和反抗的尖鋭而深刻的反映。因此它有别於一般真實地描寫過去某一時代的歷史性衝突的歷史題材作品。順便説明一下：這個特點，也並不是睢景臣的套數所獨有的。譬如，清代卓越的諷刺作家吴敬梓的長篇小説《儒林外史》中的故事，作者雖假託爲發生於明代中葉，而事實上小説所批判的却是滿清統治之下的當時的社會〔一〕。説某一文學作品反映了當時的現實，當然並不否認它的客觀意義可以超越自己的時代。現實主義的文學作品經常在産生它們的時代消逝以後，依然保持它的深刻的認識的和美學的意義。文學作品、藝術形象，這是「歷史的」和「普遍的」的統一。因此，來稿中提到《高祖還鄉》這個作品在元代以外的其他時代也仍具有意義，這一意見的精神我是完全贊同的。我的劄記中没有能對這方面着重地加以分析，這是一個很大的缺點。

但是，決不能將藝術作品的歷史性和普遍性對立起來。《高祖還鄉》的普遍意義的取得，決不像吴先生所認爲的那樣是由於它没有反映一定的具體的社會歷史内容，是由於「它描寫的對象不止是元代，而是漢代和歷代」，是「所有歷史上的」任何時代。（引號中的話，凡不注明出處的，都引自吴先生的原文，下同。）和吴先生的意見相反，一個藝術作品之所以能超越它的時代而賦有廣泛的意義，賦有經久的生命力，恰恰總是由於它廣闊地深入地反映了一定時代的社會生活的緣故。

「古典藝術能够深刻而眞實地反映當時的社會制度、階級鬥爭、生活習慣、反映人民生活中最偉大的事件，這是它長久生存的一個重大原因」。〔二〕

《高祖還鄉》正是真實而深刻地反映了元代的社會制度、階級鬥爭、生活習慣，反映了元代人民和當時的統治階級之間的尖鋭矛盾，才能使它獲得了長遠的生命，才能使它的客觀意義超越了自己的時代。對於《高祖還鄉》中的人物形象來説，也完全一樣，因爲「作家愈是深刻地把有一定性格的人物當做歷史現象來表現，他就愈能接近他的普遍品質」〔三〕。

吴先生提到「許先生在他的文章中引用了不少的元代典故、方言來做他證明作者借漢抗元的證據」，並且還告訴讀者：「這是有他的獨特的見解。」在我的文字中，的確談到了一些元代的制度（大概就是吴先生所謂「元代的典故」），另外，因爲考慮到今天的讀者對於這個作品中所用的一些當時的詞彙（吴先生把這些叫作「方言」）已不是人人都能理解的了，所以順便在附註中加上了一點解釋。但是很明顯，我並不想用語言來「證明」什麼，同時，我也不認爲作品的語言能「證明」什麼。如果用了一些元代的詞彙就可以證明作品是反映元代的生活，如果文學作品的語言和内容之間有這樣一種絶對的必然的聯繫的話，那末我們今天要在文學作品中再現漢代或周代的歷史事件，就必須完全用漢代或周代的語言了。這樣的理論有陷入文學語言的復古主義傾向的危險。我的文章中是没有這樣「獨特的見解」的。那末，是不是我們這裏這樣的見解根本不存在呢？當然也不是的。吴先生不僅稱贊用作品中有元代的「方言」來「證明作者借漢抗元」爲「獨特的見解」，並且在發揮自己的論點時，也這樣説道：「作者爲了讓讀者對於統治階級的罪行，更易瞭解；對於統治階級的仇恨，更加深刻，因而引用了不少的元代典章文物和方言，固然是對元代的統治階級的投槍，……」可見認爲作品「引用」元代的「方言」就是

「對元代的統治階級的投槍」的「證明」的，其實乃是吴先生自己。吴先生在轉述我的意見時，經常都包含有他自己的見解，這是應該説明一下的。

《高祖還鄉》中描寫了一些統治者的儀仗，如房宿旗、畢宿旗、飛鳳旗、龍負圖旗、飛黄旗……描寫了一些扈從人員，如導駕官、導從隊、嬪妃宫女等等，作者筆下的人物則把它們稱爲兔、烏、蛇、跳舞的鷄、長翅膀的狗、天曹的判官、遞送夫、多嬌女，……我在談到這點時解釋爲這個生長在農村中的人，不熟悉那些統治階級所「創造」的儀仗。作品就是通過對於這種陌生心理的把握，而揭露了儀仗的怪狀畸形的。吴先生反駁了我的意見，他這樣説：「鄉民對於儀仗是不是認識呢？我以爲是認識的。並不是『非常陌生』、『一無所知』的。因爲日、月、龍、鳳、馬，都是農民習見習聞的事物，不會感覺到什麽稀奇；所稀奇的是把它們弄成離奇古怪的形狀罷了。」我想，誰也不會説作者寫出了一個連日常「習見習聞」的鷄、狗、雀、蛇之類都不認識的奇怪人物。吴先生自己説得很正確，這些日常的事物不會使人感到什麽稀奇，「所稀奇的是把它們弄成離奇古怪的形狀罷了」。我們也認爲這一人物並没有對生活中的鷄狗之類感到納罕，這一人物「所稀奇」的，所感覺陌生的正是那些把這種「習見習聞的事物」「弄成離奇古怪的形狀」的儀仗罷了。吴先生在這裏一方面斷言儀仗是「鄉民」所認識的，「不會感覺到什麽稀奇」的，接着却又反過來説「弄成離奇古怪的形狀」的儀仗是他們「所稀奇的」，這種不一致的邏輯之所以産生，是因爲他把認識生活中「習見習聞的事物」和認識嚴重地歪曲了這些事物的形狀的儀仗這兩件截然不同的事情混爲一談。正由於吴先生在這兩個不同的問題上混淆不清，所以搞得連自己究竟認爲「鄉民」們對儀仗會不會「感到稀奇」都有點模糊了。

撇開類似這樣略顯模稜的地方不談，吴先生的真正意思還是可以理解的。這就是：統治者的「一切儀仗」是「鄉民們」「日常習聞習見的東西，並不感到什麽稀奇」，引用吴先生的另外一句話，那就是：他們「並非不認識，而是認識之後給以最尖刻最貼切的他們日常習見習聞的東西的比擬的嘲笑和挖苦。」這句話有點繞脖子，如果我的理解不錯，那末吴先生是説：「鄉民」們是認識儀仗的，其所以要把它們説成鷄狗等等，只是一種故意的「比擬」，而這種「比擬」的真正用意則在于對儀仗進行嘲笑和挖苦。

自然，在那些生活於古代農村裏的人們中間，也不能説一定没有像吴先生所説的那樣對統治階級的一切儀制都「習見習聞」的人物。但是，離開作品中的人物，而來談論什麽「鄉民」能不能認識儀仗，我覺得是没有多大意義的。重要的還在于這個作品中所描寫的人物究竟是怎樣一個人物。假使我們没有讀過睢景臣的原作，單從吴先生的議論來看，他的説法倒也並非完全不能講通。然而，人們也已會懷疑：爲什麽把統治者的嬪妃叫作「多嬌女」，也是一個意在「嘲笑和挖苦」的「比擬」呢？爲了使問題更清楚，我覺得在這裏抄引一下原作中的這段描寫的全文是有必要的。——好在字數並不很多。

【耍孩兒】瞎王留引定火喬男女，胡踢蹬吹笛擂鼓。見一颩人馬到莊門，匹頭裏幾面旗舒：一面旗白胡闌套住個迎霜兔，一面旗紅曲連打着個畢月烏，一面旗鷄學舞，一面旗狗生雙翅，一面旗蛇纏胡蘆。

【五煞】紅漆了叉，銀錚了斧，甜瓜苦瓜黄金鍍。明晃晃馬蹬槍尖上挑，白雪雪鵝毛扇上鋪。——

這幾個喬人物拿着些不會見的器仗，穿着些大作怪衣服。

【五煞】轅條上都是馬，套頂上不見驢。黄羅傘柄天生曲。車前八個天曹判，車後若干遞送夫。更幾個多嬌女，一般穿着，一樣裝梳。

難道説明叉是紅漆的，斧是「銀錚」的，坐的是馬車而不是驢車，……等等，都能算是一種「比擬」、一種「嘲笑和挖苦」麽？事實上我們可以看到，作品中的主人公對於這些儀仗的生疏，不僅透露在那些描摹儀仗的奇怪形狀的語句中，同時也是他自己所曾直接表白的。他這樣自語着：「這幾個喬人物拿着些不曾見的器仗，穿着些大作怪衣服。……」可見這許多器仗確是他過去所「不曾見」的，這些人物的裝束也的確是使他感到「大作怪」的。這本來是用不到争論的。吴先生對於這一些都避而不談，究竟是因爲他一時疏忽呢？還是因爲他在建立自己的論點時，對這些感覺困難，所以故意迴避了呢？如果是後一種情況，我覺得這是不够實事求是的。毛主席教導我們：科學的態度，就是實事求是的態度。先有了結論，然後再挑選一些合乎自己的意見的材料來作證，把那些和自己的見解相抵觸的事實則掩蓋起來，這樣是決不能得出吴先生在自己的文章的最後所提倡的「正確的結論」的。因爲「在社會生活現象極端複雜的情形下，隨時都可以找得任何數量的例子或單個事實來證實任何一種意見的。」〔四〕所以盡管吴先生認爲「作品的思想性、人民性、現實性和藝術性的高强，就在於此」，但如果從作品本身引不出這樣結論來的話，我們還是不必勉强把這個結論加給它罷。

在論《高祖還鄉》中，我不同意那種簡單地替作品中的人物劃階級定成份的分析方法。原來的話是這樣的:「當我們研究分析一個文學作品中的人物形象的時候,我們究竟是首先應該深入到人物的精神世界中去全面地把握包含在這一形象裏面的廣闊的社會生活内容呢,還是應該讓自己的眼光局限在一些個別的情節上,從而摭拾一些個別的孤立起來的情節和字句,來替人物訂制劃分階級成份的標簽呢?我們到底還是應該當作一個整體地去考察人物的全部品質,思想和行爲,看他在一定的具體的歷史條件下客觀上究竟反映了怎樣的社會力量和怎樣的社會鬥争呢,抑或可以滿足於檢驗人物的出身和貧富、簡單地根據出身和家私來鑒定人物形象的階級性質呢?」(《南開大學學報》第一期第六七頁——六八頁)吴先生在轉述我的意思時只截取了後面幾句。其實,我的意思還是清楚的:决不能把用馬克思列寧主義的階級觀點來分析文學藝術作品這一複雜的工作簡化爲替作品中的人物形象粘貼階級標簽。我們反對簡單地替睢景臣筆下的這一人物扣上一頂「地主」的階級帽子,這是因爲從人物的全部品質、思想、行爲來看,從形象所包含的豐富的社會生活内容來看,事實上他已遠遠超出了作爲一個地主的性格所可能具有的意義了。《論睢景臣的〈高祖還鄉〉哨遍》企圖從這一形象客觀上反映着元代廣大農民羣衆,元代所有被壓迫、被剥削的人民的思想、感情、歷史經驗來説明這一點;但是,正如讀者們所已看到的那樣,由於筆者本人缺乏具體分析的能力,缺乏豐富的歷史知識,因此全部意見都非常膚淺,當然也難免錯誤,這是有待于讀者切實指正的。

吴先生和我們的意見不同,他遺憾於人們没有把《高祖還鄉》中的人物劃爲「勞動人民」。按照他的理論,《高祖還鄉》中的主人公「我」,並不是某一個别的人物,而是「衆鄉老」。這一個「我」代替着許許多多人。「既然面數、嘲笑和痛罵劉邦的是『衆鄉老』而不是某一個人物，那末被劉邦明搶暗奪的有『桑』、『粟』、『米麥』、『麻』、『豆』以及托劉邦代換的有『田契』等東西，是衆鄉老的東西，或是由衆鄉老口中代爲控訴的其他鄉民的東西，已無可疑，這不是不可能實現（？）的事實。如果這些東西都是集中在某一個或幾個鄉老，他們自然是一個富豪、一個地主的形象。但是實際上恰恰與它相反，我們就不能認爲作者是塑造了一個富豪、一個地主的形象了。至于受過劉邦的『喂牛切草，拽埧扶鋤』的，也同一樣，不能把他當作一個僱用長工的莊主看待，都是以勞動人民的姿態身份出現的。」（上面所引，均係原文）吴先生的意見也是容易明白的：如果作品中的「我」是某一個個別人物，那末他既有米麥，又有豆麻等等，則自然毫無問題應該斷定他是一個「地主」的形象了。然而「實際上」這個「我」乃是衆鄉老，那末這些東西便不是某一個人或少數人所有，而是「衆鄉老的東西，或是由衆鄉老口中代爲控訴的其他鄉民的東西」，是大家所共有的，「已無可疑了」。乃至如果真的僱了長工的話，「也同一樣」是集體僱的。既然這些東西都是屬於集體的，那麼大家伙兒一分，各人所有也就不多，因此他們便「都是以勞動人民的姿態身份出現的」了。

無論根據幾斛豆把人物劃爲「地主」也罷，或把豆麥等等平均分配給衆人，然後讓人物「以勞動人民的恣態身份出現」也罷，那種替人物劃階級定成份的方法，實際上是並無二致的。這正是我們所不同意的。

《高祖還鄉》是一個以人物自己的觀點〔五〕、以第一人稱寫成的作品，因此這裏的一個最重要的形象、故事的主人公，就是作品中的「我」。我在《論高祖還鄉》中把作品的這個主人公「我」，當作一個個別的具體的人物來看待，吴先生對這一點也表示不滿：「『施禮展拜』和『覷多時認得，險氣破我胸脯』的是『衆鄉老』（見作品〔三煞〕），因而面數、嘲笑和痛罵劉邦的也是『衆鄉老』，而不是某一個人物，顯而易見。許先生説是『這一人物』，似乎是『一個人物』是不對的。」總之，依照吴先生的見解，作品中「……覷多時認得，險氣破我胸脯。……也曾與我喂牛切草，拽壩扶鋤。……春采了桑，冬借了俺粟，……少我的錢差發内旋撥還，欠我的粟税糧中私准除。……」等等，都不是通過某一個個別人物發出的抗議，而是「衆鄉老」在齊聲「面數」、齊聲「痛罵」。在吴先生看來，這裏的「我」是「衆鄉老」，是「衆鄉老」中的任何人。

能不能像吴先生那樣把《高祖還鄉》中的人物看作不是一個個別的、具體的形象，而是一個不確定的，可以普遍適用的、抽象的公式或概念呢？我覺得是不能够的。一個現實主義的文學家，總能够在他的作品中反映出生活現象中的一般的、合乎規律的、本質的方面。但是在反映現實的藝術中，和在現實中一樣，「『一般』，只能在『個別』中間存在，只能經過『個別』而存在。」〔六〕文學藝術家通過具體感性的形象、通過個別化的性格，而揭示生活中一般的東西。藝術形象只有在一般和個別的統一之中才能創造出來。如果不把一般體現在個別和特殊之中，就不可能有真正的藝術形象。恩格斯在給明娜·考茨基的信中指出：在真正的藝術作品中，「每個人是典型，然而同時又是明確的個性，正如黑格爾老人所説的『這一個』。」〔七〕《高祖還鄉》中的主人公形象的美學意義，不僅在於他體現了許多人的一般的共同的品質，同時也在於他帶有豐富的、鮮明的性格特徵。無疑的，他是一個深刻地個別化了的性格。因此，這一形象決不是一個抽象的公式，決不是任何一個不確定的人物，而恰恰是「這一人物」。

吴先生爲了想把米麥豆麻等等平均分派給「衆鄉老」，以便證明睢景臣筆下的人物是「勞動人民」，結果一個活生生的優美的藝術形象終於被解釋成了抽象的蒼白無力的公式了。

我的《論高祖還鄉》一文中的缺點是很多的。首先這篇劄記的主要內容，局限於根據個人的一點體會來談這個作品的構思。然而，一個文學作品的構思決不是它的全部內容。作品的思想內容，這是作品所包含的真正的客觀意義。在現實主義作品中，通過藝術形象反映出來的社會生活所具有的客觀思想和意義，總是遠遠超過了作家的主觀意圖的。對於這方面，我不僅談得很膚淺，而且也非常不充分。這是因爲我還没有學會以馬克思主義的觀點來對文學作品進行具體分析的緣故。同時，作品的許多其他重要方面，也都没有提到。不僅如此，其中還存在着一些顯著的錯誤。譬如，我以元代統治者每年往還於上都、大都之間的事實來解釋《高祖還鄉》這一題材在當時之所以會風行，這就是没有多大根據的。在該文發表以前，我曾反複考慮這個問題，這種考慮最後以産生了如下的想法而結束：既然並不以爲這裏面的意見都成熟的，則又何妨把這一點也當作個人的初步的意見保留下來？現在想來這是不對的。因爲討論問題首先應該從事實出發，而不應該從可能出發，這難道不清楚嗎？除了這些以外，也一定還有着許多自己現在尚未能認識到的更大錯誤。它們的得以糾正，將有賴於讀者的幫助和自己的不斷提高。

這篇短文中的一些感想也同樣是不成熟的，如果南大學報願意把它發表出來的話，我想當然不是因爲我這樣的東西已够得上學術討論的水平，而是爲了通過這些文字的刊登，引起真正科學的討論罷了。

〔一〕參看何其芳：《吴敬梓的小説〈儒林外史〉》。見人民文學出版社出版《文學研究集刊》第一册。

〔二〕見《論藝術在社會生活中的地位和作用》，《蘇聯文學藝術論文集》第二三頁。

〔三〕季摩菲耶夫《文學原理》第一〇〇頁。平明出版社出版。

〔四〕列寧：《帝國主義是資本主義底最高階段》，《列寧文選》兩卷集，第一卷第九二一頁，人民出版社出版。

〔五〕參閲安東諾夫《論短篇小説》第三節「觀點」。中南人民文學藝術出版社出版。

〔六〕列寧《談談辯證法問題》。《論馬克思、恩格斯及馬克思主義》第二八〇頁。莫斯科外國文書籍出版局印行。

〔七〕《馬克思、恩格斯、列寧、斯大林論文藝》第二六頁，人民文學出版社出版。

附録

吴紫銓先生《我對〈高祖還鄉〉的意見》

《南開大學學報（人文科學）》一九五五年第一期載許政揚《論睢景臣〈高祖還鄉〉哨遍》一篇文章，他的立論和引證，都有一定的見解，對於我們研究古典文學作品和教學方面是有幫助的。可是，我對於許先生關於描寫的對象，鄉民對於儀仗的認識，人物的塑造等三部分，還有一些補充和不同的意見：同時，學報《發刊詞》載有「由文章中的某些論點引起了科學上的討論，則學報的出版，也就有了它的意義」。因此，我把我的意見寫出來。這些意見，是否正確，仍就正於許先生和讀者，希望引起共同討論、研究，最後得出一個結論，也許對於我們研究古典文學作品和教學方面是有幫助的。

一　描寫的對象。　許先生認爲作品所寫的故事，雖然是《高祖還鄉》借了一點歷史的因由，但在某些重要方面，却更多地直接采用了當時現實生活中的新鮮的事物，如元代的農村，元代統治者的面貌，元代的社會制度、儀仗、方言等。在外表上懸挂着一個歷史的幌子，骨子裏整個的精神，則是直接面向着活生生的現實。作者並不企圖把它的作品的重心放在歷史上，從作品的總的精神來看，它事實上是面對着作者的自己的時代的。他描寫的對象，主要是現實的生活，而不是歷史。簡單地說，就是作者借《高祖還鄉》的故事來表現他反抗元代統治的情緒。

許先生在他的文章中，引用了不少的元代典故、方言，來做他證明作者借漢抗元的證據，這是有他的獨特的見解的。可是，把作品的主題思想局限于借漢抗元一方面，我以爲還不够全面。作者爲了讓讀者對於統治階級的罪行，更易了解；對於統治階級的仇恨，更加深刻，因而引用了不少的元代典章文物和方言，固然是對元代的統治階級的投槍，但同時又是對於漢代和歷代統治階級給以强烈的憎恨，猛烈的打擊，也就代表了漢代、元代和歷代被壓迫、剥削的人民對壓迫、剥削人民的統治階級的憎恨的思想感情。因爲統治階級的作威作福、嚇唬人民、統治人民的典章文物和它的壓迫人民、剥削人民的本質，以及人民對它的憎恨，無論元代、漢代和歷代，都是一樣的。因此，這篇作品就不能指爲純爲元代統治階級而作。由於它具有廣泛的人民性，才成爲在元曲中人民性最强烈的作品，才成爲幾百年來人民所喜愛的作品。它揭露了所有歷史上封建皇帝的罪行，嘲駡了所有歷史上封建皇帝的虚僞、卑鄙、無耻，代表了所有歷史上人民對於封建皇帝的憎恨的情感。所以它描寫的對象，不止是元代，而且是漢代和歷代。

二　鄉民對於儀仗的認識。許先生認爲心地樸素的鄉民，對於這些裝神弄鬼的東西（指儀仗——銓注）是非常陌生，他對統治階級的一切虚僞的儀制一無所知。他好奇地凝望着他們，並且給自己作出種種天真的解釋。盡管在客觀上一針見血地道破了這些儀仗的真相，但這並非他的本意。在他，則確乎是深深地困惑着的。作者掌握了他們由於文化上和經濟上一樣受掠奪而來的見聞狹隘的特點。他們對於那些儀衛器仗，完全莫名其妙。

以上是許先生的見解，我不贊同。封建時代，由于統治階級在文化上和經濟上對人民的掠奪，使人民見聞狹隘，這是事實。但是，在這裏，鄉民對於儀仗是不是不認識呢？我以爲是認識的。並不是「非常陌生」、「一無所知」的。因爲日、月、龍、鳳、馬，都是鄉民習見習聞的事物，不會感覺到什麽稀奇；所稀奇的是把它們弄成離奇古怪的形狀罷了。就儀仗的旗幟來看，各種旗幟，所繪的東西，一望而知爲日（紅曲連打着個畢月烏）、月（白胡蘭套住個迎霜兔）、鳳（鷄學舞）、馬（狗生雙翅）、龍（蛇纏葫蘆），其他如紅叉、銀斧、金瓜、馬鐙槍、鵝毛扇、曲柄傘，以及扈從的官員（天曹判）、各執事人役（遞送夫）和宫女妃嬪（多嬌女）等，也都是一望而知的事物和人物，這又有什麽稀奇？所稀奇的是把它們弄成離奇古怪的形狀而已。既然没有什麽稀奇，爲什麽偏要説「白胡蘭套住個迎霜兔」……呢？這正是作品的思想性，人民性和藝術性的表現。這樣寫法，一方面表現了人民對於儀仗的耻笑和蔑視；另方面表現了人民對統治階級擺出臭架子來防衛和嚇唬他們的虛僞、卑鄙無耻的憎恨。皇帝來了嗎，是怎樣了不起的？啊！不看猶可，一看原來如此！他的一切儀仗，原來就是我們日常習見習聞的東西，並不感覺到什麽稀奇；他偏要把我們日常習見習聞的東西來裝神弄鬼，叫我們感覺到鄙棄和憎恨。没有看到儀仗以前，封建皇帝已經叫我們憎恨了，看了儀仗以後，更加引起我們的怒火。鄉民不但認識了儀仗，而且瞭解了儀仗的作用，通過他們對儀仗醜化的看法，正是「一針見血地道破了這些儀仗的真相」；正是「他們的本意」；他們並没有「深深地困惑着」；他們並不是「非常陌生」、「一無所知」和「完全莫名其妙」的。果如許先生所説，鄉民對於儀仗及其作用，是「非常陌生」、「一無所知」和「完全莫名其妙」，這些見解，對於旗幟方面，還可以勉强説得過去。但是對於扈從的官員、執事人役和宫女妃嬪，斷没有不識不知的道理，爲什麽偏要説它們是「天曹判」、「遞送夫」和「多嬌女」呢？更可證明鄉民對於一切儀仗，並非不認識，而是認識之後，給以最尖刻的，最貼切的他們日常習見習聞的東西的所擬的嘲笑和挖苦。這種嘲笑和挖苦，是他們在儀仗的認識的基礎上發展起來的。因此，就不能説是鄉民「好奇地凝望着」、「給自己作出種種天真的解釋」和「道破了這些儀仗的真相，並非他的本意」了。如果鄉民對於一切儀仗，確不認識，因而「給自己作出種種天真的解釋」，那末，在鄉民似無「挖苦」之可言，似乎許先生之所謂「挖苦」，是由於文字的表現，讀者的感覺，而不是由於鄉民的本身。這樣，就會把鄉民日常習見習聞的東西認爲鄉民都不認識，鄉民就不免有「愚笨」之嫌，而且不免削弱了作品的人民性、藝術性了。也不是什麽「封建掠奪」和「見聞狹隘」的問題了。所以，鄉民對於一切儀仗，是由認識而嘲笑、而挖苦的。這樣不但表現了鄉民對統治階級的憎恨，而且表現了鄉民的智慧。作品的思想性、人民性、現實性和藝術性的高强，就在於此。

三　人物的塑造。　由於作品中「二煞」的一部分和「一煞」的字句裏，有人把它的人物劃定成分，説作者在這裏塑造了一個富豪，一個地主的形象。甚至他還是一個顧用着長工的莊主。許先生關於這一點的意見，認爲研究、分析一個文學作品中的人物形象的時候，應該當作一個整體地去考察人物的全部品質、思想和行爲，看他在一定的具體的歷史條件下客觀上反映了怎樣的社會力量和怎樣的社會鬥争……而不應該滿足於檢驗人物的出身和貧富，簡單地根據出身和家私來鑒定人物形象的階級性質。

對於文學作品人物性格的考察和分析，必須注意這一性格的總的根本的精神，也必須從性格中所反映出來的具體的歷史社會內容去着眼。作品中這一人物首先給我們的印象是非常純樸、坦率，他對於儀制一無所知，好奇地凝望着他們，並且給自己作出種種天真的解釋。深深地困惑着。他對皇帝略無恐懼、忌憚，盡情揭發它的猥瑣面目。這種樸實、天真、坦直、倔强、勇敢的精神，正是古代勞動人民的最優秀的品質。

許先生這樣的見解，除了鄉民對於儀仗的認識，已如上述，不再贅叙外，我認爲是對的。但是，作品中的「二煞」一部分和「一煞」，爲什麽要這樣描寫？這樣描寫，有什麽作用？許先生還没有説明，只叫讀者有了作品全部的概念，而没有得到了對這問題的詳明的解答。我以爲作者這樣寫是有他的根據、意義和作用的。是與作品全部的主題思想符合的。首先我們要瞭解劉邦出身的無賴。他的無賴事迹，歷史上有不少的記載。如「不事家人生産作業」、「好酒及色，常從王媼武負貰酒，……兩家常折券負責」、「給謁賀萬，混見沛令」、「置酒未央宫，戲弄太上皇，殿上羣臣皆呼萬歲，大笑爲樂」（均見《史記》），以及「吾翁卽若翁，若欲烹吾翁，請賜一杯羹」（見《漢書》）等，（比這更甚的，相信也有，歷史上當然不會記載）。由於他無賴性格的發展，則强採（採桑）、强借（借粟）、强支（零支了米麥無重數）、强秤（秤麻）、偷量（偷豆）的明搶暗偷等罪惡行爲，是不足爲奇的。因此，我們讀起來，不會感覺到誇大、荒誕，反而覺得像煞有介事似的，就是這個緣故。其次「施禮展拜」和「覷多時，認得，險氣破我胸脯」的是「衆鄉老」（見作品「三煞」），因而面數、嘲笑和痛駡劉邦的也是「衆鄉老」，而不是某一個人物，顯而易見。許先生説是「這一人物」，似乎是指「一個人物」，是不對的。既然面數、嘲笑和痛罵劉邦的是「衆鄉老」，而不是某一個人物，那末，被劉邦明搶暗偷的有「桑」、「粟」、「米麥」、「麻」、「豆」，以及託劉邦代换的有「田契」等東西，是衆鄉老的東西，或是由衆鄉老口中代爲控訴的其他鄉民的東西，已無可疑，這不是不可能實現的事實。如果這些東西都是集中在某一個或幾個鄉老，他們自然是一個富豪、一個地主的形象，但是實際上恰恰與它相反，我們就不能認爲作者是塑造了一個富豪、一個地主的形象了。至於受過劉邦的「喂牛切草，拽垻扶鋤」的，也同一樣，不能把他當作一個傭用長工的莊主看待，都是以勞動人民的姿態、身份出現的。它是集中了封建統治階級的壓迫、剥削的罪行和無賴、卑鄙的醜惡本質，以及它的虚僞、荒誕的臭架子，臭排場與人民對它的蔑視和憎恨，給統治者以最尖鋭的最嚴重的打擊。這是作品全部的最高潮，與作品全部的人民對統治階級的蔑視和憎恨的主題思想是一致的。它用了幽默輕松的筆調寫出來，叫讀者讀了精神更覺愉快。

不過又有人舉出作品中的「喂牛切草，拽垻扶鋤」，原是一種神聖的勞動，但照作品上文來看，似乎作者有輕視和賤視勞動的意思。我以爲作者的用意，不是對勞動的輕視和賤視，而是借幫工來説明彼此都是見慣做慣的，爲什麽你一做了皇帝，就自認爲了不起，擺起臭架子來「覷得人如無物」呢？所以，這句文字，是給上文落注脚的。

以上所説，都是我的意見，是否正確，仍望許先生和讀者指正。同時，我對於《南開大學學報》編輯同志的意見——《發刊詞》，極表贊同。因爲古典文學作品，文義深奥，而且距離的時代頗遠，見解不一，需要共同討論、研究，才能得出正確的結論的。希望其他學報也照這樣去做，讓古典文學作品的研究工作，更加充實起來，發揚起來。

（原載一九五六年《南開大學學報》人文科學版第一期）

向盤與紅頂子——讀《老殘遊記》

劉鶚的《老殘遊記》，按照自己的説法，乃是一本「哭泣」的書。這一位生活在十九世紀末二十世紀初的作者，俯仰家國，感嘆身世，不能不用筆蘸着自己的眼淚來進行創作。

在那個年代裏（一九〇三年前後），封建王朝的統治已經走近了它的墓門，義和團運動雖被扼殺了，但是革命的浪潮却正挾着一股不可遏止的力量激蕩着，擺在劉鶚眼前的，是一個風雨飄摇、朝不保夕封建專制政權，是一個千瘡百孔、充滿着矛盾的社會。他痛苦地看到現實政治的腐朽和殘酷，聽到被虐殺的同胞們的哀號，這些在他心裏激起了深深的憤慨。他憎恨血腥的暴政，同情人們所遭受的磨難，甚至也並不缺乏對於祖國的前途的焦慮隱憂。但是，他却頑固地否認那種致力於推翻現存秩序的鬥争的正義性。他反對革命，咒罵革命。劉鶚自己有一張據説能「扶衰振敝」的救世單方，那就是：憑藉外資，興辦實業。在他看來，興辦實業，最後就是意味着政治的刷新。爲了實現這一目標，即使損害國家主權，也在所不惜。劉鶚的政治立場是十分反動的，他的世界觀中存在着深刻的矛盾。這就構成了劉鶚一生生活道路上的悲劇。

《老殘遊記》一書所存在的嚴重缺點，可以從作者的矛盾的世界觀，從他的反動的政治立場來得到説明。在作品的某些篇章中，作者表現得異常熱心於宣傳自己的政治偏見。每當這樣的時候，他的筆下就出現了虛僞的畫面，和捏造的、没有生命的人物。小説一開始描寫了一艘漂浮在海上行將被風浪吞没的破舊帆船。在這艘古怪的大船上，除了安坐在舵樓上的船主和樓下的舵手之外，還有各不相顧的管帆人，殺人越貨的水手，以及自己斂錢，讓别人流血的演説家。讀者都明白，這是影射着當時的中國。在這段描寫中，作者無非想叫讀者相信：我們的國家的處境的確是艱危的，人民的生活也誠然是苦痛的，然而，統治階級却「并未有錯」。只有那些下級官員和反抗鬥争的鼓動者才是真正的罪人。並且，這個迷失在驚濤駭浪中的祖國，是多麽需要——然而却得不到——劉鶚手中的那個「外國向盤」！可以看出，在這裏作者并不是用自己的筆來描繪現實生活的真實圖景，而是草率地圖解着自己的思想。這種作者對於當前政治的主觀認識的象徵性的圖解，與反映客觀生活的藝術形象之間，没有任何相同點，甚至没有任何聯繫，它不能給人以絲毫真實感。

抱着同樣的意圖，作者在小説中間楔入了桃花山的一段插話。在這座虎嘯狼嗥的荒山中，隱居着兩個奇人。一個名叫璵姑的少女，住在洞中，彈着塵世所無的古曲，清夜對客，縱談道學，攻訐宋儒。另一個不拘三教、被申子平誤認爲仙人的黄龍子，發揮六甲變態的玄談，對五年、十年以後的政局作出荒唐的預言。很明顯，在現實生活中找不到這樣的人物。他們僅僅是作爲説教的工具，而被作者捏造出來的。作者通過璵姑和黄龍子，對當時社會的革命運動，即所謂「北拳南革」，發出惡毒的詛咒。讀者在璵姑和黄龍子的名字下所看到的，并不是具體真實的形象，而只是兩束懸挂着寫有人名的簽條的反動教義。他們没有反映出真實的生活内容，因而在藝術上也是虛僞的。他們所表現的思想，也没有超出作者的一些反動的政治偏見。

但是，正如劉鶚的世界觀是複雜的一樣，他的作品也是複雜的。撇開《老殘遊記》中的一些真實的藝術形象，光從作者的主觀説教來判斷全部作品的思想傾向，就會引導到片面的理解。對於一個文學作品來説，體現在藝術形象中的生活真實，比起作者自己的理論見解來，總是要豐富得多，重要得多。「小説家總比自己的一些傾向更廣大些。」（高爾基）張畢來同志在《略談〈老殘遊記〉》一文（見《文藝學習》一九五五年第三期）中，由於忽略了這一點，以至於看不到這部小説的積極意義。

劉鶚的政治立場誠然是反動的，這種反動的政治立場曾給他的作品帶來了不小的損害。然而值得注意的是，他并不因此而違反了全部生活。在《老殘遊記》中，除了破帆船的畫謎，和黄龍子、璵姑這樣紙扎的人物之外，也還創造了一些真實的、有血有肉的、活生生的形象。

《老殘遊記》隨着主人公老殘的遊歷，打開了一軸清代末年山東一帶社會生活的畫卷。山東的景色，從來就是吸引遊人的：那到處垂楊流泉的濟南城，那大明湖中的千佛山倒形，湖邊映着斜陽的蘆花，……一切是那樣使人陶醉，而且，如果没有鵲華橋畔的横冲直撞的藍呢小轎的話，一切也正是那樣的平静。然而，當作者接下去把他的風景畫改變爲風俗畫的時候，驚心動魄的事情便出現了。原來在這一片平静、美麗的土地上，統治階級却建造起一個悲慘恐怖的地獄。

作者寫出了三個封建官僚在這一地區的統治。這三個封建官僚就是：玉賢、剛弼、莊耀。玉賢以才能功績卓著，補曹州知府。他善辦盗案，衙門前十二架站籠，天天不空。在不滿一年的時間内，一共站死了兩千多人。就是這樣，他治理得曹州府中，據説「有路不拾遺的景象」。究竟玉賢所辦的是怎樣一些强盗呢？請看看一個住在曹州南門大街小胡同裏的居民，因爲不肯讓自己的女兒供馬隊上的什長王三玩弄，被誣作强盗，用站籠站死；馬材集客店主人的妹夫，一個賣布的小販，在和朋友閒談時，説出了這件事的經過，王三知道了，就做成圈套，也揣給他一個强盗的罪名，也送進了站籠；于家屯的于朝棟父子，因爲和强盗結寃，被人移贓，父子三人一齊斷送在玉賢的站籠裏；董家口一個雜貨鋪的掌柜的年青兒子，由於酒後不小心，隨口批評玉賢，被玉賢抓進衙門，不到兩天就站死了；……只有東平府那個書鋪裏的人，才敢説出玉賢的真相：「無論你有理没理，只要他心裏覺得不錯，就上了站籠了。」至於曹州的百姓，那就只好帶着慘淡的神色，忍住滿眶的眼淚，把他叫做「好官」。因爲稍一表示不滿，殺身滅族的横禍馬上就會飛到他們身上來。玉賢的殘殺無辜人民并不是毫無目的，在他自己對手下人所説的幾句話中，泄露了這個秘密。當他的手下人以爲于學禮的妻子的自盡，多少會使玉賢受到一點感動，因此趁機來替于家求情時，玉賢却泰然自若地笑道：

你們倒好，忽然地慈悲起來了。你會慈悲于學禮，你就不會慈悲你主人嗎？這人無論寃枉不寃枉，若放下他，一定不能甘心，將來連我前程都保不住。俗話説得好，「斬草要除根」，就是這個道理。

這就是説，爲了自己的朝衣朝笏，他才死也不肯放下手裏的屠刀。這個猙獰的酷吏，有如老殘的一首詩中所描寫，正是以曹州萬家生民所流濺的鮮血，染紅了自己的帽頂的。

如果玉賢是因爲「能干」而「名震一時」，那麽剛弼却是以「清廉得格登登」而得到上臺契重。的確，剛弼并不貪贓，他拒絶了魏家管事人的巨額賄賂。但是和玉賢的所謂「能干」一樣，剛弼的廉潔也終于没有使他成爲一個好官。他在審訊賈家十三條人命的巨案時，根據自己的主觀邏輯，斷定魏氏父女就是凶手，用夾棍楞子慢慢鍛煉，終于鑄成了一個駭人聽聞的寃獄。他自己説他和賈魏氏無寃無仇，並非蓄意陷害他們，他不過是本着「做官的道理，要追究個水盡山窮」而已。在剛弼的心中，賈魏氏毒藥殺人，這是鐵案如山，再無疑義。所以當白子壽來復審時，剛弼一談到自己審案的經過，就忍不住流露出得意之色。總之，由于剛弼「凡事成竹在胸」，主觀武斷，忮很殘忍，他的雙手同樣沾滿了善良人民的鮮血。

山東巡撫莊耀，則是另一種封建官僚的典型。這位「愛才若渴」的封疆大吏，到處訪求着「奇才異能」之士，凡有所聞，無不羅致。他一聽人提到老殘，馬上就重禮敦請。從表面來看，莊耀的確可以稱得起「禮賢下士」了。但是，事實告訴我們，這一位昏庸的撫台大人的「愛才」的美德，給山東老百姓帶來了多麽深重的災難！莊宫保第一個非常賞識的人物，就是玉賢。他曾經専摺明保，一手提拔。在莊大人的這次「愛才」中，曹州一府的百姓，就被趕進了玉賢的站籠。在齊河縣公堂上嚴刑逼供的剛弼，也是他所倚重，並且特地委派去的。這些，比起他採用史鈞甫的治河建議的事情來，自然又算不得什麽了。在莊撫台從這位「南方有名的才子」手裏把古代賈讓的「治河策」接過來的一剎那間，黄河的洪水就淹没了兩岸的村莊，吞噬掉了十幾萬生靈了。

這是一些非常鮮明的、富于概括力的藝術形象，通過這些形象所反映出來的當時的社會政治生活，是殘酷地真實的。它們告訴讀者：在清王朝崩潰的前夕，政治的黑暗和殘酷，達到了什麽程度；無權的人民正躺在血泊裏呻吟。作者用一種沉痛、憤怒的聲調控訴了封建官僚的滅絶人性的暴政。他特别提醒大家：使人民陷于不幸和苦痛的，不只是那些無能、貪污、排斥人才的官吏，除了這些以外，也還有像玉賢那樣「能干」而嗜殺、剛弼那樣「清廉」而主觀、莊耀那樣「愛才若渴」而不辨賢愚是非的人物。政治上的劊子手可以有多少不同的嘴臉！《老殘遊記》中的封建官僚的形象，在這一方面，顯示出了自己獨特的、深刻的暴露現實的力量。

劉鶚所描繪的這一幅現實生活的圖畫，是那樣地真實和生動，以致每一個《老殘遊記》的讀者都不禁爲之深深感動。和這種具體、真實和富於説服力的藝術形象在一起，小説中的那些抽象的反動教義，盡管存在，却不能不退到次要地位。當人民看到玉賢坐在公案後面，從容地用手在簿子上點着説，「一、二、三，昨兒是三個；一、二、三、四、五，前兒是五個；一、二、三、四，大前兒是四個……」的時候；或者，當齊河縣公堂上的夾棍、楞子摔在地上的響聲振動着讀者的耳鼓的時候；還有，當讀者們的眼前呈現出了伏在水裏的屋脊，和一個個隨風漂蕩的尸體的時候；他們是無法抑制住自己的憤怒和憎恨的。形象本身，將不顧作者自己的偏見，而粉碎任何對於封建專制制度的荒誕幻想。

由此可見，在《老殘遊記》一書中，真正激動人心的，不是作者劉鶚的反動的説教，而是體現在形象中的生活真實；并不是老殘心愛的那個「外國向盤」，而是那些引起他無窮憎恨和不斷的抗議的站籠、夾棍、楞子、……一句話，那個血染的紅頂子。

（原載《文藝學習》一九五六年第十一期）

校注《古今小説》前言

宋代以後民間白話小説的勃興，把古典小説的發展推向了一個新的思想藝術高度。爲了説明這一點，人們不僅可以舉出像《水滸傳》、《三國演義》這樣輝煌的鉅著來，而且也必然要提到那些我們通常稱之謂「話本」的優秀的短篇小説。這種通俗短篇小説，在其出現的初期，顯然並没有引起普遍的重視，它們在相當長的一個時期中，曾經像山地裏的野花一樣自生自滅着。只是由於明代的一些愛好者的熱心搜羅、整理和編刻，許多作品才能够最後免於淹没。

在這一方面，馮夢龍的勞績是尤其值得我們感謝的。夢龍，字猶龍，别署龍子猶，又號墨憨齋，明吴縣人。他是崇禎三年的貢生，曾經做過壽寧縣的知縣。《蘇州府志》稱他「才情跌宕，詩文麗藻，尤明經學」（卷八十一『人物』八引《江南通志》）。他留下來的一些詩文和研究《春秋》的著述如《春秋衡庫》等，也許可以爲這幾句話作證。但是，馮夢龍的名字之所以今天對於我們顯得重要，却並不是由於他擅長詩文，精通經學，而是由於他在明代俗文學方面作出了重大的貢獻。他曾經收集民歌俗曲，編成專書。作爲一個戲曲作家，他創作和改編的傳奇多達十餘種。此外，他還致力於通俗小説的寫作和整理。而他所纂輯的「三言」，則是古代白話短篇小説的三部最豐富、最重要的選集。

「三言」是《喻世明言》、《警世通言》、《醒世恒言》三書的簡稱。現在要向讀者介紹的《古今小説》，也即「三言」中的《喻世明言》的初版本。「恒言」刊於天啟七年（一六二七年），「通言」刊於天啟四年（一六二四年），《古今小説》的出版，又早於兩書。三部選集雖非同時刻成，但是它們的編印，却無疑是一個有計劃的工作。傳本《古今小説》扉頁上有書舖天許齋的三行題識，中云：「本齋購得古今名人演義一百二十種，先以三之一爲初刻云。」而本書目録之前，也題「古今小説一刻」。這不只説明繼這部「初刻」或「一刻」之後必將有二刻、三刻繼續問世，而且也使我們明白了「古今小説」四字本來是編者給他自己編纂的幾個通俗小説選集所擬定的一個總名。然而，當《古今小説一刻》增補再版的時候，書名却改成了《喻世明言》；而等到二刻、三刻正式出書，它們也各有了自己的名稱：《警世通言》和《醒世恒言》。這樣，《古今小説》對於後來的讀者，也就無異於《喻世明言》的一個異名了。

《古今小説》、《警世通言》、《醒世恆言》遺留給我們的古代短篇小説，是一筆巨大的財富。正如有些人所形容的那樣，它們是話本小説的寶庫。每書四十卷，每卷一篇，「三言」總共收有小説一百二十篇。就這一種流傳于今本來無多的古代通俗文學作品而論，一百二十篇已經可以看作一個十分龐大的數字了。自然，人們之所以珍視這三個集子，除了其中的小説在數量上非常可觀之外，也還因爲這裏所選的，一般都是長期以來膾炙人口的藝術上較爲成功的作品。明末的另一位著名小説作者凌濛初曾經有過這樣的評語：

「……獨龍子猶所輯『喻世』等諸言，頗存雅道，時著良規，一破今時陋習。如宋元舊種，亦被搜括殆盡。肆中人見其行世頗捷，當别有秘本圖出而衡之，不知一二遺者，比其溝中之斷，蕪略不足陳

已。」(《拍案驚奇序》)

可見,馮夢龍一方面不遺餘力地大量採録宋元時代的作品,另一方面還進行了一次審慎的去蕪存精的遴選工作。只須拿《清平山堂話本》和「三言」對照一下,我們就不難看出,在馮氏的「三言」中没有入選的,大部分是一些比較平庸的作品。因此,我們可以這樣説:儘管「三言」還不是宋元明三代話本小説的全集,但是歷來流傳的一些優秀的作品,實際上已經網羅無遺了。

《古今小説》四十篇,也是自宋到明長時期中的産物。雖然我們現在已經很難一一正確地指出它們中間每篇産生的具體時代,但是其中有些篇章,如《簡帖僧巧騙皇甫妻》、《史弘肇龍虎君臣會》、《楊思温燕山逢故人》、《陳從善梅嶺失渾家》、《張古老種瓜娶文女》、《宋四公大鬧禁魂張》、《汪信之一死救全家》、《任孝子烈性爲神》等,大致可以推斷是宋元舊篇。另外一些,如《沈小官一鳥害七命》、《蔣興哥重會珍珠衫》、《陳御史巧勘金釵鈿》、《滕大尹鬼斷家私》、《楊八老越國奇逢》、《遊酆都胡母迪吟詩》、《沈小霞相會出師表》等,則系明代的新作。和《通言》、《恆言》一起,這部選集顯示了古代民間的文學家們在小説創作方面的傑出的藝術才能,同時也具體地反映出了宋元明之間話本小説的不斷的發展。

通俗白話小説淵源于古代民間藝人的講説故事——説話。説話一藝雖在唐時已經萌芽,但是它的盛行却始于宋代。宋代商業手工業的發達促成了都市的繁榮和城市人口的迅速增長。在那些人稠物穰的大都市中,孵育着一種具有特殊色彩的當時稱爲「瓦舍伎藝」的平民藝術。説話也和瓦舍衆伎一起繁興起來。説話的藝人稱爲説話人,説話人敷演故事的脚本,叫做「話本」。「説話」的「話」,是「故事」的意思，話本即故事本，原來並不專指小説。《水滸》五十一回白秀英説唱「諸般品調」，稱自己所唱的「豫章城雙漸趕蘇卿」爲「話本」。《西廂記諸宫調》的作者也告訴聽衆他要「唱一本兒倚翠偷期話」。但説話人所説，既是故事，則他們的脚本，自然也稱爲話本。説話分四家，其中之一叫作「小説」，「小説家」的話本，流傳下來，也就是最初的通俗短篇小説了。

宋代説話的發展規模是十分驚人的。《東京夢華録》記載汴京瓦市中著名的「小説」藝人還僅李慥等六人，但到南宋時臨安的「小説家」，據《夢粱録》、《武林舊事》等書所舉，則達到了將近六十人。他們在説話中鍛鍊出了一種精湛的口頭藝術的技巧，「談論古今，如水之流」，「能以一朝一代故事，頃刻間捏合」。藝人小張四郎可以一輩子守着北瓦中一個勾欄表演，不用挪移地方（《西湖老人繁勝録》）。這些事實都可以説明南宋時代小説説話的高度發展以及它們在廣大市民中所受到的熱烈的歡迎。

關于宋代以後作爲説話四家之一的「小説」的發展，我們缺乏系統的文獻材料。但是從一些零星的記録中可以看出，這種藝術在元代和明代的民間仍然廣泛地流行着。元夏伯和《青樓集》載當時妓女時小童「善調話，即世之所謂小説」。調，是演的意思。如宋趙令時《侯鯖録》説元稹《鶯鶯傳》流布極廣，「至于倡優女子，皆能調説大略」。「調説」，意即演説、講説。元曲《隔江鬥智》中也稱弄百戲爲「調百戲」。所以「調話」實際即是「説話」。夏伯和又提到時小童的養女，「亦有舌辨」。「舌辨」乃説話的別名，見《夢粱録》。此外，《輟耕録》記至正間有胡仲彬在杭州勾欄中演説野史（卷二十七「胡仲彬聚衆」條）。野史，往往也指短篇小説〔一〕。至于明代，説話一般叫做説書或評話〔二〕。明代初年有評話藝人張良才，因擅寫教坊司招子，被明太祖活活溺死（劉辰《國初事蹟》）。都穆《談纂》亦載京師瞽人真六，善説評話，其事雖屬不經，但明代評話的流行，則可以概見了。

民間説話藝術的豐富，也表現在它的體裁的多彩上。宋代的説話人曾用鼓子詞來演唱小説。明代的藝人更普遍地採用着講唱文學的形式，包括詞話、陶真、道情等。在明代，學習這些樣式來彈唱故事的多半是盲人，它們流行的地區遍及南北，而且還深入到農村中去。

《古今小説》各篇，有的直稱「小説」（《簡帖僧》、《李秀卿》），有的叫作「説話」（《金釵鈿》、《新橋市》）或「話本」（《史弘肇》、《汪信之》），也有標明「詞話」的（如《珍珠衫》）。我們可以很容易的體會到這些作品和民間講唱故事之間的聯繫。有些作品還爲這種聯係提供了進一步的證據。《史弘肇》中説：「這話本是京師老郎流傳。」《金釵鈿》一開頭也説明：本篇是「老郎們相傳的説話」。《史弘肇》是一個宋代的話本，因此作品中所謂「京師老郎」，自然是對東京的小説人的一種稱呼。《金釵鈿》引首金孝還銀的故事，發生在元代；至于正傳所演，乃是一個明代的故事。則此處所謂「老郎」，多分是指明代的民間藝人了。由此可知，《古今小説》四十篇中，包含着不少藝人傳習之本，宋元的作品如此，明代的作品也不例外。

話本小説的作者，固然主要是那些瓦舍勾欄中的藝人，但是文人參與這方面的創作，也并非很晚才發生的現象。民間説話依靠着它藝術上的魅力，不僅替自己在羣衆中開闢出了廣闊的發展道路，同時也很快地吸引一批有修養的文人到這一藝術創作的領域中來。從宋代開始，民間藝人和文人中間就已出現了名爲「書會」的一種組織。書會的成員，所謂「書會先生」，把自己的才能獻給了他們所熱愛的各種民間伎術，其中自然也有小説。元代的雜劇作家陸顯之曾作過《好兒趙正》話本。一般認爲《好兒趙正》就是《古今小説》第三十卷《宋四公大鬧禁魂張》，羅燁《醉翁談録》已有著録，作《趙正激惱京師》。可見這原是宋元説話中的一個流行的故事，陸顯之的作品，無疑是根據舊本改編的。另一元曲家金仁傑，在創作《東窗事犯》雜劇的同時，還編有同名的小説〔三〕。「三言」的編者馮夢龍自己也曾作過短篇小説，今天能够知道的有《老門生》。雖然我們找不到具體的證據來判斷《古今小説》中是否也收着馮氏自己的作品，但其中許多話本都經過他的潤色乃至改寫，這一點却是十分清楚的了。

無論藝人或文人的作品，它們最初都是爲了瓦舍勾欄的講唱而編寫的，如同雜劇是爲了舞台搬演而編寫的一樣。瓦舍勾欄的講唱對于藝術創作，自然有其適合于自身特點的要求。説話人在談到自己的藝術時，曾經提出過這樣的見解：

「話須通俗方傳遠，語必關風始動人。」（《京本通俗小説》第十六卷《馮玉梅團圓》）

通俗，成爲話本能否流傳的決定性的條件之一。這是可以理解的：既然説話是一種市民羣衆的藝術，話本所描寫的事件、人物，就必須爲廣大羣衆所熟悉和理解。因此，話本的作者除了從史傳和説部中選擇那些通俗的人物故事來進行創作外，他們還更多地從現實生活中覓取題材。因爲，人們自己在其中呼吸着的生活，必然也就是他們最關心、最感親切的生活了。

在《古今小説》中，宋元明的故事占着很大的比重。這些作品描繪出了許多當代人物的真實形象，刻劃出他們的精神面貌、風俗習慣，他們之間的聯繫和衝突，從而爲我們展開了一幅一幅當時生活的動人圖畫。

首先，在這些作品中，愛情和婚姻乃是一個非常引人屬目的主題。話本的作品常常在自己的作品中寫出廣大青年男女的願望，他們的痛苦和鬥争。《張舜美燈宵得麗女》中的劉素香，爲了愛情，毅然不顧一切地衝出了家庭的樊籠，飽嘗流離艱辛，達三年之久。從她的身上，我們看到了古代青年女性在追求生活理想時的勇敢和執着。自然，劉素香和張舜美的最後成功畢竟是有幾分徼幸的，在那個時代裏，并不是所有這樣的鬥争都能取得一個快意的結局。《閑雲庵阮三償寃債》描寫一個帥府的小姐陳玉蘭和一個商販的子弟阮華的戀愛。陳玉蘭的父親對官媒提出了極其苛刻的擇壻條件，由于他一味扳高嫌低，蹉跎了女兒的婚姻。陳玉蘭不顧父親的意志，熱烈而且大膽地愛上了對門的阮三官。不幸，幽期密約却由于意外的死亡的襲來而演成了悲劇。作者在故事的開端引用了幾句成語：「男大當婚，女大當嫁；不婚不嫁，弄出醜咤。」這幾句話的本意，雖然是以一種封建的口吻，勸告做父母的及早給兒女完姻，以防「出醜」；但客觀上却正説明着封建的父母之命乃是造成這樣的愛情悲劇的真正原因。

在損人利己、爾虞我詐的社會中，婚姻和家庭還經常會遭受外來的破壞。《簡帖僧巧騙皇甫妻》敘述一個和尚用計騙取了軍官皇甫松的妻子楊氏。《蔣興哥重會珍珠衫》中，蔣興哥的美滿的家庭被陳商和薛婆生生地拆散了。《陳御史巧勘金釵鈿》則是一個浮浪子弟梁尚賓，破壞了魯學曾、顧阿秀的婚姻。小説帶着深深的憎恨刻劃了這些爲了淫慾或金錢而踐踏别人的幸福的僧侶和市儈們的令人毛骨悚然的奸詐、陰險與惡毒。像楊氏那樣的封建社會的家庭婦女的處境之所以顯得特别悲慘，除了第三者的蓄意破壞之外，還在于她們的丈夫往往是皇甫松這樣的脚色。皇甫松這一形象體現了封建時代的夫權主義者們所特有的專横和凶暴。正是在他的專横和凶暴之下，楊氏被逼得只好去投河求死，並且終于落入了奸人預設的圈套。蔣興哥形象的特徵，却在于對妻子的真誠熱烈的愛情。甚至在發現三巧兒已經背棄了他而不得已只好將她送還娘家去時，他仍然那樣眷戀她、體貼她，「兀自不忍」，内心交織着矛盾和痛苦。這種深摯的夫婦之愛，在封建時代的家庭中無疑是十分稀有和可貴的。而這也就使得蔣興哥和皇甫松之流的人物嚴格地區别了開來。

門當户對的觀念長期支配着封建時代的男女青年的婚姻。構成婚姻的條件，不是雙方的愛情，而是家庭的地位和財産。但是封建社會中個人和家族的急劇的升沉，常常使原來財勢相當的門第，變得貧富貴賤懸殊起來。《金釵鈿》中顧僉事的悔婚，正是在這樣的情況下發生的。另一方面，封建主義又向來要求婦女們「貞節」，要求她們「從一而終」。于是父親的悔婚，便遭到了女兒阿秀的「義正辭嚴」的堅決反對。然而當阿秀爲了挽回婚事而偷約未婚夫會見時，却碰上了冒名頂替的梁尚賓，被騙失身，只好自殺。《金釵鈿》就是這樣寫出了一個青年女子，在封建的門第觀念和貞節觀念的夾縫中做了犧牲。

未婚的悔親，已婚的便遺棄。封建社會會産生像《金玉奴棒打薄情郎》中的莫稽那樣的人物，原也是不足爲奇的。莫稽在窮困的時候娶了丐頭的女兒金玉奴，當時他覺得很稱意，因爲他「不費一錢，得了個美妻，又且豐衣足食」。但是等到一旦及第做了官，金家的婚姻便立刻成了他「終身之玷」了。爲了另婚高門，他下毒手殺害那個千方百計資助他成名的妻子。莫稽的形象表明了支配着封建婚姻的財勢慾，能够使一個人的靈魂變得多麽卑鄙、骯髒和殘忍！

《滕大尹鬼斷家私》也通過一個嫡庶争産的醜劇來展示封建時代的家庭關係。七十九歲的倪太守納了一個十七歲的女孩子作妾，生下了兒子。這個風燭殘年的老頭子的心理是複雜的。一方面他害怕長子倪繼善將來虐待弟弟，爲此只得忍氣吞聲，假意向他討好。另一方面他又唯恐梅氏再嫁，所以臨死故意用話反激、試探；直到她發誓決不嫁人，他才放心地把那卷藏着啞謎的畫軸付給她。爲了使一部分財産能够傳到幼子的手裏，他用盡了手腕和心機。倪繼善的唯一希望，則是獨占家私。因而，他把繼母和弟弟看成眼中釘。他打鷄駡狗，氣死了老子之後，又不斷地迫害梅氏母子。還有，連僅只十四歲的繼述也口口聲聲要討「家私」，去和哥哥吵架。封建官僚地主家庭裏夫婦、父子、兄弟之間的畸形的醜惡關係，在這些生動的形象中，得到了典型的體現了。

人們的婚姻、家庭生活並不是孤立的，它和社會生活的其他方面密切地聯繫着。因此，那些以婚姻家庭衝突爲主題的作品所提供給我們的生活畫面，也總是遠遠越出了個別婚姻、個別家庭的範圍而更爲廣闊。《簡帖僧》中開封府處理刑事的苟且、草率，反映了封建官僚機構的腐朽。《滕大尹》中裝神弄鬼以騙取倪家一罎金子的「賢明」的滕大尹的形象，對于封建官僚的貪慾和奸詐的揭發，也是辛辣而有力的。另一篇作品《單符郎全州佳偶》，雖然主要敍述一對未婚夫妻離散後的重逢，但邢春娘父母被殺、自己爲亂兵所掠淪落爲娼的身世，却告訴了我們古代民族戰爭時期的人民所担負的沉重的痛苦。在這一方面，《楊思温燕山逢故人》的描寫是尤爲動人的。北宋亡後楊思温、鄭意娘、韓思厚在燕山的人鬼遇合，他們的流離和悲哀，扣動了每一個讀者的心弦。而元明之間倭人侵擾下東南沿海人民的悲慘命運，也體現在《楊八老越國奇逢》裏被倭寇捉去當了十九年俘虜嚐了無窮艱辛苦痛的楊八老的形象中。

但是，古代人民的普遍的生活痛苦的一個最根本的來源却是壓在他們頭上的黑暗殘酷的封建統治。《古今小説》中有許多篇寫出了這一點。《木綿庵鄭虎臣報寃》在塑造賈似道這一擅權誤國的奸臣的形象，刻劃他的卑鄙、陰險和凶殘的同時，也對南宋末年整個朝廷的腐朽作了廣泛的揭發。正是這些昏庸的統治者和骯髒無耻的朝臣，給國家和人民帶來了無窮無盡的災難。這篇小説實際上是古代人民對于禍國殃民的統治階級的沉痛的控訴。有些作品，作者的本意并不在于揭露統治階級，但是在他對于現實的政治生活的真實描寫中，封建統治的本質，却自己顯示了出來，譬如《趙伯昇茶肆遇上皇》。趙旭原已中了狀元，因爲宋仁宗無理刁難，以致功名墮地，流落在東京。但經過了長期窮困潦倒之後，他忽而一日之間莫名其妙地變成了兼管軍民的封疆大吏。並非由于别的，只是由于同一統治者在某一天的晚上做了一個怪夢的緣故。無論從趙旭的悲傷或者快樂中，讀者都可以感到封建統治者及其取士制度的荒謬和悖理。

和上述内容相聯繫，話本小説創造了許多封建時代的反抗者的形象。《汪信之一死救全家》的主角汪革是一個失敗的起義者。汪革起初絲毫没有背叛朝廷的意圖，他一直「志在報國」並無「貳心」。但是由于潑皮無賴的誣害、差吏的造謡刺激和上下官府的羅織人罪，他除了拿起武器來之外，没有别的道路可走。然而，甚至在起事之後，他想望着的最終目標也還依然是「就朝廷恩撫，爲國家出力，建萬世之功業」。所以當鬥争受到挫折時，他爲了保全自己的身家財産，决計出頭自首。汪革作爲一個反抗者的形象是不徹底的，不堅决的，然而小説却通過他的遭遇宣告了封建統治下人民的生活的没有保障。即使自己多麽不願意，可是無情的現實却逼迫他們，使他們不能不起來作生死存亡的鬥争。在這裏，封建統治的殘酷性也就格外明顯了。《沈小霞相會出師表》中的不顧生命的威脅堅决反對嚴嵩父子的沈錬是一個正氣磅礴的人物，而寫得最爲出色的自然要算聞淑女了。小説描寫她怎樣潑辣和巧妙地跟虎狼般的差人們周旋，這是和迫害者作鬥争的古代婦女的無比智慧和勇敢在藝術形象中的集中和概括。另一篇小説《宋四公大鬧禁魂張》以幾個偷兒作爲自己的主人公。這幾個小偷那樣機智，那樣富于正義感，他們幫助被迫害的窮人，憎恨和蔑視那些鄙吝貪婪的財主和愚昧而又凶惡的官府。特别是，在他們那裏，偷竊已經成爲向壓迫者剥削者抗議和報復的一種手段了。因此，這幾個小偷的形象，也便賦有了特殊的思想意義。

話本小説的内容證明，這些小説的作者們的生活知識是豐富的。不唯如此，他們對過去的文學和歷史也有着充分的修養。《醉翁談録》説：「夫小説雖爲末學，尤務多聞，非庸常淺識之流，有博覽該通之理。」說話人從小通過《太平廣記》這樣的大類書向前代的作品學習，同時他們還廣泛地研讀古代的歷史文獻。這些過去時代的小説作品和史傳文學不但滋養了他們的藝術才能，並且爲他們打開了一個創作題材的寶藏。優秀的話本作者，按照自己的理解和想像，把一些歷史傳奇故事加以改編，就在作品中創造出了不少古代人物的生動形象。《晏平仲二桃殺三士》描寫春秋時代齊國政治家晏嬰的智慧和才能。《裴晉公義還原配》讚揚唐裴度還人原配的義舉。小説暴露了統治階級掠奪人民妻女的罪行，而裴度的不同于一般凶暴的官僚之處也就在于他能够同情被迫害者，把黄小娥還給唐璧。《羊角哀捨命全交》、《吴保安棄家贖友》、《范巨卿鷄黍死生交》都通過歷史人物的塑造，歌唱朋友之間的肝膽照人、生死不渝的情誼和信義。對于現實生活中背義棄信反覆無常的利己主義者，這些形象意味着一種强烈的諷刺和鞭撻。在歷史題材的作品中，更爲常見的則是那些所謂「發跡變泰」的故事，在《古今小説》中有《窮馬周遭際賣餢媪》、《葛令公生遣弄珠兒》、《史弘肇龍虎風雲會》、《臨安里錢婆留發跡》和上面已經提到過的《趙伯昇》。這類作品由于主要描述統治階級中某些出身寒微的人物的暴發的曲折過程，因此也能廣泛地反映出古代的社會生活和政治生活。其中有些人物的性格，例如錢鏐、史弘肇、郭泰的性格，刻劃得也相當鮮明和富于色彩。尤其是史弘肇的坦率天真、没有機心，郭泰的正直、富于正義感，使得這兩個人物顯得十分渾樸和可愛了。

宋元説話中還有一種稱爲「靈怪」、「神仙」或「妖術」的作品，在《古今小説》中也不乏其例。像《陳希夷四辭朝命》、《張道陵七試趙昇》、《陳從善梅嶺失渾家》、《楊謙之客舫遇俠僧》、《張古老種瓜娶文女》，都可以歸入這一類。這些小説的故事外形往往十分離奇荒誕，然而就其内容而論，則常常不能不同時又是真實的，因爲它們真實地反映了現實生活中人們的願望和理想。封建時代有多少沽名釣譽的「處士」，他們的隱逸生活無非是走進宮庭之前臨時拿起來的一塊敲門磚而已。而透露在陳摶的形象中的則是一種對于真正的蔑視富貴名利、不受統治者羈籠的人物的憧憬。《張道陵七試趙昇》表現了另外一種思想：一個人如果想使他的事業獲得成功，就必須刻苦堅毅，經受得起一切考驗。《陳從善》和《楊謙之》兩篇的内容相似，前者描寫一個被派到「千層峻嶺、萬疊高山、路途難行、盜賊烟瘴極多」的地區去做巡檢的陳辛，半路上被妖精奪去了妻子，後來依靠神仙的拯救，夫婦終于重圓。後者也寫一個到「蠻烟瘴疫，九死一生」的安莊縣任官的楊益，在異僧的幫助下，最後轉禍爲「福」。這兩篇小説都反映着封建時代那些對自己的前途感到無限恐懼的邊臣逐客們的幻想。而在一部分無力娶妻的窮人們的幻想的基礎上，便產生了《張古老種瓜娶文女》中那樣的一個貧苦的種瓜老兒用自己的神力，娶了一位宦門的年青小姐爲妻的故事。但是，八十歲老翁和十七歲的少女之間的結合，給與人的感覺却是醜惡的。這也就説明了，封建社會中的人們的幻想，卽使是幻想，也還不免是帶上了這個社會的深深的烙印的。

從所有的作品中都可以看出，話本的作者并不把自己的任務限制于蒐采一些奇聞異事來娛樂聽衆。他們在描寫各種重要的生活現象時，永遠對它們作着説明和評判。他們是生活的證人，也是生活的教師。「言其上世之賢者可爲師，排其近世之愚者可爲戒；言非無根，聽之有益。」（《醉翁談録》甲集卷之一《小説引子》）古代的小説家是這樣重視他們作品中的褒貶勸懲的意義的。這也就是他們提倡的所謂「語必關風」了。説話是一種羣衆性的藝術，説話人是民間的藝人，所以話本的内容常常受到人民的觀點的直接影響。事實也正是這樣。小説中流露出來的那種對于普通人的命運的關切和同情，那種對于壓迫者剥削者的憤怒和抗議，都和廣大人民的思想感情息息相通。但是無論話本的作者和聽衆，都生活在封建時代，在他們的意識中有進步的因素，也不可避免地有封建落後的因素。而那些保守錯誤的思想就必然會阻礙他們去正確地認識理解生活，從而在作品中便出現了一些虚僞的情節。舉個例來説，譬如《汪信之》中關于起義失敗的描寫。汪革剛進軍，城壕邊便出現了一羣精靈，向他唱出讖詞，預告他的毁滅。由于神道向他報復，他甚至還没有戰鬥便已失利，只好回兵了。這裏，對于起義失敗的原因，作者不是用現實生活中的客觀條件來解釋，而是用迷信的因果報應的觀點來加以解釋。于是作品的描寫便離開了生活的真實了。

在許多場合，還由于這種封建性的成分和民生性的成分緊密地結合在一起，而使作品的内容顯得分外複雜。《鬧陰司司馬貌斷獄》中司馬貌的性格，表現出一種對于社會的不公平、不合理的强烈的憤慨和抗議，但同時這一形象又徹頭徹尾地滲透着宿命論的思想。《遊酆都胡母迪吟詩》中主人公胡母迪的形象的情況，大致和這相仿。至于像《月明和尚度柳翠》、《明悟禪師趕五戒》那樣的故事，則更完全是輪迴果報的宣揚了。但即使在那些作品中，也仍然可以找到一些個別的寫得真實的情節。例如關于柳府尹和玉通和尚之間的矛盾的描寫，又譬如關于五戒和尚私通紅蓮的描寫，都能够勾勒出現實生活中官僚和僧侣們的嘴臉。也還有這樣的時候，作者所描繪的現實生活的真實圖畫中提供了和他自己的主觀偏見顯然矛盾的東西，其中一個最突出的例子便是《任孝子烈性成神》。作者竭力使任珪這一人物理想化，爲此還揑造出了坐化成神的謊話。他的觀點的封建性是十分明顯的。然而在他對于任珪捉姦、刀傷五命的血淋淋的實際描寫中，我們却不能不違反了作者的虛僞的説教，而從這一人物身上深遠地感覺到了封建主義的凶殘和恐怖。甚至在《梁武帝累修成佛》一篇中，作者的那種宗教宣傳的狂熱，也由于他真實地寫出了梁武帝的悲慘結局，而愈益見得荒唐可笑了。

《古今小説》四十篇的内容是那樣豐富，同時又是那樣複雜，要想比較全面地作一番介紹，這決不是筆者目前力所能及的事情。因此，這裏也只能説這樣一點簡單膚淺的意見。原書爲明天許齋刻本，藏日本内閣文庫。一九四七年商務印書館根據攝歸的照片排印。内閣文庫本間有缺頁，則以日本尊經閣藏别本校訂補足。一九五五年文學古籍刊行社又重印了這部書。現在卽用文學古籍刊行社重印本爲底本，校以原照片，並參考《清平山堂話本》、《今古奇觀》，訂正了一些錯字。原書句讀，改成標點符號；個别色情的描寫，也仍略予删節。爲了幫助一般讀者閲讀，還作了一些注解。這個工作一定存在着許多錯誤和缺點，來自讀者的任何批評、意見，都將受到熱烈的歡迎和感謝。

〔一〕如《醒世恆言》第十三卷《勘皮靴單證二郎神》稱該篇「原係京師老郎傳流，至今編入野史」。這裏的「野史」，卽指短篇話本。

〔二〕「評話」並非長篇「講史」的專稱，也包括短篇的「小説」。《警世通言》第十一卷《蘇知縣羅衫再合》：「這段評話，雖說酒色財氣，一般有過，細看起來，酒也有不會飲的，氣也有耐得的，無如『財色』二字害事。」又，同書第十七卷《鈍秀才一朝交泰》：「如今在下再說個先憂後樂的故事。列位看官們，內中有胯下忍辱的韓信，妻不下機的蘇秦，聽在下說這段評話，各人回去硬挺着頭頸過日，以待時來，不要先墜了志氣。」可以爲證。

〔三〕郎瑛《七修類稿》卷二十三《東窗事犯》：「予嘗見元之平陽孔文仲有《東窗事犯》樂府，杭之金人傑有《東窗事犯》小說。」金人傑，當卽曲家金志甫，志甫別有「東窗事犯」雜劇，見《錄鬼簿》。

（載人民文學出版社一九五八年版《古今小說》卷首）

《清明上河圖》畫的是哪座橋

南宋畫家張擇端的《清明上河圖》，是我國藝術遺産上的希世之珍，無論從畫法上來看，還是從歷史文物史料價值上來看，都是一件極其難得的寶物。在傳説中，明代奸相嚴嵩之子世蕃因要謀求這幅名迹，至將原藏家太倉王抒害死，後來范允臨作《一棒雪》傳奇來寫這件事，京劇裏的《審頭刺湯》等戲目，就由此而來；而王抒之子世貞，痛父寃死，無法申報，就作出一部《金瓶梅》小説來，曲折地圖謀復仇雪恨，後來嚴氏竟因此而敗亡，云云。這些傳説，未必靠得住，但由此可見這幅畫在人們心目中之地位了。還有它的「化身」，卽仿制僞造品之多，爲任何名畫所未有，也足見其身價和影響。解放以後，這件寶貴文物的真跡爲故宫博物院收得，文物出版社又爲它作出了精美的複制畫葉和卷軸，使得愛好藝術的廣大羣衆可以隨意欣賞，真是一件大快事。

這幅畫的主題，是北宋時代東京汴州（今河南開封市）城内外歡度清明佳節的盛況。因爲真迹曾經殘損，所餘已非全貌，從現存部分來看，畫幅中的一座飛橋，就成爲主題中之主題。近幾年來的某些有關文章認爲，那座大飛橋就是「虹橋」。

虹橋，據記載，是「其橋無柱，皆以巨木虚架，飾以丹艧，宛如飛虹」。這種没有橋柱、只以木料虚架的飛橋建築，是我國勞動人民的智慧創造，極有特色。畫幅中的形象，既然正和記載相合，則其是爲虹橋，似無疑義了。

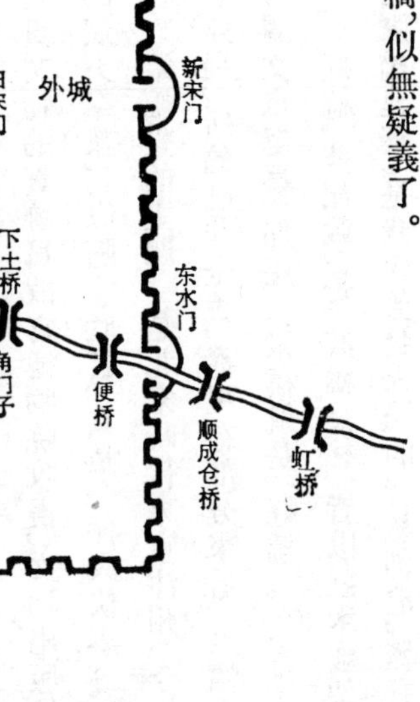

宋汴京东城汴河桥梁示意简图

我個人有一個看法。若是只爲瞭解橋梁建築，或是探討繪畫藝術，這樣認識卽無不可；但若在此之外還要借以窺測北宋京城的城市地理風物面貌，則不妨進一步追究一下，張擇端所畫的這座大橋，到底是不是虹橋？

我說，這座橋不是「虹橋」，而實在應是「下土橋」。

汴京城當時有兩層城垣，內城和外城。內城先有，外城後築，所以內城也叫舊城，外城也叫新城。因此之故，連內外城的相當的城門，也以「舊」「新」來區分，例如：新鄭門、舊鄭門，新宋門、舊宋門，新曹門、舊曹門，都是。虹橋，在東水門外，東水門就是外城東一面從南數起的第一道門，乃是汴河的下水門（由西而東，流經汴京而出城的水口）。而下土橋在內城東一面的

「角門子」外，這個角門子是内城東面從南數起的第一道門，位在汴河南岸。

爲什麽我説它不是虹橋呢？試舉三點理由研究參攷。

第一，畫幅中作爲重要標志之一的城門，絶不像是東水門。東水門應當什麽樣子呢？宋人《東京夢華録》有確切的記載，説：

「東都外城，方圓四十餘里。……東城一邊，其門有四：東南曰東水門，乃汴河下流水門也；其門跨河，有鐵裹窗門，遇夜如閘垂下水面；兩岸各有門通人行，路出拐子城，夾岸百餘丈。……」——可見東水門是跨河門，正門如閘狀，夜裏不通舟船時，則閘門關閉，而兩旁另有通人行的偏門。可是畫幅裏的形象完全不是這樣。

其二，同書又確切記載：

「東都外城，……城門皆甕城三層，屈曲開門；唯南熏門、新鄭門、新宋門、封丘門皆直門兩重；蓋此係四正門，皆留御路故也。……新城每百步設馬面戰棚，密置女頭，旦暮修整，望之聳然。……」

可見汴京外城四面除四個當中正門是兩重的甕城門，門門直對的，其餘都是三層的甕城門，門和門都不直對而開，形成交錯之狀，這是關係防守的設置（甕城就是包繞在城門外面的小城。當初北京也還有甕城的遺迹，例如西直門到很晚還存在）。至于城牆，每隔百步便有馬面戰棚（今北京城猶有遺型）。——可是畫幅裏的形象又完全不是這樣。

其三，據《東京夢華録》説，「自東水門外七里，至西水門外，（汴）河上有橋十三：從東水門外七里，曰虹橋……」是虹橋距離城門尚有七里之遥；縱使畫幅中的城門可以勉强認作東水門，那門和橋間的距離也不像是在代表着「七里」的景象和意味。而實際更挨近水門的還有一道順成倉橋。

以上，或許有人說，繪畫是藝術概括，不同于攝影或測繪地圖，本不必拘執；何況張擇端是南宋畫苑人，他是在南方追憶故都的舊景而寫爲畫幅的，也不能全部符合實際情況。

誠然，藝術不是攝影，而我國從來也沒有過真是自然主義的作品，即使寫生畫、肖像畫，真以實物爲模特兒的，也不等于「自然主義」，這個關係到我國藝術傳統、藝術理論、文化思想的問題，連文學也不例外。但是藝術概括對于《清明上河圖》這種性質的繪畫來說，恐怕正應當是突出現實景物的要點和特色，而不是恰恰相反；它也不同于一般的山水畫，比如畫個城門、畫個橋梁，可以取其「意到」，不必「形似」。張擇端既然意在描繪故都面貌，至少在重要特點上要基本符合實際；假使他把那座最具特色的東水跨河門畫成那麼樣一個普通城門的樣子，則南宋初期流落在江南的皇室、故老俱在，每年奉使到淪陷區中原故國的人更是絡繹不絕，汴京彼時大致建築也還未經巨變，許多人都看過、都走過的地方，難道畫家既要描繪實景給人看，反而可以任意編造、過于支離嗎？假使那樣，誰會承認他畫出來的東西還成其爲汴京清明上河之圖呢？再說，今天大家之所以認爲那橋是虹橋，主要理由還是那座橋的形制和虹橋符合而已；如果他既然可以把東水門改畫成那樣子，那麼他也可以把虹橋不再畫成飛橋——可以畫成「低平不通舟船」「石梁石笋……石壁……石柱」的天漢橋或相國寺橋樣式，到那時，難道我們也還可以借口藝術概括而仍指之爲虹橋嗎！

所以我覺得那樣解釋也不足以使人折服。那個城門若指爲東水門，是怎麽也説不過去的。城門既不是東水門，那門外之橋當然萬不會是虹橋了。

爲什麽我説它應當是下土橋呢？也可試舉三點理由。

第一，據《東京夢華録》記載，汴河上面原共有十三道橋，後來加上把以船代渡的西浮橋改建而成爲木石橋一座，實共有橋十四道。由東往西數，是虹橋、順成倉橋、東水門裏便橋、下土橋、上土橋、相國寺橋、州橋……。這州橋便是《水滸傳》裏寫楊志賣刀的地方，正名曰天漢橋，正對大内御街，是十幾道橋的中心點。相國寺橋在「經度」上正對保康門（内城南壁共有三門，正中朱雀門，東爲保康門），遠在内城東壁以西，亦即不會是距内城角門子很近的橋；這樣往東排下去，上土橋自應在角門子内，而下土橋則當在門外：這兩座是最挨近角門子的。畫幅中那城門既然不像外城的東水門，當然只有這個内城角門子最相合了；而在汴河水道次序上講，在城門内外稱呼上講，下土橋當在門外，是没有多大疑問的。

其二，畫後題跋中有金代臨洺王磵的兩首詩，其第二篇云：

兩橋無日絶江船，
十里笙歌邑屋連。
極目如今盡禾黍，
却開圖本看風煙。

而首句下有原註，説：「東門二橋，俗謂上橋、下橋。」

王磵，字逸濱，明昌（金章宗年號，一一九〇——一一九五年，相當于南宋光宗紹熙元年至寧宗慶元元年）中，官主簿。他又是汴梁人（以上皆據《詞綜》小傳），眼前景物，所説固應可據。他所説的「東門」，卽指「東角門子」，而上橋下橋正就是上土橋下土橋了。他既認爲畫幅是「兩橋……圖本」則現存這一門外飛橋自當是以下土橋爲合了。

其三，《東京夢華録》説明：

「從東水門外七里曰虹橋：其橋無柱，皆以巨木虛架，飾以丹雘，宛如飛虹。其上下土橋亦如之。」據此，上下兩橋的建築法，與東水門虹橋相同，然則如所畫是角門子外的下土橋，表現爲那樣飛橋形制，是正相符合的。

至于大家是怎樣將此橋訛傳爲東水門外七里的虹橋的呢？原來也不是偶然的。《澠水燕談録》卷八説：

「青州城西南皆山，中貫洋水，限爲兩城。先是跨水植柱爲橋，每至六七月間，山水暴漲，水與柱鬥，率常壞橋，州以爲患。明道中夏英公（竦）守青（州），思有以捍之；會得牢城廢卒，有智思，疊巨石固其岸，取大木數十，相貫，架爲飛橋，無柱。至今五十餘年，橋不壞。慶曆中陳希亮守宿（州），以汴橋壞，率嘗損舟害人，乃命法青州作飛橋（按：可參看《宋史》二九八陳希亮傳）。至今汾汴皆飛橋，爲往來之利，俗曰『虹橋』。」

這段資料把飛橋的創始沿流説得很詳備，陳希亮是效法青州飛橋法，在宿州作飛橋，因此「詔賜縑以褒之，仍下其法，自畿邑至于泗州，皆爲飛橋。」（《宋史》）所以汴京的飛橋又是效法宿州。而本來人民是管所有這樣的飛橋都叫作「虹橋」的，是泛名；及至流入汴京，「虹橋」這一泛名開始成爲東水門外第一座飛橋的專名了。而作爲泛名的「虹橋」稱呼，仍然存在于各處人民口中，因此之故，後人不盡明瞭，引起混亂。就是説，起初把畫幅中的飛橋呼爲虹橋，也並不算錯，因爲那是泛名；而汴京恰好有專名「虹橋」的一道橋，于是漸漸有人把那所畫之虹橋固定爲東水門外七里的「虹橋」，這便錯了。

（載一九六一年十二月二三日《光明日報》，署名禹玉）

話本徵時

簡帖和尚

清平山堂所刻《簡帖和尚》，文學史家公認爲宋代話本，無異辭。這多半是因爲錢曾《也是園書目》曾經把包括本篇在内的十幾篇小説一起題作「宋人詞話」之故。清初藏書家的鑑定，自應受到重視。但是，能不能認爲這裏已排除了誤斷的一切可能性了呢？我們看到，把宋人話本混稱爲「詞話」，已經蹈襲了明代人的錯誤了；至于在作品時代的問題上，錢曾手裏的答數是否正確，似乎也須要進一步驗算。

可惜，藏書家没在任何地方述説過自己這種判斷的來源或依據。因此，當我們重新提出這一問題來時，就不得不暫時闔上書目，把視線移到作品中來。

《簡帖和尚》中有一段情節：皇甫松在拷訊婢女不得要領之餘，忿然把四個捕役叫來投官。作者表白云：這四個人「是本地方所由，如今叫做連手，又叫做巡軍。」

在小説的這個斷面上，我們發見了它隱藏着的年輪。

話本家使用了一個不常見的詞：「所由」。這個詞在話本創作的當時，早已從活的口語世界中引退，並爲新詞「連手」和「巡軍」所接替。作者爲此特别作了解釋。語言的歷史曾經説明，口語中的語詞，隨着社會生活的發展，處在不斷新陳代謝的過程中。如果説，語法和語音的穩定性是相對的，那麽在詞彙的領域中，這種穩定性還要弱一些。不錯，有一些詞具有很强的生命力，它們一直從殷墟甲骨上生氣勃勃地走進了今天的學生詞典中。但是另外還有許多詞，却只活了或短或長的一段時間，便失去了生命。而這裏「所由」一詞死亡的時刻，正好標示着這個話本降生的時刻。

在把問題從一篇作品的年代簡化爲一個詞的年代之後，就必須將我們的考查稍稍推前。原因是，此處碰到的這個詞正是一個唐代人的習用語，在當時的官私文牘中觸目皆是。但唐人所謂「所由」，初非專指一職一司，上而京兆尹〔一〕，衛尉〔二〕，左右衛率府〔三〕，下至省吏〔四〕，税卒〔五〕，都有此稱。因爲按詞義講，「由」是「經」的意思，「事必經由其手，故謂之所由。」〔六〕所以巡卒捕吏，自然也可以這樣稱謂。長慶中，白居易守杭，仍歲暵旱，他于是窮究錢唐湖利害，爲文刻石，以示後來。「其石函南筧并諸小筧闥，非澆田時，並須封閉築塞，數令巡檢，小有漏泄，罪責所由，即無盜泄之弊矣。又若霖雨三日以上，即往往堤決，須所由巡守，預爲之防。」〔七〕這裏的「所由」，便是巡防堤筧的吏卒。長慶二年，張平叔上疏請官自賣鹽，「鄉村去州縣遠處，令所由將鹽就村糶易。」「兩市軍人，富商大賈，或行財賄，邀截喧訴，請令所由切加收捉。」〔八〕這是指收捉私鹽的軍士。在唐人小説中，也不乏這種例子。康駢《劇談録》（卷上）載潘將軍亡珠故事，盗珠者是懷一身絶技的少女，爲「京兆府解停所由王超」訪獲〔九〕。《太平廣記》卷四四八《李參軍》，記王顒殺狐，老狐蕭公訴于都督陶貞益，中云：「所由謁蕭對事，陶于正廳立待。」又宋王讜《唐語林》（卷四）稱，德宗令捕勤政樓下所過緑衣人，萬年捕賊官李銘「出召幹事所由，春明門外數里，應有諸司舊職事伎藝人，悉搜羅之，而綠衣果在其中。」這幾處的「所由」，都是官司收捕罪人的差役。

根據上面提到的材料，我們也許可以作出推論，話本中所指稱邏卒爲「所由」的時代該是唐代吧。但這是不確切的。因爲這個名稱雖然出現于唐，實際上直到宋代依然是人們口邊的一個常用詞。李燾《續資治通鑑長編》卷七十四載大中祥符三年八月，因皇城司親事卒騷擾，下令：「自今非姦盜及民俗異事所由司不即擒捕者，勿得以聞。」司馬光《涑水紀聞》（卷五）記仁宗時尚、楊二美人得寵，「尚氏父自所由除直殿。」謂從卒伍驟躋班行。釋文瑩《玉壺清話》（卷八）：「安鴻漸滑稽輕薄，或傳凌侍郎策，世緒本微，其父曾爲鎮所由，公方成童，父携拜鴻漸，爲立一名，漸因命名曰『教之安』，言『所由生』也。」這是暗用經語譏笑凌的父親當過隸卒。北宋末，唐恪爲中書侍郎，聶昌爲同知樞密院事，馮澥對欽宗說：「陛下以曹司爲相，所由爲樞密，事將奈何？」意思說唐乃昏懦俗吏，聶不過充一街卒的才具，不足以當軍國重任。事見徐夢莘《三朝北盟會編》卷六十五。開封都城内外「所由」員額，景德五年有詔裁減，每廂二人至五人不等，另有「都所由」一名。《宋會要輯稿》（《兵》三「廂巡」條）載之甚悉。這些都是北宋的事實。至于南渡以後，情況並没有改變。項安節《家説》云：「今坊市公人，謂之『所由』。」〔一〇〕說得最爲明確。《家説》作于慶元中，可知「所由」一詞，無論北宋南宋，始終活在人們的口頭。

話本説：「如今叫做連手，又叫做巡軍。」連手一稱未見。置巡軍以充巡捕之職，却是元明制度。《元史》卷一〇一《兵志》四：

「元制，都邑設弓手，以防盜也。內而京師，有南北兩城兵馬司；外而諸府所轄州縣，設縣尉司、巡檢司、捕盜所：皆置巡軍、弓手。而其數則有多寡之不同。職巡邏，專捕獲。」

州縣設弓手，本宋舊制；至別立巡軍，則係元代新創。巡軍和弓手不同，弓手專主緝捕，而巡軍則兼街市儆察。元代政府爲了加强統治，曾一再增加內外巡軍的名額，以京師大都一地而言，兵馬司和留守司統領的巡軍，就不下數千人。

從巡軍設置于元而「所由」之稱南宋時仍流行這一事實看來，話本《簡帖和尚》不可能是宋代作品，它必定産生于元代以後。

故事述僧人就逮，解到開封府後，即「押下左司理院」勘訊。按宋開封府設左右軍巡院，無司理院。北宋時京府（開封、河南、應天、大名）悉然。司理院是外州次府的衙門。只有南宋臨安府不同，因爲它本是諸州，充作「行在」，故設左右司理院如舊。這一點宋代的人也是決不容弄錯的。

引首「錯封書」一節，羅燁《醉翁談録》（乙集卷二）記是吳仁叔妻王氏事。明彭大翼《山堂肆考》亦載之，王代作韓氏，並以吳仁叔爲元人。當有所據〔一一〕。然則入話也是一個元代的故事。

至此，接下去必然要問，既然《簡帖和尚》并非宋人所作，那末它畢竟是元，還是明呢？話本的一些細節表明，它的誕生離開宋亡還不會十分久遠。例如故事結末，僧人犯奸准「雜犯」斷罪，尚依宋律，與元、明不合〔一二〕；邊軍衣襖從京師押送，宋代定制如此〔一三〕；呼吏胥爲「前行」，軍士爲「上名」，都是宋、元間習俗；而其中描繪的人物服飾，也流行于宋末元初〔一四〕。這些情況都向我們提示：應該把它歸入元人作品的行列。

元代的話本一向與宋、明作品相混，不易識别。所以許多文學史論述元代通俗文學，往往只談雜劇，不及小説。有人甚至設想，話本小説在宋代以後曾出現過衰歇的局面。因此，把宋、元、明三代的作品認真地區别開來，將不只有助于探究各個不同時期的短篇小説藝術上的具體特點，而且對于話本發展歷史的全貌的了解，也不無裨益。事實上流傳下來的元代話本不在少數，《簡帖和尚》便是其中頗爲出色的一篇。

這裏似乎應該説明，小説創作于元代這一事實並不妨礙它的題材可以來自宋時。儘管研究者們還不能找到故事的真正出處，我們也有理由相信，話本把事件的發生安排在北宋的京城裏，完全不是僅僅出于作者對這個時代的特殊興趣。（這種興趣我們在别的話本中曾經碰到過。）因爲當小説家着手對這樣一個和尚奸騙人妻的案件進行藝術處理時，他實際上面對着的正是前代的一個相當嚴重的社會問題。

宋代佛教的發展有一個觸目的現象——僧侣隊伍的無限制膨脹。宋初全國僧尼尚不過六萬多，天禧末暴增至四十餘萬[一五]，到宣和七年統計，僧道總數已超過了百萬人[一六]。這首先當然是統治階級提倡佛教的結果。由于趙宋統治者一開始就充分認識佛教對封建政治的積極的輔助作用，所以除了個别時期因爲崇奉道教而稍稍壓抑釋氏外，他們不僅熱心地創建寺宇，賜與産業，給僧人以種種特權，獎給紫衣、師號，並且常常下詔普度僧尼。天禧三年一次便度了二十六萬人（包括道士）[一七]。然而僧侶人數高速度增長的更主要的原因還在于宋代政府把鬻賣度牒視作一項切實易行的生財之道。起初尚有限額，不久便狂印濫賣起來；南宋時財政支絀，往往乾脆給降大量度牒以充各種經費。出家必須納錢的結果終于是只須納錢便可出家。于是在龐大的僧侶羣中，沉澱了不少社會渣滓：游民、惡棍、盜賊，以至殺人犯〔一八〕。叢林變成了亡命之徒的逋逃藪，他們花錢買取一領袈裟以掩蓋住過去的罪惡，用度牒作護符繼續作奸犯科。和尚不但掠奪、殺人、並且宿娼、姘居、蓄妾，而誘騙良家婦女的醜聞穢事也層出不窮〔一九〕。「僧雜犯者衆」〔二〇〕成爲一個使宋代正直的人們疾首的現實問題。不用説，僧徒的這種驚人的道德敗壞，正是當時統治階級推行的宗教政策的直接和必然的結果。

然而兩宋寺院的骯髒黑暗，在歷史上決不是獨一無二的。元代緇流無耻的程度，便大大超過了他們的前輩。當時，宗教和政治進一步緊密地勾結起來，從而使僧侶們取得了無上的權威。「朝廷所以敬禮而尊信之者，無所不用其至，雖帝后妃主，皆因受戒而爲之膜拜。」在黑暗統治的年代裏，權力和罪惡總是孿生的。于是那些剃光了頭的貴人們，「氣燄熏灼，延于四方，爲害不可勝言。」西番僧佩帶着金字圓符，絡繹道路，到處强占民舍，迫逐男子，奸淫婦女〔二一〕。當然也不僅番僧如此。葉子奇《草木子》（卷四下）：

「都下受戒，自妃子以下至大臣妻室，時時延帝師堂下戒師，於帳中受戒，誦咒作法。凡受戒時，其夫自外歸，聞娘子受戒，則至房不入。妃主之寡者，間數日則親自赴堂受戒：恣其淫佚，名曰『大布施』，又曰『以身布施』。其流之行，中原河北，僧皆有妻，公然居佛殿兩廡。赴齋稱師娘，病則於佛前首鞠，許披袈裟三日。殆與常人無異，特無髮耳。」

更其聳人聽聞的是，有些地區，年青貌美的女人，全被和尚霸占〔二二〕。爲了「照顧」出外的僧官，政府還特地設立「明因站」，將一些女尼集中到那裏去，供他們玩弄〔二三〕。這種和尚專用的官立妓院，在佛教史上大概也可以算得咄咄怪事。所以，如果説宋代出家人奸淫是犯罪，因而還不得不偷偷摸摸；那麽在元代，這種事情既普遍又公開，因爲它們得到了統治階級的庇護〔二四〕。難怪當時的人要那樣恨恨地諷嘲了：「近寺人家不重僧，遠來和尚好看經。——莫道出家便受戒，那個貓兒不吃腥！」〔二五〕目擊這樣凶似豺虎、行同狗彘的饞貓在光天化日之下肆意破人家室、奪人妻女的人們，聽到這篇話本中的故事時，將會有怎樣的感觸涌上心頭呢？這是不難推想的。

《簡帖和尚》小説中對僧侶的詭譎淫惡的揭發，以至嬉笑怒駡，都是詠史詩式的。在撻伐前代的惡人惡德的時候，它傾訴了元代人民的生活激情。

雖然小説中對那個和尚着墨并不多，——甚至連姓字都未一提；但讀者還是從作品的杼軸一新的藝術意匠中强烈地感到了他的陰險和惡毒。由于把奸僧的行藏寫得倏隱忽現，扑朔迷離，藝術上便産生了一種直接效果，見得這一人物躲在陰暗之處，含沙射影，幢幢往來，如鬼似蜮；而騙術的巧妙也有力地表現了他的狡獪、毒辣、老謀深算：只利用一封百把字的假信，便使人們一個個掉進他的陷穽，輕而易舉地把皇甫松的妻子奪取到手。

不出奸僧所料，皇甫松接到匿名信後，果然暴跳如雷，對楊氏打駡交加，而且不容辨白，决然送官勒休。皇甫松的這種凶暴專横，並無什麼特別之處，因爲封建時代本來就是夫權的時代。值得一提的倒是，在元代社會裏，婦女的被壓迫地位也有一些新的特徵。元代上層階級的統治帶來了一些落後的習俗和制度：當時蒙古的規矩，父兄死了，庶母和嬸嫂都可以像財物一樣由子弟收繼〔二六〕。按照元朝慣例，卽便内外大臣得罪，他們的妻子也卽斷歸他人〔二七〕。——女人和奴隸、牲畜完全没有區別。所以元代人不只説：「妻子如衣服。」而且更進一步説：「媳婦兒是牆上泥皮。」〔二八〕然而，難道不正是因爲這種觀念的支配，皇甫松才迫不及待地用自己的雙手摧毁了自己的家庭，把從小相處的妻子推入敵人的懷抱嗎？這就事實上表明了夫權思想對于婚姻生活的嚴重的危害性，表明了没有愛情、没有相互尊重的封建夫婦關係不可能給人們帶來真正的家庭幸福。

同樣，騙子手也預見到了官府可能採取的態度：他們全不追究事實便草草地判决了離異。

話本的題目下面有一行小注，標明本篇是「公案傳奇」。公案故事的最通常的格局是：好人蒙害，清官雪冤。人們經常指出，文學作品中清官的形象反映了古代遭到政治迫害的人民的善良的願望，這無疑是對的；但是，假如把元代的這類故事，拿來和當時一年之内全國竟發現近二萬名貪官污吏和五千多樁寃獄的現實政治對照，我們有時不禁會感到：這種願望畢竟也只是一支蠟粘的翅膀罷了。而《簡帖和尚》中的開封府官吏，由于他們的顢頇、循情，却實際上只起了一種作用，就是最後地幫助了奸僧實現他的騙局。可見，這篇話本脱掉了一般公案故事的陳舊外套，因而也擺脱了它們普遍的思想局限。

僧侶的罪惡、婦女的從屬地位和官僚政治的黑暗腐敗，三者在元代都是突出和典型的。因此，在這三條黑綫的交叉點上産生的《簡帖和尚》故事，不用説對那個時代的人們有着特別深切的現實的認識意義。這樣，我們也就不難從這篇小説的思想内容上爲它在元代社會中的出現和流行找到解釋。

〔一〕《資治通鑑》卷二四三《唐紀》五十九，胡三省注：「京尹任煩劇，故唐人謂府縣官爲『所由』。」

〔二〕郭湜《高力士外傳》：「十二月，至鳳翔，被賊臣李輔國詔外隨駕甲仗，上皇曰：『臨至王城，何用此物。』悉令收付所由。」

〔三〕張鷟《龍筋鳳髓判》卷四：御史彈東宮，每微行不設儀仗，「所由率丁讓等，並請付法。」

〔四〕《唐會要》卷八十二「當直」：姚崇爲紫微令，不欲當真。「所由吏數持直簿詣之。」崇題其簿云云。劉肅《大唐新語》卷十三亦載此事，「所由」但作「令史」。

〔五〕《通鑑》卷二五二《唐紀》六十八，胡注：「所由，謂催督租税之吏卒。」

〔六〕《通鑑》卷二四二《唐紀》五十八，胡注。

〔七〕《白香山集》卷五十九《錢唐湖石記》。

〔八〕《韓昌黎集》卷四十《論鹽法事宜狀》。

〔九〕亦見《太平廣記》卷一百九十六。

〔一〇〕武英殿聚珍版《項氏家説》，從《永樂大典》輯出，内容不全。此據《通鑑》卷二四三胡注轉引。

〔一一〕此事亦見《崖下放言》，作郭暉妻。陳衍斷爲後人誤入，參看《元詩紀事》卷三十六。

〔一二〕參看《宋刑統》卷二十六《雜律》、《元史》卷一〇四《刑法志》三、《元典章·刑部》卷十六《雜犯》、《大明律集解》卷二十六《雜犯》。元律「諸僧尼道士女冠犯奸」，在《姦非》篇，明律「僧道犯姦」隸《犯姦》，皆不屬「雜犯律」。

〔一三〕此元人尚多知之，參看元無名氏《衣襖車》(《孤本元明雜劇》)、武漢臣《生金閣》(《元曲選》)諸劇。

〔一四〕這裏只舉僧人改裝所裹「高樣大桶子頭巾」爲例。按此制創自蘇軾，所以有「子瞻樣」、「東坡帽」等名稱。李廌《師友談記》：「士大夫近年做東坡，桶高簷短，名帽曰『子瞻樣』。」《王直方詩話》：「元祐之初，士夫效東坡頂短簷高桶帽，謂之『子瞻樣』。」東坡作《椰子冠》詩，篇末自嘲亦云：「更著短簷高屋帽，東坡何事不違時。」帽屋，亦猶帽桶。而呂本中《紫微雜志》乃云：「東坡喜戴矮帽，當時謂之『東坡帽』。」此「矮」當指帽簷，非謂帽身。至其流行，諸書皆言當時已有仿制者。王得臣《麈史》卷上：「比年復作短簷者，簷一二寸，其身直高，而不爲鋭勢。」——蓋即「子瞻樣」。然觀宋人圖畫，如張擇端《清明上河圖》中，人物千數，而絶無一人戴此，知東都實未大行。南渡後期，服之者始漸衆。周密《齊東野語》卷二十記當時謎語：「又有以今人名藏古人名者，云：『人人皆戴子瞻樣』——仲長統。」(按：與「衆長桶」諧音。)則宋季元初，此巾卽以風靡一時了。其著之者，多爲文士輩。故南戲《張協狀元》云：「秀才家須看讀書，識之乎者也，裹高桶頭巾，着皮靴，劈劈朴朴。」又，楊顯之《酷寒亭》雜劇(第三折)詩云：「江南景致實堪誇，煎肉豆腐炒冬瓜，一領布衫二丈五，桶子頭巾三尺八。」楊氏此劇必作於江南新下之時，北人乍見南中風土不同，因致詫笑。「三尺八」雖是劇家誇詞，然亦足見其高了。明代東坡巾，帽高已殺，簷與桶齊，無復宋元舊制。王圻《三才圖會·衣服》編有圖，可參看。

〔一五〕李攸《宋朝事實》卷七。

〔一六〕王林《燕翼詒謀録》卷五。

〔一七〕《宋朝事實》卷七。

〔一八〕天聖三年，馬亮上言：「天下僧以數十萬計，間或爲盜，而民頗患之。」見《宋朝事實》卷七。司馬光《涑水紀聞》卷七載有殺人犯自披剃爲僧。

〔一九〕陶穀《清異録》載京師大相國寺僧有妻曰「梵嫂」。王明清《揮麈三録》卷三記天章寺長老德範納婢妾。田汝成《西湖遊覽志餘》卷二十五謂宋時臨安九里松一街人家婦女，皆僧外宅。至僧人誘騙婦女，變佛宇爲魔窟者，南宋臨安一地，即有鹿苑寺、柳洲寺等多起，見趙葵《行營雜録》及田汝成《西湖遊覽志餘》。

〔二〇〕謝采伯《密齋筆記》卷五。

〔二一〕并見《元史》卷二〇二《釋老傳》。

〔二二〕陶宗儀《輟耕録》卷二十八「白縣尹詩」條：「嘉興白縣尹得代，過姚莊，訪僧勝福州。閒遊市井間，見婦人女子皆濃妝艷飾。因問從行者，或答云：『風俗使然。少艾者，僧之寵；下此則皆道人所有。』」

〔二三〕周密《志雅堂雜鈔》卷下。此書作于元初。

〔二四〕元代雖曾累次下令，使僧有妻者還俗，但並未嚴格執行。《元史》卷三十八《順帝本紀》一：「凡有妻室之僧，令還俗爲民。既而復聽爲僧。」

〔二五〕張國賓《合汗衫》第三折。

〔二六〕《元史》卷三十四《文宗本紀》三、卷四十四《順帝本紀》七，參看《輟耕録》卷十五《高麗氏守節》、卷二十八《醋鉢兒》二條。

〔二七〕此歷朝皆然。天曆中，陝西行臺御史孔思迪曾建請廢除這種制度，見《元史》卷三十三《文宗本紀》二。

〔二八〕元時俗語，見無名氏《神奴兒》（第一折）、《劉弘嫁婢》（第二折）、石君寶《秋胡戲妻》（第二折）、鄭廷玉《楚昭公》（第四折）等雜劇。

戒指兒記

收入天一閣《雨窗集》的《戒指兒記》，今僅殘存十許葉。《古今小説》載此篇全文（卷四，改題《閒雲庵阮三償冤債》），字句則略有刪潤。鄭振鐸先生曾下過評語：「文字古朴，而饒自然之趣；且直敍曰『家住西京河南府梧桐街兔演巷』云云，當是宋人之作。」〔一〕結論的根據，似還不能算作十分充分。因爲宋朝以河南府洛陽爲西京，是不待宋人而後方能知道的。至于風格，近年嚴敦易先生便提出過截然不同的意見：「少渾朴的氣息，不像是宋人的。」但嚴先生也覺得「敍稱『西京河南府』，類宋元人口氣。」所以最後把本篇創作的時代，歸入「存疑」。〔二〕

《戒指兒記》究是那一時代的作品，這或者並不是難以考查明白的問題。小説中可以找到一些片斷，恰似地層中的生物化石一樣，能够確定它形成的年代。

這篇戀愛故事中有一點頗爲新鮮：封建時代的戀愛公式也許可以説是「一見鍾情」吧，但陳玉蘭在「鍾情」于阮華的時候，彼此却甚至連「一見」之緣也還未有過。只因爲這位小姐想起她「爹曾説阮三點報朝中駙馬，因使用不到，退回家」，一念之間遂動了愛慕之心。馮夢龍在「退回家」下面添了一句「才貌必然出衆」，深得作者原意，更清楚地點出了女孩子的心理過程。「點報駙馬」一事，這裏雖只側筆一提，却是小説家手裏燃點陳、阮二人愛情的一片火絨，情節上不可缺少。

封建王朝招選駙馬的事蹟，人們是耳熟能詳的。小説戲曲中這類關目難道還少麽？但是駙馬公開招選的辦法，却是近世才行用的；宋時便絶無此制。兩宋公主的選尚，不外以下兩途：一是直接出于「上意」——皇帝的命令，如宋太祖改嫁王承衍之妻，使尚昭慶公主〔三〕，秉杜太后遺意，而以永慶公主下嫁魏咸信〔四〕。又如哲宗念韓琦功績而把神宗第三女嫁給其子韓嘉彦〔五〕，理宗感楊太后擁立之恩而把公主嫁給她的姪兒楊鎮〔六〕。趙宋一代大部分的公主都是這樣嫁出去的。偶然也採取另一辦法，令近臣幫助物色，例如哲宗爲大長公主（神宗女）擇配，指明要狄詠（狄青子）那樣的人物〔七〕；南宋時理宗也曾詔宰臣商議選尚，但是意見没有採納〔八〕。所以兩宋公主的婚事，既不名副其實地由公侯作主，也并不普遍地招選。元代公主（元制親王女亦稱公主）之壻，大都是蒙古、色目人；「漢人」中高麗〔九〕、女真人〔一〇〕，也有爲駙馬的。「然元室之制，非勳臣世族及封國之君，則莫得尚主。」〔一一〕因此漢族平民，根本與此無關。直到明代，才定出了由禮部出榜，招選駙馬，任人報點的規矩。《明史》卷五十五：

> 「凡選駙馬，禮部榜諭，在京官員軍民子弟，年十四至十六，容貌齊整，行止端莊，有家教者報名。司禮內臣于諸王館會選。不中，則博訪于畿內、山東、河內。」

選中三人，先送禮部培養，然後擇吉赴御前，欽點一人爲駙馬〔一二〕。足見阮華「點報駙馬，因使用不到，退回家」來，完全是明代的制度。

阮華的父兄，都是商販。宋代商人的社會地位低微，婚姻上也受到嚴重歧視。熙寧十年有詔云：

「緦麻以上親不得與諸司胥吏出職、納粟得官、及進納、伎術、工商、雜類(按謂娼、奴)、惡逆之家子孫通婚。」〔一三〕

壻家必須有「三世食禄」或「三代有任州縣官或殿直以上者」，方爲合格。還得召保；如瞞冒成婚，以違制論。宗室之女尚且禁止與商人聯姻，則皇帝的公主可知了。宋朝東牀人選，國初皆取藩鎮功臣子弟，後來也必動舊閥閱。其人則初期因唐相貫，但擇文士；英宗以後，也參取儒士。這都是志傳具在，灼然可見的。

明制則不然。招選駙馬時，不唯「官員軍民子弟」，都許報名，並不排斥商賈，而且事實上常常不從士族中選取。謝肇淛《五雜俎》(卷十五)：

「國朝駙馬尚主，皆不用衣冠子弟，但于畿輔良家，或武弁家，擇其俊秀者尚主之。」

我們過去常奇怪，何以無論張廷玉《明史》、萬斯同《明史》、王鴻緒《明史稿》、傅維鱗《明書》，乃至焦竑《國朝獻徵録》，于諸朝駙馬，除初期少數功臣子弟外，往往都不書他們的家世？老實説，在幾百年前的歷史家眼中，這些人的出身，還值得一提麽？

可以得出結論：像阮華這樣的商販子弟，會去應選駙馬，對宋代的人説來，是完全不能設想的。同樣也可以得出結論：話本《戒指兒記》只能是明代人的手筆。

明代統治階級容許與商人通婚，并非單個的偶然現象。例如，在科舉方面，宋朝規定，「工商異類」，不得應試〔一四〕；明代也取消了對工商的禁令〔一五〕。這些事實清楚地表明，從宋到明，商人、手工業者、或者說「市民」的社會力量已經大大地增長。他們不只鋪平了個人通向封建政治的道路，而且也動手拆除婚姻關係的樊籬。

這當然不等于說，到了明代，商人——那怕只是在婚姻上——已經絲毫不受歧視。恰恰相反，統治階級任何時候都要全力保護自己的地位和權利，而門當户對則是根深蒂固的信念。所以在官僚地主階級中，像小說中陳太常那樣的人物畢竟依然占着絶大多數。他們「只管要揀門擇户，扳高嫌低」，把「當朝將相之子」懸爲乘龍快壻的第一條件。阮華這個商人的兒子，卽使對門而居，耳目至近，也自然是不容攀附的。然而年青的一代有自己的理想和作爲，他們往往一下子打亂了老一輩的心愛的安排。當木已成舟之後，陳太常竟也只好承認這門親事，丢掉「當朝將相」的要求，接受這個商販人家作爲親戚往來。這裏同樣也反映出了富有時代特徵的內容：新興的社會力量那樣有力地衝擊着官僚地主階級關閉着的大門，以致那些封建保守的勢力已經常常要被迫作出讓步。

當然，這篇小說的思想內容并不單純。作者不單給自己的故事戴上了一頂「不婚不嫁，弄出醜吒」的封建帽子，最終乾脆還搬來一座貞節牌坊，把女主人公的往事「一牀錦被遮蓋了」。看樣子，他對于封建的婦女道德十分傾心。然而，卽使最粗心的讀者也會感覺到，這決不是作品的真正思想。因爲小說家在描寫陳玉蘭和阮華相愛的時候，塗染在形象上的感情色彩完全不是什麽嫌惡和責駡，而是十足的贊賞。于是，這樣一幅古怪的圖案便出現了：面目可憎的封建説教和與之水火冰炭的進步意識被剪貼在一起，口頭上對貞節的頌揚和內心對偷情的禮贊被嫁接在一起。

這種思想觀點上的混亂和矛盾，是那樣明顯，那樣離奇，它在明代的話本中具有某種典型意義。如果我的理解不錯，那末這事實上也是一定歷史時期的社會關係的一種反映。陪隨着市民的逐漸壯大，這個階層的一些思想意識，作爲舊事物的否定，也開始在社會生活的各個方面顯示出影響。以愛情——婚姻自由的思想而論，從元到明的階段，便是表現得越來越强烈、越來越鮮明的階段。這在小説戲曲作品中特别是如此。因此，對于爲什麽從元代中葉起，統治階級又狂熱地通過一切手段（政治的、思想教育的）加緊宣傳婦女貞節，也就無足深怪了：後者正是前者的反動。明太祖即位後的頭幾個月，便命令儒臣修編《女誡》〔一六〕。巡按督學採訪貞女烈婦事蹟，每年奏請賜祠立坊，規定爲一種制度。從實録、方志所載一時被騙葬送在貞節牌坊之下的婦女達到一萬多人——據説這還是極不完全的統計數字〔一七〕來看，應該承認官方的措施的確收到了不小的效果。生活在這個時代的一般市民，既然還不能摔脱自己身上的封建桎梏，那末儘管他們真正向往的是那樣一種離經叛道的思想，也就不能不在這兒那兒表示自己對名教的忠順。由此可見，話本小説的思想複雜性，反映了這一歷史時期市民的成長、他們的進步性，也反映了他們的不成熟、軟弱和局限。

故事中阮華暴卒一節的處理是非常糟糕的。那些色情低級的筆墨不只引起人們的厭惡，而且直接損害作品的主題：它降低了作爲正面人物的主要形象的風彩。無怪乎古典小説的讀者常常抱怨這種嗜羶逐臭的趣味，視爲話本的白璧之瑕了。但若試圖加以區分，則我們也決不能説，宋、元、明三代作品之間，全無一點差别。一般説來，宋代小説家在描寫男女關係方面，態度還是較爲嚴肅的。元代作品中無理取鬧的情節已有增加。只是到了明代人的手裏，類似的庸俗噱頭才像感冒一般流行起來。

上述情況説明，話本小説的這一缺點，也是和明代的社會風氣聯繫着的。有明一代官僚、地主、豪商們的生活荒淫，達到恬不知耻的地步。上層階級的邪瞀作風，不可避免地腐蝕了這個社會，也沾污了文學和藝術。試看，出諸士大夫之手的初、二刻《拍案驚奇》，其文字猥惡之處，遠比民間的小説作品爲甚，就可以了然于其間的關係了。十分不幸，話本《戒指兒記》也從孕育它的時代裏帶來了這樣一塊難看的胎記。

〔一〕《明清二代的評話集》，見《中國文學論集》。

〔二〕《古今小説四十篇的撰述時代》，見古典文學出版社印《古今小説》附册。

〔三〕邵伯温《聞見前録》卷一。

〔四〕《宋史》卷二四九《魏咸信傳》。

〔五〕《宋史》卷二四八《公主傳》。

〔六〕同上。

〔七〕范公偁《過庭録》。

〔八〕同注〔五〕。

〔九〕元時高麗王累世尚公主，故稱「駙馬高麗國王」，參看《元史》卷二〇八《高麗傳》。

〔一〇〕如女真人脱歡，尚憲宗孫女，見《元史》卷一六二《劉國傑傳》。

〔一一〕《元史》卷一〇九《公主表序》。

〔一二〕《明會典》卷七十《選擇駙馬》。

〔一三〕《宋史》卷一一五《禮志》十八。

〔一四〕《宋史》卷一五五《選舉志》一。

〔一五〕明代除學校訓導、罷閑官吏、與居父母之喪者外，只有「倡優之家」明文規定不許入試。見《明史》卷七十《選舉志》二。

〔一六〕談遷《國榷》卷三。

〔一七〕《明史》卷三〇一《列女傳》。

（原載《南開大學學報》哲學社會科學版第四卷第一期。）

元代戲曲綱要

按：《文存》再版之際，重新整理家父遺物，發現了這份「元曲筆記」。内容主要分爲兩大部分：概説戲曲之形成、曲與詞之關係、南北曲及其分别、散曲、元南戲，以及介紹元明雜劇及其名作家、名作等。

考筆記中云白樸《東墻記》「二十八年發現於上海」，乃使用民國紀年；稱北京爲北平，應是一九四九年以前所作。内頁夾有中華民國三十七年十二月三日北平燕京大學圖書館開具的還書逾期罰金收據，似可爲作於就讀燕京大學期間的旁證。又述楊景賢《西游記》，引證孫楷第先生之説，則似非聽課筆記。觀其論述頗多獨得之見，並有系統，疑爲家父未完之作或論著的前期準備。甯宗一先生回憶説，概説部分與家父任教南開大學時元曲課程所講内容吻合（當然講課時分析更加詳細，解讀更加深入），則在家父，其學術觀點自是一以貫之。

這份筆記歷經一個甲子能够保留下來，彌足珍貴，今擬題爲《元代戲曲綱要》，增入《文存》，存以備考。因係殘本，有些地方排序不够連貫，整理時均未作改動，只將明顯的筆誤予以校正。

許檀謹志

傀儡戲、影戲爲戲曲前身。故今戲角落帽謂之榫卯，走錯臺路謂之反線。傀儡戲非代言體，而是講演體。後以活人替代，仍用其詞。故舊戲有報名等不合理情形。臉譜代表人之品類性情，凡塑像、雕像、鑄像、壁畫像，皆有畫樣，臉譜亦即畫樣。臉譜之發生即由於傀儡、影戲之雕樣、畫樣。傀儡畫像用漆，故今戲角打臉用油。不打臉者亦將眉吊起，使其與真人不同，有類傀儡。

傀儡戲唐時有之，至宋始有傀儡戲、影戲之翔實記載。吴自牧《東京夢華録》、孟元老《夢粱録》、灌圃耐得《都城紀勝》、周密《武林舊事》，謂宋傀儡戲有五種：杖頭傀儡、懸絲傀儡、藥發傀儡、肉傀儡（《都城紀勝》注：以小兒後生爲之）、水傀儡。弄影戲有影戲、大影戲（《武林舊事》云：以人爲大影戲），其中肉傀儡以人爲之，則人之行動模仿傀儡。大影戲以人代紙人、皮人之影。故今之大戲即昔之肉傀儡、大影戲。

元代戲曲有南、北曲，北曲今存百餘種，南曲不過十餘。

北曲

元雜劇以四折爲多，然亦有六折、十餘折者。如王實甫《西廂》多至十七折，僅一人歌之。分二種：末本（末尼）、旦本。若爲末本，自始至終歌者爲末，其餘僅有賓白，但不限一角色。如爲《蕭何追韓信》，第一折爲蕭何，第二折可爲韓信唱，但旦則不能唱。

正脚：正旦、正末；

外脚：副末、貼旦、副浄（浄）。

如爲旦本《西廂》，則可以鶯鶯唱，可以紅娘唱。

脚色：

宋、元代仕宦之履歷、籍貫、年甲、相貌，謂之「脚色」，又名「脚色狀」，又曰「根脚」。大末、冲（中）末、小末、旦、花旦（惡）各有其貌。脚色，即裝扮之人之相貌。

元脚色：末

正脚：大末、中末、小末

外脚：副末　　　貼旦、花旦（色旦）、浄（副浄）、丑

花旦，点破其面爲花旦，亦有五彩者。

浄，抹土擦灰，亦有五色。

何以謂之旦？現已不可知。

王國維《古劇脚色考》：如孛老（老兒）、潔老（和尚）、邦老（匪類）、都子（乞丐）、孤（宦），皆可用末、旦、浄、丑起，非脚色。

二、演劇次第：

元曲自開戲至散戲是否與今相同？元演劇次第與今不同。在演劇前有若干技藝，大概：

開呵（唱）即開場，是一種介紹，其前尚有舞蹈之類，大率爲副末。

按唱：劇中穿插。如《司馬相如題橋記》第四折，相如唱【鬥鵪鶉】第一句：「巍巍乎魏闕天高」，忽出一外脚加以按白。

收唱：劇終後，有人歌舞，最後有收場白，大抵念題目正名，如《單刀會》，《關大王單刀會》，題目「喬國老諫吴帝，司馬操休官職」，正名「魯子敬索荆州，關大王單刀會」。

收呵即打散之一。

元時説書亦如此。《水滸傳》雷横听秀英説書，亦有如開唱、按唱、收呵者。

三、戲臺：

元代唱戲之處曰构欄，漢唐即有此語。构欄即鈎闌，戲臺週圍有欄，謂鈎闌，构欄亦稱戲棚。或臨時，或固定。上下場門又稱鬼門道或古門道。場面在臺中間，亦售票。亦有砌末（假的東西，如虎豹之类），如騎馬用竹馬，不如今日之僅具姿態。

唐以來的彩樓元时謂之戲樓。古來戲約分二種：一爲娱神，舞臺：

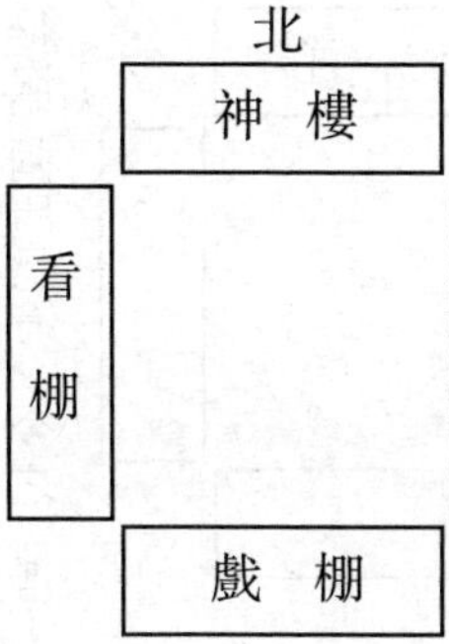

	北	
	神樓	
看棚		看棚
	戲棚	

看棚又稱幕次，兩唐已有。今之「池子」一名或爲「墀」之譌，然不可確知。若爲娛人之戲，其戲臺：

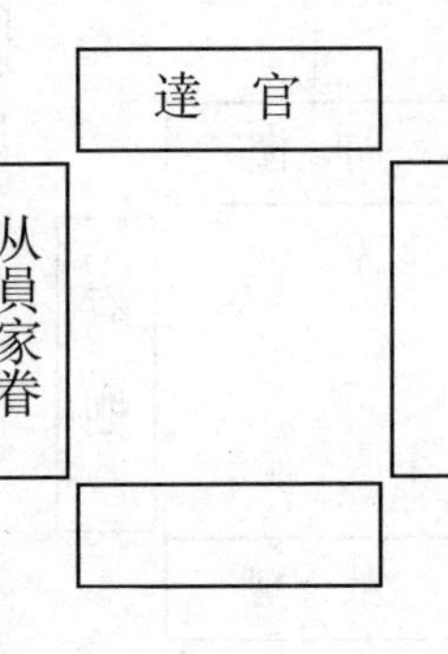

今之戲場，皆售飲食，蓋中國古代戲劇皆爲燕會而設。

南、北曲之分別

滑稽戲：宋雜劇，官本雜劇

　　金院本

北曲：元雜劇

南曲：戲文　傳奇

宋之雜劇是滑稽小戲，是承應、供奉之戲，故曰官本。金院本即宋雜戲，明寧獻王《太和正音譜》：

院本者，行院之本。此語若一分析，便知有誤。

教坊院承應时以院本，故亦即南宋官本。

院本與南北曲之別：

院本	南北曲
一、脚色少	脚色多
二、重做不重唱	重唱
三、情節簡，不甚演古傳記中事	情節繁多，出古傳記
四、以詼諧爲主	除净外，皆不以詼諧爲主
五、文字簡	文長，少者四折，多至數十折

雜戲、院本據宋元記載，不過四人，大都止二人：副末、副净。南北曲，生、旦、净、丑，外脚甚多。

雜劇唱，院本做，故王實甫《麗春堂》曰唱雜劇，做院本。

南、北曲之分別：

（一）据明人王世貞謂：北曲所重在弦，樂器以琵琶爲主；南曲所重在板，以笛爲主。徐渭云：

故發爲聲音：北曲雄壯，南曲柔美。

南、北曲常爲同一曲牌，而其音節、字數各不同，蓋以樂器相殊故也。

北曲：唐宋燕樂（胡樂）（用以琵琶，燕會之樂），北曲直接來自燕樂。南曲或與六朝清樂有關。

蓋其音雅澹，由瑟、笛等合之。六朝清樂發源於南方民間，傳至南宋杭州，燕樂順行於士大大階級，民間亦受其影響，以燕樂曲入清樂。故南北曲分別甚大，而曲牌多同。

（二）北曲律嚴，六宮十一調、十六調，連若干曲爲一套；南曲或云本無律。

（三）北曲一曲時間短，南曲長。換言之，北曲音勁疾，南曲音緩，明藏書家章丘李開先，嘉靖時人，謂：「北曲字多音少，南曲字少音多。」同一曲牌，北曲字多，南曲字少，北曲曲文中有襯字。

（四）北曲每折歌者只限一人，南曲每齣有更迭唱、接唱、合唱。

曲與詞之關係

曲又名詞餘，詞研究如何變成曲，詞與曲同名，有拍子同者，如《風入松》，然大部不同。詞曲唱法不同，或詞者依舊法唱之曲，詞之俗唱則爲曲。程大昌《演繁露》、《都城紀勝》、沈義父《樂府指迷》，俱謂有所謂「嘌唱」，任意添字添聲，學詞者不可從市井之人。市井里巷之人所歌爲曲，教坊官妓所唱則爲詞。北人嘌唱而爲北曲，南人嘌唱則爲南曲。

元曲作者既多，曲凡千餘種，何者？或謂政治不平等，如李開先《張小山樂府序》云：當時臺省元臣、郡邑正官及雄要之職，盡其國人爲之，中州人沈抑下僚，志不獲伸，宜其歌曲多不平之鳴。元詞所由盛，元治所由衰也。但元曲很少不平之鳴，散曲容或偶一有之。

或云元時科舉以戲曲取士(如臧懋循),元科舉《元史》記載甚詳,此説蓋謬。王國維云:元雖不以戲曲取士,然自元太祖以後八十年始有科舉。其《宋元戲曲考》云:「元科舉唯太宗九年一舉行後,廢而不舉者七十八年。至仁宗延祐元年始復以科目取士,遂爲定制。自唐宋以來,士之競於科舉者已非一朝一夕之事。此種人一旦失所業,適雜劇之新體出,遂從事於此。」此説似亦不能令人滿,如是科舉興則戲曲當衰,然後科舉復興,戲曲仍盛。

雜劇未成熟時,僅有滑稽小戲。雜劇起,内容既富,作唱亦繁。其發展有本身之理由,與政治無很關係。元曲作者有「曲會」,文人優伶,皆可加入。有新劇出,立即排演,新劇一多,元曲遂盛。元雜劇之所以興,以其爲新興戲,較好;二則有書會,可以供給劇本。元代戲劇作家皆書會中人。

元雜劇盛,南曲衰,其故南戲爲地方戲,雜戲起於北方,遼金所占地區皆雜劇通行地方。元滅宋後,大批回人、色目人南下作官,將雜劇帶至南方。周定王(明太祖子)《元宮詞》:「吴中妓女號穿針,貢入天家抵萬金。莫向人前唱南曲,禁中都是北方音。」

元雜劇及其名作家、名作

一、金末元初至仁宗,爲第一期作家;

二、仁宗至元末,第二期作家。

第一期幾全爲北人,不外山東、河北、山西、口外(察哈尔),所謂「腹裏」,可見雜劇起於北方。此期名家有關(漢卿)、白(仁甫)、馬(致遠),其實此四人外,大家尚多,如王實甫、吴昌齡等。

關漢卿:元鍾嗣成《録鬼簿》(前期人物,此書有錯誤)云:漢卿,大都人(即今北平)。然方志中或謂山西人,或謂河北人。前期十之七八皆大都人,或流寓於此,未必盡産一地。元明以來,對漢卿有二説:

一、明寧獻王《太和正音譜》謂:關爲首創雜劇者,此當與事實不附。

二、元人謂漢卿金之遺民——元朱仲誼《青樓集序》,胡適之頗疑之。蓋漢卿《詠杭州曲》有云:「大元朝,新附國,亡宋家,舊華夷。」又《大德歌曲》云:「唱新行,大德歌」,大德是成宗年號。其實漢卿生於金代,亦屬可能。

漢卿,大都人,號已齋叟,太醫院尹。其著作存於今者……

元代推漢卿爲首,明代則以其爲可上可下之才,蓋元尚本色,明主淹潤。

(上闕)

今唱崑曲者僅能唱《單刀會》與……二劇。

單本,元刊本,《孤本元明雜劇》本,與今崑曲不侔。

此劇分四折,最佳者如第四折【双調新水令】:「大江東去浪千疊,駕着這小舟一葉,才離了九重龍鳳闕,又來到千丈虎狼穴。大丈夫心烈,我覷這單刀會一似賽村社。(駐馬聽)依舊的水湧山疊,年少周郎何處也?不覺的灰飛烟滅,可憐黃蓋暗傷嗟。破曹的檣櫓一時絶,鏖兵的江水猶然熱,好叫我情慘切！這不是水，這是二十年流不盡的英雄血！」

（四）《詐妮子調風月》。

此外，《玉鏡臺》等皆演才子佳人事。

《切膾旦》，白士中、謝記兒、楊衙内。

《玉鏡臺》即《世説新語》。

《謝天香》，開封府尹錢可與柳耆卿故事，曲頗高。王國維《宋元戲曲史》嘗引之。

《救風塵》，趙盼兒、宋引章、秀才安秀實、周舍。宋引章誤嫁周舍，趙盼兒救之以歸安。杜蕊娘與韓輔仁相親，濟南府尹石好問撮合之。

皆妓女、才子故事，以宋代社會情形，故如是也。

烟粉傳奇外大半是公案，有的很好，有的平常。如《蝴蝶夢》並無出人處；又有《魯齋郎》故事，皆述包公斷案；又《緋衣夢》述錢大尹斷案故事，洗李慶安冤獄，與《血手印》事相倣。《竇娥冤》始終不懈，辭亦如是，頗謂傑出，無北曲窠臼。

《五侯宴》，五代故事，述後唐李嗣源敗梁王彦章，其將李存珂……

《哭存勗》。

《陳母教子》。

《裴度還帶》。

關漢卿所存劇大致爲此十七齣。

（一）如《拜月亭》，金朝事。《詐妮子調風月》、《哭存勖》、《五侯宴》中稱母爲阿媽，父阿者、老阿者，皆女真語。故關漢卿或爲金人。

（二）又竇鑑（緋衣夢）。

關之劇不重形式，爲一時大家。

白仁甫：名樸，一字太素，號蘭谷先生，真定人。元曲作家，身世僅白能詳，人謂白爲世家之故。仁甫父名華，字寓齋，金進士。華於元遺山爲知友，元教養仁甫。仁甫原籍大山軍，或爲吐谷渾人。仁甫有弟誠甫，周密《癸辛雜識》嘗提及。又敬甫，見袁桷《清容集》。白仁甫詞《天籟集》，清康熙時始發現。仁甫足跡廣被，約生於金，卒元世祖以後。

白劇存三種，其作風異於漢卿。漢卿素樸，白爲詞人，故其劇頗有風華，與王實甫較近。今三種中二種寫佳人才子故事。

（一）《裴少俊牆頭馬上》，《元曲選》本。事實大抵出之虛構，唐名將裴行儉子裴少俊與李千金故事，詞章秀麗，與王實甫《西廂》相伯仲。

（二）《董秀英花月東牆記》，此劇情節頗似《西廂》，然白在王前，不必剽竊王書。劇中敍馬文輔、董秀英故事，二十八年發現於上海。

（三）《唐明皇秋夜梧桐雨》，此劇爲白名作，淒艷動人。

白仁甫曲十六種，存三種：

《梧桐雨》四折。前三折陪襯，首折長生殿，二折沈香亭舞霓裳。三折馬嵬坡，四折西宫南内，梧桐夜雨。

從虚寫來，以其難也。雖有小疵，爲可願也。焦循《劇説·制藝》謂八股出於戲曲。王國維亦云：「雖未免穿鑿，要亦非無因也。」

雜劇之事以俗見長，而不以雅。仁甫在戲曲中地位，不免出漢卿之下。

仁甫，金哀宗天興元年七歲，元世祖至元十七年家建康，成宗大德十年猶存。

與仁甫同時作者：

一、石子章：《元遺山詩集》中有《贈石子章詩》，大意謂子章以詩出使天山。

《秦翛然竹塢聽琴》（存）。

《黄桂娘秋夜竹窗雨》（佚）。

《竹塢聽琴》，述秦翛然、鄭彩鸞，謂秦、鄭自幼指腹爲婚，其後消息不通，鄭以親亡，出家爲尼，終於團圓。其事與明高濂《玉簪記》相若，詞境略似仁甫。

二、張壽卿：名見元遺山《中州集》：「美如冠玉張公子，此是留侯幾世孫？」

《謝金蓮詩酒紅梨花》，趙汝州訪同窗某府尹，會官妓謝金蓮。

三、李文蔚：仁甫《天籟集》有詩題云「接王仲常、李文蔚書」。時李治（仁卿）欒城人，隱元代封龍山，約爲其父輩。

文蔚劇十種，今存二：

（一）《同樂院燕青博魚》，此劇詞極皆。

（二）《破苻堅蔣神靈應》，演謝玄事。

《張子房圯橋進履》

上《也是園古今雜劇》本。

二劇辭章遠遜《燕青博魚》，或二劇取材歷史，未免堆積故事。

四、楊顯之：與關漢卿爲好友，關劇經其潤色，故外號「楊補丁」。文宗時，北京妓順時秀，文宗尚幸之。其時詩人高啟等皆有詩詠之：「大都女樂順時秀，豈獨歌傳天下名。意態猶來看不足，揭簾半面已傾城。」賈仲明《詠楊顯之詞》謂順時秀以伯父稱楊顯之，於此則可見關漢卿時代並不十分早。

楊，大都人。詞境與關漢卿相髣髴。

（一）《臨江驛瀟湘秋夜雨》（《元曲選》）。

（二）《鄭孔目風雪酷寒亭》，此劇在《瀟湘夜雨》上，述鄭孔目救宋彬，宋彬報恩，拯鄭於難故事。

【寨兒令】我罵你這歪刺骨，我罵你這潑東西，你生的來兔兒頭、老鼠嘴，長則待炒是尋非，叫罵過日，怎做的好人妻！

【烏夜啼】謝天地，小人剛道的這淫邪貨，並不曾道甚孔目哥哥。要姦夫數與你三十个，盡都是把手爲活，對酒當歌，鄭州浪漢委實多。……

五、石君寶：原名石盞君寶，見于王惲（元）《秋澗集》，能畫竹，元陶宗儀《圖畫寶鑑》有「赤盞君寶畫竹」，當即石君寶。

《李亞仙花酒曲江池》（《元曲選》）。

六、史九散仙：武昌萬户，名樟。

《老莊周一枕蝴蝶夢》（《孤本元明雜劇》）。

至仁宗又爲一期，以馬致遠爲代表。

馬致遠：《録鬼簿》稱亦大都人（《録鬼簿》所載均號）。日本吉川幸次郎考據據王惲《先友記》，謂馬寅字致遠，然不可信。馬致遠散曲「至治華夷」，至治爲英宗年號。《奉化州志》：元至治間有知州馬稱德，字致遠。

所存劇有六。瀏亮高華，而不失本色，故爲有元大家。

一、《破幽夢孤鴈漢宫秋》，此劇演王嬙出塞故事，見於《西京雜記》。

（下闕）

王實甫：

《嬌紅記》。

《西廂記》，五本一劇，關目出《董西廂》，鄭恒事頗類温飛卿《乾饌子》柳參軍、崔氏故事，婢亦名紅娘，崔氏初亦許鄭姓（見《太平廣記》）。

《四大王高宴麗春堂》（《元曲選》），李圭或爲李妃之兄，李妃，章宗妃也。徒單克寧，莊宗相。李妃甚得章宗親幸，章宗出一聯云：「二人土上坐」，李妃對：「一月日邊明。」其聰慧類是。其時演劇有鳳凰向裏飛則加官進爵，裏飛者，李妃也。

楊梓：海鹽人，明所謂「海鹽腔」出其家。王靜庵嘗考之，世祖至元時人。

《霍光鬼諫》（《元刊雜劇三十種》）。

《豫讓吞炭》（《元明雜劇》，南京國學圖書館）。

《下高麗敬德不伏老》，明本《金貂記》前所附，此劇粗豪可喜，今人尚能歌之。

李直夫：女真人，德興府住，即蒲察李五。

元明善《清河集》有《寄湖南李直夫憲使》、《贈直夫》二律，是否一人，不敢遽斷。元明善，英宗二年卒，與馬致遠時代相當。

《虎頭牌》（便宜行事虎頭牌）（《元曲選》），女真故事，不僅辭章甚佳，且能描寫北人性情、風俗。

《宦門子弟錯立身》（《元刊雜劇卅種》），別本無此劇，無白。南戲。《永樂大典》亦有此戲，關目相同，人名稍異。完顏同知子靈椿馬，與歌者韓芝蘭相戀，完顏逐之而禁其子。靈追之，流落各地唱戲，後完顔老，父子遂相會。

鄭延玉：

（四）《包待制智勘後庭花》（《元曲選》）。

（五）《宋上皇御斷金鳳釵》（《孤本元明雜劇》）。

（六）《布袋和尚忍字記》（《元曲選》）。

此外，《録鬼簿》認爲前期作家而無可考者：

吴昌齡：西京人（後之大同府）。作鬼神劇，今存二本。

（一）《張天師斷風花雪月》。

（二）《花間四友東坡夢》。

（三）《唐三藏西天取經》，今佚。民國十餘年，日本宮内省圖書寮發見有明刻本《西遊記》，題吴昌齡。此實明初楊景賢所作，非吴曲。吴昌齡之《取經》是數折雜，景賢《取經》二十多折。明人曲選引吴昌齡一折「老回回東樓叫佛」，此本無之。天一閣本《録鬼簿》吴昌齡《西天取經》注云：「老回回東樓叫佛，唐三藏西天取經。」

王伯成：大都人。

《李太白貶夜郎》（《元刊雜劇三十種》）。

《天寶遺事諸宮調》。

今存《諸宮調》僅《董西廂》及劉智遠《諸宮調》。《天寶遺事諸宮調》清初尚存，《九宮大成》、《南北詞宮譜》引之頗多，趙景深曾集之。

尚仲賢：真定人，今存：

《洞庭湖柳毅傳書》（《元曲選》）。

《漢高祖濯足氣英布》（《元曲選》）。

《尉遲恭三奪槊》（《元刊雜劇三十種》）。

前期作家有一特點：幾全爲北人，此暗示北曲産生於北方。

仁宗以後，始有南方曲家。則滅宋後，北人仕於南，而攜至南方者也。

英家至順宗又爲一期，是爲後期。南人多於北人，作家最著者爲鄭德輝。

鄭德輝：名光祖，平陽人，以儒補杭州路吏。病卒，火葬於西湖。名聞天下，聲徹閨閣，伶倫輩稱鄭老先生，人皆知爲德輝也（《録鬼簿》）。《録鬼簿》注録凡十六劇，今存四種。

（一）《醉思鄉王粲登樓》（《元曲選》）。此劇始終不懈，誠屬難得。又有寄託，意義深長。

其第三折【迎仙客】曲，元時已傳诵，周德清《中原音韻》引之。

【迎仙客】雕簷外，紅日低。畫棟畔，彩雲飛。十二欄杆天外倚，望中原，思故里。感概傷悲，一片鄉心碎。

周德清《中原音韻》評："【迎仙客】累百無此調也，美哉！德輝之才名不虛傳。"

(二)《倩女離魂》(《元曲選》)，據陳玄祐《離魂記》。王文舉居舅家，其舅以女倩許之。其後，其舅……

上三劇皆佳構，以下較差。

(三)《㑳梅香翰林風月》(《元曲選》)，與《西廂》關目同，述白敏中、裴度女小蠻、婢樊素故事。

(四)《周公攝政(輔成王……)》(《元刊雜劇三十種》)，《也是園雜劇》發見又多兩種。

(五)《虎牢關三戰吕布》(《孤本元明雜劇》)，演《三國演義》事。

(六)《醜無鹽破連環》，出《戰國策》，齊宣王后無鹽解秦連環故事。

此類明内府所演，非元本，或經伶優改易。

喬夢符：名吉，太原人，號笙鶴翁。有《天風環佩》、《拊掌》二集，爲一名散曲家。順帝至正五年卒於杭州，又號惺惺道人。

李開先集《喬夢符小令》，其曲大半流連光景，其劇亦多佳人才子故事。《録鬼簿》著録凡十一劇，今存三種。

(一)《杜牧之詩酒揚州夢》，杜牧與張好好故事。

(二)《李太白匹配金錢記》，韓翊(飛卿)與柳眉兒故事。

(三)《玉簫女兩世姻緣》，出《雲溪友議》，韋皋與玉簫故事。

三劇中以《揚州夢》爲上，《玉蕭》次之。

宫天挺：開州人，釣臺書院山長。釣臺書院當在浙江嚴州。劇今存二種。

(一)《嚴子陵垂釣七里灘》(《元刊卅種》)。

(二)《死生交范張雞黍》(《元刊卅種》、《元曲選》)，范式、張劭故事，大體尚不失爲好戲。

他諸家雖不甚著，而作品皆佳。

蕭德祥：字天瑞，杭州人，以醫爲業，號復齋。凡古文俱櫽括爲南曲，街市盛行，又有南曲戲文等(見《録鬼簿》)，自《趙孟頫集》。

今《元曲選》中《王翛然殺狗勸夫》(南戲《殺狗記》，相傳徐畛(仲由)作)，是否蕭作，極可疑。大凡《元曲選·殺狗記》，非蕭德祥作。

(一)《王翛然斷殺狗勸夫》，孫大(榮)妻殺狗作人，以勸孫大故事，皆當時口語。

【明明令】見第二折。

曾瑞卿：《録鬼簿》，字褐夫，大興人。《圖繪寶鑑》(專講古至元畫)劇存一種。

《王月英元夜留鞋記》(又名《才子佳人悮元宵》)，《太平廣記》、《幽明録》有相同故事。

朱凱：字士凱，杭州人。善隱語，有《包羅天地》令。《録鬼簿》有至順元年朱凱序。明朗瑛《七修類稿》有《包羅天地序》。劇有二種。

(一)《昊天塔孟良盜塔》。

(二)《劉玄德醉走黄鶴樓》(《也是園雜劇》)。

《孤本元明雜劇》本,程艷秋抄本有二折。

王曄:字日華,杭州人。子王繹思善爲一畫家,見《輟耕録》。《宋濂集》中有《送王曄歸家詩》。

《破陰陽八卦桃花女》,背景在洛阳,與民俗學大有關係,今娶親風俗大抵類此。或爲當時民間傳説。

清末小説《藹樓逸志》亦有桃花女,與此故事相同。

秦簡夫:存三劇。

(一)《趙禮讓肥》。

(二)《東堂老勸破家子弟》。

(三)《陶母剪髮留髮》(《孤本元明雜劇》),述陶侃母剪髮賣之,以令侃交友。

無名氏之數可當有名氏之四分之一。

元曲詞中常有戲曲名字,趙景深即據以考其時代,然此種名字未必是此曲名。或爲説話、説唱清宮調、傀儡戲、影戲。若以之定曲家先後,殊甚危險。

胡適亦謂無名氏較早,其實不必然。

無名氏劇平庸者較多，然亦有明時即已盛行者，故不能以無名氏定高低。今擇其佳者，加以介紹。

今劇集之有作者姓名，乃明人參照《録鬼簿》、《太和正音譜》而填入者，元刊劇皆無。

（一）《風雨像生貨郎旦》，此劇爲不多見之佳構，關目文章均佳。當出之大家手。今崑曲尚能唱「女彈詞」一段。

《雍熙》、《盛世新聲》引第四折，此外不可見。

貨郎旦，小調名。

述張三姑説書，使其主李彦和、李春郎父子團圓故事。

明以來選本《詞林摘艷》等皆收其文，洪昇《長生殿》於本劇第四折句摹字擬，調用【九轉貨郎兒】，九轉則第一曲用貨郎兒，其他八轉半闋爲貨郎兒。詞家所謂「犯令」。

【六轉】我只見黑黯黯天涯雲布，更那堪濕淋淋傾盆驟雨。早是那窄窄狹狹溝溝塹塹路崎嶇，知奔向何方所？犹喜的瀟瀟灑灑斷斷續續出出律律忽忽嚕嚕陰雲開處，我只見霍霍閃閃電光星注，怎禁那蕭蕭瑟瑟風，點點滴滴雨，送的來高高下下凹凹凸凸一搭模糊。早做了樸樸簌簌濕濕淥淥疏林人物，倒與他粧就一幅昏昏慘慘瀟湘水墨圖。

（二）《金水橋陳琳抱粧盒》，演宋仁宗故事。真宗妃李宸妃生子，以劉后妬，令陳琳放盒内出宮，於金水橋逢秦王，即將此兒交秦王撫養。然真宗年老無子，秦王出以爲太子，即位爲仁宗。後之《貍貓換太子》故事本此。

《曲海總目》第四卷，謂此事與明孝宗事相近，與宋仁宗事較遠。然此劇決非明孝宗後者，明《太和正音譜》（寧獻王）已有《抱粧盒》之戲，故必在洪武以前。

（三）《兩軍師隔江鬥智》，即今《三氣周瑜》。

散曲（清唱）

體裁而論，可別爲二種。

（一）小令：隻曲，多爲一闋。

（二）套數：有尾聲爲套數，甚或疊十餘曲相連。

專集不過數種，張小山、喬夢符、张養浩，其餘許多作家專集，或無，或佚。故研究只能根據選集。今有四（？）種，不下百十家，從選集輯出專集者，近亦有人爲之，然不注出處，錯誤亦多。（國立編譯館）

散曲以內容而論，大致有四種：

（一）言情，此類最多，大半送與妓女，肉麻可笑。透骨鐫心，赤地新地，不失絕唱者間亦有之。

（二）寫景，出色者極少。

（三）達觀。

（四）感慨身世，價值雖高，然而不多見。

以内容而論，元散曲不若元詩；以形式而論，曲實爲元人大成就。

馬致遠《壽陽曲》：

雲籠月，風弄鐵，兩般兒助人淒切。剔銀燈欲將心事寫，長吁氣一聲吹滅！

又：

心間事，説與他，動不動早言兩罷。罷字磣可可道是耍，我心裏怕哪不怕？

《落秋風》：

實心兒待，休做謊兒猜，不信道爲伊曾害。害時節有誰曾見來——瞞不過玉腰羅帶。

又：

因他害染病疾，相識每勸咱是好意。相識若知咱就裏，和相識也一般憔悴。

雖爲寫情，而以豪爽出之。

關漢卿《碧玉簫》：

盼斷歸期，劃損短金篦。一捻腰圍，寬褪素羅衣。知他是甚病疾？好教人没理會。揀口兒食，陡恁的無滋味。醫，越恁的難調理。

徐再思甜齋《天净沙》：

多才惹得多愁，多情便有多憂。不重不輕症候，甘心消受。誰教你會風流？

有雖佳而帶詞意者，如：

貫酸齋，小云石海涯，西域人。《紅繡鞋》：

挨着，靠着，雲窗同坐。看着，笑着，月枕雙歌。聽着，數着，怕着，愁着，早四更過。四更過，情未足；情未足，月如梭。天哪！更閏一更妨甚麽？

（打殺長鳴雞，彈去烏臼鳥，連顛連暝不復曙，一年都一曉！）

有近乎滑稽，不免流下者。

白仁甫《陽春曲》：

笑將紅袖遮銀燭，不放才郎夜看書。相偎相抱取歡娛，「只不過迭應舉，及第待何如？」

百忙裏鉸甚鞋兒樣，寂寞羅幃冷串香，向前摟定可憎娘，「只不過趕嫁粧，誤了又何妨？」

仇州判《陽春曲》：

窄弓弓怕立蒼苔冷，小顆顆宜踹軟地行。鳳幃中，觸抹着把人蹬；狠氣性，蹬殺我也不嫌疼。

寫景亦有甚佳者，如馬致遠《天淨沙》，誠千古絶唱：

枯藤，老樹，昏鴉。小橋，流水，人家。古道，西風，瘦馬。夕陽西下，斷腸人在天涯。

徐甜齋《梧葉兒》：

山色投西去，羈情投北走，湍水向東流。雞犬三家店，陂塘五月秋，風雨一帆舟。聚車馬關津渡口。

喬夢符《天淨沙》：

鶯鶯，燕燕，春春。花花，柳柳，真真。事事，風風，韻韻。嬌嬌，嫩嫩，停停當當人人。

關漢卿《四塊玉》：

南畝耕，北軒卧，世態人情經歷多。閒將往事思量過，賢的是他，愚的是我，爭甚麽？

馬致遠《金字經》：

夜來西風裏，九天鵰鶚飛。困煞中原一布衣。悲，故人知不知？登樓意，恨無上天梯。

前人《四塊玉》：

酒旋沽，魚新買，滿眼雲山畫圖開，清風明月還詩債。本是個懶散人，又無甚經濟才，歸去來！

姚燧，字枚庵，柳城人。《陽春曲》：

筆頭風月時時過，眼底儿曹漸漸多，有人問我事如何？人海闊，無日不風波。

張養浩，字希孟，濟南人，有《雲莊樂府》。《山坡羊》：

峰巒如聚，波濤如怒，山河表裏潼關路。望长安，意踟躕，傷心秦漢經行處，宫闕萬間都做了土。興，百姓苦；亡，百姓苦！

徐再思《水仙子》：

一聲梧葉一聲秋，一點芭蕉一點愁，二更歸夢三更後。落燈花棋未收，嘆新豐孤館人留。枕上十年事，江南二老憂，都到心頭。

嚴忠濟《天净沙》：

寧可少活十年，休得一日無權。大丈夫時乖命蹇。有朝一日，天隨人願，賽田文養客三千。

（家爲逆旅舍，我爲當去客，去去何所之？南山有舊宅。）

套數之成績不如小令。小令字少，能恰當寫出，或意在言外。套數連緜數十曲，以此言情，往往不免於堆積。元人以敍事者不多見。

馬致遠《秋思》雖元時已著稱，然亦未必能過小令。

睢景臣《高祖還鄉》（下闕）

（李開先《改定元賢傳奇六種》，嘉靖本。）

散曲參考書目：

散曲集：

《陽春白雪》，元刊本（江南圖書館），《隨庵叢書》本，《散曲叢刊》本（中華書局）。

《朝野新聲太平樂府》，元刊本、《四部叢刊》本、明刊本、武進陶氏印本。

《梨園按試樂府新聲》，《四部叢刊續編》。

《樂府群珠》，北平圖書館藏明抄本。

張小山《北曲聯樂府》，舊抄本，《散曲叢刊》本。

張雲莊《雲莊樂府》，傳抄本（北平孔德中學）。

《喬夢符小令》，李開先輯本、任訥校輯本、《散曲叢刊》本。

校對雜劇用書：

《盛世新聲》，明正德本、萬曆本。

《詞林摘艷》，明刊本。

《雍熙樂府》，明嘉靖本。

元曲韻書（半爲韻）：

《中原音韻》，元周德清，瞿氏鐵琴銅劍樓藏元本，曾影印（半爲韻，半爲曲律）。

目録：

《録鬼簿》，《楝亭十二種》本、天一閣藏抄本（有題目、正名），今有石印本。元鍾嗣成著。

《太和正音譜》，涵芬樓影印明洪武抄本，明寧獻王權。

《永樂大典》目，《連筠簃叢書》。

元南戲

浙東土戲，相傳南宋已有永嘉戲，今不可考。後一變而爲明之傳奇，凡明萬曆以前之傳奇皆屬南戲。明徐渭謂南戲鄙俚，無規矩可言。故南戲曲譜，後人所造。詞是胡樂，北曲與詞同一系統，故規矩極嚴。南戲曲牌與宋詞相同者甚多，則似是將宋詞俗化。南戲爲南方土音，或與六朝以來清樂有關。其樂雍容、諧婉，失之柔美，恐爲南朝清樂之遺（北曲爲胡樂）。援詞調入清樂，《永樂大典》第一三九九一卷葉恭綽得自倫敦，印之爲《永樂大典戲文三種》。詞平庸，關目較繁。

（一）《小孫屠》（注：古杭書會編纂）

題目：李瓊梅設計麗春園

孫必達相會成夫婦

朱邦傑識法明犯法

遭盆弔没興小孫屠

孫必達、必貴兄弟，蒙不白，包公雪之。

（二）《張協狀元》

外末登場云：「這番書會要奪魁名……占斷東甌盛事」，可見亦是浙戲。此戲極幼稚，然能自此戲看出南戲。

題目：張秀才應舉往長安

王貧女古廟受饑寒

呆小二村口調風月

莽强人大鬧五雞山

副末登場，言戲劇緣起，唱諸宮調，中途而廢。生上踏場，唱「燭影摇紅」，請後臺軋色、斷送。斷送即伴奏；軋色，軋彈箏也。唱畢謂：「饒一个燭影摇紅，學個張狀元似像。」

丑：王德用

净：柳耆卿

譚稹

南曲比北曲更近滑稽戲。

有末、有生、有净、有丑，北曲有末尼而無生，似生爲書生，末則否。

宋人記載，正雜劇前有散段，後有後段，《張協狀元》前有諸宮調。其制或與宋院本同。《金瓶梅詞話》節級亦演戲，則與生先踏場後演劇同。

（三）《宦門子弟錯立身》，古杭才人編。

亦有四句題目，與元刊本《紫雲亭》關目相仿，姓名不同。

謂延壽馬戀妓王金榜，流落爲伶。

劇中延壽馬白滑稽如杜善夫，杜本元初人，字仲梁，臨清人，以滑稽名。善謔，可知此劇元時所作。

此劇較前二劇高，或由北曲改成。其中載院本名目、雜劇名目，有《録鬼簿》所無者。

江南圖書館印《藍采和》，有元代劇劇制度記述。

《劉智遠白兔記》：關目幼稚，曲詞俚俗。《五代史平話》亦有李三娘事，另有《劉智遠諸宮調》（俄人發見）。

《破窯記》（《吕蒙正風雪破窯記》）：北曲亦有，南戲詞不如北曲。

《金印記》：與北曲無名氏《凍蘇秦衣錦還鄉》關目相同，蘇復之作。

《黄孝子》：無刻本。程艷秋得昇平署抄本，演黄覺經尋母，《元史》有其事記述。

《琵琶記》：此劇情節曲折，名句疊見。

陸放翁詩：斜陽古柳趙家莊，負鼓盲翁正作場。身後是非誰管得，滿街爭唱蔡中郎。可見亦非高明創作。然十七重出其手，「不關風化體，縱好也徒然」。家門：「論傳奇，樂人易，動人難。」高明，永嘉人，至正進士，《元詩選·柔克齋詩》。陶九成《輟耕録》記其軼事，載《高明烏寶傳》。

第十九齣：「糠和米本是兩倚依，誰人簸揚你作兩處飛？」據云，高明填詞至此，二燭相會。

徐渭《南詞敍録》云：「或言《琵琶》高處在《慶壽》、《成婚》、《彈琴》、《賞月》諸大套，此有規模可尋，惟《食糠》、《嘗藥》、《築墳》、《寫真》諸作，從人心流出，嚴滄浪言水中之月，空中之影，最不可到。」

《琵琶》不以俊快語見長。

《嘗藥》【望歌兒】媳婦我三年謝得你相奉事，只恨我當初把你相貌誤。我待欲報你的深恩，待來生做你的兒媳婦。怨只怨蔡邕不孝子，苦只苦趙五娘辛勤婦。

《寫真》【三仙橋】……寫，寫不出他苦心頭；描，描不出他饑症候。畫，畫不出他望孩兒的睜睜兩眸，只畫得他髮颼颼和那衣衫敝垢，休休若畫做好容顔，須不是趙五娘的姑舅！

田藝蘅《留青日札》謂影射不花婿王四事。合琵琶有四王字，故是王四。

《玉泉子》（《太平廣記》四百九十八）有鄧敞故事，與此同。

《誠齋雜記》（《汲古閣秘笈》）林載卿作，亦載《玉泉子》故事。相國仍爲牛僧孺，重婚者蔡生。

大約此爲民間故事，徐文長謂南戲本有雷殛蔡邕一段。

四卷四十四齣，淩濛初定本。

二卷四十三齣，元本，不可靠，後八齣缺一。

四十二齣本，如汲古閣本，唐晟本，後八齣删二，原七齣後多一齣，二齣合併。

賈仲明：

《元曲選》四種，《孤本元明雜劇》一種。

《玉壺春》，嘉興府李唐斌，號玉壺生，識妓李素蘭，金盡，被鴇母逐出。其友陶伯常爲嘉興府尹，助之完敍，並推薦爲宦。

《録鬼簿續編》，李唐賓，號玉壺，揚州人，當即唐斌。

《鐵枴李度金童玉女》，女真人金延壽，其妻童嬌蘭極富，李鐵枴度之出家。

《荆楚臣重對玉梳記》，楊州人荆楚臣，與松江妓女顧玉香故事。

《蕭淑蘭情寄菩薩蠻》，温州人張世英館於蕭山人蕭公讓家，讓妹淑蘭慕之，寄《菩薩蠻》一首，卒成眷屬。

徐釚（電發）《詞苑叢譚》選此二詞。

《吕洞賓桃柳昇仙夢》，桃柳仙昇仙故事。

楊景賢：一作景言，故元蒙古氏。從其姊夫姓，本名楊訥，錢塘人。永樂初與湯舜民一般遇寵，後卒於金陵。

《西游記》，日本宫内省圖書寮，六卷二十四齣排印，鹽谷温初以爲即吴昌齡《西天取經》。孫楷第先生考證爲楊景賢傳奇，吴昌齡劇有「老回回東樓叫佛」關目，而此本無之。今本《西游記》第四齣明李開先《詞謔》引作楊景言《西游記》，天一閣本《録鬼簿續編》載楊景賢曲，有《西游記》。

聯六劇爲一，體裁與《西廂》同，故事髣髴今《西游》小説。

南戲《江流和尚》。

《豬八戒招親》，雜劇亦有。

《女兒國》亦然。

《鬼子母揭鉢》一段則無。

論其詞爲北曲，論其體爲傳奇，故明人都誤爲（下闕）

《馬丹陽度劉行首》（《元曲選》），即《柳梢青》故事。

王子一：《劉晨阮肇誤入天台》。

谷子敬：《吕洞賓三度城南柳》。

神仙戲皆宴會時用。

賈、杨、王、谷，《元曲選》皆作元人，實爲未考。

楊文奎：書會先生，杭州人。

《翠紅鄉兒女兩團圓》。

李唐賓：號玉壺道人，廣陵人，淮南省宣慰使。

《李雲英風送梧桐葉》（《元曲選》），唐末小説《玉溪編事》謂有女子題詩於梧桐葉，被風吹，爲士人得，卒成姻緣。

劉君錫：藍山人。

《龐居士誤放來生債》，唐龐蘊，襄陽人。

寧獻王　權：與永樂同母兄弟，著書甚多。《太和正音譜》述戲曲作法，前有諸家曲目。

《沖漠子獨步大羅天》，沖漠子即寧獻王。

《卓文君私奔相如》。

《荆釵記》（南戲），王十朋《荆釵記》故事，題丹邱先生作。寧獻王號丹邱先生，又涵虚子，然確否爲寧獻王作則不可知。

元末明初曲家皆清麗諧婉，無通篇用俗語者。

周憲王　有燉：父定王橚，號誠齋，封開封。

《誠齋雜劇》三十一種。

《誠齋樂府》（散曲）。

後人詩：「齊唱周王新樂府，汴梁橋下月如霜。」

《奢摩他室曲叢》刻其半，後北大得《誠齋雜劇》三十一種，正統刻本。

三十一種中三分之一爲吉祥戲，价值不高，一部分（下闕）

宋東京宫闕坊巷考

按：《文存》再版之際，重新整理家父遺物，又發現《宋東京宫闕坊巷考》資料抄録稿五册，封面分别題爲：

《宋東京宫闕坊巷考》(一)宫闕編(廨舍、京尹附)；

《宋東京宫闕坊巷考》(二)河渠橋道編；

《宋東京宫闕坊巷考》(三)坊巷編(第宅、市肆附)；

《宋東京宫闕坊巷考》(四)寺觀、園林編；

《宋東京宫闕坊巷考》(五)風土、瓦伎編。

從以上分類看，《宋東京宫闕坊巷考》應是一項較大的研究計畫，這是以前各位前輩未曾提到的。遺憾的是，此項工作僅僅開了一個頭——只摘録了王應麟《玉海》中的部分資料，就戛然而止了。今全文迻録，藉以存鑒。偶有譌脱之處，則據《玉海》以方括號校正之，並附新發見的家父所繪汴京全圖於後。

另在《東京夢華録》卷首空白處，發見家父寫有如下四條批語：

(一)《玉海》卷一百七十四「建隆修都城條」記東都沿革、諸門、坊廂尤詳；

（二）《湛淵靜語》記汴京故城宫闕、園囿甚悉；

（三）《輟耕録》卷十八宋故宫；

（四）《大金國志》卷三十三汴京制度，鄒伸之奉使時同官屬遊故宫。

可見家父對宋東京宫闕坊巷素所究心。抑或此項研究爲周汝昌先生所言箋注《東京夢華録》準備工作之一部分，今已不可知。

許檀謹志

（一）宫闕編 廨舍、京尹附

《玉海》卷四《太平興國文明殿渾儀》：「四年（己卯歲）正月癸卯，儀成（踰年而成），機用精至，詔置文明殿（今之文德殿也），東南隅漏室中（《長編》：置文明殿之鐘鼓樓；《志》云：置殿廷東鼓樓下）。」

《玉海》卷四《祥符龍圖閣銅渾天儀》：「祥符三年……十一月戊寅（三日），召輔臣至龍圖閣觀銅渾儀（閣在會慶殿西，挾以資政、述古殿）。」

《玉海》卷五《皇祐岳臺晷景新書、圭表》：「岳臺，今京師岳臺坊，地曰浚儀，近古候景之所，《洛誥》稱自土是也。」

《玉海》卷十四《至道滋福殿觀地圖》：「至道三年……九月……丙寅（四日）御滋福殿，召輔臣觀西鄙地圖。……〔四年十月庚戌〕次指〔殿〕北壁靈州圖曰：此馮業所畫，頗爲周悉。」

《玉海》卷十六《熙寧北道刊誤志》：「熙寧中集賢校理王瓘承詔撰，十五卷，載遼使所歷州郡風土、人物故實，刊其謬誤（北虜通好久，歲遣使賓餞，以郡邑圖經脱誤，不足以對虜人之問，詔王瓘考正爲一書。及成，凡十五卷，賜名《北道刊誤志》）。」

《玉海》卷十六《宋朝四京、皇祐京畿》：「東京（開封），唐汴州，梁爲東京（開平元年四月二十日，後唐罷），晉復爲東京（天福三年十月）。建隆二年七月壬申，以太宗爲開封尹。興國元年十月庚申，廷美爲尹。雍熙二年十月甲辰，陳王元僖。淳化五年九月壬申，襄王（真宗）爲尹。宣和七年十一月戊午，皇太子爲牧。皇祐五年十二月壬戌，用賈昌朝議，以曹、陳、鄭、許、滑爲京畿路（爲輔郡，置漕臣，王贄爲之）。楊大雅作《皇畿賦》，楊億作《東西京賦》，周邦彦作《汴都賦》。宣和四年六月二十九日，李長民上《廣汴都賦》。宋敏求撰《東京記》二卷，載宫闕里巷事跡。紹興中，環中撰《汴都名實志》三卷。」

《玉海》卷二十六《景祐崇政殿説〈書〉》、〈邇英延義閣記注〉、〈金華五箴〉》：「二年正月癸丑（二十八日），置邇英、延義二閣，寫《無逸篇》于屏。邇英在迎陽門之北，東向；延義在崇政殿之西，北向。是日御延義閣，召輔臣觀盛度讀《唐書》，賈昌朝講《春秋》，遂宴崇政殿（初孫奭爲翰林侍講，畫《無逸圖》上之，帝施于講讀閣）。三年正月乙巳，説《書》，賈昌朝上《二閣記注》。七月乙酉，侍講學士馮元獻《金華五箴》，詔獎之（趙師民獻《勸講箴》曰：西臨邇英，北啓延義，瞻仰皇明，彌綸聖智）。明年春，帝遂御迎陽門，召近臣觀圖畫，復命講讀經史。仁宗以堯舜爲師法，待儒臣以賓友。仁宗以象架皮書策外向，以便講讀。」

《玉海》卷二十六《天聖崇政殿講〈尚書〉、皇祐邇英閣講〈尚書〉》（元祐、紹興、乾道）：「天聖四年十一月，孫奭等薦楊安國，並召其父　入見，令説《無逸》。乙卯，以爲國子監丞。六年二月壬寅，召輔臣崇政殿西廡觀侍講孫奭講《尚書》。七年十月丁酉，講畢，召近臣宗室燕太清樓。」

《玉海》卷二十六《慶曆邇英閣講〈詩〉》：「四年二月丙辰，御迎陽門，命天章閣侍講曾公亮講《詩》。三月丁亥，上曰：《國風》多刺譏，殊得以爲監戒。五年二月戊戌，講于邇英閣，起《雞鳴》，盡《南山》……（十一月乙未講《都人士》）曰：冠服必稱其行。六年十三月十七日癸巳，講徹，宴近臣宗室及講讀官于崇政殿，賜花，作樂，從官皆獻詩頌。」

《玉海》卷二十六《天聖慶曆皇祐講〈論語〉》（元祐、紹興）：「乾興元年十一月辛巳，仁宗初御崇政殿西閣，命侍講孫奭、馮元講《論語》。侍讀李維、晏殊與焉（詔以雙日講讀，後或用隻）。十二月甲辰，崇政殿西廡召輔臣孫奭講《論語》，上親書唐賢詩分賜（自是召輔臣至經帷，多賜御書）。」

《玉海》卷二十七《太平興國崇文院觀書》：「上初即位，建三館，臨幸者再，輪奐壯麗。二年二月丙辰朔各日，崇文院西序啓便門以備臨幸。六庫書籍正副本凡八萬卷。辛未，幸西綾錦院觀織室。還，幸崇文觀書。宰輔諸王檢閲問難，賜飲中堂，盡醉而罷。」

《玉海》卷二十七《咸平龍圖閣觀太宗御書，龍圖閣五經圖，秘閣觀御書，觀書龍圖閣，太宗御書目録》：「咸平四年十一月丁亥，上御龍圖閣，召輔臣觀太宗草、行、飛白、篆、籀、八分書及古今名畫。移御崇和殿，閲張去華《元元論》及《國田圖》。上曰：經國之道，必以養民、稼穡爲先。朕嘗冀邊鄙稍寧，兵革粗息，則可以力行其事，富庶吾民矣。初去華獻《元元論》二萬餘言，大抵以養民務穡爲急。真宗嘉賞，命寫以縑素，爲十八軸，列置龍圖閣之四壁，朝夕觀焉（先是，〔二〕年七月甲辰幸崇文院，閲群書，登秘閣，觀太宗御〔製〕御書墨蹟）。五年十月己卯，召近臣觀書於龍圖閣。於閣之四壁設五經圖，閣上藏太宗書帖三千七百五十卷。上執目録，示近臣曰：先帝留意詞翰，朕孜孜綴緝，片幅寸紙，不敢失墜。至於題記時事及書在屏扇，或微損者，悉加裝背。又幸崇和殿，後閣悉藏本朝名臣集。次御資政殿，壁有唐楊相如《政要論》。上作七言詩，侍臣皆賦。時楊億應制詩云：群士天中開□策府，神龜温洛薦圖書。」

《玉海》卷二十七《景德龍圖閣閲太宗御書、六閣（龍圖閣贊）》：「龍圖閣在會慶殿之西偏，北連禁中，東曰資政殿，西曰述古殿。閣上藏太宗御書及典籍圖畫寶瑞之物。太宗御製御書文集總五千一百一十五卷軸册，又有御書素扇數十，下列六閣（一作閣），曰：經典閣，總三千三百四十一卷（目録三十卷）；史傳閣，總七千三百五十八卷（目録四百四十二卷）；子書閣，總一萬三百六十三卷（一云八千四百八十九卷）；文集閣，七千一百八卷；天文閣，二千五百六十一卷；圖畫閣，七百一軸卷册。又古聖賢墨蹟二百六十六卷。上曰：朕退朝之暇，無所用心，聚此圖書以自娱耳。庚子，以御製《龍圖閣贊》賜輔臣，上曰：龍圖閣書，屢經讎校，最爲精詳。已復傳寫一本，置後苑太清樓。朕自居藩邸，以至臨御，凡亡缺之書搜求備至。每於藏書之家借其本，必令置籍出納，國學館閣經史未有板者，悉令刊（《實録》恐出《會要》，當考）。今按《長編》云：閣在會慶殿西偏，北連禁中。閣上藏太宗御書五千一百十五卷軸，下設六閣：經典閣三千七百六十三卷，史傳閣八千二十一卷，子書閣一萬三百六十二卷，文集閣八千三十一卷，天文閣二千五百六十四卷，圖畫閣一千四百二十一軸卷册（與前文全不同）。」

《玉海》卷二十七《祥符觀龍圖閣太宗御書及四部書籍、天禧觀文論歌詩》：「天禧二年四月丁卯（四日），召近臣謁太宗御容于宜聖殿，遂至龍圖閣觀書及聖制贊頌石本。」

《玉海》卷二十七《祥符玉宸殿觀太宗文翰、苑中觀太宗聖製四部群書、聖製書籍記（射堂閲太宗御書見御詩）》：「四年十月丙寅（二十八日），召輔臣至苑中山亭觀太宗聖製四部群書，又至玉宸殿觀古今書，讀聖製書籍記石。帝作五言詩，王旦等皆賦（景德四年三月乙巳，玉宸殿事見殿類）。七年三月十日乙未，召輔臣于玉宸殿，觀太宗聖文神翰。上各製文于篇末，仍總其數刻石。皇子從上指詩牌字問之，應聲以對。賜宴翔鸞閣。又浮觴曲水，奏《雲韶樂》。上賦《觀書流杯》七言詩，侍臣皆賦。」

《玉海》卷二十七《祥符翔鸞閣觀太宗御書》（天禧附）：「九年二月癸卯（二十七日），召近臣于後苑翔鸞閣，觀太宗御書。因示聖製太宗《聖文神筆頌》、《玉宸殿記》（一云觀聖製樂府文論）、《五臣論樂府辭》。上作歌詩二篇，命從臣賦詩。移幸流杯殿，登象瀛山翠芳亭，遂宴玉宸殿（殿在苑中，密邇宮禁）。天禧三年三月庚午，宴後苑，登翔鸞閣觀太宗御集及聖製，又御儀鳳閣、玉宸、安福殿，作《賞花》、《釣魚》五七言詩，命皇太子書以示近臣。群臣皆賦，翰學盛度面求賜本，詔與之。遂燕射太清樓。」

《玉海》卷二十七《天聖御書院觀太宗、真宗御書》：「五年十月甲午（八日），上與皇太后幸御書院，觀太宗、真宗御書。賜本院内臣等器幣。院太宗所置，在東宫（翰林學士宋綬撰記，刻石院壁）。皇祐三年五月丁卯，召近臣館閣臺諫官觀書于御書院。」

《玉海》卷二十七《皇祐迎陽門觀御書，觀三朝御書》：「元年十一月庚寅，觀三朝《訓鑒圖》于迎陽門。二年九月癸巳（五日），召輔臣觀三朝御書及唐明皇《山水圖》於此門。……（嘉祐三年）七月壬辰（二十四日），觀御書妙法院正覺殿牓于此門。次觀三聖御容于天章閣。九月丙戌，御迎陽門，觀景靈宫天興、奉真、廣孝殿御飛白書牓。」

《玉海》卷二十八《天禧真宗御集，注釋御集，天章閣御集（聖政記）》：「天禧四年十一月壬戌，宰臣言：聖製已分部帙，望摹印賜館閣及名山，規度禁中嚴潔之所，别創殿閣緘藏。詔可。（甲戌，請於龍圖閣後建殿閣。）詔丁謂等作天章閣，奉安御集。十二月己亥，命輔臣典領，乙巳興工，宴于龍閣。五年三月戊戌，閣成。（《會要》二月畢功，癸酉上梁，臨幸。）庚子，令具兩街僧道威儀，教坊作樂，奉御集、御書，自玉清昭應宫安于天章閣。群臣稱賀，賜宴。」

（二）河渠橋道編

《玉海》卷二十一《晉河堤謁者、汴渠》：「《通鑑》：義熙十二年劉裕伐秦，八月丁巳，發建康，沈林子、劉遵考將水軍出石門，自汴入河，王仲德督前鋒諸軍開鉅野入河。九月，林子自汴入河，仲德參軍入河，入滑臺。十三年十二月庚子，裕發長安，自洛入河，開汴渠以歸。《輿地廣記》：汴渠在河陰縣南二百五十步，即古莨蕩渠，今名通濟渠，首受黄河。《通典》：水經云，河水又東過滎陽北，莨蕩渠出焉。酈元注云：大禹塞滎澤，開渠以通淮泗。」

《玉海》卷二十一《隋通濟渠、永濟渠》：「《煬帝紀》：大業元年三月辛亥，開通濟渠，自西苑引穀、洛水達于河。自板渚引河通于淮。《通鑑》：大業元年三月，發淮南民十餘萬開邗溝，自山陽至揚子入江。渠廣四十步，築御道，植以柳。四年正月乙巳，開永濟渠，引沁水達于河北涿郡。……《九域志》：汴水，古通濟渠也。」

《玉海》卷二十二《唐通濟渠（詳見《漕運》）、汴渠》：「隋文開皇四年，開通濟渠（《隋志》：滎陽郡浚儀有通濟渠），自渭達河通漕。至唐代宗賜劉晏。《劉晏傳》：領轉運租庸使，乃自按行浮淮、泗，達于汴，入于河。右修底柱、硤石，觀三門遺跡。至河陰鞏洛，見宇文愷梁公堰，廝河爲通濟渠。視李傑新隄，盡得其利病，移書宰相，言漕之四利四病，盡以漕事委。凡致四十餘萬斛（廣德二年）。《栢良器傳》：李希烈決水灌寧陵，良器救之，擇弩手善游者沿汴渠夜入。」

《玉海》卷二十二《宋朝四渠、四河》：「四渠：惠民、金水、五丈、汴；四河：汴、黄、惠民、廣濟。至道元年九月丁未，上問侍臣汴水疏鑿之由。張洎講求其事，奏曰：惠民、金水、五丈、汴水等四渠派引脈分，會于天邑，舳艫相接，贍足京師，以無匱乏。惟汴水横亘中國，首承大河，漕引江湖，利盡南海，半天下之賦由此而進。大禹疏鑿，煬帝開畎，終爲國家用，其天意乎！（四河漕運，興國六年始定數，見《漕運》。）

「惠民河：與蔡河一水，即閔河也。建隆元年四月浚蔡河，設斗門。二年正月浚蔡渠，命右領軍上將軍陳承昭督其役（發京畿、陳、許丁夫數萬），導閔水，自新鄭與蔡水合，貫京師，南歷陳、潁，達壽春，以通淮右至漕。舟楫畢至，都人利之。於是以西南爲閔河，東南爲蔡河。乾德二年二月鑿渠，自長社引潩水至京師，合閔水。渠成，民無水患，閔河之漕益通（潩水出密縣大騩山，歷許田）。開寶六年三月壬午，改閔河爲惠民河。興國四年九月，名惠民河水門曰普濟、廣利……嘉祐三年正月，開京城西葛家岡新河，分入魯溝。熙寧八年十月，議開惠民河道以便修城。九年七月，於順天門外直河至染院後入護龍河，至咸豐門南入京索河。

「金水河：本京索水，導自滎陽黄堆山，其源曰祝龍泉，過中牟名曰金水。建隆二年春，命陳承昭鑿渠引水百餘里，抵都城西。架其水，横絶於汴，設斗門入浚溝，東匯於五丈河，公私利焉。乾德三年，又引貫皇城，歷後苑内庭池沼。開寶九年，上步自左掖，親按地勢，命水工引金水鑿渠，爲大輪，注晉邸及潛龍園。祥符二年八月，決爲渠（見後）。天禧二年八月，鄭州畎索水入金水，役兵千，凡六旬畢。楊侃賦：越廣汴湍流之上，轉皇城西北之隅，貫都注御溝之口，轉漕通廣濟之渠，京索導源，金水名河。

「廣濟河：即五丈河。自都城歷曹、濟及鄆，其廣五丈。周顯德四年四月乙酉，詔疏汴水北入五丈河，齊魯舟楫皆送大梁。六年二月，命韓令坤自京東疏汴水入蔡河，袁彦浚五丈河以通漕。建隆二年二月壬申，發曹、單丁夫數萬浚五丈河。（自都城北歷曹、濟及鄆，以通東方之漕，給事中劉載督其役。上曰：煩民奉己，朕不爲也。河渠之役，蓋非獲已。）三月甲辰，新水門成，車駕臨觀。先是，河爲泥塞，命右監門將軍陳承昭於京城之西夾汴河造斗門，自滎陽鑿渠百餘里，引京、索二水通城壕，入斗門，架流于汴，東匯于五丈河，以便東北漕運。三年正月，承昭護修河，車駕臨觀，賜錢三十萬。乾德三年，引五丈河，造西水磑成，上臨觀。開寶六年三月壬午，改爲廣濟河。興國三年正月，發近縣民濬之。四年九月，名水門曰咸通（天聖初，改善利）。景德二年六月，上曰：斗門本李繼源造，始因京索河遇雨即汎入汴，遂置之，以便通洩。因令置巨石。熙寧十年，名南水門曰永順。元豐五年二月十一日，罷廣濟河輦運司（用李察等議）。上共物於淮陽界入汴，名清河輦運。七月，御史王植言：廣濟、安流、清河，泝流遠近，險易有殊。六年，命定陶令張士澄修廣濟河，及渠成，歲漕六十萬給京師。元祐元年三月十九日，命棣州王諤興復廣濟河運。四年十二日，都水言廣濟以京索河爲源，轉漕京東歲計，請於宣澤門外架流入咸豐門，由舊道復河源以通漕。從之。

「張方平曰：京師古所謂陳留八達之地也。國依兵而立，兵以食爲命，食以漕運爲本，漕運以河渠爲主。國初浚河渠三道，通京城漕運。定立上供年額：汴河六百萬石，廣濟河六十二萬石，惠民河六十萬石。廣濟河所運止給大康、咸平、尉氏等縣軍糧而已，惟汴河所運粳米兼小麥，此乃太倉蓄積之實。今仰食官廩者不惟三軍，至於京師士庶以億萬計，大半待飽於軍稍之餘。有汴河則京師可立，乃建國之本，非可以區區溝洫、水利同言也。」

《玉海》卷二十二《祥符金水渠》：「二年八月，命供備庫使謝德權決金水河爲渠，曰天波門並皇城至乾元門，歷天街東轉，繚太廟，皆甃以礲甓，植之芳木，累石爲梁，間作方井；復東引，由城下水竇入于濠，京師便之。九月丁卯（十六日）畢功，詔宗正告廟室，賜役卒緡錢。」

《玉海》卷二十二《祥符龍首渠》：「七年六月，知永興陳堯叟導龍首渠入城，民便之。詔嘉獎。繞霤未足言其固，鄭白未足語其豐。」

《玉海》卷二十二《熙寧白溝河、元豐清汴》：「祥符二年八月，金水河防決，有言汴河南有三十六陂，古蓄水之地，必有下流通諸河。詔度地畫圖及修堤防。」

《玉海》卷二十二《元豐天源河》：「五年六月戊寅，詔拆金水河透漕回水入汴，自汴河北引洛水入禁中，賜名天源河。先是，京索河水在汴南，舊由汴堤上爲槽，北跨汴以過水。然舟至即啓槽，頗妨行舟。時既導洛通汴，乃自城西超字坊引洛水，由咸豐門立堤，凡三千三十步，水遂入禁中而槽廢。政和四年十一月，創開天源河成。」

《玉海》卷二十三《漢金堤》：「《九域志》：大名府有金堤。《漢志》曰：黎陽南故大金堤，與東山相屬，北盡魏界。（又有鯀堤，博州有古金堤。）《輿地廣記》：酸棗縣有金堤，漢文時河决金堤，即此。《元和志》：金堤在酸棗縣南二十三里（在今滑州界）。」

（三）坊巷編第宅、市肆附

《玉海》卷五《皇祐〈岳臺晷景新書〉、圭表》：「岳臺，今京師岳臺坊，地曰浚儀，近古候景之所，《洛誥》稱自土是也。」

（四）寺觀、園林編

《玉海》卷二十八《祥符集御製文頌歌詩、館閣聖製》：「祥符八年二月辛酉，聖製文集，賜玉清昭應宮。」

（五）風土、瓦伎編

（闕）

旧京城（事林广记甲集卷一）

外城之图（事林广记甲集卷一）

东京 朱雀门外图（事林广记乙集卷二）

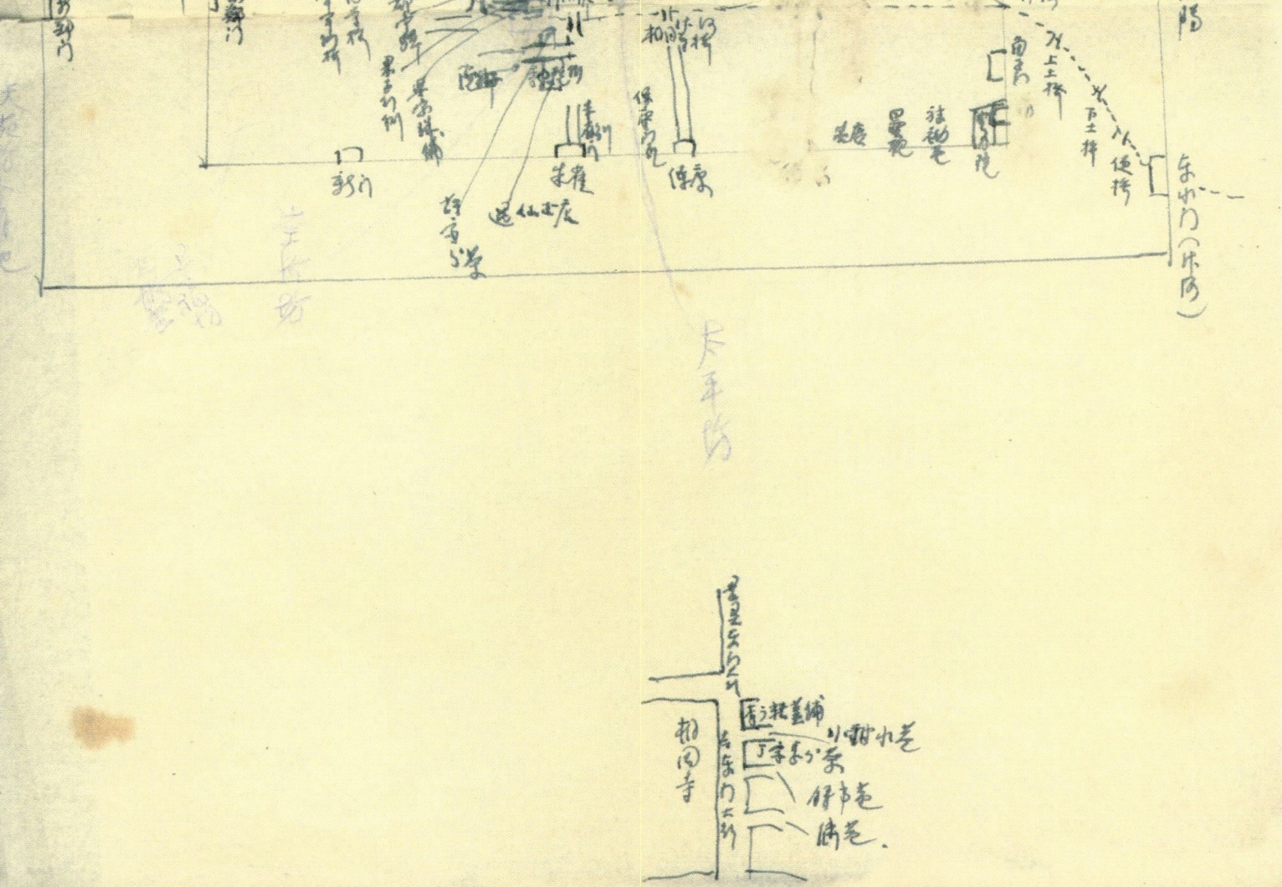

朱雀
保康
上土桥
下土桥
便桥
东水门（汴河）
太平坊
相国寺

後記

黨的十一届三中全會以後，政揚的問題得到了徹底昭雪平反，他短暫的一生留下的點點心血——《文存》，才得以編集問世。

政揚是個熱愛黨的教育事業、潛心治學的「書痴」。他以己度人，胸無城府，所以每每受了莫名的傷害，就感到惶惑、痛心，繼而是在默默地隱忍與憤懣中，愈加勤於治學，也愈加冷於待人。過分地壓抑，非他的體質所能承受，終於一病不起。有的同志在悼念他的文章中，説他爲人狷介，是不錯的。然而「狷介之人，砭清激濁」，也多不合時宜。特别是在史無前例的十年浩劫來臨時，他的悲劇就成爲不可避免的了。至今回想起來，仍不寒而慄。政揚的悲劇是十年浩劫鑄成的，但也有他鮮明的個人色彩，這也是毋庸諱言的。

《文存》是政揚留下的值得珍惜的印迹。汝昌兄和黄克同志爲編輯、整理、校核花費了許多時間和精力；遠在厦門執教的周祖譔同志還熱心寄來《語釋（一）》的殘稿，這許多故人的情誼，片語難志，於此，謹表衷心的謝忱。

朱桂仙

一九八四年二月於天津南開大學歷史系

對許先生崇敬之心永存

黄克

爲許先生編文集的意見，是程毅中先生提出來的。程、許二人同是北京大學（原燕京大學）的研究生，許在前，師從孫楷第；程在後，師從浦江清，且曾同住一寢室。二人都是讀書種子，自不免惺惺相惜。「文革」前，程先生還到南開大學看望過許先生，對許先生的英年早逝更是嘆惋不已。知道我是許先生的學生，遂生爲之編集之想。對此，我是十分感念的。然而做起來又頗費躊躇。

許先生以給人民文學出版社注釋《古今小説》（喻世明言）名世，注釋文字當然無法入集。其他陸續發表在《南開大學學報》（哲學社會科學版）的和散見於報刊的文章又爲數不多，實難成集。這時，師母朱桂仙先生將厦門大學周祖譔教授刻意保存的許先生研究生畢業論文的部分手稿，以及劫後餘灰，留存下來的許先生生前所做的筆記殘片轉交給了我。經整理成章，這才成就了「宋元小説戲曲語釋」一、二、三部分。我把許先生給我授課的筆記呈請程先生審閲，得到他的認可，也用來充數。雖係七拼八湊，也算集腋成裘，從中自可反映許先生學術成就之一斑。

回想當年許先生的遭際，真箇不堪回首。繼「反右」之後，「拔白旗」運動又席捲高等學府，名之爲「大批判」，實際是對知識分子又一次的大羞辱。許先生就是當時系裏樹起的一面「白旗」，而且是用一句莫名其妙的「知識私有」的罪名，把他的學術成就從「學術品質」的角度一筆抹煞。今天看來，

「知識私有」的提法似乎很可笑。知識裝在自己肚子裏不向外人道及，固然可以藏而私之；但作爲一名教師，向學生佈道講學，答疑解惑，即或發表文章也是有憑有據，出處清楚，又怎能知識私有？記得幾年前，吴小如先生在《讀書》上發表評論《許政揚文存》的文章，認爲許先生教學生是傾囊所有，未見藏私，所謂「知識私有」之説純係子虚烏有，的是公論。

回到當時，許先生本是一心治學的一介書生，如何禁得住這樣的打擊和否定？不僅在批評會上當場暈倒，而且從此一病不起，課不能教了，助教不能帶了。一位頗受學生愛戴的青年學者宛如從人間蒸發了一般，無聲無息。

不過，事情也在發生變化。

記得一位偉人説過：鬥爭（當時指武鬥），可以取得一時的聲勢，卻失去了群衆的同情。果然，此後的中文系，批判的組織者偃兵息鼓了，對批判再不提起；而被批判者卻沒有被忘記，他的學識再次得到肯定，他的教學再次得到稱道，甚至都傳得有點神了。對此，我也算是個見證人。

一九六一年，我留校讀研究生。第一個和我約談的是總支劉姓負責人（他也是大批判的組織者之一），他説：你的任務就是把許政揚的東西學過來。當時我的導師已確定是華粹深先生，而「東西」卻要向許先生學，聽起來很滑稽。當時也沒有想那麼多，只有一種神聖的使命感。試想我們這撥大學生，入學以來參加運動多，上課聽講少，現在組織交代的任務是學知識，而且是跟人所仰慕的許先生學，這不有點像久旱逢甘露嗎？所以我是滿懷期待，只怕完不成組織上交給的重托，又十分忐忑。

其實，早在我拜師學藝之前，系裏已向許先生做了如下許諾：其一，是以輔導我爲名，恢復許先生的工資待遇。原來許先生是八級講師，病休後只拿原工資的百分之六十，加以重病，其生活拮据可想而知。其二，爭取爲其職稱提升兩級，到了六級也就跨進副教授行列，始有帶研究生的資格。不可思議的是，這種黨政部門的決定卻讓許先生的摯友華粹深先生轉告，只能説明當時「黨群關係」的極不正常，批判者對被批判者尚存畏懼之心。我還親見系副主任孟教授親到家中敦促許先生把文章拿出來在學報上發表，「會付最高稿酬」……總之，許先生從一面被砍倒的白旗一下子成了香餑餑。我很難想象耿介如許先生對這種翻雲覆雨般的運動來去，是喜，是怒，還是哭笑不得？

到了給我講課的時候，許先生的年紀不過三十七歲，身體已經很虚弱了。他患的是肝炎，不能吃油脂，煮牛奶要兩次三番地撇去油皮；體力不支，上醫院胳膊上要挾個小板凳，以便不時坐下歇歇。可是一當給我講起課來，躺靠在床的許先生卻又那樣神采奕奕，滔滔不絶，一講就是兩個小時。我坐在床邊的椅子上，直面老師那白皙而略帶浮腫的臉龐，被深深地感動，那不是病態，而是神聖。在這種偉大的誨人不倦的師魂面前，我的心靈被震撼，被滌蕩，被淨化了。拔，拔不掉；批，批不倒，老師依然屹立在高臺教化的講壇上！

整理好許先生的講稿，我在扉頁上題寫下「跪床求學記」，以表示對老師的虔誠和崇敬。不想闖下了大禍，批評我在資産階級知識分子腳下頂禮膜拜，「文革」中更成了十惡不赦的大罪。幸而我人已在北京，躲過此劫，只是不知是否殃及許先生，倒是讓我惴惴不安。對於此事，我始終不辯一辭，那是因爲我還要保留對許先生這一點點聖潔的感情。這種感情始終不敢忘懷，也不能容忍一點點玷污的。

書生悲劇——長憶許政揚先生

甯宗一

作家常喜歡用詩意的語言説，時間如水。它可以沖淡歷史曾經鐫刻下的痕迹，哪怕那痕迹曾經是殷紅的血迹。有時也愛用富有哲理意味的話説，時間幫助人養成了健忘的毛病，這説出了人生的部分真實。但我的人生經驗卻是該忘卻的早就忘卻了，而不該忘卻的永難忘卻。三十年來，我正是未曾忘卻過我的授業恩師許政揚先生。他是我大半生中給我影響最大的一個人。我早就想提筆寫寫他了，因爲我如果不寫他，我就越難釋精神之重負。也許他在我心目中所占的地位太重要了，也許他是書生的一面鏡子，也許真是那「殷紅的血迹」使我不能不照實記述人們知道和不知道的事實。

回憶許師要從一九五二年全國高等院校調整（簡稱「院系調整」）説起。

一九五〇年我入南開大學中文系學習，當時的系主任是由西南聯大轉來的彭仲鐸先生，擔任古典文學講授的有華粹深、孟志孫和朱一玄三位先生，語言學和文字學的老師是邢公畹、張清常和楊佩銘三位先生，助教只有張懷瑾先生一人。由於很多課程開不出，所以採用了「就地取材」的辦法，聘請了阿英、蘆甸二位先生講授文藝學，方紀雖然擔任政府部門工作，還是長年給我們講蘇俄文學，阿壟則開了詩歌講座課。何遲先生在創作相聲改編戲曲之餘，應華先生之約給我們講「人民口頭創作」一課，至於中國現代文學史則是請了北師大的李何林先生和北大的王瑶先生講授。另外，又從作協請來了馮大海先生擔任寫作實習課程。一九五二年院系調整對南開大學來説不啻爲一次「盛大節日」。在我看來，具體到南開中文系，它後來能躋身於全國高等院校中的中文系的前列，是和開國後的這第一次教育改革分不開的。當時我們迎來了希伯萊文學研究專家朱維之先生，吴梅的大弟子、曲學專家王玉章先生，中國詩史研究專家李笠先生，中國文學史和修辭學專家王達津和陳介白先生，還有文藝理論家顧牧丁先生。教育部爲了加强南開中文系的領導力量，特别派了李何林先生擔任系主任。與衆多著名專家學者一道來的是剛剛從燕京大學研究院畢業的許政揚先生和清華大學畢業的陳安湖先生。不久以後又從北京馬列學院調來了古漢語專家馬漢麟先生。這是一個相當强大的師資陣容，各個學科也爲之完善，中文系出現了前所未有的興旺和朝氣。

我記得分明，院系調整後新學期開學第一次師生大會上，李何林先生自我介紹後，一一介紹了各位新舊中文系教師。而在介紹許師和陳安湖先生時，李師特意點明陳、許兩位是清華和燕大的高材生，是作爲李師調入南開的一個條件，特請部裏分配給我們的。這頗有文字下加着重點的意味，所以同學們都有很深的印象。如果説到印象，對我個人來説，可能還和二位青年教師的風度有關。他們不僅來自名牌大學，而且都具有典型的南方學子文秀儒雅的風采，所謂文質彬彬也。特别是許師的中式對襟藍布外罩和中分式背頭，瘦弱的外形卻藴含一股靈秀之氣，都令我在直覺上感到，這位孫楷第先生親傳弟子，必定是個俊傑之士。許師後來逐步顯示的學術研究實績，也完全證實了我們第一次直覺的正確。

新學期開始，許師到歷史系爲二年級的同學講一個學年的中國文學通史，要從先秦講到「五四」前，共一百零八節課。直到一九五三年第一學期才給我們本科生講文學史中的元曲部分。他總共講了二十四節課，四周的課讓我們三、四兩個年級的同學充分領略了許師的博學多才和個性魅力。這首先是一種嶄新的感覺：用練習本寫就的密密匝匝的講稿；講課時舒緩的語氣中具有極强的節奏感；用詞用字和論析充滿了書卷氣；邏輯性極强，没有任何拖泥帶水的枝蔓和影響主要論點的闡釋；板書更是極有特色，一色的瘦金體，結體修長，筆姿瘦硬挺拔，豎着寫，從右到左，近看遠看都是一黑板的漂亮的書法。如果說這是「形式」的話，那麽他的講授内容更令我們感到深刻和精闢。比如在講《西廂記》時，首先是順向考察，這樣我們就把握了王劇創造性改編的關鍵。而在横向比較中，許師從俄譯本直接引用《家庭、私有制和國家的起源》中的話：「結婚是一種政治行爲，是一種借新的聯姻來擴大自己勢力的機會，起決定作用的是家世的利益，而決不是個人的意願。在這種條件下，關於婚姻問題的最後決定權怎能屬於愛情呢？」這真是畫龍點睛的一筆，使我們對《西廂記》愛情和婚姻的意義，有了一種豁然意釋、茅塞頓開的感覺。我敢説，在那個時代，我還真没有看到，哪本專著哪篇論文從如此深刻的理論層次上去觀照《西廂記》的社會文化蕴含的。

上大學期間，我對自己所崇拜的老師的講課，一律採取「有聞必録」的方式。缺點是不能及時領會，消化課程内容，並在追蹤其觀點時展開獨立思考；但好處是，有了完整的記録可以慢慢消化老師的授課内容。許師的課，最大特色是，只要你能「跟得上」，記録下來一看，就是一篇完整絶妙的論文。

我的辦法雖屬笨法之一種，但獲益匪淺。四十三個春秋，經過了風風雨雨，許師講的宋元文學史元曲部分和專題選修課《元曲》的筆記我至今保存完好。這對我來説都是個奇迹，因爲我自己的藏書已更迭多次，講稿也大多散佚，獨獨地卻保存著許師的講課筆記，這也算是我對許師的一點真誠的紀念了，如果哪位讀者關心我所敍述的這個細節的真實程度，我已準備好了我的這幾本筆記備查。

一晃到了一九五四年六月我畢業了。出於性格上的考慮，我渴望當個記者。但分配名單下來時，卻讓我留系任教，而且分到了古典文學教研室，我愣了也傻了，我無法拒絶當教師，但怕自己教不了深奥的中國古典文學。我提出的唯一理由是，我的畢業論文是李何林先生指導的《論解放四年來的長篇小説》，所以請求從事現當代文學教學任務。當時擔任系助理的朱一玄先生找我談話，第一條是服從組織的安排；第二條是跟着許先生學，一年後擔起歷史系的文學史教課任務，以便儘快請許師轉回本系任教。「跟着許先生學」，這一句話使我安下了心，並於當天下午拜見了許師。

許師仔細聽了我的自我介紹——忠誠老實地交底——沉吟片刻後説：「我先給你開個書單，你從現在起就邊講課邊讀這些書。」兩三天後我就收到了許師給我的一篇三十部書目單。這是一個既「簡明」而又沉重的書目，從朱熹的《詩集傳》，王逸章句、洪興祖補注的《楚辭》，一直到龔自珍的詩。三十部書中竟包括大部頭的《昭明文選》和郭茂倩編的《樂府詩集》，以及王注李詩和仇注杜詩。

許師所開書單，現僅就記憶所及，列舉如下：一、朱熹《詩集傳》。二、王逸章句、洪興祖補注的《楚辭補注》（爲閲讀方便我看的是《萬有文庫》本）。三、《史記》，許師指示只看本紀、列傳，記得清楚的是《項羽本紀》《留侯世家》《陳涉世家》《廉藺列傳》《刺客列傳》《游俠列傳》《滑稽列傳》。另有《報任少卿書》。四、《世説新語》，余嘉錫箋疏。五、《昭明文選》李善注要通讀，可能是怕我不知《古詩十九首》的出處鬧笑話（我看的是《國學基本叢書》本）。六、劉勰《文心雕龍》，范文瀾注。七、郭茂倩《樂府詩集》，看的是《四部叢刊》本。八、《陶彭澤集》。九、徐陵《玉臺新咏》，可能是讓我知道《孔雀東南飛》的出處吧！許師説該書一定好好看，不是艷情詩，有好民歌在。十、《六朝文絜》，許師祖上許梿選。十一、《唐詩别裁集》。十二、王琦注《李太白文集》。十三、仇兆鰲的《杜詩詳注》。十四、《李義山文集》。翻看過《四部叢刊》本，主要是讀朱鶴齡的《李義山詩集注》。十五、汪辟疆《唐人小説》。十六、《清平山堂話本》（一九五五年文學古籍刊行社出版時補看的）。十七、臧晉叔《元曲選》（全看）。十八、《貫華堂第六才子書西廂記》，因《元曲選》未收《西廂記》。十九、《散曲叢刊》（《四部備要》本），許師選了馬致遠以下約十位散曲家之作。二十、毛晉《六十種曲》，只讀《琵琶記》《荆釵記》《四夢》。二十一、明清六部長篇是重讀，許師指出魯迅《小説史略》更看重《金瓶梅》《儒林外史》二書。《聊齋志异》大約選了四十篇吧！二十二、納蘭容若《飲水詞》，開了，我似未讀。二十三、龔自珍詩，讓我必讀，忘記看什麽本子了。二十四、列了幾部近現代學者的代表作，如王國維《宋元戲曲考》《人間詞話》，魯迅的《中國小説史略》等。

許師看我面有難色，於是做了如下的説明：一、這些書都要一頁一頁地翻，一篇一篇地看，但可以「不求甚解」；二、這些注本都是最基本的也是最具「權威性」的，注文要讀，目的是「滚雪球」，你可以瞭解更多的書；三、把有心得的意見不妨記下幾條，備用備查。一紙書目，三點意見，對我一生教學治學真是受用無窮。我就憑着這三十部書爲基礎，教了三年歷史系的文學通史和三年外文系的古典文學名著選讀，應當説基本上没出現大的紕漏。而且隨着時間的推移，我一步步明辨出許師的一片苦心。第一，我的國學底子太薄，必須先打基礎；第二，讓我硬着頭皮苦讀幾部較大部頭的原著，如《昭明文選》和郭編《樂府詩集》，而不讓我先看各種流行的選本，目的就是爲了讓我避免某名牌大學出來的畢業生竟不知「古詩十九首」出自何書，樂府詩又是怎樣分類的！在這裏我還要重重地提一筆，五十年代的南開中文系由李何林先生定了一個規矩，青年助教上課前必先在教研室試講，正式上課時，導師要進行抽查。我在給歷史系講文學史課時，李師共聽了三次課，而許師竟然隨堂聽了六周課。李師一般多從技術上和儀表上提出意見，比如板書太草，寫完擋住了學生視綫以及説話尾音太輕，後面學生聽不清楚，以及中山服要繫好風紀扣和皮鞋要擦乾淨等等。而許師則着眼於講授内容的準確性，分析闡釋上的科學性等等。對讀錯的字，也一一指出，即所謂匡正悖謬，補苴疏漏。而我也要在下一次上課開始時，向學生正式糾正自己講錯了的地方。這樣從對青年教師的嚴格要求開始，就奠定了南開大學中文系嚴謹的學風和科學的教學規範。這一點應當説是和李何林先生的嚴格治系分不開的，也是和系中像許師這樣認真負責的課徒態度分不開的。我一邊在給學生上課，一邊聽許師爲五四級講的專題課《元曲》。應該説我是一個好學生，不缺一節課，同樣像學生時代一樣做了完整的聽課筆記。二十年後我成了碩士生導師，在講元曲諸課時能得到些許好評，其實都是許師早先給我打下的堅實基礎。但是，如從講學藝術來説，我太缺乏的是許師的那種娓娓道來的風度和令聽者强烈感受到的一絲絲飄逸的氣息。我雖時時刻刻也想克服我講學時的那種匠氣、呆板和矯情，但卻難以做到像許師那樣對博大的藝術世界的向往和追求。我想，這可能就是素質、學養和文化底藴所造成的差距吧！

許師性格沉静，甚至總帶有一絲絲憂鬱，他幾乎没有任何嗜好，只以書和清茶爲伴。我和華粹深先生是他家的常客，但他只是聽我們講話。即使在教研室會上，也難以聽到他講話，幾乎是無一例外地沉默地坐在衆人之間，聽别人侃侃而談。在業務學習會上雖略顯活躍，而一旦轉入政治生活上的問題，他就有了一種茫茫然的眼光，乃至讀報紙、讀經典著作，他也以學術著作對之，想從中發現學術啓示。從當時的慣用語來説，就是「不關心政治」。而此時政治也確實没功夫找上他的門來。

在我看來，許師對政治不是有意回避，三緘其口，只是他從來没接觸過政治。爲了他的學術研究和教學，他似乎無暇顧及任何政治生活中的問題，而從時間段上説，一九五五到一九五六年對他來説又是相對平静的時期，反胡風運動以及後來的肅反運動好像跟他沾不上一點邊。而一九五六年的「向科學進軍」，落實知識分子政策，正給他馳騁學術思維提供了大好契機。縱觀許師短暫一生的學術生涯，他的輝煌期豐收期正是在這三五年。其中值得大書特書的是他精心校注《古今小説》一事了。

約在一九五五年底，人民文學出版社爲系統整理中國優秀的古典小説，在四大小説經典出版的同時，又重點抓了「三言」的整理工作。結果是馮夢龍選編的第一部也是最精彩的一部「古今小説一刻」（即《喻世明言》），就委託了許政揚先生。那時許師整三十歲。

小説研究行家多清楚，「三言」如中國衆多小説名著一樣，由於版本不同，刊刻不精，文字上多有歧異和訛誤，許師在考訂版本源流的基礎上，選擇善本、足本爲底本，以有價值的參校本比勘對校。他傾其心血，發揮其學識之優長，在訓詁、校勘中，做到了精勤與博洽的統一，且細密與敏鋭相得益彰。而細瑣與難考之事，亦以求實之精神，不妄下一語。另外，細心的讀者會發現，許師常於校注中開掘前人未發之意，修正前人的某些謬誤，此鍥而不捨的探尋文本真詮之精神，實堪敬佩。當然任何出色的校注都不是最終的判定，而是像一切科學研究一樣，是在不斷地否定中向真理靠近的過程。也就是説，知識是動態的，它永無止境，在這個意義上説，古代小説的研究和整理必定會有新的突破。然而一個不爭的事實是，許師校注的《古今小説》影響極大，且已經受住了時間的淘洗。無疑，歷史上的《古今小説》是與馮夢龍的名字聯在一起的；而在今天，《古今小説》還同許政揚的名字聯在了一起，這似乎也是事實。所以我認爲許師校注的《古今小説》具有里程碑式的意義，這絶非言過其實。旁證有二：一九七七年我在人民文學出版社修改南開中文系部分教師編寫的《中國小説史簡編》，當時古典文學編輯室的負責同志曾拿出一份材料，上面提到了許師校注的《古今小説》，有社長和編輯室主任的評語，認爲它是衆多古典小説校注本中功力最深，也是最嚴謹的一部，此其一。其二，一九七九年人民文學出版社再版《古今小説》（後徑改爲《喻世明言》）時，一仍其舊，未作任何修正，這也説明，在一個時期之内，許注《喻世明言》已成爲人文社許多定本書中之一種。我想這也應算作國家出版社給予許師的一種殊榮吧！　他雖已長眠地下，這一點正是對他靈魂的些許安慰。

許師正是從自己的切身體會中深知學問來之不易，因此對别人的研究成果一貫尊重，決不自以爲是，即使提出意見進行商榷也極注意分寸，所以在學術上從不採取對抗姿態，也從不與學術對手「據理力爭」，他完全以一介書生面目出現，緩解了人世間的很多矛盾。於是學術上的誠實，不偏不倚，穩重謹慎就成了他全部研究工作的重要特點。這一點也有現存檔案作證：

大約是一九五六年以後，人文社約請王利器先生評注《水滸》一書，前六回樣稿排出後，曾徵求許師的意見，許師雖在療養中，仍很認真地閲讀了樣稿，並提出了自己的意見，在他給編輯部的信中説：

愚以爲採取傳統的評點形式，逐回逐事進行分析批判，以區分書中的精華和糟粕，幫助人們正確地閲讀古典小説，誠爲一項極有意義的工作。已讀到的雖只六回，卻已受益不少，啓發頗多。如勉强要説點感想，則鄙意有些地方的評論似乎還可以深入一步……此言不省亦有當否？也有一些評語，似對讀者用處不大……有些不够明確，有些稍顯勉强……

這些都是吹毛求疵，一孔之見。因住在療養院中，收到樣本較遲，且只斷斷續續讀過一遍，認識極爲膚淺，辱承下問，故直述其點滴體會如此……

我想這就是學者的風度，平等對話的態度和書生的談吐吧！

許師在二十世紀五十年代的中國古典文學研究界已具有很高的聲名。除《古今小説》校注本外，還有兩篇極重要的高水準的學術論文引起學術界的重視。一篇是論睢景臣《高祖還鄉》，一篇是論《老殘遊記》。

當時的文壇學界，不像今日的各豎旗幟，主義林立，其看問題的視域也頗有限。所以當時有這樣一種現象：不用説一部難以見到的學理較深的專著出版會引起轟動，就是一篇把思路推進到一個更深的層面，又能在歷史性闡釋中重構學術規範，掙脱了僵化的庸俗社會學模式的論文，一旦發表，就真如「一石激起千層浪」。我説的許師的兩篇具有代表性的論文，其實並未發表在什麼顯赫的權威性的刊物上，但其影響卻極爲深遠。

通常對睢氏散套《高祖還鄉》的解讀，無論是中學語文參考資料還是單篇論文，不過是稱道睢氏出色地拍攝了一張哈哈鏡中的劉邦形象，頗有意味地描繪出怪誕離奇而又效果强烈的漫畫式圖景，從而對劉邦進行了調侃和鞭撻。然而許師則把睢氏的這篇套數的研究推進到一個新的層次。許師認爲：作品本身説明，作者並不企圖把他的作品的重心安放在歷史上。從作品總的精神來看，它事實上是面對著作者自己的時代的，即主要是現實的生活，而不是簡單的歷史重複。許師進行了大量的考證，從「社長」的「排門告示」到儀仗隊的排場設置，他都從《元典章》中的「户部」、「吏部」，《元史》中的「儀衛志」和「輿服志」以及宋元大量筆記中找到了有力的根據，證明睢氏的一切描寫完全是根據元制，亦即作者生活着的當時的制度。故事雖在外表上懸掛着一個歷史的幌子，而骨子裏整個的精神，則是直接面向活生生的現實的。代替漢代的沛都，作者描繪了一個當時的農村，在劉邦的名義下，作者刻畫了一個元代統治者出行的場面。許師在這裏，以充分的材料爲根據，準確地把握住了觸發睢氏創作構思的關鍵。在五十年代，許師能够如此深刻地認識到古代題材如没有現實的觸發，他的藝術構思是不可思議的問題，這不能不説是文學研究中社會的、哲學意識滲透的結果。根據我的瞭解，一個時期以來，《高祖還鄉》的研究多認同許説，即散套雖寫漢高祖，但真實意圖卻是針對作者生活時代的元代統治者。

值得特别一提的是，許師在論文中的考據和釋義的文字，似指間抽絲慢慢展開，有時剥皮去核，清清爽爽擺在讀者面前，有時又在隔霧看花中拈出神來之筆。比如《高祖還鄉》中的一個「颩」字的研究，通常在古典小説戲曲中，往往把「一颩人馬」誤印爲「一彪人馬」。從此以後，就以訛傳訛。許師爲説明宋元時代僅有「一颩人馬」而無「一彪人馬」，乃進行了反復考證，明確指出：「『颩』字字書不載，或以爲是『彪』字的形誤，其實並非。《元曲選·謝金蓮詩酒紅梨花》第四折音釋『颩音磋』。周密《癸辛雜識》别集下：『一颩』條云：『虜中謂一聚馬爲颩，或三百疋，或五百疋。』可見『一颩』就是一大隊的意思，原係北地的方言。」這種作學問的精神，真是一絲不苟。我曾看過何其芳先生給許師的一封親筆信，説他讀此篇論文的感想。中心的意思是，論文不是爲考據而考據，而是爲揭櫫作品的真實的社會思想底藴，所以是古典文學研究的正確途徑。如果讓我斗膽地概括一下許師研究古典文學的方法的話，那麼我認爲許師最大的研究特點在於，批判地繼承中國傳統的樸學，集其大成而創立了文學研究的歷史主義方法，即以真實爲基礎，以考證爲先行，聯繫和扣緊文本的外在因素（時代、環境、影響、作家生平等），同時保留對作品本身的審美意趣和藝術的敏感與直覺。這無疑是一種靈性和智性高度結合的新實證主義的批評方法。

《向盤與紅頂子——讀〈老殘遊記〉》一文本來只是應北京《文藝學習》雜誌社之約，爲青年讀者寫的一篇帶有導讀性的文章。許師一反當時相當流行的庸俗社會學的方法，站在一定的理性高度，以富於個性的情感方式，在對歷史生活的檢視和剖析中，對劉鶚情感世界的矛盾和小説藝術構思的兩重性做了相當深刻的闡釋。他最後指出，在《老殘遊記》一書中，真正激動人心的，不是作者的説教，而是體現在形象中的生活真實；並不是老殘心愛的那個「外國向盤」，而是那些引起他無窮憎恨和不斷的抗議的站籠、夾棍、拶子……一句話，那個血染的紅頂子。寫於一九五六年，又僅僅是一篇六千來字的文章，卻道出了一個今天仍站得住腳的理論觀點，即從作家所創造的藝術世界中認識作家，從作家對人類情感世界帶來的藝術啓示和貢獻中給作家以藝術的地位，這真是很了不起的事。

筆者在寫作這篇憶念許師的文字過程中，爲了忠實於史實和正確地把握許師的學術個性，曾拜見了我的授業恩師朱一玄先生。朱師説：「政揚先生做學問的態度是，材料必須是自己佔有的才去運用，觀點必須是自己的認識才去寫。他在一九五六年交到系裏的科研規劃就是如此明白表示的。」作爲一九五七年以前南開中文系助理的朱師所提供的這個材料無疑是準確的。這一點不僅可以從燕京大學研究院中文系研究生的畢業論文殘稿中看到許師是這樣做的，我們還可以從發表在一九五三年六月三日《光明日報》上的《評新出〈水滸〉的注釋》得到充分的證實。

他就一九五二年十月人民文學出版社的七十回本《水滸》中的注釋，以求實求是的精神，修正了注釋者的訛誤。特别是對長期被誤解的「行院」、「孤老」、「蟲蟻」、「樊樓」等做了準確的釋義。比如，把「行院」解作妓院，是歷來人們的誤解，許師徵引了大量資料，説明「行院」乃是同業的一種組織，各行皆有，藝人自然也有。走江湖的藝人，到一個地方演出，就有當地的「行院」，幫助他們安排演出或居住的地方和用具。於是許師引用車若水的《腳氣集》的記載推而論之，凡伎藝人等所謂的「行院」，都是這個意思，許師進而論證，用團體會社的名稱來稱團體會社中的人，「是元明之間常見的一種語言習慣」，在這個意義上，把「行院」中人的妓女也稱之爲「行院」，這才成了最有説服力的、最完善的、最正確的解釋。

以上諸例説明，許師涉題廣泛，思想豐閎，富有時代精神。進一步説，在中國學術史上，考據和理論研究往往相互隔閡，甚至相互排斥，結果二者均得不到很好的發展，許師卻把二者納入歷史和方法的體系之中，加以審視，從而體現了考據和理論的互補相生、互滲相成的學術個性。像《話本徵時》這樣專門考證一篇篇小説産生時代的論文，也顯得血肉豐滿、有理有據，無枯燥乏味之弊，而是靈氣十足，真正達到了學識與才情的結合，廣博與精深，新穎與通達等的平衡與調適。

從以上我對許師學術成果的粗綫條勾勒，細心的讀者稍加注意，就會發現，這不過是短暫的五年的時間，即從一九五三年在《光明日報》發表的評論文章時開始計算，到一九五八年人民文學出版社正式出版他校注的《古今小説》終止，從年齡段上説，也就是他從二十八歲到三十三歲，即獲得了如此可觀的也可稱之爲輝煌的成就。而就直接受益最大的我來説，起碼有兩點對我的學術生涯有着決定性的影響：一、憑藉研究對象以尋求文化靈魂和人生秘諦，探索中國文化的歷史命運和中國人文知識分子的人格構成；二、把握中國小説戲曲這同一敍事文類在我國民族文化發展史上相互參定、相互作用、同步發展的特點，並在此基礎上建構屬於自己的古典小説戲曲藝術的研究體系。

寫到這兒，我認爲有極大的必要插進一筆，這就是許師的得意弟子、我的摯友黄克用時兩載餘整理編輯的《許政揚文存》（中華書局一九八四年十一月版）。實事求是地説，如果没有黄克編的許師的文存，即使我數年在許師身邊，也難以像今日瞭解許師幾年中的著述的準確情況。黄克編輯、整理、校核真可以説是「廣搜博采，網羅散佚」，雖殘篇佚句，無不甄録，甚至遠在厦門執教的周祖譔先生得悉要出版許先生文存，也寄來了許師在燕京大學研究院撰寫的畢業論文殘稿（即《文存》中的《宋元小説戲曲語釋一》）。而黄克本人又把自己聽許師講課的筆記進行了精心的整理，並寫出一篇滿懷激情的真誠文字，這就是《元曲語釋研究參考書目》前的按語。另外黄克編許師文存時的嚴謹態度更令我感動，他完全做到了鑒裁必審，力求不誤收，不濫收，如許師與同窗好友周汝昌先生合作的《〈水滸傳〉簡注》、《〈清明上河圖〉畫的是哪座橋》，據説是由師母抄録後直接轉給黄克後才收進《文存》的。至於作爲後話的許師的數萬張卡片，在「兵火」中亡佚之甚，乃至湮滅無存真令人扼腕。也許正是在這個意義上，我們不能不以最誠摯的感情，感謝黄克所做的這件功德無量的大好事。當然事情總有遺憾的一面。據我的較爲準確的記憶，許師在一九五八年病中，曾撰有論《楊思温燕山逢故人》的長篇論文，我曾仔細地拜讀過，並向李何林先生提起過這篇論文。李師立即找許師談，願意推薦給當時的《新建設》雜誌。後來聽説《新建設》認爲論文太長，該文一直未得發表。是「學術思想」的問題，還是許師不希望改動？這就不是我所能知道的了。而今原稿已不翼而飛，是不是也毁於「兵火」，還是易手多次而遺失，我都未得到準確的證據，數日前我爲核實這件事，曾與黄克通話，他的回答同樣是「不瞭解」。

我又用了幾百字的篇幅敍寫《許政揚文存》一書出版前後的點點滴滴，目的也許不僅是表彰黄克先生的尊師重道和編輯整理《文存》的功不可没，也許更重要的是《文存》成了一種確證，它證明許師的真正屬於高層次的學術研究已於一九五八年終止。《許政揚文存》正是一段鮮明節奏之後的「休止符」。不，是一個輝煌樂章的終結。

學術活動的終結，正是政治侵入的開始，而後者是不以許師主觀意志爲轉移的。梁漱溟先生曾把知識分子分爲兩種人，一種是學術中人，一種是問題中人。如果我們在某種意義上能認同梁先生這一劃分，那麽，在二十世紀五十年代，你怎樣劃分，許政揚先生也得歸入學術中人，或按通俗説法是純學者型的。在他短暫的一生中，歷史可以作證，他是當時我們系裏教師中把生命與學術融合得最緊密的一個青年書生。我敢説，他不懂政治，所以他似乎覺得這完全可以由别人來做，他只需做自己的學問就可以了。這種不懂政治「救」了他，比如一九五七年那場席捲全國的對知識分子大掃蕩的反右鬥爭，由於他對政治的「冷漠」而未鳴放一言，所以也就輕鬆地被當作「局外人」而躲過了整肅。儘管他的忘年交華粹深先生被批得死去活來，何遲先生還被錯劃成右派分子，他也只是暫時和他們劃清了幾天界限，一旦暴風雨過去，我又看到他們一塊兒遛彎兒，一塊兒研究如何修改他們合作的劇本《虎皮井》了。

然而不懂政治又真的害了他。一九五八年批判資産階級學術思想運動伊始，真正驚恐不安、惴惴自危的本是一些老教師。許師在教研室會上仍是一貫地沉默，態度更是安然坦然。他萬萬没想到，學習會下面召開的擴大系領導小組會已經確定他和古漢語專家、游國恩先生的女婿馬漢麟先生爲重點批判對象，即勢在必拔的兩面「白旗」。從不過問政治，而政治竟以迅雷不及掩耳之勢在他毫無覺察中轟然而至。從今天的常識和普通的道理來看，這真是一個連基本是非都顛倒了的决定。然而，從以往歷次的政治運動邏輯來看和操作程式的經驗來着眼，就是首先選擇典型人物，而「典型」，即在群衆中有影響的人物也。許師和漢麟先生正符合這政治運動邏輯。這是因爲他們都有實實在在的學問，他們都在本學科上達到了中文系前所未有的水準，他們都在學生中有極大影響。關於許師的，前面已作了介紹，而漢麟先生的古漢語教學，正如人們愛説的一句話：「把古漢語講活了。」當然這還可以從王力先生主編的四大册《古代漢語》得到證明。那難度極大的闡釋天文部分的文字皆出於漢麟先生的手筆。至於南開中文系古漢語體系，憑心而論，也是漢麟先生生前創立的。就是這樣，幾周前，兩位先生的課，還作爲全系教師「觀摩教學」的對象，而數周後，它們的主講人突然變成了全系師生人人喊「拔」的「白旗」！

令人尷尬更令人痛苦的是，我因爲是許師的學生、助教，所以我被系總支的一位原副書記指令作爲重點發言人，以便使我有機會和資產階級思想劃清界限，當時我無法也無力抗拒這種權威指令。然而我畢竟還没學會整人哲學和整人語言，所以在第一次「通稿」會上，我的發言稿被否決了，理由是没抓住許師資産階級思想的要害。還是這位副書記指着我説：「你連許政揚的『知識私有』的要害都抓不到，能批得透嗎？其實這也是你和他劃清界限的關鍵。」我只好照辦。回家後，搜索枯腸，拼湊了幾條不成理由的材料，在系批判會上發了言。這當然是一次不成功的批判。然而，即使我極心虚地又是違心地説出了許師有「保守思想」的問題，我還是發現許師執筆記録的右手在發抖。當時我就知道我深深地傷害了他的心。不是現在，而就是當時，我的良知就告訴我，我不過是一個懦弱而又無骨氣的師恩和恩師的背叛者。因爲我在强權下違背了起碼的文明生活準則。我自食其果，嘗到了人在喪失人格和喪失良知後被心靈折磨的滋味。我只有求助於華師爲我向許師解釋，華師也不止一次轉述許師對我處境的理解，但以後我只要一觸及這個敏感的問題，我就難以平静。我也曾向李師表示過我的愧疚、悔恨之情，李師不無幽默地説：「你還需要慢慢長大成熟。」然而我從未寬恕我那一次雖未有白紙黑字印下來的東西，但那話語仍屬我人生中不光彩的一頁。因爲我不願用「高壓下」、「組織決定」、「權力意識」來爲自己的背叛行爲辯解，這是由於我畢竟未能説出「不」字！這是一次深刻的教訓。我可以發誓，到了「文革」，我没有站出來揭發過我的老師任何材料，當然這還不是由於我也變成了「牛鬼蛇神」，而是我終於懂得了，不能再用良知來换取暫時的「寬恕」。我在那場「紅色風暴」中多少找到了自己的一些良知，我身心雖然受了罪，而靈魂卻得到了拯救。

在一個嚴酷的時代，沉默而又謙和的人，反而更容易受到踐踏。當時的南開中文系師生都瞭解，給予許師致命打擊的並不是絶大部分的年輕教師和學生，而是他在燕京大學的另一位同學。這是批判許師的最後一次師生大會上，這位先生突然加重了語氣，指出許師的論《高祖還鄉》一文的材料是剽竊自孫楷第先生的「手稿」。這真是一顆重磅炸彈！許師開始從「知識私有」者變成了「剽竊者」！坐在臺下的許師在聽到這無中生有的「揭發」時，我就緊靠他坐的第三把椅子上，所以我對當時許師的面部表情的每一個細節變化都看得極爲分明，始而他臉色變得慘白，繼而渾身抖動，最後隨着自來水筆的落地，他就昏倒在扶手椅上了。

批判會在一小陣騷亂後，發言難以繼續，書記説了幾句不着邊際的話，就宣佈散會了。人們大部分都走了，只剩下李何林先生、華粹深先生以及古典教研室的另一位年輕教師和我。我們急速找校醫，但是他們没有一個人來。約半小時後，許師才蘇醒過來。我們兩個年輕人在李師的吩咐下，滿含淚水，把許師架着送回了他的家。此後我再也不能忘記許師回家躺在床上時那毫無血色的臉和一雙似是呆癡的望着天花板的眼。我腦海中最早浮現的一連串的問題是：難道這就達到了「拔白旗」的目的了？難道那出於嫉妒的傷害就靠這樣非法的侵犯人的尊嚴的運動就達到目的了？難道學術思想的「問題」就可以這樣去解決了？我現已年逾花甲，我才對這些淺薄的問題一一作了回答。拿破侖對歌德説過：「政治，那是近代無法躲避的東西。」我們這幾代人都没躲過，是爲證明。然而在中國傳統觀念中卻極看重道德，而道德又往往是決定文人間各種表現形態的至關重要的因素。在經歷了這一番洗禮後，對國人特别是對國人中知識層那種「向井口投擲石塊」，而且是一哄而起的紛紛投擲，我是徹底領教了。這當然是歲月積澱帶來的人生況味。一切在證明：「希望超然，未必真能超然；希望寧静者，也未必能獲得寧静。」當然我更多的是思考「忌妒」。文人一旦有了忌妒之心，那麽他心中就有了魔鬼，雖然恩格斯説「忌妒是一種較後發展起來的感情」，我卻認爲他雖不是與生俱來，但它畢竟是人性中最惡的一面。許師的慘遭毒手，我認爲就是來自於這種惡德。所以我更欣賞黑格爾的名言：「有嫉妒心的人自己不能完成偉大事業，便儘量去低估他人的偉大，貶低他人的偉大性使之與他本人相齊。」

許先生倒下了，馬漢麟先生緊跟着又被送上了祭壇。無休止的批判，終於釀成了馬先生的心臟病。這雖是後話，但也算是這次批判資産階級學術思想的注腳。李何林先生生前有言：「我開始只談漢麟是一匹好馬，那是因爲他姓馬，後來大家説我有兩匹好馬，那是人們的『演繹』，把政揚加上去了。我什麽時候也不能理解爲什麽誰學問大，誰教學效果好，誰就是白旗，誰就要被批被拔？」李先生鏗鏘有力擲地有聲的話語，是一九六二年在批判李先生的修正主義文藝思想時，他在大禮堂面對批判他的師生幹部説出這番肺腑之言的。這一點我也有記録作證。

許先生病倒，一躺就是八年整，他幾乎過着與世隔絶的生活。肝病與嚴重的神經衰弱一起向他進攻，他的身體又因「三年困難」，而越來越壞，情緒也越來越糟。這期間，常到許師家中去的是華粹深先生和師母黄湘畹先生。在許師一生中，我認爲給予他最大慰藉的也正是華先生。系主任李何林先生不時也去看望許先生並送去一些營養品，黄克每兩周要到許師家中聽課，我因爲遵許師的囑託代他講授宋元文學史，在請教業務問題後，大多和黄克一道把許師家中的雜務承擔下一部分。我的記憶告訴我，這種友誼和弟子們的真情還是燃亮了許師最後幾年的心香一角。

實事求是地説，由於學習、工作和平時的情感交流，我應是屬於比較瞭解許師一九五八年以後心緒變化和心態流程的一個人。許師在「拔白旗」後再也没能「振作」起來，最核心的問題是他的自尊心受到了致命的傷害。他最看重的本是文人的人格精神，或者説，他一生所追求的就是人格精神的完善。然而無端的譭謗，不是如人們常説的「丢了面子」，而是使他失去了生命與精神支點。他有太多的知識分子的脆弱和那濃重的揮之難去的憂鬱。所以那突然襲來的打擊，在他心中産生的不僅僅是一腔憤懣、一曲哀歌、一縷縷飄忽的情緒，而是一個活躍的悲劇性的靈魂在流動。本是極爲執著卻又軟弱的追求，突然失去了根基，於是悲涼之霧遍被全身，這就構成了他永難自拔的痛苦、辛酸、苦澀。當你面對他的表情、聲調、眼神時，你就會印證上述那種感覺是確鑿的。

感覺也許僅僅是感覺。更爲實在的原因，我認爲是許師停止了他的學術活動。許師唯一的嗜好是看書。所以他在想避開污濁的環境時，就越來越自覺地沉迷於文史世界中。當外界的壓力一天天加重時，他只有在病榻上靜靜讀書，才獲得片刻的鬆弛和些許的歡愉。按現在的年齡劃分，他還是一位地地道道的青年學者，但是從治學上來説，我認爲他已進入「自適其適」的境界。這種圓融無礙的愉悦是不關乎功利欲望的，但又是道德精神的最好體現，對學術的不可解脱的責任感正蘊積在充滿圓融的體驗中。關於這一點，黄克兄在《許政揚文存》中有一段精彩而傳神的敍述：

> 一九六一年考上研究生的時候，我的導師本是華粹深先生。而華師和許先生乃忘年交。是受華先生之託，許先生才爲我開這門課的（指「元曲語釋」一課——引者）。但很快我就感到這對許先生的身體來説是多麽沉重的負擔。當時，他正患嚴重的肝病，臥床已有數載。給我講課時，也只能坐臥在床上。望着他那浮腫的臉龐，我真不知道他能堅持多久。但是一當步入正題，憔悴的目光立即顯出異彩，思路是那樣縝密，語言是那樣富於機趣，旁徵博引有如歷數家珍，侃侃而談真是滿腹珠璣，在小小的一張卡片之上，在寥寥的幾條提綱之間，竟如無垠的知識空間，任其恣意遊衍。我坐在對面也隨之神往，以至忘記折磨着他的病，以至停下記録的筆。直到師母下班回來，勸他休息，他才又回到病魔的糾纏之中，頹喪了下來。此後，隔週一次，從一九六二年四月一直進行到八月，雖因其病情變化，時有間斷，但只要略有好轉，他都極力把課補上，在我的筆記本上就有「七月三十一日」、「八月一日」接連兩天講課的記録。爲我的啓蒙，許先生是傾注了心血的。也正是這種諄諄的教誨，眷眷的期望，激勵着我，整理筆記、補充材料，認真讀了幾本書。短短的五個月，成了學生時代最有收穫也是最值得回憶的黄金時刻。

但是，僅僅這一點自由，這一點慰藉也未能維持多久，他最終被剥奪了做學問的權利。

另外，許師的耿介自守，不肯同流合污，學術上不肯與人爭勝的飄然不群的氣貌也是公認的。然而那過分的認真、執拗和孤傲在其性格裏也確實構成了一種强烈的色彩。長期的書齋生活和病魔纏身，又使他相當嚴重地脱離了現實生活。他給人一種極深極重的印象，他彷佛是一隻昂首天外的仙鶴，從不低頭看一眼脚下的泥淖。記得系裏考慮他的經濟情況，特意給他一些補助，可是他幾乎都拒絶了。有一次由李師給捎來的六十元補助金就是通過我又交回了系裏的負責人的。許師的這種狷介的性格最能體現出他那一代人文知識分子的人格精神和風骨操守的力度。

許師八年卧床，也給我提供了瞭解他的身世經歷的機會。在閒聊中，我知道許師生於一九二五年，海甯硤石人，這可能是他非常敬仰王國維先生和喜愛徐志摩詩的一點點内因。自幼慈母就教他吟誦古詩，七八歲時已能背誦近千首名作。華粹深先生在指導黄克學習期間，讓黄克練習寫作古文，曾徵求過許師意見。許師曾對我説，不一定要學寫駢文，但要讀駢文。他順手就從枕邊拿了一本一九六二年中華書局的排印本《六朝文絜》給我看，並説，許梿已經明確指出六朝駢文的缺點是繁冗，所以他選文標準是要求構思精煉和修辭簡潔，只有這樣的作品才能入選，所以《文絜》多爲小品、書劄尺牘，突出大家，頗收名篇。那些眉批和少量題解、箋注也不妨參看，有助於賞鑒和習作。這番話我至今記憶猶新，先前對駢文打成唯美主義的文體，「不屑一讀」的偏見，算是得到了糾正。從許師家中出來後，華師對我説：「許梿是政揚的上世，道光進士，精研《説文》及金石文字。他選《六朝文絜》歷時二十載……」我這才恍然大悟，原來許師是在這樣的知識背景、學術傳統和學術規範下薰陶成長的。

許師入燕京大學學習，後作爲燕大中文系研究院第一届研究生，以研究古代小説戲曲爲主，從師著名學者孫楷第先生。中學和大學期間就熟練地掌握了英、法、日三國語言，解放後自學了俄語。前面提到的恩格斯的著作，他就是從俄譯本中讀到的。所謂「别、杜、車」的文學評論著作，雖然有滿濤、繆靈珠、辛未艾諸先生的譯本先後面世，但許師開始時是看的俄文原著。他謙虚地説：「對俄語，只能讀，不會説。」他對中國傳統繪畫有獨到識見，一部《宋人畫册》反復賞鑒，講宋詩時，經常以宋元繪畫參證。他對西洋油畫也有研究，鍾情於安格爾和倫勃朗的畫，對俄國的大畫家列賓的作品也極爲欣賞。開始談及油畫的構圖、色彩及「質感」時，我也從全然的陌生到瞭解了一點點繪畫藝術的皮毛。他對南宋畫家張擇端的《清明上河圖》這幅稀世珍寶有深刻的認識和獨到的研究。當故宫博物院印製的《清明上河圖》出版後，他敦促我買一卷，並給幾個年輕朋友單獨做了一次輔導。收入《許政揚文存》的《〈清明上河圖〉畫的是哪座橋》一文中的觀點（即圖中通常所説的「虹橋」，實爲「下土橋」）和考訂文字，他早已成竹在胸了。

他特别看重孟元老《東京夢華録》的文獻價值，他不十分滿意原有的那個注本，希望自己能搞一本切實詳密的箋注本。正如周汝昌先生在《文存》序言中所説，這樣「可以將北宋的文學家們的很多活動貫穿在裏面」，而不僅僅把這部書看作是「一部歷史地理城市社會的記録」。他舉「樊樓」對我説,《夢華録》中描寫得很詳細,是座著名的酒樓,可不像有的學者説是當時東京(今開封)方言。提起「太平車」,他説應是載貨之大車,由於車行滯笨,只能用於太平無事之時,戰爭時期是不能用的,故名太平車。其他像宋代的「交椅」的形狀,民俗中的「摇裝」,他都有準確的解釋。他在燕大與周先生每日品書談藝,考字徵文,獲得了很大樂趣,而十年後在跟我們講起這些時,仍是興致勃勃,忘記病痛。而我們則因先天不足,後天失調,幾乎没有步入許師學術境界的可能,所幸,我們還有了這段師生的緣分,還未至於失之交臂,歷史還算給了我「景行行止」的機會。

百姓們剛剛掙脱了「三年困難」的困擾,新的「運動」又開始了。先是農村的「四清」,繼而是城市和學校中搞的「五反」。敏感的人曾預言,將要有新的大動作出現。我們這些教書匠雖身在其中,卻渾然不知,及至潛流已浮上水面,變成了巨大的漩渦,也覺得不會再把我們攪進去,更不會想到滅頂之災已經來臨。一九六六年,一系列社會動盪,就像撲面而來的風沙,刮得我們懵頭轉向,一紙「社論」,我們一夜之間變成了被横掃的「牛鬼蛇神」。南開中文系首先揪出的「老反黨集團」及其成員是李何林、朱維之、華粹深、王玉章、王澤浦諸先生,以及李師的「兩匹好馬」:馬漢麟和許政揚二位先生。青年教師中有我和幾位相好的朋友。這是被先稱之爲「裴多斐俱樂部」的成員,後又轉組成爲配合「老反黨集團」的「小反黨集團」,説他們構成了中文系搞「宫廷政變」的重要組成部分。本來這是南開中文系「恩恩怨怨」的一筆糊塗賬,只是趁着運動之機,極明快地劃分了陣營,不同的是,有的人急劇升天,有的人驟然下了地獄。如果説這一切還都可以解釋的話,那麽許先生從病榻上生生被揪出來示衆，就真的無法解釋了。按出身，談人際關係，他早已被「拔掉」，從未傷害過任何一個人。而且，衆所周知他是被嚴重傷害的一個人，心中那麽多委屈也未曾向組織討過一絲一毫的「公道」。可是，眼下他和李師那一群站在了一起，又和我們這一群一塊兒在烈日下主樓旁拔草示衆。我雖然當時已自顧不暇，可是看到被風一吹即可倒地的許師的瘦弱身體，站也站不住，蹲也蹲不下，而「專政」人員的吼聲一聲接一聲，我實在難以再忍受下去，跑了過去，把他那未竟的拔草任務完成了大半。他那無神的眼只是望了我一下，幾乎是趴在地上又一根一根地拔那殘餘的荒草了。我記得分明，他竟反復地自語：「這草，拔一根就會少一根。」我當時認爲這不過是一位遭受凌辱的書生的雙關語，而我卻没想到更没體悟到這竟是他自沉前的一句讖語！

所以一當紅衛兵抄家，許師數萬張用心血積累的卡片和著述手稿被付之一炬時，許師終於感到盡力從文字中尋求生存的點點慰藉完全破滅了。第二天，在勞改回家後，他没有喝一口水，吃一口飯，没有留下一紙文字，他出走了。次日，我們這些「有罪」的人正在資料室學習「十六條」時，得知許師自沉於他住處旁的小溪中。終年四十二歲。按當時的説法，他是「自絶於人民」，所以被草草火化。而當「四人幫」粉碎後，家屬和親朋好友要求追回許師骨灰，但得到的回答是「當時就没有保存」。在許師英靈得以安葬時，骨灰盒中只擺上一部他用心血鑄就的人民文學出版社出版的校注本《古今小説》！

紙張壽於金石。《古今小説》校注和《許政揚文存》在讀者中間仍然廣泛流傳，倘許師地下有知，當亦欣然瞑目矣。

古希臘先哲赫拉克利特曾有言，我們的思想往往「由死人點燃」。是的，我們不能不從許師的堅辭人世的事件中進行深刻的反思。在那場浩劫中，在社會動盪不寧和綱紀隳壞的年代裏，人們呈現的生命狀態各有不同。從人文知識分子的特性來説，有淡泊名利、不隨流俗者，也有潔身自愛、無爲空寂者，當然也有桀驁不馴者。然而在絶大多數知識分子靈魂深處，都由於情感的過分豐富，致使感覺敏鋭，因此自尊心不時受到煎熬與烹煮。許師自一九五八年那場運動以來，其精神狀態即已達到崩潰的邊緣，而當這場浩劫又降臨他的身上時，他自然有絶望的情緒在。甚至我在想，王國維自沉昆明湖的影子會不會對他産生難以説清的影響？加之他對中國文化的被毁棄，只能用無言的抗議來表示自己的精神文化品格。於是投身於自然大化，使精神與大塊合一，與天地同化，以求得自我人格完善和精神的慰藉與徹底解脱。史家有言，真正的知識分子從來都是悲劇命運的承擔者。清高、自尊與有思想就必然承受時代落差造成的悲劇命運。從表面看，許師似乎只是因爲那一瞬間的軟弱，就付出了自己的全部。但是一旦我們想到那落寞的斗室，那孤寂的病房，整整八年中的憂鬱痛苦心情，愁雲慘澹，對世界和生命一樣，他最終失去了那一點點信心。獨上高樓，是他對人的品格的一種選擇，這一點從他的治學中得到了印證，而這一次則是用生命印證了這一點。

我想我們需要接住從死者那裏遞過來的燈。許師的仙逝和他最後無言的思想，給了我在這個世界生活、寫作、堅守和承受一切的力量；他的死也促使我對自身命運的認知。我等待，我樂觀地等待被「點燃」的那一個時刻。

一九九六年八月三十日至九月三十日謹蘸淚成文，以獻於許師在天之靈

增訂本後記

許　檀

今年是家父誕辰九十周年，他離開我們已將近五十年了。一九六六年，我十三歲，上初中一年級；許棉八歲，上小學一年級。如今我已年逾花甲，而對父親的記憶卻永遠定格在童年時代。

一

在我們的記憶中，父親並不是一個孤傲、嚴肅的學究，而是一個多才多藝、充滿生活情趣的人，是一個爲我們的啓蒙傾注了無限心血和智慧的好父親。

那時我們住在北村，華粹深伯伯是父親的摯友，也是家裏的常客。華伯伯是皇族，和父親同在南開大學中文系任教，是戲曲專家。他每次來，常和父親一起談戲曲，聽唱片。高興時，父親會吹上一曲。書房的牆上掛着一笛一簫，印象裏父親好像更喜歡吹簫。

父親也喜歡畫畫，漫畫、素描、水墨俱佳。記得小時候教我畫畫時，他也會畫上一兩幅，如若滿意就鑲入鏡框掛上一陣。有一次他來了興致，要研墨作畫。這次不是用宣紙，而是用牛皮紙。原來是要臨摹《宋人畫册》，因爲古畫是絹本，與牛皮紙顏色相近。畫好後，將牛皮紙剪成圓形，鑲入鏡框，掛在書房牆上。華伯伯來訪時，發現牆上換了新畫，很是吃驚，問道：你怎麽捨得將《宋人畫册》拆了掛到牆上？父親不無得意地説：你再仔細看看。端詳半天，華伯伯才發現是以假亂真，於是讓父親再臨一幅給他。

《宋人畫册》是一本父親十分珍愛的畫册，爲鄭振鐸、張珩、徐邦達所編，中國古典藝術出版社一九五七年出版，定價一百元。鄭振鐸先生在《序言》中介紹：「這一部《宋人畫册》所收兩宋畫人的作品，凡一百幅。諸大家之所作雖未必集於此，而各派的畫風則大都可以有其代表的作品在這裏了。這裏所有的全是小景的畫幅，其尺寸大小全同原畫。……象這樣的方型或圓型的小幅絹畫，當初是作爲何用呢？……方型的畫幅，乃是一扇屏風上的飾圖，……圓型畫更經常地是作紈扇面子的飾圖的，古人所謂『輕羅小扇撲流螢』，指的就是這種紈扇。」一百元人民幣，在當時是很貴的價錢。據母親説，整個南開大學只有兩册，一册是圖書館購入的，另一册是父親私人購買。父親對《畫册》非常愛惜，每次翻看都會帶上手套，以免弄髒。由於畫册很重，還專門定製了一個放置畫册的支架，可以支在床上細細鑒賞。記得當年家中除《宋人畫册》外，還有《敦煌壁畫》、《清明上河圖》以及林風眠的畫作等，這些畫在「文革」中都被抄走，所幸《宋人畫册》在發還抄家物資時被追回，而其他則都不知下落了。

父親的手很巧，似乎没有他不會做的東西。聽母親講，他上小學時在手工課上製作了一隻風箏，由於紮得太精緻，老師認爲是買來的。他很生氣，拉着老師到鎮上的風箏鋪去確認：根本没有他紮的那種樣式，老師這才相信是他自己做的。大約是一九六四年，當時半導體收音機剛出現不久，買一個很貴。父親找來綫路圖，開列了購物清單，請人把零件買回來，在家裏自己組裝。不久，我們就能用他攢的收音機聽廣播了。近日整理父親遺物時，在一個小小的筆記本中，發現了父親當年繪製的綫路圖及購物清單，時隔半個多世紀，它竟意外地被保留下來了。

父親還做過很多手工藝品，泥塑、核雕、木雕、塑編等。泥塑是從我們住所旁的小河邊取的膠泥，摻入一些剪碎的麻刀（父親説，這樣可以防止乾裂）和勻，捏成泥人和各種小動物，待晾乾後，再勾勒着色。現在家裏還保留着當年父親所做的一隻小花豬和一隻黑貓，歷經五十多年，雖然不免磨損，但確實一點兒也没有開裂。當年北村旁邊有一個小小的桃園，我們常在那兒揀從樹上掉下來的毛桃，父親將桃核稍加修飾、粘貼，做成帶耳環的非洲女孩，蹲在木樁上的小猴子等。木雕作品中我印象最深的是緑色草地上的一對仙鶴：大的一隻亭亭玉立，長長的雙腿是用織毛綫的竹針截成的；小的是隻幼崽，蜷卧在媽媽腳下；緑色的草地是用絲瓜瓤染成的。可惜這些作品都在「文革」中遺失和損壞了。一九六〇年代女孩子紮小辮用的塑料頭繩剛剛興起，父親用它編了許多小玩意，如紅白兩色的金魚，緑色的青蛙和螞蚱；螞蚱的腿是用鐵絲彎成的，翅膀是較寬的塑料帶做的，栩栩如生。他還編了跳芭蕾舞的女孩，裙子是粉色的，單腳獨立的經典造型。這些小玩意都做得惟妙惟肖，人見人愛，常有親友索要。

父親還曾爲我們設計服裝，那時家裏訂有《裝飾雜誌》，父親會參照其中的圖樣做設計，我們毛衣上的花、手套上的小動物，都是父親繡的。記得妹妹四五歲時在百貨大樓旁的新聯照相館拍過一張照，穿着橘黄色鏤空毛背心和彩條短裙，這張照片被放大到一尺多，在照相館的玻璃橱窗中擺了好幾年。小學四年級時父親爲我做的一條素花連衣裙，是參照《裝飾雜誌》上的樣式剪裁，請阿姨縫製的，腰間佩有一條紅色的寬腰帶，既雅致又俏麗。六一兒童節演出的時候，班上的女同學常常想和我换裙子穿。到「文革」時，她們反過來批判我穿奇裝異服。

父親留給我們的另一個記憶，是兒時的啓蒙教育。在學校教育之外，他會給我們增加一些家庭功課：年幼時背唐詩、練字、畫畫，小學五年級增加了古文，小學畢業的那個暑假又添了英語。

背唐詩是幼兒園時的功課，對此我已經没有什麽印象了。倒是記得妹妹三四歲時已能背誦數十首，一九六一年暑假全家回硤石老家，她的唐詩表演被家族的長輩們大大地誇讚了一番。練字還有一點印象，先是描紅，繼而臨帖，書法是我不太喜歡的，始終進步不大。畫畫相對比較有趣，父親最初教的是類似動漫的畫法：畫老鼠，「先畫一個蛋（橢圓形，一頭圓一頭尖），再畫一個蛋」，大的是身子，小的是腦袋；在腦袋上加上眼睛、鬍鬚和耳朵，在身上勾出四條腿和尾巴，一隻活靈活現的小老鼠就躍然紙上了。畫小豬，先畫三個圓，大圈套小圈；在小圈中點上兩點是鼻子，在中圈内外添上眼睛和耳朵，在大圈之外加上腳和尾巴，寥寥幾筆，一隻圓溜溜、胖乎乎的小豬就完成了。稍大一點兒開始學水彩，我的一幅塗鴉——兩隻小白兔吃蘿蔔，似乎頗得父親的讚賞，被放在鏡框中掛在書房牆上，這自然更增加了我的興趣。

小學五年級時，父親以《古文觀止》做爲教材，要我每週背一篇，一年時間大約背了四五十篇。每個星期日的早飯後，父親將當天要背的文章大意講授一遍，然後讓我誦讀，直至可以背誦。我的記憶力從小就不好，念了二三十遍仍然不能流利地背誦，所以這是我最不喜歡的功課。不過現在回想起來，我以小學畢業的文化程度考入南開歷史系，閱讀古籍時似乎並未感到特别困難，應是得益於當年這幾十篇古文打下的基礎。

大約是一九六四年或者一九六五年，吴廷璆先生的公子吴宏明在《少年文藝》上發表了一首詩歌，父親特别爲我做了講解。具體内容完全記不得了，但父親對他的褒揚卻給我留下深刻印象，正是在那一刻，我有了一個小小的夢想，希望有一天我也能有作品發表，讓父親引以爲豪。

父親對我們的教育並不總是嚴厲刻板的，有時十分快樂。

應該是小學二三年級的時候，爲了讓我儘快地掌握常用成語，父親做了一副成語撲克。他把四字成語拆分爲兩部分，分别寫到不同的牌上；每張牌上有四個字，即兩個成語的各一部分。撲克牌是用灰色卡片紙做的，約有五十餘張。玩的時候，凡碰到對方所出牌上的字與自己手中的牌能够湊成一個成語即可出牌，誰先將手中牌出光就算贏了。因爲有趣，每天都會纏着父親玩一會兒。一開始我總是輸，很快地，偶爾也能贏一兩次，自然興致更高。這樣，短短一兩個月時間，我已將這一百多個成語記得滚瓜爛熟了。八九十年代，我常常特意到賣撲克的櫃臺去看看，有無類似的撲克出售，但始終没有見到。我想如果有此類撲克出售，一定會賣得很火。這種寓教於樂的方式是今天特别提倡的，而父親早在半個世紀之前已經實踐了。

在許棉的記憶中，快樂的時光更多。那時她還小，每天從幼兒園回到家，最高興的就是聽父親講故事，「《西遊記》、《水滸傳》都是那時候聽爸爸一回一回講的。爸爸説書繪聲繪色，把孫悟空、豬八戒和水滸中武松等的一百零八將講得活靈活現。第二天，我會把前一天聽到的故事講給幼兒園的小朋友聽」，因而特别受老師和同學喜歡。許棉回憶道：「那時爸爸的病已經很重了，下午多半臥床，我坐在床邊，有時候他講累了，忽然停住説：『要知後事如何，且聽下回分解。』我正聽到興頭上，哪裏肯停下。於是，趕緊端茶送水，央求爸爸再講一回。小時候能偎在爸爸身邊聽他講故事，是我最喜歡的。」

「小時候我經常生病，多是扁桃體發炎，上不了幼兒園，呆在家裏。那時爸爸也臥病在家，有時會陪我玩。記得有一次我發燒剛退，不能多活動，爸爸用硬紙板剪成形狀各異的小魚，用彩筆塗上顔色，然後用細鐵絲彎成環穿過魚頭，再用細竹竿拴上繩子和鐵鉤做成魚竿，這樣我倆坐在床邊玩釣魚，看誰釣得多。一邊釣一邊念念有詞：『姜太公釣魚，願者上鉤。』很多年後，在美國的遊樂園中也看到類似的遊戲，回想起當年和爸爸一起釣魚的情景，覺得他真是很超前。幼兒園中班時，爸爸教我變魔術，他教我怎樣用橡皮筋做機關，把手中的錢幣變没；他還用火柴盒做了道具，可以把大盒子變成小的。對於只有五六歲的我，能變魔術給華伯伯看，覺得十分得意。」

父親很善於發現孩子的潛質，注重因材施教。在發還「文革」抄家物資時，我們領回了兩件特别的東西：一件是前述的《宋人畫册》；另一件是一把兒童小提琴（1/4型），這是父親專門爲妹妹買的。許棉小時候樂感很好，無論是口琴，還是兒童鋼琴，一般的曲子，她一學就會。據她回憶：「爸爸有心培養我的音樂興趣，一直想爲我找一名專業教師。大約是一九六五年，爸爸住進了灰堆的肝病療養院，在那裏結識了幾個文藝界的病友。一個星期日，媽媽帶我們去看望他，還帶去了親手製作的禮物（紅五星折紙，是頭天晚上我和姐姐做到很晚才完成的）。爸爸十分高興，然後對我說：『已經給你請好教小提琴的老師了。』他帶我去見了一位小張阿姨，算是拜師。約好等小張阿姨病愈出院，我就可以上門學琴了。不久，爸爸就托人買了這把兒童提琴。可惜沒過多久，『文革』開始了，學琴成爲泡影。三十年後我到了美國，買了鋼琴，先是自己跟老師學，後來陪兒子練琴，終於圓了兒時的音樂夢。十年前回國探親，我把小提琴帶回美國，常拿出來看看，睹物思親，永遠忘不了爸爸的音容笑貌。」

父親也很熱心地支持我們參加學校的各種活動。小學二年級的六一兒童節，班裏排演了一出兒童劇。大意是：一隻小公雞撿到一個雞蛋，謊稱是自己下的。養雞的大媽告訴大家，公雞是不會生蛋的，並教育孩子們不能説謊。演出需要的道具是父親幫我做的，雞蛋用膠泥捏成，晾乾後刷上白粉，大約有十幾個，可以裝一小籃。公雞和母雞的頭飾比較複雜，先用舊報紙搗成紙漿，糊在一個大小合適的盆上做成半圓形的頭套；陰乾後糊上一層白紙，用彩筆畫上眼睛、嘴巴；在最上面開一道口子，插上硬紙板剪成並貼上紅色的雞冠子；在半圓形的下沿打兩個孔，拴上綢帶，就可以繫在脖頸下了。戴着父親做的頭飾參加兒童節的演出，心裏甜甜的，充滿了自豪感。

突如其來的「文化大革命」摧毀了我們的幸福生活。父親在中文系作爲李何林「反黨集團」的一分子被批鬥的同時，天南大附中的紅衛兵小將也聞風而動。我在學校被作爲「黑五類」圈了起來，同樣遭遇的同班同學有十來個。我所在的初一·三班有一批河北省委幹部的子女，「文革」中對老師和同學特別地凶。八月二十三日是一系列厄運的開始，清早一到學校，班上的紅衛兵頭頭不許我們這些「狗崽子」從教室前門進入，必須從後門爬進去。教室後面的壁報欄中，我們的照片和名字也像大學的「牛鬼蛇神」一樣被打上紅叉。接下來的幾天，我們被要求每天學習「十六條」，揭發批判家長的問題。一個「革幹子弟」還在我衣服背後用墨水寫上「王八」二字，我不敢反抗，因爲隔壁的初一·四班已經有一位出身不好的女生因頂撞紅衛兵被剃了陰陽頭。接着是抄家，從八月底到九月初至少抄了四五次。附中的紅衛兵對文化的掃蕩遠比大學生更加無情和徹底，父親的大量書籍、卡片被洗劫和踐踏，字畫被撕，瓷器被砸。最可惡的，他們還將床掀翻，把水和醬油之類潑灑在被褥上，使父母一連幾天無法正常休息。

父親的死訊我是在學校裏得知的。紅衛兵頭頭先問我：早上你見到你父親没有？我回答：没有。然後他向大家宣佈：告訴你們一個好消息，許政揚「自絶於人民」了。我的腦袋「嗡」的一下，但馬上意識到此時絶對不能哭，我低着頭，拼命將湧上來的眼淚吞了回去。直到中午放學，我才被允許回家，没能見到父親最後一面。母親告訴我，紅衛兵不許她跟去火葬場。父親的骨灰也因而没能保留下來。父親的離去，使我的「黑五類」出身進一步升級，「自絶於人民」在「文革」中是一種最高等級的罪惡，這樣的政治枷鎖我們背了整整十二年，直到一九七八年考入大學，才感覺到終於解脱了。

記得父親離開的前一天，曾對我説過：「爸爸是反革命，對不起你們；媽媽没有問題，你們和媽媽……」這是父親留給我的最後的話。那時的我完全没有意識到此中含義，只是隱隱感覺有些異樣。很久之後我才知道，父親對許棉也説過類似的話。當時，母親已發現父親的意圖，特意把安眠藥藏了起來，但還是没能阻止父親的離去。年少之時，我曾一度對父親的選擇不甚理解。隨着年齡的增長，我越來越深切地感覺，在他看似無情的抉擇中飽含着對家人的愛，他天真地希望，他的離去能够使妻女擺脱厄運，可惜他想錯了。

二

父親字照藴，浙江海寧硤石鎮人。奶奶喜欢詩文，自幼得受吟誦之教，古代的談遷、近世的王國維，都是他仰慕的鄉賢。一九四五年就讀於上海光華大學中文系，翌年轉至北京燕京大學，一九四九年畢業。一九五〇年考入燕京大學研究院，與周汝昌先生同爲新中國第一届古典文學研究生，師從孫楷第先生。一九五二年研究生畢業，到南開大學任教。他開設過的課程主要有：中國文學史、宋元文學史、元曲等。

據吴小如先生記載：「記得他初登南開講壇，口授諸生唐傳奇《李娃傳》，把長安的每條街、每座橋，乃至邸舍方向、人物蹤跡都描繪得巨細不遺，使聽者如置身其間，恍如親見。……政揚平時談話往往引而不發，……但一登講壇，立即忘倦，滔滔汩汩，雖一瀉千里無難。不獨諸生拳拳服膺，即聽課的教師或朋友亦爲之動容。」（《書籤何曾冷舊芸》）甯宗一先生更加具體生動地描繪了父親講課的風采：「四周的課讓我們三、四兩個年級的同學充分領略了許師的博學多才和個性魅力。這是一種嶄新的感覺：……講課時舒緩的語氣中具有頗强的節奏感；用詞用字和論析充滿了書卷氣；邏輯性極强，没有任何拖泥帶水的枝蔓和影響主要論點的話；板書更極有特色，一色的瘦金體，字體修長，筆姿瘦硬挺拔，豎着寫，從右到左，近看遠看都是一黑板漂亮的書法。如果説這是『形式』的話，那麽他的講授内容更令我們感到深刻和精闢。比如在講《西廂記》時，首先是順向考察，這樣我們就把握了王（實甫）劇創造性改編的關鍵。而在横向比較中，許師從俄譯本直接引用《家庭、私有制和國家的起源》中的話：『結婚是一種政治行爲，是一種借新的聯姻來擴大自己勢力的機會，起決定作用的是家世的利益，而決不是個人的意願。』這真是畫龍點睛的一筆，使我對《西廂記》愛情和婚姻的意義有了一種豁然開朗、茅塞頓開的感覺。」（《回憶許政揚先生的學術研究》）

父親講課認真在中文系是出名的。他常常備課到深夜，甚至通宵達旦。他的講稿是字斟句酌，經過反復推敲的。「許師的課最大特色是，只要你能『跟得上』，記録下來一看，就是一篇完整的絶妙的論文。」（《回憶許政揚先生的學術研究》）可惜的是，家父的講稿一點也没能保留下來，家裏保存的與教學有關的唯一遺物是一套「考籤」，是古典文學教研室的《中國文學史》課程，時間是一九五五—一九五六學年二年級下學期。這套「考籤」的編號從〇〇〇五—〇〇〇二五（中缺〇〇〇一五號），估計前面應該有〇〇〇一—〇〇〇四號，至於〇〇〇二五號之後有否遺失則不得而知了。據前輩回憶，五十年代南開的期末考試有筆試與口試兩種，口試考題採取抽籤方式，抽到題目後可稍作準備，然後回答。這套「考籤」每張有三道題目，各不相同。大致可分爲作家、作品內容分析，時代背景與文學的關係，以及藝術賞析三個部分。題目難易結合，且發揮空間較大，要真正答好並不容易。如〇〇〇七號考籤的題目是：

（一）陸遊詩的思想內容；

（二）《水滸傳》的形成過程；

（三）講解：「早是俺夫妻悒怏，小家兒出外也摇裝，尚兀自渭城衰柳助凄涼」（原題無標點，句讀也是考試內容之一，下同）。

〇〇〇一四號考籤的題目是：

（一）講解：「多情自古傷離別，更那堪冷落清秋節；今宵酒醒何處，楊柳岸曉風殘月」；

（二）話本《木綿庵鄭虎臣報冤》的主要內容；

（三）宋代講唱文學的主要樣式。

父親在教學中不僅講授知識，同時也傳授治學的方法和路徑。在一九五八年「拔白旗」和「文革」對父親的批判中，最突出的一條就是「知識私有」。不過，從黄克先生精心整理的父親講授《元曲語釋》的筆記中，我們看到的恰恰相反。授課伊始，父親即開宗明義地説：「我下面要講的，不是元曲中某一個詞彙的具體解釋，而是碰到了難解的詞義，有哪些求解之路可尋。」據黄克先生歸納，課程内容分爲兩大部分：「即評介有關的二十四種參考書爲我啓蒙，提供八個元曲語辭的釋例爲我示範。」（黄克《元曲語釋研究參考書目》按語）

這二十四種參考書分四類：（一）方言、俗語；（二）市語、隱語；（三）蒙古語、女真語；（四）名物制度。每一種書，分别介紹作者、成書年代，内容分類，學術價值等，並列舉數例以反映該書之特色。例如：晉崔豹《古今注》分上、中、下三卷，上卷包括輿服、都邑，中卷包括音樂、鳥獸、魚蟲，下卷包括草木、雜注、問答解釋等，共八部一百七十七條。「該書釋古代名物材料比較豐富，常爲後人引用。」明徐渭所著《南詞敍録》「是最早的一部關於南戲的概論性的著作，也是宋元明清四代專論南戲的唯一著作」。《通俗編》爲清乾隆間翟灝編，作者很有學問，涉獵面廣。該書「專收方言、俗語、成語，分門别類三十八項，全部内容五千多條，而在每一條中又往往包括很多條，對每條都有詞義、來源、演變等語源方面的探討，旁引博徵，經、史、别集、小説、戲曲、筆記，幾無不采，是在研究宋元語彙方面十分重要的一部書」。父親對此書的介紹最爲詳細，所舉例證涉及三十八類中的天文、地理、倫常、仕進、武功、儀節、品目、行事、境遇、言笑、稱謂、婦女、俳優、語辭、狀貌、器用、故事等十七類共二十餘條。並特别指出，「搞宋元之後俗語者，幾無能跳出他的圈子」。在介紹各書内容之後，還對版本優劣進行評點，如佚名《釋常談》：「書中解釋常用的成語、俗語，自言二百事，其實只有一百二十六條。……《百川學海》本，計一百二十六條，而《唐宋叢書》本比之爲少。」《通俗編》的版本：「《函海》中有二十六卷本，不全，排列也非原貌，不可取；另有無不宜齋刻本，共分四十卷，在過去是頗難搞到的本子。」父親還特意從圖書館借出一些相關書籍以作展示。如《匡謬正俗》一書，黄克先生的筆記中附記有：「今自圖書館只借得並不甚佳的《藝海珠塵》本，在第七函中，第二册即是。又借到商務印書館《國學小叢書》本，由秦選之校注，據云：『余所據本，爲盧雅雨氏原刻，蓋繼宋人雕版之後首先翻印者，亦即孫星衍氏岱南閣本所出，並足珍貴。』」《續方言》一書，也記有「今借得《藝海珠塵》本，以斑窺豹」。當時，父親的身體很差，這些圖書當是委託母親去圖書館借來的。如果説這些工具書的介紹還只是學術入門的導引的話，第二部分所舉的八個釋例，則進一步對如何進行考辨、分析提供了具體的示範。可以看出，對學生，父親是殫精竭慮的，這樣的傾囊相授即便在今天也難得一見。

關於父親的學術成就和研究方法，已有諸多學者進行評價。吴小如先生曾歸納其治學特點：「政揚治學的路數承乾嘉樸學傳統，自考證每一個字詞、每一名物制度、每一具體問題入手，雖極細小的環節也不肯輕易放過；但方法卻比較新。……政揚的功力卻並不停留在考證上，他每講一文，每舉一事，必做到史論結合，思想内容與藝術特點並重。如果用清儒的話説，他是力求考據、義理、辭章三者統一，而不偏重或偏廢的。《文存》中所存著述，不足以體現政揚學養成就之十一，但上述的這個特點卻是貫穿全書的。總之，他治學的途徑，先從文字訓詁入手，弄清作品每一個難點，然後把作品擺到當時歷史背景中去評論其得失影響，而思想之精深程度，藝術之表現魅力，自然浮現於人之目前，領悟於人之心底。」（《書籤何曾冷舊芸》）

甯宗一先生在《回憶許政揚先生的學術研究》一文中寫到：「在中國學術史上，考據和理論研究往往相互隔閡，甚至相互排斥，結果二者均得不到很好的發展。許師卻把二者納入歷史和方法的體系之中加以審視，從而體現了考據和理論的互補相生、互滲相成的學術個性。像《話本徵時》這樣專門考證一篇篇小説産生時代的論文，也顯得血肉豐滿，有理有據，無枯燥乏味之弊，而是靈氣十足，真正達到了學識與才情的結合，廣博與精深，新穎與通達等的平衡與調適。如果讓我斗膽地概括一下許師研究古典文學的方法的話，那麽我認爲許師最大的研究特點在於：批判地繼承中國傳統的樸學，集其大成而創立了文學研究的歷史主義方法，即以真實爲基礎，以考證爲先行，聯繫和扣緊文本的外在因素（時代、環境、影響、作家生平等），同時保留對鮮活的作品本身的審美意趣和藝術的敏感與直覺。這無疑是一種靈性和智性高度結合的新實證主義的批評方法。」（《回憶許政揚先生的學術研究》）

我第一次閲讀父親的全部論著，是在八十年代初爲《文存》的出版整理謄録他的遺作之時。當時我最深刻的感觸，就是父親所發表的每一篇文章都經得起歷史的檢驗，在經歷了數十年天翻地覆的世事變遷之後，其學術價值絲毫不減當年。我正是從這裏開始領悟到「學者」二字的真正含義。三十年後重讀《文存》，我仍有同樣的感受。父親令我欽佩的不僅是他的考證之詳實、立論之精妙、識見之超前，更在於他的全部論著都經得起歷史的篩選。其中亦或有並非盡善盡美之處，但是絕没有當年那種簡單化、庸俗化的生吞活剥，没有拉大旗作虎皮的裝腔作勢，更絕無趨勢媚時之作。這正是一個學者最可寶貴的風骨與品質。

近日，在爲《文存》再版重新整理父親遺物之時，我又發現了幾份父親的手跡，雖然多屬殘稿，但也彌足珍貴。

其一，北宋汴京的四幅圖，是在《叢書集成》初編本《東京夢華録》一書中發現的。其中《舊京圖》（即内城圖）、《外城之圖》、《東京朱雀門外圖》三幅畫在一張紙上，三圖均標注出自《事林廣記》。另外一幅似爲父親「合成」的汴京全圖，圖中對城門、街道、衙署、廟宇，以及汴河上的主要橋梁標注甚詳。周汝昌先生曾在《代序》中記言：「我們曾發過一個宏願，即爲所關至要的《東京夢華録》作一部詳密切實的箋注本，……這個工作政揚其實作了大量的準備工作……如今編入的這篇《〈清明上河圖〉畫的是哪座橋》是留下的唯一的一點痕迹。」在《東京夢華録》的每一頁上都留有父親以雋秀的小字批注的書眉，這幾幅圖應也是當初所做準備工作的一部分，亦或即考證《清明上河圖》畫的是哪座橋的過程中繪製的草圖。將此圖與論文中的簡圖相對照，發現上、下土橋與内城角門的空間方位有所變化。可以想見，父親正是通過將汴河上的主要橋梁與城門、街巷的位置，參照文獻記載，一一進行比對，才最終確定了《清明上河圖》中所畫的應是内城角門子外的下土橋。

其二，父親在燕京大學讀研究生時閱讀西方文藝理論著作所作的英文筆記，時間是一九五一年。筆記本的封皮上以英文寫著着三本書的書名，分别爲：亞里士多德的《詩學》、托爾斯泰的《什麽是藝術》、格羅塞的《藝術的起源》。筆記内容主要是這三本書的摘要，間或也有些評論。其中，第一本書的閲讀時間記爲「Mar. 20，1951」，第二本書爲「March. 24，1951」，第三本書注有「未完待續」，顯然應該還有另外一本筆記。

其三，一份元曲筆記。筆記本封皮已失，裝訂綫也已散落，存四十餘頁。未見題款，也不清楚具體年代。不過，從行文使用民國紀年，並將北京稱爲北平看，時間應在新中國建立之前，估計是家父在燕京大學就讀時的筆記，但又不像聽課筆記。這份筆記除第一頁論述小説起源，最後兩頁涉及三禮學之外，其餘内容均與元曲有關，行文簡潔，提綱挈領，且較爲系統。是隨筆札記，抑或是論文的前期準備？難以確定。增訂《文存》時，將其中元曲部分摘出，以《元代戲曲綱要》爲題收録，存以備考。現摘引論述小説起源的一段如下：

錢靜方《小説叢考》、蔣瑞藻《小説考證》、《小説考證拾佚》諸書無條理，在魯迅以前對小説無人作有系統的研究。

中國小説産生於無意中，漢魏的小説，其時並不以爲是小説，《隋書·經籍志》以小説歸於《史部·雜傳記》，如《異苑》、《搜神記》、《搜神後記》、《齊諧記》，其《子部·小説》則有《笑林》、《世說》……等書。與今之意義不同。《異苑》等書今稱小説,《世説》一書今無類可歸,姑亦謂之小説耳。《舊唐書·經籍志》亦以小説爲傳記。故今之小説,古人實爲雜傳記,小説是史傳之一部,這是其起源。古人記正史以外的忠臣烈士節婦孝子,可歌可泣的事,今人以爲小説,古人並不認爲是小説。

其四,《宋東京宫闕坊巷考》資料抄録稿五册。資料册是自製的,十六開稿紙,以白綫裝訂而成,外面粘有灰色的厚紙封皮,封面分别題爲:

《宋東京宫闕坊巷考》(一)宫闕編(廨舍、京尹附);

《宋東京宫闕坊巷考》(二)河渠橋道編;

《宋東京宫闕坊巷考》(三)坊巷編(第宅、市肆附);

《宋東京宫闕坊巷考》(四)寺觀、園林編;

《宋東京宫闕坊巷考》(五)風土、瓦伎編。

從以上分類看,《宋東京宫闕坊巷考》應是一項較大的研究計畫,爲此父親準備進行較全面的資料收集,這是以往各位前輩未曾提到過的。遺憾的是,此項工作僅僅開了一個頭——只摘録了王應麟《玉海》中的部分資料,就戛然而止了。因手稿中的字跡有一部分是母親的(從青年時代起,母親就一直在幫父親抄録資料),我特别請她回憶,但因年代久遠,已記不起是哪年的事了。父親的考證功力,他的博學,是極爲周汝昌先生稱讚的,甚至曾説「他博極宋元兩代一切典籍,精於詩詞曲語的考

釋，當世無可比者。」（《范成大詩選》後記）而父親爲此所做的資料積累工作，則像「埋在地下的房基，

在砌牆以後是看不到的」（程毅中《讀〈許政揚文存〉所想到的》）。這份殘稿，就資料而言或許並無特殊價值，但它給我們的啓發和教益大於它本身，學術大厦正是由這樣的一塊塊磚石層累而成的。

三

《許政揚文存》得以出版，首先要感謝中華書局和程毅中、黄克兩位先生。「文革」結束不久，時任中華書局副總編輯的程毅中先生便提出爲家父出版文集，並請黄克先生任責編。黄先生奔走聯絡，並精心整理了當年的聽課筆記，輯成《元曲語釋研究參考書目》。除收集到父親已發表的文字之外，厦門大學的周祖譔先生寄來了父親燕京大學研究院畢業論文的殘稿（即《語釋》一），周汝昌先生提供了當年兩人合作的《水滸》注稿，並撰寫了《代序》。全書經黄克先生仔細校核編次，前後花費數年時間，終於在一九八四年得以面世。

在父親逝世三十周年之際，他的學友們曾動員各方人力在北京大學的圖書館、檔案室和中文系資料室查找父親的研究生畢業論文，擬在新復刊的《燕京學報》上全文發表（《文存》中收入的只是部分殘稿）。雖然最終未能找到，但其中飽含的友人的深情令人感動。

《古今小説》（又名《喻世明言》）校注，是父親與人民文學出版社結下的緣分，也是他存世的另一重要作品。一九五五年，人文社獨具慧眼，爲當時剛届而立之年的父親提供了展示才華的機會。父

親亦不負重托，他所呈交的注本被認爲是建國以後「衆多古典小説校注本中功力最深，也是最嚴謹的一部」。該注本自一九五八年問世，曾多次重印，僅二〇〇七年的新一版，至今已是第八次印刷了。據説，當年家父交給出版社的是一個詳細標明資料出處的「繁本」，但礙於「體例」不得不削繁就簡，最終以「簡本」面世。而當初的「繁本」，經過「文革」的洗劫已不知所蹤，這是令人深感痛惜的。

《文存》的再版得益於甯宗一先生的不懈努力。更要感謝人民文學出版社總編輯劉國輝先生的鼎力相助，他向中華書局的顧青總編輯建議，在家父九十周年誕辰之際重印《文存》，以示紀念。顧青先生不但慨允此事，還主張出增訂本、精裝本，這是大大超出我們預期的。他對家父的學術評價也令我震撼和感動。責編朱兆虎先生爲再版所做的嚴謹、細緻的考訂、編輯工作所顯示出的深厚學養，也使我對中華書局的年輕一代由衷欽佩。在這裏一併深致謝忱！

在《文存》增訂本即將付梓之際，我還想多説幾句。有太多的感激埋藏在心中多年，在此略陳一二。

父親去世後，我們閲盡世態炎涼，但也曾感受到不少真情與温暖。李何林先生和夫人王振華始終關心我們一家，「因爲有他倆的關照和支持，我才能度過難關，活了下來。」這是母親在《懷念王振華先生》一文中寫下的。一九七五年，母親生病需要手術，「李先生親自過問，寫信給大夫」，安排住院；「手術後回到病房，當我睜開眼睛，看到李先生站在病床旁時，我滿臉淚水，一句話也説不出來。

他搖搖手，示意我别動。除了親人，還有誰能如此呢？」（朱桂仙《休閒絮語》）

魏宏運伯伯和夫人王黎，也在我們最困難的時候伸出援手。一九七一年，母親被下放到南郊區的翟莊子，回津看病時無處落腳，常住到魏伯伯家。母親經常回憶説，那時候的一碗小米粥遠勝過今天的任何山珍海味。後來，我在平山道中學校辦工廠打工時受傷，也多虧王黎阿姨陪同母親去與校方交涉，才落實了最基本的醫療費用。我的另一次骨折，是在南郊區的集市上被馬車壓的，要回天津治療，一時缺錢，熊性美伯伯等人紛紛解囊相助，幫我們渡過難關。其後，我辦理病退回城碰到一系列困難，是王振華先生找關係幫忙，最終得以解決。

甯宗一先生一九五四年留校任教，多年以來他一直執禮甚恭，始終將父親視爲他成長的導師。一九七九年七月，他發表了第一篇懷念文章《回憶政揚師》（《南開大學報》一九七九年七月十三日，第五版），介紹父親的學術和人品，曾在南開園引起很大反響，是真正意義上對父親的平反昭雪。其後，甯先生陸續發表了《院系調整：一代學人成長的契機——以我的經歷爲例》、《回憶許政揚先生的學術研究》、《淘書況味》等多篇回憶文章，特别是在父親逝世三十周年之際滿懷深情、蘸淚而成的長篇祭文《書生悲劇——長憶許政揚先生》不知感動了多少學人。今天的年輕學者中還有人知道家父，也多仰賴于甯先生——使學術之「燈」薪盡火傳，讓年輕一代不忘前輩之篳路藍縷——的宏旨。家父在九泉之下，亦當深感欣慰吧。

一九八二年我大學畢業，去了中國社會科學院經濟研究所，從事經濟史研究。劉澤華、馮爾康兩位先生始終關注我的學術成長，並時常給予幫助。當我稍有一點成績之時，劉先生又費盡周章將我作爲「人才」引進南開。（在以「博士」學位作爲「人才」衡量標準的時代，將只有本科學歷的我作爲「人才」引進，實非易事。）當年畢業之時，我曾有機會留校，卻選擇離開，是爲了忘卻「文革」的那些慘痛記憶；十八年後我選擇回來，是有了足够的自信：站在南開的講臺上，我不會辱没先人。

做一個學者是我童年時代的理想，也是父親對我們的期望。多虧他的啓蒙教育，使我們在因「文革」失去讀書機會後，有能力靠自學最終考上大學。父親逝世後，母親在十分艱難的環境中撫育我們長大，並幫助我們實現自己的——也是父親的心願，她所承擔的遠遠超過她所能負荷的。在父親「八十冥壽」的祭文中，母親寫道：兩個女兒「都學有所成，……你期望於孩子們的已經實現。……（我）盡了責任，完成了任務」。我深知任何感激之辭與她的巨大付出相比都是微不足道的。

生命雖然短暫，學術精神永存。親愛的父親，永遠是我心中的楷模！

二〇一五年六月於南開園